DAAR WAAR DE RIVIERKREEFTEN ZINGEN

Delia Owens

Daar waar de rivierkreeften zingen

Vertaald uit het Engels door Mariëtte van Gelder

the house of books

1e druk, januari 2020
44e druk, december 2023

Oorspronkelijke titel: *Where the Crawdads Sing*
Oorspronkelijk uitgegeven door: G.P. Putnam's Sons, een imprint van Penguin Random House LLC, 2018

Eerder in het Nederlands uitgegeven als *Het moerasmeisje,* 2018
Omslagontwerp: Bas van Vuurde, Rotterdam
Auteursfoto: © Dawn Marie Tucker
Typografie: Crius Group, Hulshout

ISBN 978 90 443 6165 0
ISBN 978 90 443 5891 9 (e-book)
NUR 302

www.thehouseofbooks.com
www.overamstel.com

OVERAMSTEL
uitgevers

The House of Books is een imprint van Overamstel uitgevers bv.

Voor Amanda, Margaret en Barbara

Here's to'd ya
If I never see'd ya
I never knowed ya

I see'd ya
I knowed ya
I loved ya,
Forever.

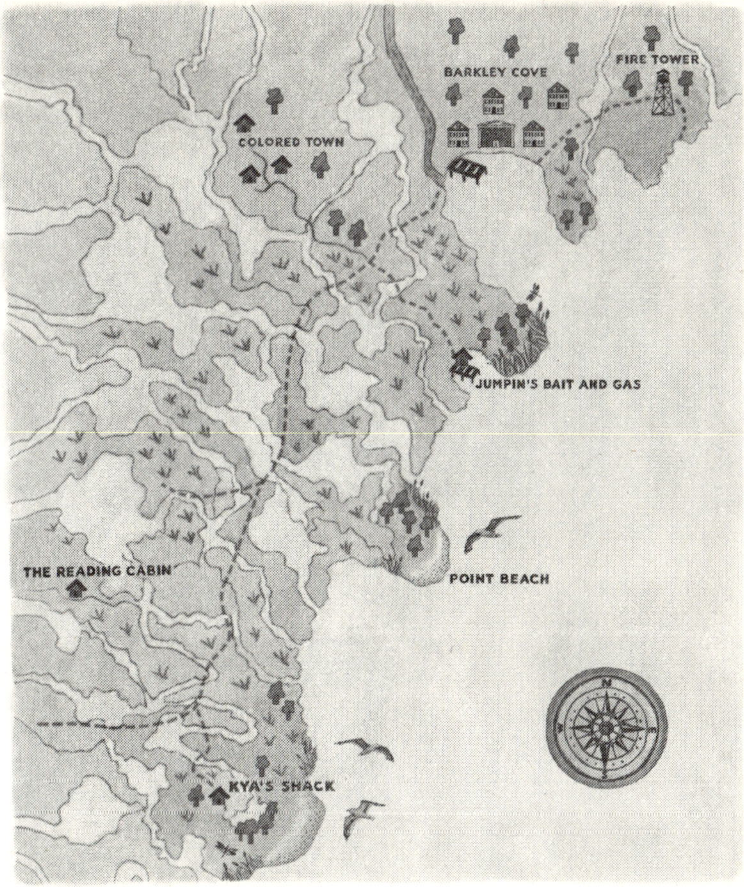

Barkley Cove – Barkley Cove
Fire Tower – brandtoren
Colored Town – zwarte wijk
Jumpin's Bait and Gas – Jumpin's Bait and Gas
Point Beach – Point Beach
The reading cabin – de leeshut
Kya's shack – Kya's hut

I

Het moeras

Proloog

1969

Moeras is niet hetzelfde als drasland. Moeras is een oord van licht, waar gras in het water groeit en het water overloopt in de lucht. Traag meanderende stroompjes voeren de bol van de zon met zich mee naar zee en langpotige vogels verheffen zich met een onverwachte gratie, alsof ze niet op vliegen zijn gebouwd, tegen het achtergrondgeraas van ontelbare sneeuwganzen.

Het echte drasland, met de zompige veenpoelen kruipt hier en daar het moeras binnen, verborgen in klamme wouden. Het veenwater staat stil, is donker, heeft het licht opgeslokt in zijn modderstrot. Zelfs aardwormen leven hier overdag. Er zijn natuurlijk wel geluiden, maar vergeleken met het moeras is het drasland stil, want ontbinding is een proces op celniveau. Het leven vergaat en stinkt en keert terug tot rottende humus; een penetrant geurende omwenteling van dood naar leven.

Op de ochtend van 30 oktober 1969 lag het lichaam van Chase Andrews in het drasland, dat het geluidloos en routinematig in zich zou hebben opgenomen, waarna het voorgoed verborgen zou zijn gebleven. Drasland weet alles van de dood en beschouwt een sterfgeval niet noodzakelijkerwijs als een tragedie, laat staan als een zonde. Maar die ochtend fietsten twee jongens uit het dorp naar de oude brandtoren, en ze zagen het spijkerjack vanaf de derde bocht in de trap.

1

Ma

1952

De ochtend brandde zo augustus-heet dat de vochtige adem van het moeras als mist in de eiken en dennen bleef hangen. Het was vreemd stil tussen de dwergpalmen, op het lage, langzame klapwieken van de uit de lagune opvliegende grote blauwe reiger na. Toen hoorde Kya, die destijds pas zes was, de hordeur dichtslaan. Ze stond op de kruk maispap uit de pan te schrapen, maar liet hem in het teiltje met uitgewerkt sop zakken. Er was niets anders te horen dan haar eigen ademhaling. Wie was er uit de hut naar buiten gelopen? Niet ma. Die sloeg nooit met de deur.

Maar toen Kya de veranda op rende, zag ze haar moeder, die in een lange bruine rok met stolpplooien die haar enkels net raakten het zandpad af liep op schoenen van imitatiekrokodillenleer met ronde neuzen en hoge hakken. Haar enige paar uitgaansschoenen. Kya wilde haar roepen, maar wist dat ze pa niet wakker mocht maken, dus deed ze de deur open en ging op het stoepje staan, dat was gemaakt van bakstenen met planken erover. Nu zag ze dat ma haar blauwe koffertje bij zich had. Meestal ging Kya er met het vertrouwen van een jong hondje van uit dat haar moeder terug zou komen met vlees in bruin, vetvrij papier, of met een kip waarvan de kop naar beneden bungelde, maar ze had nooit de krokodillenschoenen aan, ze nam nooit een koffertje mee.

Op het punt waar het laantje ophield, keek ma altijd om. Dan stak ze een arm op en wuifde met haar witte handpalm als ze afsloeg naar het bospad, dat door veenbossen en langs lagunes vol lisdodden liep en misschien, als het tij meezat, uiteindelijk naar het dorp leidde, maar vandaag liep ze gewoon door, wankel in de voren. Haar lange gestalte dook nu en dan op in de openingen tussen de bomen, tot er alleen nog flitsen van haar witte sjaal tussen de bladeren schemerden. Kya haastte zich naar de plek waarvandaan je de weg kon zien; ma zou toch zeker wel wuiven als ze daar was? Maar toen ze er aankwam, zag ze alleen nog het blauw van de koffer – een kleur die helemaal niet paste in het bos – in de verte verdwijnen. Ze liep terug naar het stoepje om te wachten, maar iets zwaars, als dichte, zwarte kleimodder, drukte op haar borst.

Kya was de jongste van vijf en de anderen waren veel ouder, al kon ze zich hun leeftijden later niet meer herinneren. Ze woonden bij pa en ma als sardientjes in een blik in de ruwhouten hut met de veranda die met grote ogen vanonder de eiken uitkeek.

Jodie, de broer die vlak boven Kya kwam, maar nog altijd zeven jaar ouder was, stapte naar buiten en bleef achter haar staan. Hij had donkere ogen en zwart haar, net als zij; hij had haar de roep van vogels geleerd, de namen van sterren, hoe je de boot door het riet moest manoeuvreren.

'Ma komt wel terug,' zei hij.

'Kweenie. Ze heeft haar krokoschoenen aan.'

'Moeders laten hun kinderen niet in de steek. Dat hebben ze niet in zich.'

'Je hebt me anders wel verteld over die vos die haar jonkies in de steek had gelaten.'

'Ja, maar die moer had een aan flarden gescheurde poot. Als ze had geprobeerd zichzelf én haar welpen te voeden, was ze doodgehongerd. Het was beter om ze achter te laten, te genezen en dan een nieuwe worp te krijgen die ze wel kon grootbrengen. Ma verhongert niet, ze komt wel terug.' Jodie was niet half zo zeker van zijn zaak als hij klonk, maar hij zei het voor Kya.

Met dichtgeknepen keel fluisterde ze: 'Maar ma had die blauwe koffer bij zich, alsof ze ver weg wilde gaan.'

De hut stond een stukje van de dwergpalmen af, die uitgewaaierd stonden op de zandvlakten die naar een snoer van groene lagunes leidden en waarachter het moeras lag. Kilometers riet, zo taai dat het in zoutwater groeide, alleen onderbroken door bomen die zich hadden gekromd naar de richting van de wind. Aan de andere kanten werd de hut ingesloten door eikenbossen, die ook de dichtstbijzijnde lagune beschutten, die zo rijk aan leven was dat het oppervlak ervan borrelde. Zilte lucht en meeuwengezang zweefden vanaf de zee door de bomen.

Al sinds de zestiende eeuw bakenden vogelvrijen hier hun territorium af, en aan de manier waarop was weinig veranderd. De verspreid liggende erfjes waren niet kadastraal beschreven, maar werden op natuurlijke wijze afgebakend door een stroom hier, een dode eik daar. Een man bouwt geen schuilhut tussen de dwergpalmen in het veen, tenzij hij voor iemand op de vlucht is of zijn eigen weg is doodgelopen.

Het moeras werd bewaakt door een weerbarstige kustlijn die door de eerste ontdekkingsreizigers het 'Kerkhof van de Atlantische Oceaan' was gedoopt, omdat schepen langs de kust van wat later North Carolina zou gaan heten werden vernietigd door getijdenstromen, verraderlijke winden en zandbanken alsof het papieren hoedjes waren. In het dagboek van een zeeman stond: '... doolden langs de Kust... maar konden geen Toegang vinden. Een hevige Storm overviel ons... we werden gedwongen van Zee te gaan om Onszelf en het Schip te redden en werden meegenomen door een snelle, sterke Stroom...

... het land was drassig en vol Moerassen, dus keerden we terug naar ons Schip... Ontmoediging van allen die hierna deze Contreien willen opzoeken om zich te vestigen.'

Wie echt op zoek was naar grond trok verder en dit beruchte

moeras werd daardoor een net dat het mengelmoesje van muitende zeelieden, schipbreukelingen, schuldenaren en voortvluchtigen ving dat op de loop was voor oorlogen, belastingen of wetten waarvan het niet was gediend. Degenen die niet werden gedood door malaria of opgeslokt door het drasland, vormden een stam van houthakkers van verschillende rassen en vele culturen, allemaal in staat een klein bos met een bijl te vellen en kilometers met een hert te sjouwen. Net als bij moerasbevers had ieder zijn eigen territorium, maar wie niet in de marginale groep paste, verdween domweg op een dag in het veen. Tweehonderd jaar later kregen deze mensen gezelschap van gevluchte slaven, die zich in het moeras verscholen en marrons werden genoemd, en bevrijde slaven die, platzak en belaagd, het waterland opzochten omdat ze weinig keus hadden.

Het land mocht dan hardvochtig zijn, gierig was het niet. Het leven hoopte zich op, zowel op het land als in het water, van wriemelende zandkrabben, door de modder waggelende rivierkreeften, watervogels, vissen, garnalen en oesters tot weldoorvoede herten en stevige ganzen. Wie het niet erg vond om zelf zijn kostje bij elkaar te scharrelen, hoefde nooit te verhongeren.

Het was nu 1952, dus sommige gebiedjes waren al vier eeuwen in handen van niet-geregistreerde personen. De meeste waren voor de Burgeroorlog al ingenomen, maar op sommige plekken waren ook recenter mensen neergestreken, vooral na de Wereldoorlogen, waaruit mannen blut en kapot waren teruggekeerd. Het moeras begrensde hen niet, maar definieerde hen en het bewaarde hun geheimen, zoals gewijde grond dat doet. Het kon geen mens iets schelen dat hij zijn land alleen had omdat niemand anders het wilde hebben. Het was tenslotte een kaal moeras.

De moerasbewoners stookten niet alleen hun eigen whisky, maar maakten ook hun eigen wetten; niet van het soort dat in stenen tafelen was gebeiteld of in documenten vastgelegd, maar dieper geworteld, in hun genen geprent. Eeuwenoud en ingegeven door de natuur, als die van haviken en duiven. Wanneer een man in een hoek wordt gedreven, radeloos is of in een isolement raakt, zal hij een beroep doen op zijn overlevingsinstincten. Snel en rechtvaardig. Dat zullen altijd de troeven zijn, want ze worden vaker van generatie op generatie doorgegeven dan de zachtaardiger genen. Het is geen kwestie van ethiek, maar domweg een rekensom. Onderling vechten duiven net zo vaak als haviken.

Ma kwam die dag niet terug. Niemand zei er iets over, en pa zeker niet. Stinkend naar vis en goedkope whisky kletterde hij met pannendeksels. 'Wat eten we?'

De broers en zussen haalden hun schouders op met neergeslagen ogen. Pa vloekte en hink-stapte naar buiten, het bos in. Er waren vaker ruzies geweest en ma was zelfs een keer of twee weggelopen, maar ze was altijd teruggekomen en dan nam ze wie er maar geknuffeld wilde worden in haar armen.

De twee oudste zussen maakten een maaltijd van rode bonen en maisbrood, maar niemand ging aan tafel zitten om te eten, zoals ze hadden gedaan als ma er was geweest. Ze schepten een voor een bonen uit de pan, legden er maisbrood op en drentelden weg om op hun matras op de vloer of op de verschoten bank te eten.

Kya kon niet eten. Ze ging op de treden van de veranda zitten en keek het laantje in. Ze was lang voor haar leeftijd, graatmager, en ze had een diepgebruinde huid en dik, steil haar, zo zwart als kraaienvleugels.

Het donker maakte het haar onmogelijk om op de uitkijk te blijven zitten. Het geluid van voetstappen zou worden overstemd door kikkergekwaak, maar toch lag ze te luisteren op haar matras op de veranda. Die ochtend was ze nog ontwaakt met het geluid van rugspek dat knetterde in de ijzeren koekenpan en de geur van beschuitbollen die bruin werden in de houtoven. Ze had haar tuinbroek opgehesen en was de keuken in gerend om de tafel te dekken. Om de beestjes uit de grutten te plukken. Meestal knuffelde ma haar met een brede glimlach en zei: 'Goedemorgen, mijn bijzondere meisje,' en dan deden ze de karweitjes samen, als een dans. Soms zong ma volksliedjes of zei ze kinderversjes op: 'Dit varkentje ging naar de markt.' Of ze trok Kya mee in een jitterbug en dan stampten hun voeten op de triplexvloer tot de batterijen van de radio leeg waren en het klonk alsof het toestel op de bodem van een vat tegen zichzelf lag te zingen. Op andere ochtenden praatte ma over grotemensendingen die Kya niet begreep, maar ze nam aan dat ma haar verhaal ergens wilde doen, dus nam ze ze via haar huid op terwijl ze meer hout in het fornuis duwde en knikte alsof ze er alles van wist.

Dan de drukte van iedereen uit bed halen en te eten geven. Pa niet. Hij had twee standen: zwijgen en schreeuwen. Het was dus prima als hij bleef liggen, of helemaal niet thuis was gekomen.

Maar die ochtend was ma stil geweest; haar glimlach was afwezig, haar ogen waren rood. Ze had een witte sjaal laag om haar voorhoofd geknoopt, als een piraat, maar daaronderuit piepten de paarse en gele randen van een kneuzing. Direct na het ontbijt, zelfs nog voordat de afwas was gedaan, had ma een paar persoonlijke spullen in het koffertje gepakt en was ze weggelopen.

De volgende ochtend nam Kya haar post weer in op de treden van de veranda. Haar donkere ogen keken priemend de laan in, als tunnels die op een trein wachten. Het moeras erachter werd omsluierd door mist die zo laag hing dat de zachte onderkant de modder raakte. Kya, die blootsvoets was, trommelde met haar tenen en aaide torretjes met grashalmen, maar een kind van zes kan niet lang stilzitten en al snel kuierde ze naar de zandplaten, waar de modder aan haar tenen zoog. Ze hurkte aan de rand van het heldere water en keek naar de voorntjes die tussen plekken zon en schaduw heen en weer flitsten.

Jodie riep naar haar vanuit de dwergpalmen. Ze keek; misschien kwam hij nieuws brengen. Maar aan de nonchalante manier waarop hij tussen de puntige bladeren door manoeuvreerde, zag ze dat ma niet was thuisgekomen.

'Wil je ontdekkingsreizigertje spelen?' vroeg hij.

'Je zei dat je te oud was voor dekkereizertje.'

'Joh, ik zei maar wat. Nooit te oud. Wie er het eerst is!'

Ze renden over de zandplaten, door het bos, naar het strand. Ze gilde toen hij haar inhaalde en lachte tot ze bij de grote eik waren die zijn enorme armen over het zand uitstrekte. Jodie en hun oudere broer Murph hadden een paar planken tussen de takken gespijkerd bij wijze van uitkijkpost en boomfort. De boel was nu ingestort en de planken bungelden aan roestige spijkers.

Als ze al mee mocht doen, moest ze meestal slavinnetje spelen en haar broers warme beschuitbollen brengen die ze uit ma's pan had gegapt, maar vandaag zei Jodie: 'Jij mag de kapitein zijn.'

Kya stak haar rechterarm op om een bevel te geven. 'Verjaag de Spanjaarden!' Ze braken takken af voor stokzwaarden en stormden door de bramenstruiken, schreeuwend en stekend naar de vijand.

Het spel was net zo snel afgelopen als het was begonnen. Ze liep naar een bemoste boomstronk en ging erop zitten. Jodie voegde zich zwijgend bij haar. Hij wilde wel iets zeggen om haar af te leiden van ma, maar de woorden kwamen niet, dus keken ze naar de rimpelende schaduwen van schaatsenrijdertjes.

Later keerde Kya terug naar de treden van de veranda. Ze wachtte lang, maar ze huilde niet één keer terwijl ze naar het eind van de laan keek. Haar gezicht was bewegingloos, haar mond niet meer dan een smalle streep onder haar zoekende ogen. Ma kwam die dag ook niet terug.

2

Jodie

1952

In de weken na ma's vertrek verdwenen Kya's oudste broer en twee zussen ook, alsof ze het voorbeeld van hun moeder volgden. Ze hadden pa's driftbuien met rood aangelopen gezicht verdragen, het geschreeuw dat escaleerde tot klappen of stompen, tot ze er een voor een genoeg van kregen. Ze waren ook bijna volwassen. Later vergat Kya niet alleen hoe oud ze waren, maar ook hoe ze echt heetten; ze wist alleen nog dat ze Missy, Murph en Mandy werden genoemd. Op haar matras op de veranda vond Kya een bergje sokken die haar zussen voor haar hadden achtergelaten.

Op de ochtend dat Jodie de enige van haar broers en zussen was die was overgebleven, werd Kya wakker van het gekletter en het sputterende vet van het ontbijt. Ze rende de keuken in, in de veronderstelling dat ma thuis was en dat ze maiskoeken of pannenkoeken bakte, maar het was Jodie die aan het houtfornuis in de grutten stond te roeren. Ze glimlachte om haar teleurstelling te verbergen en hij gaf een klopje op haar hoofd en zei zacht *sst*; als ze pa niet wekten, konden ze ongestoord samen eten. Jodie wist niet hoe je beschuitbollen bakte en er was geen spek, dus maakte hij grutten en roerei in reuzel, en ze gingen samen zitten om te eten, waarbij ze zwijgend blikken en glimlachjes uitwisselden.

Ze wasten snel af en renden toen de deur uit naar het moeras, hij voorop, maar net op dat moment riep pa, die naar hen toe kwam hinken. Hij was onmogelijk mager, en zijn lijf leek heen en weer te slingeren door een fout in de zwaartekracht. Zijn kiezen waren zo geel als die van een oude hond.

Kya keek op naar Jodie. 'We kunnen wegrennen. Ons verstoppen in het mos.'

'Het komt wel goed. Het komt wel goed,' zei hij.

Later, tegen zonsondergang, vond Jodie Kya aan het strand, waar ze naar de zee zat te staren. Toen hij naast haar kwam staan, keek ze niet op, maar hield haar blik op de onrustige golven gericht. Toch wist ze door de manier waarop hij praatte dat pa hem een dreun in zijn gezicht had gegeven.

'Ik moet hier weg, Kya. Ik kan hier niet meer blijven.'

Ze had haar gezicht bijna zijn kant op gedraaid, maar ze deed het niet. Ze wilde hem smeken haar niet alleen bij pa achter te laten, maar de woorden bleven steken in haar keel.

'Als je oud genoeg bent, begrijp je het wel,' zei hij. Kya wilde gillen dat ze misschien wel jong was, maar niet stom. Ze wist dat pa de reden was waarom ze allemaal vertrokken; wat zij zich afvroeg, was waarom niemand haar meenam. Ze had overwogen zelf ook weg te gaan, maar ze kon nergens heen en ze had geen geld voor de bus.

'Kya, pas goed op jezelf, hoor je? Als er iemand komt, ga dan niet naar binnen. Daar kunnen ze je pakken. Ren diep het moeras in, verstop je in de struiken. Wis altijd je sporen; ik heb je geleerd hoe het moet. En je kunt je ook voor pa verstoppen.' Toen ze bleef zwijgen, zei hij tot ziens en beende over het strand naar het bos. Vlak voordat hij tussen de bomen stapte, draaide ze haar hoofd eindelijk en keek hem na.

'Dit varkentje bleef thuis,' zei ze tegen de golven.

Ze kwam uit haar verdoving en rende naar de hut. Ze riep Jodies naam door de gang, maar zijn spullen waren al weg en zijn bed op de vloer was afgehaald.

Ze zakte op zijn kale matras en keek hoe het restje van de dag langs de muur naar beneden gleed. Er bleef licht hangen nadat de zon was ondergegaan, en het vormde plasjes in de kamer, zodat de bultige bedden en bergen oude kleren heel even meer vorm en kleur hadden dan de bomen buiten.

Ze werd verrast door zoiets alledaags als knagende honger. Ze liep naar de keuken en bleef bij de deur staan. Haar hele leven was het daar warm geweest van het brood in de oven, de limabonen die op het fornuis stonden of de borrelende visstoofpot. Nu was het er bedompt, stil en donker. 'Wie gaat er koken?' vroeg ze hardop. Ze had net zo goed kunnen vragen: *Wie gaat er dansen?*

Ze stak een kaars aan, pookte in de hete sintels in het houtfornuis en stopte er meer brandhout in. Ze pompte met de blaasbalg tot er een vlammetje ontstond en stopte nog meer hout in het fornuis. De koelkast deed dienst als kast, want er liepen geen elektriciteitsleidingen naar de hut. Om de schimmel te weren werd de deur opengehouden met de vliegenmepper, maar toch waren alle hoeken en naden groen-zwart dooraderd.

Ze pakte kliekjes en zei: 'Ik zal de grutten in reuzel opwarmen.' Dat deed ze en terwijl ze uit de pan at, keek ze uit het raam of ze pa zag, maar hij kwam niet.

Toen het licht van de maansikkel de hut eindelijk raakte, kroop ze in haar bed op de veranda, een bultige matras op de vloer met echte lakens met blauwe roosjes erop die ma tweedehands op de kop had getikt. Ze was voor het eerst van haar leven een nacht alleen.

In het begin ging ze om de paar minuten rechtop zitten om door de hor te kijken. Ze luisterde of ze voetstappen in het bos hoorde. Ze kende de omtrek van elke boom, maar toch leken er een paar te bewegen hier en daar, met de maan mee. Ze was een tijdje zo verstijfd dat ze niet eens kon slikken, maar toen, precies op het juiste moment, vulde de nacht zich met het vertrouwde gezang van boomkikkers en sabelsprinkhanen. Het werkte geruststellender dan een wiegenliedje. Er hing een weeë geur in de nachtlucht, de aardse adem van kikkers en salamanders die weer een stinkend hete dag hadden overleefd. Het moeras kroop met een lage mist tegen haar aan en ze viel in slaap.

Pa kwam de drie dagen daarna niet thuis. Kya kookte raapstelen uit ma's tuin voor het ontbijt, het middagmaal en het avondeten. Ze was naar het kippenhok gelopen om eieren te rapen, maar het was leeg. Geen kip of ei te bekennen.

'Rotkippen! Jullie zijn gewoon een stelletje rotkippen!' Na ma's vertrek was ze wel van plan geweest de kippen te verzorgen, maar ze had weinig uitgevoerd. Nu waren ze als een bonte zwerm ontsnapt en zaten ver weg in de bomen te kakelen. Ze zou grutten moeten strooien, zien of ze ze in de buurt kon houden.

Op de avond van de vierde dag kwam pa met een fles aanzetten en liet zich languit op zijn bed vallen.

Toen hij de volgende ochtend de keuken in kwam, tierde hij: 'Waar is iedereen gebleven?'

'Ik weet het niet,' zei ze zonder hem aan te kijken.

'Je weet nog minder dan een straathond. Je bent zo nutteloos als spenen aan een berenvarken.'

Kya glipte stilletjes door de verandadeur naar buiten, maar toen ze op het strand mosselen liep te zoeken, snoof ze de geur van rook op, hief haar hoofd en zag een pluim uit de richting van de hut komen. Ze rende zo hard als ze kon en toen ze tussen de bomen vandaan kwam, zag ze een groot vuur op het erf. Pa gooide ma's schilderijen, jurken en boeken in de vlammen.

'Nee!' gilde Kya. Hij gooide zonder naar haar te kijken de oude radio in het vuur. Haar gezicht en armen gloeiden toen ze naar de schilderijen reikte, maar de hitte dreef haar terug.

Ze holde naar de hut om pa de weg te versperren, zodat hij geen andere spullen meer kon pakken, en ze keek hem strak aan. Pa hief zijn vlakke hand naar Kya, maar ze wist van geen wijken. Hij draaide zich abrupt om en hinkte naar zijn boot.

Kya liet zich op het stoepje zakken en zag ma's aquarellen van het moeras smeulend tot as vergaan. Ze bleef zitten tot zonsondergang, tot alle knopen gloeiden als kooltjes en de herinneringen aan het jitterbuggen met ma in rook opgingen.

De dagen erna leerde Kya van de fouten van de anderen, en mogelijk nog meer van de voorns, hoe ze met hem kon leven. Blijf gewoon uit zijn buurt, zorg dat hij je niet ziet, flits uit de plekken zon de schaduw in. Ze stond vroeg op, ging het huis uit voordat hij wakker werd, leefde in het bos en aan het water en 's avonds sloop ze terug naar het huis en haar bed op de veranda, zo dicht bij het moeras als ze maar kon komen.

Pa had in de Tweede Wereldoorlog in Duitsland gevochten, waar zijn linkerdijbeen was verbrijzeld door granaatscherven, hun laatste bron van trots. Zijn wekelijkse invaliditeitsuitkering was hun enige bron van inkomsten. Een week na Jodies vertrek was de koelkast leeg en waren er vrijwel geen raapstelen meer over. Toen Kya de maandagochtend erop de keuken in liep, wees pa naar een gekreukt dollarbiljet en wat losse munten op de keukentafel.

'Hier kun je eten voor de hele week van kopen. Niets voor niets,' zei hij. 'Alles kost wel iets, en voor dat geld moet je het huis schoonhouden, brandhout verzamelen en de was doen.'

Voor het eerst in haar leven liep Kya alleen naar Barkley Cove om boodschappen te doen: *Dit varkentje ging naar de markt.* Ze ploeterde zesenhalve kilometer door diep zand en zwarte modder tot de baai voor haar glinsterde, met het dorp aan de kust.

De moeraswildernis die het dorpje omringde, vermengde haar zilte waas met dat van de zee, die aan de andere kant van de hoofdstraat aanzwol in de vloed. Het moeras en de zee scheidden het dorp van de rest van de wereld; de enige verbinding was de eenbaansweg die het dorp in kreupelde op gebarsten asfalt vol kuilen.

Er waren twee straten: de hoofdstraat, Main Street, die langs de zee liep, met een rij winkels: de Piggly Wiggly-supermarkt aan het ene uiteinde, Western Auto aan het andere uiteinde en de cafetaria in het midden. Daartussenin zaten Kress's Five & Dime, een J.C. Penney's (waar je alleen uit de catalogus kon bestellen), Parker's Bakery en een Buster Brown-schoenwinkel. Naast de Piggly zat de Dog-Gone Beer Hall, waar je hotdogs, gloeiendhete chili en gefrituurde garnalen uit gevouwen papieren bootjes kon eten. Er gingen geen dames of kinderen naar binnen, want dat werd niet fatsoenlijk geacht, maar er zat een luik in de muur zodat je vanaf de straat hotdogs en Nehi-cola kon bestellen. Kleurlingen mochten noch van de deur, noch van het loket gebruikmaken.

De andere straat, Broad Street, liep van de oude snelweg regelrecht naar zee en kwam uit op Main Street. Het enige kruispunt in het dorp was dus dat van Main Street, Broad Street en de Atlantische Oceaan. De winkels en bedrijven grensden niet aan elkaar, zoals gewoonlijk het geval is in dorpen, maar waren van elkaar gescheiden door kleine braakliggende terreinen die begroeid waren met baggegras en dwergpalmen, alsof het moeras van de ene dag op de andere was opgerukt. Bijtende, zilte zeewinden hadden meer dan tweehonderd jaar lang het cederhout van de gebouwen verweerd tot de kleur van roest en de raamkozijnen, die voornamelijk wit of blauw waren geschilderd, vertoonden bladders en barsten. Het dorp leek het al met al zat te zijn om zich tegen de elementen te verzetten, en het gaf er gewoon aan toe.

De kade, gedrapeerd met rafelige touwen en oude pelikanen, stak uit in de smalle baai, waarvan het water, als het kalm was, het rood en geel van garnalenboten reflecteerde. Aan weerskanten van de winkels kronkelden zandwegen, afgezet met kleine cederhouten huizen, tussen de bomen door, om lagunes heen en langs de kust. Barkley Cove was met recht een gehucht te noemen, zoals het verspreid lag tussen de inhammen en het riet als een door de wind verstrooid reigersnest.

Kya, blootsvoets en gehuld in een te korte tuinbroek, bleef staan waar het moeraspad de weg kruiste. Ze beet op haar lip, wilde naar huis rennen. Ze kon zich niet voorstellen wat ze tegen de mensen zou moeten zeggen, hoe ze het geld voor de boodschappen moest uittellen. Maar honger maakte brutaal, dus stapte ze Main Street in en liep met gebogen hoofd over de brokkelige stoep die her en der tussen de graspollen zichtbaar was naar de Piggly Wiggly. Toen ze bijna bij de Five & Dime was, hoorde ze rumoer achter zich en sprong net op tijd opzij voor drie jongens, een paar jaar ouder dan zij, die op fietsen rakelings langs haar heen raceten. De voorste jongen keek naar haar om, lachte om de bijna-botsing en reed bijna tegen een vrouw op die net uit de winkel kwam.

'Chase Andrews, hier komen! Jullie alle drie, jongens.' Ze fietsten een paar meter door, bedachten zich en reden terug naar de vrouw, Pansy Price, verkoopster van textiel en meningen. Haar familie had ooit de grootste boerderij aan de rand van het moeras gehad en hoewel die lang geleden gedwongen was verkocht, bleef ze in haar rol van voorname grootgrondbezitter. Wat niet meeviel als je in een piepklein appartement boven de cafetaria woonde. Pansy droeg meestal hoeden die de vorm hadden van zijden tulbanden. Die van vanochtend was roze, zodat haar rode lippenstift en vegen rouge extra opvielen.

Ze gaf de jongens een uitbrander. 'Ik heb zin om jullie moeders hierover te vertellen. Of, nog beter, jullie vaders. Zo hard fietsen op de stoep, mij bijna overrijden. Wat is je excuus hiervoor, Chase?'

Hij had de mooiste fiets, met een rood zadel en een hoog, verchroomd stuur. 'Het spijt ons, mevrouw Price, we hadden u niet gezien, want dat meisje daarginds stond in de weg.' Chase, die gebruind was en donker haar had, wees naar Kya, die achteruit was gestapt en half in een gagelstruik stond.

'Laat haar erbuiten. Je kunt je zonden niet op een ander afschuiven, zelfs niet op moerastuig. Zo, jullie moeten een goede daad doen om dit goed te maken. Daar loopt juf Arial met haar boodschappen, help haar maar ze naar haar pick-up te dragen. En stop je hemd in je broek.'

'Ja, mevrouw,' zeiden de jongens en ze fietsten naar juf Arial, bij wie ze allemaal in groep vier hadden gezeten.

Kya wist dat de ouders van de jongen met het donkere haar de eigenaren waren van de Western Auto-garage en dat hij daarom de mooiste fiets had. Ze had hem grote kartonnen dozen vol handelswaar uit de vrachtauto zien laden tot die helemaal leeg was, maar ze had nog nooit een woord met hem of de andere twee gewisseld.

Ze wachtte nog een paar minuten en liep toen, weer met gebogen hoofd, verder naar de supermarkt. Binnen bekeek ze de verschillende soorten grutten en koos een pond grof gemalen gele mais omdat er een rood etiket aan hing: AANBIEDING VAN DE WEEK. Zoals ma haar had geleerd. Ze bleef nerveus in het gangpad wachten tot er geen klanten meer bij de kassa stonden en liep toen naar de caissière, mevrouw Singletary, die vroeg: 'Waar is je mama?' Mevrouw Singletary had kortgeknipt haar met stijve krulletjes dat zo paars was als een iris in het zonlicht.

'Karweitjes aan het doen, mevrouw.'

'Nou, je hebt toch wel geld voor de grutten?'

'Ja, mevrouw.' Ze wist niet hoe ze het bedrag moest uittellen en legde dus de hele dollar maar neer.

Mevrouw Singletary vroeg zich af of het kind de verschillende munten wel kende, dus telde ze langzaam, terwijl ze het wisselgeld in Kya's hand legde: 'Vijfentwintig, vijftig, zestig, zeventig, tachtig, vijfentachtig en drie penny's. Want de grutten kosten twaalf cent.'

Kya's maag verkrampte. Moest ze nu ook hardop tellen? Ze keek naar de muntenpuzzel in haar hand.

Mevrouw Singletary glimlachte. 'Zo dan. Wegwezen, jij.'

Kya haastte zich de winkel uit en liep zo snel mogelijk naar het moeraspad. Ma had vaak tegen haar gezegd: 'Nooit hollen in het dorp, dan denken de mensen dat je iets hebt gestolen,' maar zodra Kya op het zandpad was, zette ze het op een rennen en na de eerste kilometer snelwandelde ze de rest.

Eenmaal thuisgekomen wilde ze grutten maken. Ze dacht dat

ze het wel kon en strooide een handvol in kokend water, zoals ze ma had zien doen, maar het werd een grote klont die op de bodem van de pan aanbrandde en vanbinnen niet gaar werd. Zo taai dat ze er maar een paar happen van kon eten, dus doorzocht ze de tuin nogmaals en vond een paar raapstelen tussen de guldenroede. Ze kookte ze, slurpte ze allemaal op en likte de pannenlikker schoon.

Binnen een paar dagen kreeg ze door hoe je grutten kookte, maar hoe hard ze ook roerde, er kwamen altijd klonten in. De week daarna kocht ze varkenskrabbetjes, want die hadden een rood etiket, en kookte ze met grutten en kool tot een brij die prima smaakte.

Kya had vaak genoeg de was gedaan met ma, dus ze wist hoe ze kleren onder de kraan in de tuin op het wasbord moest schrobben met stukken loogzeep. Pa's overall werd zo zwaar toen hij nat was, dat haar handjes te klein waren om hem uit te wringen en ze kon hem niet ophangen omdat ze niet bij de waslijn kon, dus drapeerde ze hem kleddernat over de dwergpalmbladeren aan de rand van het bos.

Pa en zij ontweken elkaar als in een dans. Ze woonden apart in dezelfde hut en soms zagen ze elkaar dagen niet. Ze zeiden vrijwel nooit iets tegen elkaar. Ze ruimde haar eigen rommel op en die van hem, als een echt huisvrouwtje. Ze kon geen maaltijden voor hem bereiden, want zo goed kon ze nog lang niet koken, en meestal was hij er toch niet, maar meestal maakte ze zijn bed op, raapte zijn rommel van de vloer, veegde en deed de afwas. Niet omdat het haar was gezegd, maar omdat het de enige manier was om de hut fatsoenlijk te houden voor als ma terugkwam.

Ma had altijd gezegd dat de oogstmaan zich had laten zien tijdens Kya's geboorte, dus hoewel ze niet precies wist wanneer ze jarig was, zei ze op een avond toen de maan vol en goudkleurig uit de lagune oprees tegen zichzelf: 'Ik zal nu wel zeven zijn.' Pa zei er niets van, laat staan dat er taart was. Hij zei er ook niets over dat ze naar school moest, en zijzelf wist er weinig van en durfde er niet over te beginnen.

Ma moest wel terugkomen voor haar verjaardag, dus trok ze de ochtend na de oogstmaan haar katoenen jurk aan en keek het zandpad af. Kya probeerde ma op te roepen, haar naar de hut te laten lopen, op haar krokodillenschoenen en in haar lange rok. Toen er niemand kwam, pakte ze de pan met grutten en liep door het bos naar het strand. Ze hield haar handen bij haar mond, legde haar hoofd in haar nek en riep: *'Kie-auw, kie-auw, kie-auw.'* Uit de richting van de branding doken zilveren stippen op in de lucht langs het strand.

'Daar zijn ze. Het zijn er meer dan ik kan tellen,' zei ze.

De vogels cirkelden en doken schreeuwend en krijsend, bleven vlak bij haar gezicht zweven en daalden neer toen ze de grutten voor ze uitstrooide. Toen ze tot rust kwamen en hun veren gladstreken, ging ze als een zeemeermin op het strand zitten, met haar benen opzij gebogen. Een grote meeuw koos een plekje vlak bij haar.

'Ik ben vandaag jarig,' vertelde ze hem.

3

Chase

1969

De rottende stelten van de oude brandtoren staken uit boven de veenpoel, die zijn eigen mistslierten schiep. Er klonk alleen wat gekras van kraaien; verder leek het bos zich verwachtingsvol stil te houden toen de twee jongens, Benji Mason en Steve Long, allebei tien jaar oud, op de ochtend van 30 oktober 1969 de vochtige trap op liepen.

'Het hoort niet zo warm te zijn in de herfst,' riep Steve over zijn schouder naar Benji.

'Nee, en het is helemaal stil, op de kraaien na.'

Steve keek tussen de treden door en zei: 'Wacht even. Wat is dat?'

'Waar?'

'Kijk, daar. Blauwe kleren, alsof er iemand in de modder ligt.'

'Hé, jij daar!' riep Benji naar beneden. 'Wat doe je daar?'

'Ik zie zijn gezicht, maar hij beweegt niet.'

Ze renden terug naar beneden en haastten zich naar de andere kant van de toren, door de groenige modder heen, die aan hun laarzen bleef plakken. Daar lag een man, plat op zijn rug. Zijn linkerbeen was grotesk naar voren gebogen vanaf de knie. Zijn ogen en mond stonden wijd open.

'Jezus Christus!' zei Benji.

'Mijn god, het is Chase Andrews.'

'We kunnen de sheriff maar beter halen.'

'Maar we mogen hier helemaal niet zijn.'

'Dat doet er nu niet toe. En die kraaien kunnen elk moment komen snuffelen.'

Ze draaiden hun hoofd in de richting van het gekras. 'Misschien moet een van ons hier blijven om de vogels bij hem weg te houden,' zei Steve.

'Als je denkt dat ik hier in mijn uppie ga blijven, ben je niet goed wijs. En ik wed om een ouwe cent dat jij ook niet durft.'

Ze pakten dus allebei hun fiets en trapten hard over het stroperige zandpad terug naar Main Street en liepen het lage gebouw in waar sheriff Ed Jackson aan zijn bureau zat in een kantoor dat werd verlicht door losse gloeilampen die aan snoeren hingen. Hij was stevig gebouwd, niet groot en niet klein, met rossig haar en een sproetenwaas op zijn armen en gezicht, en hij zat in een sporttijdschrift te bladeren.

De jongens stormden zonder te kloppen door de open deur naar binnen.

'Sheriff...'

'Hé, Steve, Benji. Waar is de brand?'

'Chase Andrews ligt languit in het moeras onder de vuurtoren. We hebben het zelf gezien. Hij ziet er dood uit. Hij beweegt helemaal niet.'

Sinds de stichting van Barkley Cove, in 1751, had geen enkele wetshandhaver zijn jurisdictie verder laten reiken dan de rand van het dorp. In de jaren veertig en vijftig hadden de sheriffs wel eens honden losgelaten op ontsnapte gevangenen van het vasteland die het moeras in waren gevlucht, en het bureau had nog steeds honden, voor de zekerheid, maar Jackson sloot zijn ogen meestal voor de misdaad in het drasland. De ratten mochten elkaar afmaken.

Alleen ging het nu om Chase. De sheriff ging staan en pakte zijn hoed van de kapstok. 'Laat maar zien.'

De sheriff manoeuvreerde de politiepick-up over het zandpad, tussen de eiken en wilde hulst door waarvan de takken langs de cabine schraapten. Naast hem zat dokter Vern Murphy, grijzend, slank en fit, de enige arts van het dorpje. Ze deinden allebei mee met de diepe voren, en Vern stootte zijn hoofd bijna tegen de ruit. Ze waren ongeveer even oud en al heel lang bevriend; ze visten wel eens samen en kwamen elkaar vaak tegen in hun werk. Ze zwegen allebei bij het vooruitzicht te moeten vaststellen wie er dood in de veenpoel lag.

Steve en Benji, die met hun fietsen in het laadbed zaten, sprongen op de grond toen de pick-up stopte.

'Hij ligt daar, meneer Jackson. Achter die struiken.'

Ed stapte uit de cabine. 'Hier wachten, jongens.' Hij waadde met de dokter door de modder naar de plek waar Chase lag. De kraaien waren opgevlogen toen de pick-up naderde, maar er snorden andere vogels en insecten boven het lichaam. Het leven ging schaamteloos door.

'Ja, hoor, het is Chase. Dit zal Sam en Patti Love de das omdoen.' Elke bougie die het echtpaar Andrews bestelde, elk kasboek dat ze opmaakten en elk prijskaartje dat ze ophingen bij Western Auto was voor Chase geweest, hun enige kind.

De dokter hurkte naast het lichaam, luisterde met zijn stethoscoop, vond geen hartslag en verklaarde Chase dood.

'Hoelang, denk je?' vroeg Ed.

'Minstens tien uur, lijkt me. De lijkschouwer zal uitsluitsel geven.'

'Dan moet hij gisteravond laat naar boven zijn geklommen. Eraf gevallen.'

Vern onderzocht Chase oppervlakkig, zonder hem te verplaatsen, en ging toen naast Ed staan. Beide mannen keken naar Chase' ogen, die nog steeds naar boven keken vanuit zijn gezwollen gezicht, en toen naar zijn gapende mond.

'Hoe vaak heb ik de mensen hier niet gezegd dat we op zoiets konden wachten?' zei de sheriff.

Ze kenden Chase al sinds zijn geboorte, hadden hem van innemend kind tot aantrekkelijke tiener zien opgroeien; van sterquarterback en populairste jongen van de school tot medewerker in de zaak van zijn ouders en ten slotte tot een knappe man, getrouwd met het mooiste meisje van de klas. Nu lag hij hier alleen, onwaardiger dan de modder. Magere Hein stal de show, zoals altijd.

Ed verbrak de stilte. 'Weet je, ik snap niet waarom de anderen geen hulp zijn gaan halen. Ze komen hier altijd als groep, of op z'n minst als stelletje, om te vrijen.' De sheriff en de arts wisselden een kort, maar veelbetekenend knikje in het besef dat Chase weliswaar getrouwd was, maar toch met een andere vrouw naar de toren zou kunnen zijn gegaan. 'Laten we wat afstand nemen. Alles eens goed bekijken,' zei Ed. Hij tilde zijn voeten op, hoger dan nodig was. 'Blijf waar je bent, jongens; niet nog meer sporen maken.'

Ed wees naar de voetsporen die van de trap over het veen tot een paar meter van Chase leidden en vroeg: 'Zijn dit jullie sporen van vanochtend?'

'Ja, sheriff, dichterbij zijn we niet gekomen,' antwoordde Benji. 'Zodra we zagen dat het Chase was, zijn we teruggegaan. U kunt zien waar we zijn omgekeerd.'

'Oké.' Ed richtte zich weer tot de arts. 'Vern, er klopt iets niet. Ik zie geen schoensporen bij het lichaam. Als hij met vrienden of wie dan ook was, waren die wel naar beneden gerend zodra hij was gevallen, en ze zouden om hem heen hebben gelopen en bij hem zijn geknield om te zien of hij nog leefde. Moet je zien hoe diep onze sporen in de modder zijn, maar er zijn geen andere verse sporen. Niet naar of van de trap, niet rond het lichaam.'

'Dan was hij misschien alleen. Dat zou alles verklaren.'

'Nou, ik zal je zeggen wat er niet wordt verklaard: waar zijn *zíjn* voetsporen? Hoe heeft Chase Andrews over het pad en door de modder naar de trap kunnen lopen om naar boven te klimmen zonder zelf sporen achter te laten?'

4

School

1952

Een paar dagen na haar verjaardag was Kya in haar eentje op blote voeten door de modder aan het banjeren. Ze stond net gebukt naar een dikkopje te kijken dat kikkerpoten begon te krijgen, toen ze iets hoorde en zich abrupt oprichtte. Een auto ploegde door het diepe zand aan het eind van hun pad. Hier reed nooit iemand. Toen zweefde het gemurmel van pratende mensen tussen de bomen door; een man en een vrouw. Kya rende naar de struiken, zodat ze kon zien wie het waren, maar toch een uitweg had. Zoals Jodie haar had geleerd.

Een grote vrouw dook uit de auto op, wankel op hoge hakken, net als ma toen ze over het zandpad liep. Het moesten de weeshuismensen zijn die haar kwamen halen.

Ik kan vast harder lopen dan zij. Ze valt meteen op haar snufferd op die schoenen. Kya bleef zitten waar ze zat en keek naar de vrouw, die naar de hordeur van de veranda liep.

'Joehoe, is daar iemand? De leerplichtambtenaar. Ik kom Catherine Clark naar school brengen.'

Kya was sprakeloos. Ze wist vrij zeker dat ze vanaf haar zesde naar school had gemoeten. Daar waren ze dan, een jaar te laat.

Ze had geen idee wat ze tegen andere kinderen moest zeggen, laat staan tegen een onderwijzer, maar ze wilde leren lezen en verder kunnen tellen dan negenentwintig.

'Catherine, meisje, als je me kunt horen, kom dan tevoorschijn, alsjeblieft. Het is verplicht, lieverd; je moet naar school, maar afgezien daarvan zul je het ook leuk vinden, schat. Je krijgt elke dag gratis een warme maaltijd tussen de middag. Ik geloof dat het vandaag krokante kippenpastei is.'

Daar zei ze iets. Kya had erg veel honger. Voor het ontbijt had ze grutten gekookt waar ze zoute crackertjes doorheen had gekruimeld omdat ze geen zout had. Dat was iets wat ze al had geleerd over het leven: je kunt geen grutten eten zonder zout. Ze had maar een paar keer in haar leven kippenpastei gegeten, maar ze kon die goudgele korst nog voor zich zien, knapperig vanbuiten en zacht vanbinnen. Ze proefde die volle jussmaak nog, rond op de tong. Het was meer haar maag dan Kya zelf die maakte dat ze zich oprichtte tussen de dwergpalmbladeren.

'Hallo, kindje, ik ben mevrouw Culpepper. Je bent groot genoeg om naar school te gaan, hè?'

'Ja, mevrouw,' zei Kya met gebogen hoofd.

'Het is al goed, je mag op blote voeten, dat doen wel meer kinderen, maar omdat je een meisje bent, moet je een rok aan. Heb je een jurk of een rok, lieverd?'

'Ja, mevrouw.'

'Mooi, laten we je dan maar in de kleren steken.'

Mevrouw Culpepper liep achter Kya aan door de verandadeur naar binnen, nadat ze over een rij vogelnesten was gestapt die Kya op de planken had uitgestald. In de slaapkamer trok Kya de enige jurk aan die nog paste, een geruite overgooier waarvan een schouderband was vastgemaakt met een veiligheidsspeld.

'Heel goed, meisje, je ziet er keurig uit.'

Mevrouw Culpepper stak haar hand uit. Kya keek ernaar. Ze had al weken niemand aangeraakt, en nog nooit iemand die ze niet kende, maar ze legde haar kleine hand in de hand van mevrouw Culpepper en liet zich over het pad meevoeren naar de Ford Crestliner, die werd bestuurd door een zwijgende man met een grijze hoed op. Kya, die achterin ging zitten, glimlachte niet en voelde zich geen kuikentje onder moeders vleugels.

Barkley Cove had een school voor witte mensen, een tweelaags bakstenen gebouw in Main Street, tegenover het bureau van de sheriff. De zwarte kinderen hadden hun eigen school, zonder eerste verdieping, die uit betonblokken was opgetrokken, bij hun eigen wijk.

Ze werd naar de administratie gebracht, waar ze wel haar naam in het register konden vinden, maar geen geboortedatum, dus zetten ze haar in groep vier, hoewel ze nog geen dag van haar leven naar school was geweest. Groep drie zat toch te vol, zeiden ze, en wat maakte het uit voor moerasmensen die toch hooguit een paar maanden op school bleven en zich dan nooit meer vertoonden? Het zweet parelde op Kya's voorhoofd toen de directeur met haar door een brede gang liep waarin hun voetstappen weerkaatsten. Hij deed de deur van een lokaal open en gaf haar een zetje.

Geruite rokken, lange rokken, schoenen, veel schoenen, hier en daar blote voeten, en ogen: allemaal starende blikken. Ze had nog nooit zoveel mensen bij elkaar gezien. Het waren er wel meer dan tien. Juf Arial, dezelfde juf die die jongens hadden geholpen, bracht Kya naar een tafeltje achterin. Ze mocht haar spullen in het vakje stoppen, kreeg ze te horen, maar ze had geen spullen.

De juf liep terug naar voren en zei: 'Catherine, ga staan, alsjeblieft, en vertel de klas hoe je heet.'

Haar maag keerde zich bijna om.

'Toe maar, kindje, niet zo verlegen.'

Kya stond op. 'Mejuffrouw Catherine Danielle Clark,' zei ze, want ma had ooit gezegd dat dat haar volledige naam was.

'Kun je het woordje "kat" voor ons spellen?'

Kya keek naar de vloer en zweeg. Jodie en ma hadden haar wel een paar letters geleerd, maar ze had nog nooit een heel woord hardop gespeld.

De zenuwen in haar maag speelden op, maar toch probeerde ze het. 'T-a-k.'

Gelach klonk op in het lokaal.

'Sst! Stil, jullie!' riep juf Arial. 'We lachen nooit, horen jullie wel, we lachen elkaar nooit uit. Jullie zouden beter moeten weten.'

Kya ging snel weer zitten aan haar tafeltje achter in het lokaal en probeerde zich zo onzichtbaar te maken als een schorskever op de gerimpelde stam van een eik. Maar hoe nerveus ze ook was, toen de juf doorging met de les, leunde ze naar voren om te horen wat er na negenentwintig kwam. Tot nu toe had juf Arial het alleen nog maar gehad over iets wat ze klankleer noemde, en de leerlingen deden haar met wijd open mond na, *aa, ah, oo* en *oe*, koerend als duiven.

Tegen elven trok de warme, boterachtige geur van pasteideeg en bolletjes in de oven door de gangen en sijpelde het lokaal in. Kya's maag stak en knorde, en toen de leerlingen eindelijk in ganzenpas de kantine in liepen, watertandde ze. Ze volgde het voorbeeld van de anderen en pakte een dienblad, een groen plastic bord en bestek. Een groot luik met een toonbank bood uitzicht op de keuken, en voor haar stond een enorme emaillen schaal met kippastei, met dikke repen deeg in ruitvorm eroverheen waartussen hete jus opborrelde. Een grote, glimlachende zwarte vrouw die sommige kinderen bij hun naam noemde schepte een grote portie pastei op haar bord, en toen wat verse erwtjes in boter en een bolletje. Ze kreeg ook nog bananenpudding en haar eigen rood-met-witte pakje melk voor op haar dienblad.

Ze liep richting de tafeltjes, die al vol lachende en pratende kinderen zaten. Ze herkende Chase Andrews en zijn vrienden, die haar bijna van de stoep hadden gereden met hun fietsen, dus wendde ze haar hoofd af en ging aan een lege tafel zitten. Ze wierp een paar keer een snelle blik op de jongens, de enige gezichten die ze kende, maar ze negeerden haar, zoals iedereen.

Kya keek met grote ogen naar de goedgevulde pastei; kip, wortel, aardappel en kleine erwtjes. Het goudbruin gebakken deeg eroverheen. Een paar meisjes in lange rokken die wijd uitstonden over petticoats kwamen haar kant op. Het ene meisje was lang, dun en blond, het andere rond, met appelwangen. Kya vroeg zich af hoe ze in een boom konden klimmen of zelfs maar in een boot stappen met die grote rokken. Ze konden in elk geval niet waden op zoek naar kikkers; ze zouden hun eigen voeten niet eens kunnen zien.

Toen ze dichterbij kwamen, keek Kya naar haar bord. Wat moest ze zeggen als de meisjes bij haar kwamen zitten? Maar ze liepen haar voorbij, kwetterend als vogels, en gingen bij hun vriendinnen aan een andere tafel zitten. Hoeveel honger Kya ook had, haar mond was droog, waardoor het moeilijk was om te slikken. Daarom nam ze maar een paar happen, dronk de melk helemaal op, propte zoveel pastei als ze kon in het melkpakje, stiekem, zodat niemand het zag, en wikkelde het samen met het broodje in haar servet.

De rest van de dag deed ze haar mond niet meer open. Zelfs toen de juf een vraag stelde, bleef ze zwijgen. Zij kwam hier om te leren, niet andersom. *Waarom zou ik erom vragen uitgelachen te worden?* dacht ze.

Na de laatste bel kreeg ze te horen dat de bus haar op vijf kilometer van haar laantje zou afzetten omdat de weg vanaf dat punt te zanderig werd en dat ze elke ochtend naar de bushalte moest lopen. Tijdens de rit, waarbij de bus door diepe voren deinde en langs uitgestrekte vlakten slijkgras kwam, kwamen de plagerige stemmen van voorin: 'Mejúffrouw Catherine Danielle Clark!' De lange dunne blonde en de ronde met appelwangen, de meisjes van de lunch, riepen: 'Waar heb je gezeten, moeraskip? Waar is je hoed, beverrat?'

De bus stopte ten slotte bij een naamloze kruising van kronkelwegen diep in het bos. De chauffeur draaide de deur open en Kya sprong naar buiten. Ze rende bijna een kilometer, raakte buiten adem en liep op een sukkeldrafje door tot ze thuis was. Ze stopte niet bij de hut, maar rende door de dwergpalmen naar de lagune en over het pad dat door de beschutting van dicht op elkaar staande eiken naar de oceaan leidde. Ze stormde het kale strand op, naar de zee die haar armen wijd opende en de wind die haar vlechten lostrok, en bleef bij de vloedlijn staan. Ze was bijna in tranen, de hele dag al.

Boven het brullen van de beukende golven uit riep Kya naar de vogels. De zee zong met een basstem, de meeuwen waren sopranen. Krijsend en roepend cirkelden ze boven het moeras en het strand terwijl zij pasteikorst en broodkruimels op het zand strooide. Met hangende poten en draaiende koppen streken ze neer.

Een paar vogels pikten zacht tussen haar tenen. Het kietelde, en ze lachte tot de tranen over haar wangen biggelden en er eindelijk grote snikken met lange uithalen uit die beknelde plek onder haar keel opwelden. Toen het melkpakje leeg was, dacht ze dat ze de pijn niet zou kunnen verdragen, bang als ze was dat ze haar in de steek zouden laten, net als alle anderen, maar de meeuwen schaarden zich rondom haar op het strand en gingen gewoon verder met het gladstrijken van hun grijze, uitgespreide vleugels. Zij ging dus ook maar zitten. Het liefst zou ze de vogels allemaal oppakken en meenemen naar de veranda, zodat ze bij haar konden slapen. Ze stelde zich voor dat ze allemaal samengepakt in haar bed lagen, een hoop warme, met veren beklede lijfjes onder de lakens.

Twee dagen later hoorde ze de Ford Crestliner door het zand ploeteren en rende het moeras in. Ze stampte over zandbanken, zodat ze duidelijke voetsporen achterliet, liep op haar tenen het water in, zonder sporen achter te laten, maakte een omtrekkende beweging en koos een andere richting. Toen ze bij een modderig stuk grond kwam, rende ze in kringetjes rond om de sporen door elkaar te laten lopen. Toen ze weer op harde grond kwam, zweefde ze eroverheen, van graspollen naar takjes springend, zonder een spoor achter te laten.

Ze bleven nog een paar weken om de twee of drie dagen komen. De man met de hoed probeerde haar op te sporen, maar hij kwam niet eens in de buurt. Toen kwam er een week niemand. Het krassen van de kraaien was het enige geluid. Ze liet haar handen langs haar zij bungelen en keek naar het uitgestorven zandpad.

Kya zou niet meer teruggaan naar school. Ze ging weer reigers kijken en schelpen zoeken, en zo kon ze ook dingen leren, dacht ze. 'Ik kan al koeren als een duif,' zei ze tegen zichzelf. 'En veel beter dan zij. Ook al hebben ze nog zulke mooie schoenen.'

Op een ochtend, een paar weken na haar dag op school, scheen de zon witheet. Kya klom in het boomfort van haar broers aan het strand en keek uit naar zeilschepen met een piratenvlag. Fantasie groeit op de dorste grond, bewees ze door te roepen: 'Ahoy! Piraten ahoy!' Zwaaiend met haar zwaard sprong ze uit de boom om aan te vallen, maar opeens trok een pijnscheut in haar rechtervoet als vuur door haar been omhoog. Haar knieën knikten en ze viel op haar zij en schreeuwde het uit. Ze zag een lange, roestige spijker die zich diep in haar voetzool had gedrongen. 'Pa!' schreeuwde ze. Ze probeerde zich te herinneren of hij de vorige avond thuis was gekomen. 'Pa, help!' riep ze, maar er kwam geen antwoord. In een enkele, snelle beweging stak ze haar arm uit en rukte de spijker uit haar voet, over de pijn heen schreeuwend.

Ze maaide woest met haar armen door het zand en kermde. Ten slotte ging ze rechtop zitten en keek naar haar voetzool. Er was vrijwel geen bloed, alleen het minuscule gaatje van een kleine, diepe wond. Op hetzelfde moment herinnerde ze zich de kaakklem. Haar maag trok samen en ze kreeg het koud. Jodie had haar over een jongen verteld die op een roestige spijker was getrapt en geen tetanusinjectie had gekregen. Zijn kaken klapten dicht, zo stevig op elkaar dat hij zijn mond niet meer open kon krijgen. Toen was zijn ruggengraat als een boog naar achteren gekromd, maar niemand kon iets doen behalve toekijken terwijl hij stierf van de verkrampingen.

Over één ding was Jodie heel duidelijk geweest: je moest de injectie binnen twee dagen nadat je op de spijker was getrapt krijgen, anders was je ten dode opgeschreven. Kya had geen idee hoe ze aan zo'n injectie moest komen.

'Ik moet iets doen. Als ik op pa blijf wachten, krijg ik sowieso kaakklem.' Zweetdruppels rolden over haar gezicht toen ze langs het strand terughinkte en ten slotte uitkwam tussen de koelere eiken rond de hut.

Ma had wonden altijd in zout water geweekt en dan bedekt met modder waar ze allerlei tincturen doorheen mengde. Er was geen zout in de keuken, dus hinkte Kya het bos in, naar een brak stroompje dat bij eb zo zilt was dat de randen glinsterden van de stralend witte kristallen. Ze ging op de grond zitten en weekte haar voet in het grondwater, waarbij ze de hele tijd haar mond bewoog: open, dicht, open, dicht, gaap- en kauwbewegingen, als ze maar kon voorkomen dat hij vast kwam te zitten. Na bijna een uur had het water zich zo ver teruggetrokken dat ze een gat in de zwarte modder kon graven met haar vingers, en ze schoof haar voet voorzichtig in de zijdezachte aarde. De lucht was koel hier, en de kreten van adelaars gaven haar kracht.

Tegen het eind van de middag werd ze erg hongerig, dus ging ze terug naar de hut. Pa's kamer was nog leeg, waarschijnlijk zou hij nog uren wegblijven. Pokeren en whisky drinken hielden een man het grootste deel van de nacht bezig. De grutten waren op, maar toen ze wat rommelde, vond ze een oud, glibberig blik Crisco-bakvet, stak haar vinger erin en smeerde het uit over een zoute cracker. Ze nam kleine hapjes en at toen nog vijf crackers.

Ze liet zich op haar bed op de veranda zakken en luisterde of ze pa's boot hoorde. De invallende nacht plukte en prikte en ze sliep onrustig, maar tegen de ochtend moest ze echt zijn weggezakt, want toen ze ontwaakte, scheen de zon vol op haar gezicht. Ze deed snel haar mond open; hij deed het nog. Ze hinkte heen en weer van de brakke poel naar de hut en hield de stand van de zon bij tot ze wist dat er twee dagen voorbij waren. Ze deed haar mond open en dicht. Misschien had ze het gered.

Toen ze die avond onder haar laken op de matras op de vloer kroop, met haar in modder gepakte voet in een oude lap gewikkeld, vroeg ze zich af of ze dood wakker zou worden. Nee, herinnerde ze zich, zo makkelijk zou het niet gaan: haar rug zou krommen; haar armen en benen zouden kronkelen.

Een paar minuten later voelde ze een steekje in haar onderrug en schoot overeind. 'O, nee, o, nee. Ma, ma.' Ze voelde nog een steek en kwam tot bedaren. 'Het is maar jeuk,' mompelde ze. Ten slotte, toen ze echt uitgeput was, viel ze in slaap, en ze deed haar ogen pas weer open toen er duiven in de eik murmelden.

Ze liep nog een week lang twee keer per dag naar de poel, en ze leefde op zoute crackers en Crisco, en al die tijd kwam pa niet thuis. Op de achtste dag kon ze haar voet soepel draaien en was de pijn oppervlakkig geworden. Ze deed een dansje, waarbij ze haar zere voet ontzag, en juichte: 'Ik heb het gered, ik heb het gered!'

De volgende ochtend ging ze weer naar het strand om naar piraten uit te kijken.

'Het eerste wat ik ga doen, is mijn bemanning commanderen al die spijkers op te rapen.'

Ze werd elke ochtend vroeg wakker, en nog steeds wachtte ze op het gekletter met pannen van ma die druk aan het koken was. Ma's lievelingsontbijt had bestaan uit roerei van die ochtend geraapte eieren, plakken rijpe rode tomaat en maiskoek die ze maakte door een mengsel van maismeel, water en zout op vet te gieten dat zo heet was dat het beslag bubbelde en de randen op een knapperig haakwerkje gingen lijken. Ma zei dat je iets pas echt bakte als je het vanuit een andere kamer hoorde sputteren, en Kya had die koeken haar hele leven in het vet horen sputteren als ze wakker werd. Elke ochtend had ze de blauwe rook van hete mais geroken, maar nu was het stil en kil in de keuken, en Kya glipte van haar bed op de veranda naar de lagune.

De maanden verstreken en de winter schoof zachtjes op zijn plek, zoals de winters in het Zuiden doen. De zon lag warm als een deken om Kya's schouders en lokte haar dieper het moeras in. Soms hoorde ze nachtgeluiden die ze niet kon thuisbrengen of schrok ze van bliksem die te dichtbij kwam, maar als ze struikelde, ving het land haar op. Tot ten slotte, op een ongedefinieerd moment, haar verdriet wegsijpelde als water in zand. Hij zat er nog, maar diep. Kya legde haar hand op de ademende, natte aarde en het moeras werd haar moeder.

5

Onderzoek

1969

Boven hen tjirpten cicades naar de hardvochtige zon. Alle andere levensvormen doken weg voor de hitte en stootten alleen een wezenloos gezoem uit vanuit de struiken.

Sheriff Jackson haalde een hand langs zijn voorhoofd en zei: 'Vern, er moet nog veel gebeuren hier, maar het voelt niet goed. Chase' vrouw en ouders weten nog niet dat hij is overleden.'

'Ik wil het ze wel vertellen, Ed,' bood dokter Vern Murphy aan.

'Dat stel ik op prijs. Neem mijn pick-up maar. Stuur de ambulance om Chase te halen en laat Joe mijn pick-up brengen. Rep hier tegen niemand anders over, met geen woord. Ik wil niet dat het hele dorp hierheen komt en dat is precies wat er zou gebeuren als je er iets over zegt.'

Voordat hij in beweging kwam, bleef Vern nog lang naar Chase kijken, alsof hij iets over het hoofd had gezien. Als arts had hij verantwoordelijkheden. Drukkende moeraslucht wachtte achter hun rug geduldig op zijn beurt.

Ed liep terug naar de jongens. 'Hier blijven, jullie. Ik zit er niet op te wachten dat jullie dit in het dorp gaan rondbazuinen, en zorg dat je nergens aankomt en niet nog meer sporen in de modder zet.'

'Nee, sheriff,' zei Benji. 'U denkt dat iemand Chase heeft vermoord, hè? Omdat er geen voetafdrukken zijn. Zou iemand hem van de toren hebben geduwd?'

'Daar heb ik niets over gezegd. Dit is politieprotocol. Zo, jongens, uit de buurt blijven en niets verder vertellen van wat je hier hoort.'

Binnen een kwartier kwam hulpsheriff Joe Purdue, een kleine man met dikke bakkebaarden, met de pick-up aanrijden.

'Ik kan er gewoon met mijn hoofd niet bij. Chase dood. Hij was de beste quarterback die het dorp ooit heeft gehad. Dit deugt gewoon niet.'

'Wat je zegt. Nou, laten we maar aan het werk gaan.'

'Wat heb je tot nu toe?'

Ed liep een stukje bij de jongens vandaan. 'Nou, op het eerste gezicht lijkt het natuurlijk een ongeluk: hij is van de toren gevallen en overleden. Maar tot nog toe heb ik geen enkel schoenspoor van hem naar de toren toe gevonden, en ook geen sporen van iemand anders. Laten we eens zien of we aanwijzingen kunnen vinden dat iemand zijn sporen heeft gewist.'

De twee politiemannen kamden tien volle minuten de omgeving uit. 'Je hebt gelijk, geen enkele afdruk, behalve van de jongens,' zei Joe toen.

'Ja, en ook niets wat erop wijst dat iemand sporen heeft gewist. Ik snap het gewoon niet. We laten het rusten voor nu, ik denk er later nog over na,' zei Ed.

Ze maakten foto's van het lichaam, de positie waarin het lag ten opzichte van de treden, close-ups van de hoofdwonden, het been dat de verkeerde kant op was geknakt. Terwijl Ed dicteerde, maakte Joe aantekeningen. Toen ze de afstand tussen het lichaam en het pad opmaten, hoorden ze de zijkanten van de ambulance door het dichte struikgewas langs de weg schrapen. De bestuurder, een oude zwarte man die tientallen jaren de gewonden, zieken, stervenden en doden onder zijn hoede had genomen, boog respectvol zijn hoofd en fluisterde aanbevelingen: 'Oké dan, zijn armen liggen niet plat langs zijn lichaam, dus we kunnen hem niet op de brancard rollen; we moeten hem tillen en hij zal zwaar zijn; sheriff, leg uw handen maar onder het hoofd van meneer Chase. Goed zo. Jeminee.' Tegen het eind van de ochtend hadden ze hem, compleet met het slijk dat aan hem kleefde, achter in de ambulance geladen.

Dokter Murphy had Chase' ouders inmiddels ingelicht over de dood van hun zoon, dus zei Ed tegen de jongens dat ze naar huis mochten, en toen klom hij samen met Joe de trap op, die naar de top zigzagde en op elk plateau smaller werd. Hoe hoger ze kwamen, hoe verder de ronde hoeken van de wereld naar buiten schoven, en de weelderige bossen en het moeras strekten zich tot aan de uiterste randen uit.

Bij de laatste tree aangekomen stak Jackson zijn handen omhoog en duwde een ijzeren rooster open. Toen ze allebei boven waren liet hij het weer zakken, want het maakte deel uit van de vloer. Het midden van het platform bestond uit houten planken, versplinterd en grijs verweerd van ouderdom, maar de vloer eromheen bestond uit een reeks vierkante roosters waar je doorheen kon kijken en die open en dicht konden. Zolang ze dicht waren, kon je er veilig op lopen, maar als er een open was, kon je erdoorheen vallen en kwam je achttien meter lager op de grond terecht.

'Hé, moet je zien.' Ed wees naar de andere kant van het platform, waar een van de roosters openstond.

'Wat krijgen we nou?' zei Joe. Ze liepen erheen, tuurden naar beneden en zagen de perfecte afdruk van Chase' misvormde gestalte in de modder, met plekken gelig slijk en kroos eromheen, als een spatschilderij.

'Hier klopt iets niet,' zei Ed. 'Iemand vergeet wel eens het rooster boven de trap dicht te doen. Je weet wel, op weg naar beneden. We hebben het een paar keer open aangetroffen, maar de andere roosters blijven nooit openstaan.'

'En waarom zou Chase het überhaupt open hebben gezet? Er is toch geen enkele reden voor?'

'Tenzij iemand van plan was iemand anders de dood in te duwen,' zei Ed.

‘Maar waarom heeft hij het daarna dan niet dichtgedaan?’

‘Omdat als Chase er zelf door was gevallen, hij het niet achter zich had kunnen sluiten. Het moest open blijven om de schijn van een ongeluk te wekken.’

‘Moet je die steunbalk onder de opening zien. Hij is helemaal van zijn plaats geraakt en versplinterd.’

‘Ja, ik zie het. Chase moet zijn hoofd ertegen hebben gestoten toen hij viel.’

‘Ik klim erheen om naar bloedsporen en haarmonsters te zoeken. Ik zal wat splinters verzamelen.’

‘Graag, Joe. En maak wat close-ups. Ik ga een touw halen om je te zekeren. Eén dode op een dag lijkt me meer dan genoeg. En we moeten vingerafdrukken nemen van dit rooster, het rooster boven de trap, de balustrade en de trapleuningen. Alles wat iemand kan hebben aangeraakt. En verzamel alle haren en textielvezels die je kunt vinden.’

Meer dan twee uur later rekten ze hun rug na al het vooroverleunen en bukken. ‘Ik zeg niet dat er sprake is van een misdrijf. Daar is het nog veel te vroeg voor, en bovendien kan ik me niet voorstellen dat iemand Chase zou willen vermoorden,’ zei Ed.

‘Nou, ik zou zeggen dat er juist een lange lijst moet zijn,’ sprak de hulpsheriff hem tegen.

‘Wie dan? Waar heb je het over?’

‘Kom op, Ed. Je weet hoe Chase was. Hij lustte er wel pap van, neukte in het rond. Voor zijn huwelijk en tijdens zijn huwelijk, met jonge meiden en getrouwde vrouwen. Ik heb geile reuen gezien die zich beter gedroegen in een groep loopse teefjes.’

‘Kom op, zo erg was hij niet. Oké, hij had een reputatie als rokkenjager, maar ik kan me niet voorstellen dat iemand hem erom zou willen vermoorden.’

‘Ik zeg alleen maar dat er mensen waren die hem niet mochten. Een jaloerse echtgenoot misschien. Het moet een bekende van hem zijn geweest. Iemand die we allemaal kennen. Chase zou niet met een wildvreemde naar boven klimmen,' zei Joe.

'Tenzij hij tot over zijn oren in de schulden zat bij iemand van buiten het dorp. Iets waar wij niets van wisten. Het is iemand geweest die sterk genoeg was om Chase te duwen. Dat is niet niks.'

Joe zei: 'Ik kan zó een paar kerels noemen die het hadden gekund.'

6

Een boot en een jongen

1952

Op een ochtend kwam pa fris geschoren en met een gekreukt overhemd aan de keuken in en zei dat hij met de Trailways-bus naar Asheville ging om een paar zaken met het leger te bespreken. Hij vond dat hij meer geld moest krijgen omdat hij gehandicapt was geraakt en ging dat regelen. Hij zou een dag of drie, vier wegblijven. Hij had Kya nooit eerder verteld wat hij ging doen, waar hij naartoe ging of wanneer hij terugkwam, dus stond ze daar maar in haar te korte tuinbroek en keek zwijgend naar hem op.

'Volgens mij ben je doof, stom en achterlijk,' zei hij voordat de deur van de veranda achter hem dichtsloeg.

Kya zag hem over het pad hinken met zijn linkerbeen dat eerst opzij en dan naar voren zwaaide. Ze balde haar vuisten. Misschien zouden ze haar allemaal in de steek laten, een voor een over dat pad verdwijnen. Toen hij bij de weg kwam en onverwacht omkeek, stak ze haar hand op en zwaaide hard in een poging hem aan zich te binden. Pa stak een arm op in een snelle, onverschillige groet, maar het was toch iets. Het was meer dan ze van ma had gekregen.

Toen hij weg was, liep ze naar de lagune, waar het vroege licht de vleugels van honderden libellen liet schitteren. De eiken en het dichte struikgewas rondom het water verduisterden het als een grot, en toen ze pa's boot aan de lijn zag dobberen, kwam ze op een idee. Als ze ermee het moeras in ging en hij kwam erachter, dan zou hij haar met de riem geven. Of met de peddel die hij naast de verandadeur had staan, die Jodie de 'welkomstknuppel' had genoemd.

Misschien was het een verlangen om op verkenning uit te gaan dat haar naar de boot trok; een verbogen aluminium platbodem die pa gebruikte om te vissen. Ze had er haar hele leven in gevaren, meestal met Jodie. Hij had haar soms laten sturen. Ze wist zelfs de weg door een paar van de vaargeulen en trechtermonden die in een ingewikkeld netwerk van water en land, land en water, naar de zee kronkelden. Want al lag de oceaan vlak achter de bomen rondom de hut, de enige manier om er per boot te komen, was door de andere kant op te varen, landinwaarts, en door kilometers doolhof terug te meanderen.

Aangezien ze pas zeven was, en een meisje, was ze nog nooit alleen met de boot weggeweest. Daar dobberde hij, met een enkele katoenen lijn aan een boomstronk vastgemaakt. De bodem was bedekt met grijzige aanslag, aftands visgerei en half platgedrukte bierblikken. Toen ze erin stapte, zei ze hardop: 'Jodie heeft gezegd dat ik naar het benzinepeil moet kijken, dan merkt pa niet dat ik hem heb meegenomen.' Ze stak een afgebroken twijg in de roestige tank. 'Genoeg voor een kort tochtje, denk ik.'

Zoals elke goede dief keek ze om zich heen voordat ze de katoenen lijn losmaakte van de boomstronk en begon te peddelen. De geluidloze wolk libellen week voor haar uiteen.

Ze kon geen weerstand bieden aan de verleiding, trok aan het startkoord en sloeg bijna achterover toen de motor sputterde, witte rook boerde en aansloeg. Ze pakte de gashendel, draaide hem te ver en de boot maakte met gierende motor een scherpe bocht. Ze liet de hendel los, gooide haar handen in de lucht en de boot minderde vaart en begon te snorren.

Bij problemen, gewoon loslaten. Laat hem in zijn vrij lopen.

Ze gaf voorzichtig wat gas en stuurde om de oude omgevallen cipres heen, *prrt, prrt, prrt,* voorbij de opgestapelde takken op de beverburcht. Toen koerste ze met ingehouden adem op de ingang van de lagune af, die bijna helemaal schuilging achter de braamstruiken. Ze dook onder de laaghangende takken van reusachtige bomen door, tjoekte meer dan honderd meter langzaam door de struiken en zag schildpadden loom van boomstronken in het water glijden. Een drijvend tapijt van kroos kleurde het water zo groen als de bladerkoepel, zodat er een smaragden tunnel ontstond. Ten slotte weken de bomen en gleed ze een gebied in met een weidse lucht, golvende grasvelden en vogelgeluiden. *Het eerste wat een vogeltje ziet,* dacht ze, *als het eindelijk uit zijn ei breekt.*

Kya voer door, een stipje van een meisje in een boot, hierheen en daarheen over de riviertjes die zich eindeloos voor haar vertakten en verstrengelden. 'Bij een buitenbocht altijd links aanhouden,' had Jodie gezegd. Bijna zonder de hendel aan te raken stuurde ze de boot door de stroming, zodat de motor weinig geluid maakte. Toen ze om een rietkraag heen voer, zag ze een witstaarthinde die met haar kalfje van het afgelopen voorjaar stond te drinken. Ze keken met een ruk op, zodat er druppels door de lucht spatten. Kya stopte niet, want dan zouden ze ervandoor gaan, een les die ze had geleerd door naar kalkoenen in het wild te kijken: als jij je gedraagt als een roofdier, gedragen zij zich als prooidieren. Niet op letten, langzaam doorvaren. Ze gleed voorbij en de herten bleven stokstijf staan tot ze achter het moerasgras verdwenen was.

Ze kwam op een plek met door eiken omzoomde, donkere lagunes en herinnerde zich een vaargeul aan de andere kant die naar een enorme trechtermond leidde. Haar route liep verscheidene malen dood en dan moest ze terug om een andere bocht te nemen. Ze sloeg alle oriëntatiepunten op in haar geheugen voor de terugweg. Toen zag ze de riviermond eindelijk voor zich, met water dat zich zo ver uitstrekte dat het de hele lucht met alle wolken erin omvatte.

Het was eb, zag ze aan de waterlijnen langs de oevers van de rivierarmen. Als het water zich ver genoeg terugtrok, wat elk moment kon gebeuren, zouden sommige vaargeulen zo ondiep worden dat ze aan de grond zou lopen, zou stranden. Ze zou voor die tijd terug moeten gaan.

Toen ze om een kraag hoog gras heen voer, fronste de oceaan zijn gezicht opeens naar haar, grijs, streng en golvend. Golven beukten op elkaar, overlopend van hun eigen witte schuim, en braken met luid geraas op de kust; energie die een schokdemper zocht. Dan vlakten ze af tot stille schuimtongen, wachtend op de volgende golf.

De branding tartte haar om de golven te doorbreken en de zee op te gaan, maar zonder Jodie had ze de moed niet, en het was toch tijd om te keren. Er hoopten zich donderwolken op aan de westelijke hemel, immense grijze paddenstoelen die uit hun voegen dreigden te barsten.

Er waren geen andere mensen geweest, zelfs geen boten in de verte, dus was het een verrassing toen ze weer in de grote riviermond kwam en dicht bij het moerasgras een jongen zag die in een ander gehavend bootje zat te vissen. Haar koers zou haar tot op vijf meter afstand van hem brengen. Zo langzamerhand zag ze eruit als een echt moeraskind, met verwaaid haar en stoffige wangen waar de wind traanstrepen in had getrokken.

Het zien van een ander mens, en vooral een jongen, maakte haar nog nerveuzer dan de angst om zonder benzine te zitten of het dreigende onweer. Ma had tegen haar oudere zussen gezegd dat ze moesten uitkijken; als je er verleidelijk uitziet, veranderen mannen in roofdieren. Ze klemde haar lippen op elkaar en dacht: *Wat moet ik doen? Ik moet vlak langs hem heen.*

Vanuit haar ooghoek zag ze dat hij dun was, met goudblonde krullen die onder een rood petje waren gestopt. Veel ouder dan zij, elf, misschien al twaalf. Ze naderde met een bars gezicht, maar hij glimlachte naar haar, hartelijk en open, en tikte tegen zijn pet als een echte heer die een deftige dame in een jurk met een hoedje op begroet. Ze knikte kort en keek toen voor zich, meerderde vaart en passeerde hem.

Het enige waar ze nog aan kon denken, was dat ze terug moest naar bekend terrein, maar ze moest ergens een verkeerde bocht hebben genomen, want toen ze bij de tweede reeks lagunes aankwam, kon ze de vaargeul naar huis niet meer vinden. Ze zocht in het rond, bij luchtknobbels van eiken en gagelstruiken, tot ze in paniek begon te raken. De graskragen, zandbanken en bochten zagen er nu allemaal hetzelfde uit. Ze schakelde de motor uit en ging midden in de boot staan, met haar benen wijd om haar evenwicht te bewaren, en probeerde over het riet heen te kijken, maar het lukte niet. Ze ging weer zitten. Verdwaald. Bijna zonder benzine. Onweer op komst.

Ze leende woorden van haar vader om Jodie te vervloeken omdat hij was weggegaan. 'Loop naar de hel, Jodie! Schijt vuur en val erin. Schijt jij maar lekker vuur en val erin.'

Ze kermde een keer terwijl de boot meedreef op de lichte stroom. De wolken, die terrein wonnen op de zon, joegen zwaar maar geluidloos boven haar hoofd, de blauwe lucht wegduwend en schaduwen over het heldere water trekkend. Het kon nu elk moment gaan stormen, maar wat nog erger was: als ze te lang bleef dolen, zou pa merken dat ze de boot had gebruikt. Ze voer langzaam door; misschien kon ze die jongen terugvinden.

Na een paar minuten kwam ze bij een bocht die uitkwam op de grote riviermond, met aan de andere kant de jongen in zijn boot. Zilverreigers vlogen op, als een rij witte vlaggen tegen de zich opstapelende grijze wolken. Ze keek hem strak aan. Bang om bij hem in de buurt te komen, bang om het niet te doen. Ten slotte maakte ze de oversteek.

Toen ze dichterbij kwam, keek hij op.

'Hé,' zei hij.

'Hé.' Ze keek over zijn schouder naar het riet.

'Waar ga je heen?' vroeg hij. 'Niet naar zee, hoop ik. Het gaat stormen.'

'Nee,' zei ze met haar blik op het water gericht.

'Gaat het wel?'

Haar keel werd dichtgeknepen door een snik. Ze knikte, maar kon geen woord uitbrengen.

'Ben je verdwaald?'

Ze knikte weer. Ze ging niet huilen als een meid.

'Tja, ik verdwaal zo vaak,' zei hij, en hij glimlachte. 'Hé, ik ken jou. Jij bent het zusje van Jodie.'

'Dat was ik. Hij is weg.'

'Nou, maar je bent nog steeds...' Maar hij liet het erbij.

'Hoe ken je me dan?' Ze wierp een snelle blik op zijn ogen.

'O, ik viste wel eens met Jodie. Ik heb je een paar keer gezien. Je was toen nog maar klein. Je heet Kya, toch?'

Iemand kende haar naam. Het bracht haar van de wijs. Ze voelde zich verankerd aan iets; losgekomen van iets anders.

'Ja. Denk je dat je mijn huis kunt vinden? Vanaf hier?'

'Ik denk het wel. Het wordt ook tijd.' Hij knikte naar de wolken. 'Kom maar achter mij aan.' Hij haalde zijn lijn in, borg zijn visgerei op en startte zijn buitenboordmotor. Toen hij de riviermond overstak, zwaaide hij, en zij volgde hem. Hij koerste langzaam in een rechte lijn op de goede vaargeul af, keek om om te zien of ze de bocht nam en voer verder. Dat deed hij bij elke bocht tot aan de eikenlagune. Toen hij aankwam bij de donkere vaargeul die naar haar huis leidde, zag ze waar ze de fout in was gegaan, en het zou haar niet nog eens overkomen.

Hij loodste haar door haar lagune, ook toen ze had gezwaaid ten teken dat ze de weg weer wist, helemaal tot aan de oever met het bos waarin de hut stond. Ze stevende op de oude, sponzige stronk af en meerde de boot aan. Hij dreef weg van haar boot, dobberend op hun botsende kielzoggen.

'Lukt het verder?'

'Ja.'

'Nou, het gaat zo onweren, ik kan maar beter gaan.'

Ze knikte, en toen herinnerde ze zich wat ma haar had geleerd. 'Dank je wel.'

'Oké, dan. Ik heet trouwens Tate, mocht je me nog een keer zien.'

Ze hield haar mond, dus zei hij: 'Tot ziens dan maar.'

Toen hij wegvoer, spetterden de trage regendruppels op de oever van de lagune, en ze zei: 'Het gaat brulkikkers regenen; die jongen raakt doorweekt.'

Ze bukte zich over de benzinetank en stak haar twijg erin, met haar handen om de rand gevouwen zodat er geen regen in kon vallen. Al kon ze dan geen munten tellen, ze wist wél dat je geen water bij benzine mag laten komen.

Bijna op. Pa komt erachter. Ik moet voordat hij terugkomt met een blik naar de Sing Oil.

Ze wist dat de eigenaar, Johnny Lane, haar familie altijd uitmaakte voor moerastuig, maar het zou de moeite waard zijn om hem, het onweer en het tij te trotseren, want het enige waaraan ze nu nog kon denken, was zo snel mogelijk terugkeren naar die wereld van gras, lucht en water. Ze was bang geweest in haar eentje, maar de angst begon over te gaan in opwinding, en er was nog iets. De kalmte van de jongen. Ze had nog nooit iemand gezien die zo rustig praatte of bewoog. Zo zelfverzekerd en nonchalant. Ze was niet eens zo heel dicht bij hem geweest, maar toch was ze door zijn aanwezigheid iets van haar spanning kwijtgeraakt. Voor het eerst sinds ma en Jodie waren vertrokken, ademde ze zonder pijn; voelde ze iets anders dan het verdriet. Ze had die boot en die jongen nodig.

Die middag drentelde Tate Walker door Main Street, met zijn fiets aan de hand. Hij knikte naar Pansy Price in de Five & Dime en liep langs de Western Auto naar het uiteinde van de kade. Hij tuurde de zee af, zoekend naar de garnalenboot van zijn vader, *The Cherry Pie*, en zag de knalrode verf al van ver, de wijd uitgespreide vleugels van de netten die deinden op de golven. Toen de boot dichterbij kwam, vergezeld door zijn vertrouwde wolk meeuwen, zwaaide hij, en zijn vader, een grote man met brede schouders, dik rood haar en een baard, stak zijn hand op. Scupper, zoals iedereen in het dorp hem noemde, gooide de lijn naar Tate, die de boot aanmeerde en toen aan boord sprong om de bemanning te helpen de vangst uit te laden.

Scupper woelde door Tates haar. 'Alles goed, jongen? Fijn dat je komt helpen.'

Tate glimlachte en knikte. 'Tuurlijk.' Samen met de bemanning laadden ze de garnalen in kratten die ze naar de kade droegen. De mannen riepen naar elkaar dat ze nog een glas bier gingen drinken in de Dog-Gone en vroegen Tate hoe het op school ging. Scupper, die een halve kop groter was dan de andere mannen, tilde drie draadstalen kratten tegelijk op, droeg ze over de loopplank en ging terug om er meer te halen. Hij had kolenschoppen van handen met eeltige, gekloofde knokkels. Binnen drie kwartier hadden ze het dek schoongespoten, de netten opgebonden en de lijnen vastgemaakt.

Scupper zei tegen zijn mannen dat hij wel een andere keer bier met ze ging drinken; hij moest nog wat aan de boot sleutelen voordat hij naar huis ging. In de kajuit legde hij een 78-toerenplaat van Miliza Korjus op de platenspeler die aan het werkblad was vastgegespt en zette het geluid harder. Toen ging hij met Tate naar beneden en persten ze zich in de machinekamer, waar Tate zijn vader gereedschap aanreikte terwijl die bij het licht van een zwak peertje onderdelen smeerde en moeren aandraaide, begeleid door de zich verheffende, lieflijke coloratuursopraan.

Het schip waarop Scuppers betovergrootvader in de jaren zestig van de achttiende eeuw vanuit Schotland was geëmigreerd, had schipbreuk geleden voor de kust van North Carolina. Als enige overlevende was hij naar de Outer Banks gezwommen, had een vrouw gevonden en dertien kinderen verwekt. Veel mensen stamden af van die ene Walker, maar Scupper en Tate gingen weinig met de anderen om. Ze deden nog maar zelden mee aan de zondagse familiepicknicks met kipsalade en gevulde eieren, al hadden ze dat wel gedaan toen zijn moeder en zus er nog waren.

In de invallende duisternis gaf Scupper Tate ten slotte een klap op zijn schouders. 'Klaar. Laten we naar huis gaan, eten maken.'

Ze liepen over de kade en door Main Street naar de bochtige weg die naar hun negentiende-eeuwse huis met verweerde cederhouten gevelbekleding leidde. Het houtwerk was net weer gewit, en het gazon, dat bijna tot aan de zee liep, was keurig gemaaid, maar de azalea's en rozenstruiken naast het huis verpieterden tussen het onkruid.

Terwijl Scupper zijn gele laarzen uittrok in de bijkeuken, vroeg hij: 'Heb je al genoeg van hamburgers?'

'Ik krijg nooit genoeg van hamburgers.'

Tate ging aan het aanrecht staan, pakte hompen hamburgervlees, kneedde er hamburgers van en legde ze op een schaal. Zijn moeder en Carianne, zijn zus, allebei met een petje op, lachten naar hem vanaf een foto die naast het raam hing. Carianne was gek geweest op die Atlanta Crackers-pet, die ze altijd had gedragen.

Hij wendde zijn blik van hen af en begon tomaten in plakken te snijden en in de gebakken bonen te roeren. Zonder hem waren zij er nog geweest. Zijn moeder had nu misschien een kip bedropen, Carianne beschuitbollen uit deeg gestoken.

Scupper liet de hamburgers zoals gewoonlijk een beetje aanbranden, maar ze waren sappig vanbinnen en zo dik als de telefoongids van een kleine stad. Ze hadden allebei honger en aten een tijdje zwijgend, en toen vroeg Scupper Tate hoe het op school was geweest.

'Biologie ging goed; ik vind het leuk, maar bij Engels deden we poëzie. Ik kan niet zeggen dat ik er weg van was. We moesten allemaal een gedicht hardop voorlezen. Jij zei wel eens iets op, maar ik herinner me er weinig van.'

'Ik heb het perfecte gedicht voor jou, jongen,' zei Scupper. 'Mijn lievelingsgedicht, "De crematie van Sam McGee" van Robert Service. Ik las het jullie voor. Je moeder hoorde dat ook het liefst. Ze moest er elke keer weer om lachen als ik het voorlas, ze kreeg er nooit genoeg van.'

Tate sloeg zijn ogen neer toen zijn moeder werd genoemd en speelde wat met zijn bonen.

Scupper vervolgde: 'Denk nou niet dat poëzie alleen voor mietjes is. Er zijn wel zoetsappige liefdesgedichten, zeker weten, maar er zijn ook grappige, over de natuur en zelfs over oorlog. Waar het om gaat is dat je er iets bij voelt.' Zijn vader had vaak tegen hem gezegd dat een echte man iemand is die huilt zonder schaamte, poëzie leest met zijn hart, opera in zijn ziel voelt en doet wat nodig is om een vrouw te beschermen. Terwijl Scupper naar de woonkamer liep, riep hij over zijn schouder: 'Ik kende het voor het grootste deel uit mijn hoofd, maar nu niet meer. Hier heb ik het al, ik zal het je voorlezen.' Hij ging weer aan tafel zitten en begon te lezen. Hij kwam bij de passage waarin Sam breed glimlachend in de oven zit en vraagt of het deurtje dicht mag, want hij heeft het voor het eerst sinds zijn aankomst in Alaska lekker warm.

Scupper en Tate grinnikten.

'Daar moest je moeder altijd om lachen.'

Ze glimlachten bij de herinnering en zwegen even. Toen zei Scupper dat hij zou afwassen terwijl Tate zijn huiswerk maakte. Tate ging naar zijn kamer en bladerde in zijn poëziebundel op zoek naar iets wat hij in de klas kon voorlezen. Hij vond een gedicht van Thomas Moore over een meisje dat bij het licht van een vuurvliegjeslamp over het Meer van het Troosteloze Moeras peddelt in haar witte kano. Wanneer de voetstap van de dood nadert, zegt de dichter, zal hij haar verbergen in een cipres.

De woorden deden hem denken aan Kya, het kleine zusje van Jodie. Ze had zo klein en alleen geleken in dat uitgestrekte moeras. Hij stelde zich voor dat zijn eigen zus daar verdwaalde. Zijn vader had gelijk: poëzie liet je iets voelen.

7

Visseizoen

1952

Die avond, nadat de vissende jongen haar terug naar huis had begeleid door het moeras, ging Kya in kleermakerszit op haar bed op de veranda zitten. Mist van de stortregen kroop door de opgelapte hor en streek over haar gezicht. Ze dacht aan de jongen. Vriendelijk maar sterk, net als Jodie. De enige mensen die ze nog sprak, waren pa, af en toe, de caissière van de Piggly Wiggly, nog minder vaak, en mevrouw Singletary, die Kya sinds kort lesgaf in het onderscheiden van kwartjes, stuivers en dubbeltjes; centen kende ze al. Maar mevrouw Singletary kon ook nieuwsgierig zijn.

'Lieverd, hoe heet je eigenlijk? En waarom komt je moeder nooit meer? Ik heb haar niet meer gezien sinds de rapenoogst.'

'Ma heeft veel te doen, dus stuurt ze mij naar de winkel.'

'Ja, kind, maar je koopt lang niet genoeg voor het hele gezin.'

'Weet u, mevrouw, ik moet weg. Ma moet die grutjes nu meteen hebben.'

Zo mogelijk ontliep Kya mevrouw Singletary en rekende ze af bij de andere caissière, die geen enkele belangstelling toonde, afgezien van de opmerking dat kinderen niet op blote voeten door de supermarkt hoorden te lopen. Kya had zin om tegen haar te zeggen dat ze niet van plan was druiven te plukken met haar tenen. Trouwens, wie had er nou geld voor druiven?

Op den duur praatte Kya eigenlijk alleen nog maar met de

meeuwen. Ze vroeg zich af of ze haar vader zo gek zou kunnen krijgen dat ze zijn boot mocht lenen. In het moeras kon ze veren en schelpen verzamelen en die jongen misschien nog eens tegenkomen. Ze had nog nooit een vriendje of vriendinnetje gehad, maar ze voelde aan dat het handig was, en ze verlangde ernaar. Ze zouden samen over de riviertjes kunnen varen, de moerasgronden kunnen verkennen. Hij zag haar misschien als een klein kind, maar hij wist de weg door het moeras en zou haar iets kunnen leren.

Pa had geen auto. Hij gebruikte de boot om te vissen, om naar het dorp te gaan en om door het moeras naar de Swamp Guinea te laveren, een verweerde bar en pokertent die aan het vasteland verbonden was door middel van een gammele steiger die verscholen lag tussen de lisdodden. Het instabiele bouwsel van ruwe planken met een golfplaten dak hing aan elkaar van de bijgebouwtjes. De vloeren hadden allemaal verschillende niveaus, afhankelijk van hoe hoog ze door de bakstenen stelten boven het moeras uit werden getild. Waar pa ook naartoe ging, hij nam altijd de boot. Hij liep zelden, dus waarom zou hij hem aan haar uitlenen?

Alhoewel, hij had haar broers de boot laten gebruiken als hij hem zelf niet nodig had, waarschijnlijk omdat ze vis voor het avondeten vingen. Vissen was niets voor haar, maar misschien kon ze iets anders in ruil aanbieden, want dat was de manier om tot hem door te dringen, dacht ze. Koken, misschien, meer in het huishouden doen tot ma terugkwam.

Het hield langzaam op met regenen. Een enkele druppel hier en daar bracht nog een blad in beweging, als het heen en weer schieten van een kattenoor. Kya sprong op, mestte de koelkast uit, dweilde de gebeitst houten keukenvloer en schraapte de aangekoekte grutten van maanden van de pitten van het houtfornuis. De volgende ochtend vroeg schrobde ze pa's lakens, die naar zweet en whisky stonken, en hing ze over de dwergpalmen te drogen. Ze stofte en veegde de kamer van haar broers, waar amper twee bedden in pasten. Achter in de kast vond ze een berg vuile sokken en naast de twee groezelige matrassen op de vloer lagen vergeelde stripboeken. Ze probeerde de gezichten van de jongens voor zich te zien, de voeten die in die sokken hoorden, maar de details waren wazig. Zelfs Jodies gezicht vervaagde; soms zag ze zijn ogen heel even, maar dan vielen ze dicht en glipten weg.

De volgende ochtend liep ze met een leeg blik over de zandweg naar de Piggly en kocht lucifers, varkenskrabbetjes en zout. Ze bespaarde twee dubbeltjes. 'Kan geen melk kopen, heb benzine nodig.'

Ze ging naar het Sing Oil-benzinestation vlak buiten Barkley Cove, dat tussen de dennen stond, omringd door roestige pick-ups en sloopauto's op betonblokken.

Meneer Lane zag Kya aankomen. 'Weg hier, kleine schooier. Moerastuig.'

'Ik heb geld bij me, meneer Lane. Ik moet olie en benzine hebben voor de motor van de boot van mijn vader.' Ze liet hem de twee dubbeltjes, twee stuivers en vijf centen in haar open hand zien.

'Tja, het is de moeite nauwelijks waard voor zo'n prutsbedrag, maar kom op, geef maar.' Hij reikte naar het gebutste, vierkante blik.

Ze bedankte meneer Lane, die iets bromde. De boodschappen en benzine werden met de kilometer zwaarder, en het duurde een tijd om thuis te komen. Toen ze eindelijk in de schaduw van de lagune was, leegde ze het blik in de benzinetank en boende de boot met een schuurspons van vodden en nat zand tot de metalen romp door het vuil heen zichtbaar werd.

Op de vierde dag na pa's vertrek begon ze naar hem uit te kijken. Tegen het eind van de middag werd ze koud van angst en kreeg ze bijna geen lucht meer. Daar zat ze weer naar het pad te turen. Al was pa nog zo'n rotzak, hij moest wel terugkomen. Vroeg in de avond zag ze hem eindelijk over het hobbelige zandpad naderen. Ze rende naar de keuken en zette een goulash van gekookte mosterdkool, krabbetjes en grutten op tafel. Ze wist niet hoe je jus maakt, dus schonk ze het bakvocht van de krabbetjes, waarop witte vetoogjes dreven, in een lege jampot. De borden waren gebarsten en pasten niet bij elkaar, maar ze legde de vorken links en de messen rechts, zoals ma haar had geleerd. Toen wachtte ze, tegen de koelkast aan gedrukt als een platgereden ooievaar.

Hij zwaaide de voordeur open, die tegen de muur sloeg, en liep in drie passen door de woonkamer naar zijn slaapkamer, zonder haar te roepen of een blik in de keuken te werpen. Dat was normaal. Ze hoorde hem zijn koffer op de grond zetten, laden open- en dichtdoen. Hij moest het schone beddengoed en de geveegde vloer toch wel zien? En als hij het niet zag, moest zijn neus het verschil opmerken.

Na een paar minuten stapte hij zijn kamer uit, liep regelrecht de keuken in en keek naar de gedekte tafel en de dampende schalen met eten. Hij zag haar tegen de koelkast staan en ze gaapten elkaar aan alsof ze elkaar nooit eerder hadden gezien.

'Ah, krijg nou wat, meisje, wat is dit? Je lijkt wel helemaal volwassen geworden. Met dat koken en alles.' Hij glimlachte niet, maar zijn gezicht stond kalm. Hij was ongeschoren en er hing donker, ongewassen haar over zijn linkerslaap, maar hij was nuchter; ze kende de symptomen.

'Ja, vader. Ik heb ook maisbrood gemaakt, maar het is mislukt.'

'Nou, dank je wel. Wat een brave meid ben jij. Ik ben doodmoe en ik heb een honger als een varken dat een dag in de modder heeft gewroet.' Hij trok een stoel onder de tafel vandaan en ging zitten, dus deed zij dat ook maar. Ze schepten zwijgend hun borden vol en plukten het zenige vlees van de krabbetjes. Hij pakte een wervel en zoog het merg eruit. Het vet glom op zijn stoppelwangen. Hij knaagde de botten af tot ze zo glad waren als zijden linten.

'Dit is een stuk beter dan een koud broodje kool,' zei hij.

'Jammer dat het maisbrood niet is gelukt. Misschien had ik er meer bakpoeder en minder eieren in moeten doen.' Kya vond het ongelooflijk dat ze zo praatte, maar ze kon niet meer ophouden.

'Ma maakte het zo lekker, maar ik denk dat ik niet goed genoeg heb opgelet...' Ze bedacht dat ze niet over ma moest praten en klapte dicht.

Pa schoof zijn bord naar haar toe. 'Is er nog wat?'

'Ja, er is nog genoeg.'

'O, en gooi er maar wat van dat maisbrood bij. Ik heb zin om het in de jus te soppen, en ik durf te wedden dat het brood prima is, zo zacht als maispudding.'

Ze glimlachte in zichzelf terwijl ze hem opschepte. Wie had kunnen denken dat ze elkaar zouden vinden in een gesprekje over maisbrood?

Maar nu, bij nader inzien, was ze bang dat als ze vroeg of ze de boot mocht lenen, hij zou denken dat ze alleen daarom had gekookt en schoongemaakt. Dat was eerst ook wel zo geweest, maar het leek nu op de een of andere manier anders. Ze vond het leuk om als een echt gezin aan tafel te zitten eten. Ze had een sterke behoefte om met iemand te praten.

Ze zei dus niet dat ze in haar eentje met de boot weg wilde, maar vroeg: 'Mag ik een keer met u uit vissen?'

Hij lachte hard, maar op een vriendelijke manier. Het was de eerste keer dat hij lachte sinds ma en de anderen waren vertrokken. 'Zo, dus je wilt uit vissen?'

'Ja, vader, graag.'

'Je bent een meisje,' zei hij naar zijn bord kijkend en op de krabbetjes kauwend.

'Ja, vader, ik ben uw dochter.'

'Tja, ik zou je wel eens mee kunnen nemen.'

De volgende ochtend rende Kya met uitgespreide armen over het zandpad. Ze maakte sputterende geluiden met haar lippen, zodat het spuug in het rond sproeide. Ze zou opstijgen, over het moeras zweven en naar nesten uitkijken, en daarna zou ze hoger gaan vliegen, vleugel aan vleugel met adelaars. Haar vingers werden lange veren, gespreid tegen de lucht, die de wind onder haar opvingen.

Toen werd ze opeens ruw naar de aarde teruggetrokken door pa, die vanuit de boot naar haar riep. Haar vleugels werden krachteloos en haar maag verkrampte; hij moest erachter zijn gekomen dat ze de boot had gebruikt. Ze kon de peddel al op haar achterste en dijen voelen. Ze wist hoe ze zich moest verstoppen, moest wachten tot hij dronken was, dan zou hij haar nooit vinden, maar ze stond te ver op het zandpad, in het volle zicht. Daar stond hij met al zijn hengels en visgerei naar haar te wenken. Ze liep stilletjes en bang naar hem toe. Het visgerei lag om hem heen en hij had een zakflacon zelfgestookte maiswhisky onder zijn bankje verstopt.

'Stap in,' was het enige wat hij bij wijze van uitnodiging zei. Ze wilde blijdschap of dankbaarheid tonen, maar zijn strakke gezicht legde haar het zwijgen op. Ze stapte voor in de boot en ging op de metalen bank zitten, met haar gezicht naar voren. Hij trok aan het startkoord en ze voeren de vaargeul in. Onderweg moesten ze vaak bukken voor overhangende takken, en Kya prentte omgevallen bomen en stompen die als wegwijzer konden dienen in haar geheugen. Hij schakelde de motor uit op een binnenwater en wenkte haar naar de middelste bank.

'Toe maar, pluk maar wat wormen uit het blik,' zei hij met een sjekkie in zijn mondhoek. Hij leerde haar het aas aan de haak prikken, uitwerpen en inhalen. Hij leek zich in bochten te wringen om haar maar niet te hoeven aanraken. Ze praatten alleen over vissen; ze waagden zich niet aan andere onderwerpen en glimlachten niet vaak naar elkaar, maar zolang ze op veilig terrein bleven, ging het goed. Hij dronk wel wat, maar hield ermee op toen hij het druk kreeg. Aan het eind van de dag zuchtte de zon en verbleekte tot de kleur van boter. Misschien merkten ze het niet, maar toen ontspanden ze hun nek en schouders eindelijk.

Kya hoopte stiekem dat ze geen vis zou vangen, maar ze voelde een ruk, trok aan haar lijn en haalde een dikke, zilver-en-blauw-schitterende brasem op. Pa leunde uit de boot, mikte hem in het net, leunde achterover, sloeg op zijn knie en slaakte een vreugdekreet zoals ze nog nooit van hem had gehoord. Ze grijnsde breed en toen ze elkaar in de ogen keken, hadden ze echt contact.

Voordat pa de brasem ophing, spartelde hij op de bodem van de boot rond, en Kya moest naar een verre vlucht pelikanen kijken, de vormen van de wolken bestuderen, alles om die stervende vis maar niet te hoeven zien die naar een wereld zonder water staarde en waardeloze lucht hapte met zijn brede bek. Maar wat het haar kostte, en die vis, was dat flintertje familiegevoel wel waard. Daar dacht de vis misschien anders over, maar toch.

De volgende dag gingen ze weer op pad met de boot, en in een donkere lagune zag Kya een paar zachte borstveren van een Amerikaanse oehoe op het wateroppervlak drijven. Ze waren aan beide kanten opgekruld, zodat ze als kleine oranje bootjes ronddobberden. Ze schepte ze uit het water en stopte ze in haar zak. Later vond ze een verlaten kolibrienest, gevlochten in een uitstekende tak, en stopte het veilig in de boeg.

Die avond bereidde pa een maaltje van gebakken vis met een korst van maismeel en zwarte peper, geserveerd met grutten en raapstelen. Toen Kya na het eten de afwas stond te doen, kwam pa de keuken binnen met zijn oude plunjezak uit de Tweede Wereldoorlog. Hij bleef bij de deur staan en slingerde het ding ruw op een van de stoelen. Het gleed eraf en toen het met een bons op de vloer terechtkwam, schrok ze en draaide zich vliegensvlug om.

'Ik dacht dat je die misschien zou kunnen gebruiken voor je veren, vogelnesten en al die andere dingen die je verzamelt.'

'O,' zei Kya. 'O, dank u.' Maar hij was al door de deur de veranda op gelopen. Ze raapte de gerafelde canvas plunjezak op, die sterk genoeg was om een leven lang mee te gaan en allemaal vakken had, ook geheime. Degelijke ritsen. Ze keek door het raam. Hij had haar nog nooit iets gegeven.

Elke niet al te koude winterdag en elke voorjaarsdag trokken pa en Kya eropuit, ver heen en weer langs de kust, en ze visten met hengels en sleeplijnen. Of ze nu in een riviermond of een inham waren, ze keek altijd uit naar die jongen in zijn boot, Tate, in de hoop hem weer te zien. Soms dacht ze aan hem, en ze wilde vriendschap met hem sluiten, maar ze had geen idee hoe je zoiets aanpakt of hoe ze hem zelfs maar moest vinden. Tot pa en zij op een middag een bocht namen en hij er opeens was, aan het vissen, op bijna dezelfde plek waar ze hem voor het eerst had gezien. Zodra hij haar zag, lachte en zwaaide hij. Zonder erbij na te denken stak ze haar hand op en zwaaide terug, bijna glimlachend. Toen ze pa's verbaasde blik zag, liet ze haar hand net zo snel weer zakken.

'Een vriend van Jodie, voordat hij wegging,' zei ze.

'Je moet oppassen voor die lui hier,' zei hij. 'Het bos krioelt van het uitschot. Er is hier bijna niemand die deugt.'

Ze knikte. Ze wilde omkijken naar de jongen, maar deed het niet, al was ze bang dat hij haar onvriendelijk zou vinden.

Pa kende het moeras zoals een havik zijn territorium kent: hij wist hoe je er moest jagen, hoe je je moest verschuilen en hoe je indringers moest verdrijven. Kya's vragen, die ze met grote ogen stelde, spoorden hem aan te vertellen over de ganzenseizoenen, de gewoonten van vissen en hoe je het weer kunt aflezen aan de wolken en geniepige stromingen aan de golven.

Soms pakte ze eten in de plunjezak en dan aten ze kruimelig maisbrood, dat ze nu goed kon bakken, met uienringen terwijl de ondergaande zon zijn kleuren boven het moeras verspreidde. Nu en dan vergat pa zijn clandestiene whisky en dronken ze thee uit jampotten.

'Mijn familie is niet altijd arm geweest, weet je,' flapte pa er op een dag uit toen ze in de schaduw van een eik zaten en hun lijnen uitwierpen over een bruine lagune die gonsde van de laagvliegende insecten.

'Mijn ouders hadden land, vruchtbaar land, en ze verbouwden tabak en katoen en zo. In de buurt van Asheville. Je oma van mijn kant droeg hoeden als wagenwielen en lange rokken. We woonden in een huis met een veranda rondom en een bovenverdieping. Prachtig was het, schitterend.'

Een oma. Kya's mond viel open. Er liep ergens een oma rond, of ze had ergens rondgelopen. Waar was ze nu? Kya snakte ernaar om te vragen waar iedereen was gebleven, maar ze durfde het niet.

Pa vertelde verder. 'Toen ging alles tegelijk fout. Ik was nog een jonkie toen het gebeurde, dus ik weet niet precies wat er aan de hand was, maar je had de Depressie, de katoensnuitkever, ik weet niet wat allemaal, en toen was het weg. Het enige wat overbleef, waren schulden, heel veel schulden.'

Kya probeerde aan de hand van die vage gegevens het verleden van haar vader voor zich te zien. Over ma's verleden vertelde hij niets. Pa werd ziedend als iemand in de familie iets zei over hun leven van voor Kya's geboorte. Ze wist dat het gezin ergens ver weg had gewoond voordat het naar het moeras was gekomen, dicht bij haar andere grootouders, en dat ma toen jurken uit de winkel met kleine parelknoopjes, satijnen linten en kanten kraagjes had gedragen. Na de verhuizing naar de hut bewaarde ma de jurken in koffers, en om de paar jaar haalde ze er een tevoorschijn en maakte er een schort van omdat er geen geld was voor iets nieuws. Die mooie kleren waren nu weg, net als hun verhaal, verbrand in het vuur dat pa na Jodies vertrek had gestookt.

Kya en pa wierpen hun lijnen nog eens uit. Ze zoefden over het zachtgele stuifmeel dat op het stilstaande water dreef, en ze dacht dat het verhaal nu was afgelopen, maar pa vervolgde: 'Ik ga nog wel eens met je naar Asheville om je het land te laten zien dat van ons was, dat van jou had moeten zijn.'

Een poosje later trok hij aan zijn lijn. 'Kijk eens, lieverd, ik heb een joekel gevangen, zo groot als Alabama!'

Terug in de hut bakten ze de vis en maisbeignets 'zo vet als ganzeneieren'. Toen haalde ze haar verzamelingen tevoorschijn. De insecten speldde ze voorzichtig op stukken karton en de veren aan de muur van de slaapkamer van haar broers, waar ze een zachte, organische collage vormden. Later lag ze in haar bed op de veranda naar de dennen te luisteren. Ze deed haar ogen dicht en sperde ze toen weer open. Hij had haar 'lieverd' genoemd.

8

Ontbrekende informatie

1969

Nadat hun recherchewerk bij de brandtoren er aan het eind van de ochtend op zat, vergezelden sheriff Ed Jackson en hulpsheriff Joe Purdue Chase' weduwe Pearl en zijn ouders, Patti Love en Sam, naar een gekoeld lab in de kliniek dat als mortuarium fungeerde, waar hij op een stalen tafel lag. Om afscheid te nemen. Maar het was te koud voor een moeder, ondraaglijk voor een echtgenote. Beide vrouwen moesten het lab uit geholpen worden.

Weer terug op het bureau zei Joe: 'Erger wordt het niet...'

'Nee. Ik snap niet hoe iemand hiermee om kan gaan.'

'Sam zei geen woord. Hij was al nooit zo'n prater, maar dit zal hem nekken.'

Zoutwatermoeras kan ontbijten met een betonblok, wordt wel gezegd, en zelfs het bunkerachtige kantoor van de sheriff kon het vocht niet op afstand houden. Watervlekken, afgezet met zoutkristallen, golfden over de onderste helft van de muren, en de bovenste helft was dooraderd met zwarte schimmeldraden. In de hoeken hadden zich donkere zwammetjes genesteld.

De sheriff pakte een fles uit de onderste la van zijn bureau en schonk hun allebei twee vingers in in koffiemokken. Ze nipten tot de zon, zo goudkleurig en stroperig als de whisky, de zee in gleed.

Vier dagen later kwam Joe aan het eind van de middag zwaaiend met papieren het bureau binnen. 'Ik heb de eerste labuitslagen.'

'Eens even kijken.'

Ze gingen tegenover elkaar aan het bureau van de sheriff zitten. Joe sloeg af en toe een bromvlieg weg.

Ed las hardop: 'Tijdstip van overlijden tussen middernacht en twee uur in de nacht van 29 op 30 oktober 1969. Dat dachten we al.'

Hij las even door en vervolgde toen: 'Wat wij hebben, is ontbrekende informatie.'

'Wat je zegt. Hier staat niets bruikbaars in, sheriff.'

'Behalve van die twee jongens die tot de derde bocht in de trap zijn gekomen, zijn er geen verse vingerafdrukken op de balustrade gevonden, op de roosters, nergens. Niet van Chase en niet van een ander.' Het rozige gezicht van de sheriff werd beschaduwd door stoppels.

'Iemand heeft ze dus gewist. Allemaal. Waarom staan zijn vingerafdrukken niet ten minste op de balustrade, het rooster?'

'Wat je zegt. Eerst hadden we geen schoensporen, nu geen vingerafdrukken. Uit niets blijkt dat hij door de modder naar de treden is gelopen, dat hij omhoog is geklommen of de twee roosters bovenin heeft opengemaakt: dat boven de trap en dat waar hij door is gevallen. Of dat iemand anders de roosters heeft geopend. Maar ontbrekende informatie is ook informatie. Iemand heeft heel grondig schoongemaakt of hem ergens anders gedood en zijn lichaam bij de toren gedumpt.'

'Maar als zijn lichaam naar de toren is gebracht, moeten er bandensporen zijn.'

'Ja, we moeten terug, kijken of we andere profielen kunnen vinden dan die van onze eigen wagen en de ambulance. We kunnen iets over het hoofd hebben gezien.'

Ze lazen weer even en toen zei Ed: 'Hoe dan ook, ik ben er nu van overtuigd dat dit geen ongeluk is geweest.'

'Inderdaad,' zei Joe, 'en niet iedereen is zo goed in het wissen van sporen.'

'Ik heb honger. Laten we op weg naar huis langs de cafetaria gaan.'

'Nou, bereid je dan maar voor op een hinderlaag. De mensen zijn in alle staten. De moord op Chase is misschien wel het indrukwekkendste wat hier ooit is gebeurd. De geruchtenmolen zal wel op volle toeren draaien.'

'Nou, leg je oor dan te luisteren. Wie weet pikken we wat op. De meeste nietsnutten kunnen hun mond niet houden.'

De voorgevel van de Barkley Cove Diner, die op de haven uitkeek, was voorzien van een hele batterij ramen, omlijst door stormluiken. Alleen de smalle straat scheidde het gebouw uit 1889 van de doorweekte treden van de kade. Afgedankte garnalenmanden en opgerolde visnetten lagen onder de ramen tegen de muur opgetast, en hier en daar lagen schelpen op de stoep. Overal het gekrijs van zeevogels, de poep van zeevogels. Gelukkig overstemde het aroma van worst en beschuitbollen, gekookte raapstelen en gebakken kip de penetrante geur van de vistonnen langs de kade.

Toen de sheriff binnenkwam, ging er een geroezemoes op. In de nissen stonden hoge, rode, doorgestikte banken die bijna allemaal bezet waren, net als de meeste tafels. Joe wees naar twee lege krukken bij de bar met de frisdrankfontein, en ze liepen erheen.

Onderweg hoorden ze meneer Lane van de Sing Oil tegen zijn dieselmonteur zeggen: 'Volgens mij zit Lamar Sands erachter. Weet je nog, hij betrapte zijn vrouw op een nummertje met Chase op het dek van zijn dure skiboot. Dat is een motief, en Lamar heeft vaker aanvaringen gehad met de wet.'

'Wat dan?'

'Hij was erbij toen die groep de banden van de sheriff doorsneed.'

'Toen waren ze nog jonge honden.'

'Er was nog wat, het wil me alleen niet te binnen schieten.'

Achter de toonbank was Jim Bo Sweeney, de kok en eigenaar, druk bezig met het afwisselend omdraaien van krabkoekjes op het rooster, het roeren in een pan maispuree en het porren in kipdrumsticks in de frituur. Tussendoor zette hij borden waarop het eten hoog opgetast lag voor zijn klanten neer. Er werd wel gezegd dat hij met één hand deeg voor beschuitbollen kon kneden terwijl hij met de andere een katvis fileerde. Hij had een fameuze specialiteit, gegrilde bot, gevuld met garnalen, op een bedje van pimento-kaasgrutten, die hij maar een paar keer per jaar serveerde. Hij hoefde er geen reclame voor te maken; het nieuws verspreidde zich vanzelf.

Terwijl ze tussen de tafels door naar de toonbank zigzagden, hoorden ze Pansy Price van de Five & Dime tegen een vriendin zeggen: 'Het zou die heks uit het moeras geweest kunnen zijn. Gek genoeg voor het gesticht. Ik wil wedden dat ze tot zoiets in staat is…'

'Hoe bedoel je? Wat heeft zij ermee te maken?'

'Nou, ze heeft een tijdje iets gehad met…'

Toen ze bij de toonbank waren, zei Ed: 'Laten we maar gewoon een paar broodjes bestellen en maken dat we hier wegkomen. Hier kunnen we ons niet mee inlaten.'

9

Jumpin'

1953

Kya, die op de boeg zat, keek naar de laaghangende mistvingers die naar hun boot reikten. Eerst zeilden er wolkenflarden over hun hoofden, toen omhulde het grijs van de mist hen volledig en hoorden ze alleen nog het getik van de stille motor. Niet veel later dook onverwachts wat kleur op en schoof de verweerde vorm van het benzinestation aan de steiger in het zicht, alsof dat bewoog in plaats van zijzelf. Pa stuurde de boot erheen en liet hem zacht tegen de steiger stoten. Ze was hier nog maar één keer eerder geweest. De eigenaar, een oude zwarte man, sprong op van zijn stoel om hen te helpen; dat was de reden waarom iedereen hem Jumpin' noemde. Zijn witte bakkebaarden en peper-en-zoutkleurige haar omlijstten een breed, vriendelijk gezicht met uilenogen. Hij was lang en mager en leek nooit op te houden met praten, glimlachen of zijn hoofd in zijn nek leggen, met zijn lippen op elkaar geklemd in zijn eigen versie van een lach. Hij droeg geen overall, zoals de meeste werklieden hier, maar een gestreken blauw overhemd, een te korte donkere broek en werkschoenen. Niet vaak, maar af en toe, op de gemeenste zomerdagen, voegde hij daar een gehavende strohoed aan toe.

Zijn Gas & Bait wankelde op de gammele kade, gezekerd door een kabel die naar de dichtstbijzijnde eik aan de wal liep, een meter of twaalf verderop. Jumpin's overgrootvader had de kade en de keet van planken cipressenhout gebouwd, ver voordat iemand zich kon heugen, ergens vóór de Burgeroorlog.

Drie generaties hadden de hele keet volgehangen met vrolijk gekleurde metalen reclameborden van Nehi Grape Soda, Royal Cown Cola en Camel Filters en nummerplaten uit de afgelopen twintig jaar, en die uitbarsting van kleur was vanaf zee te zien, tenzij de mist ondoordringbaar dicht was.

'Hallo, Jake. Alles goed?'

'Tja, ik ben aan de goede kant van de grond wakker geworden,' antwoordde pa.

Jumpin' lachte alsof hij de afgezaagde grap nog nooit had gehoord. 'Je hebt je kleine meid ook bij je. Dat is heel mooi.'

Pa knikte. 'Ja, dit hier is mijn dochter,' zei hij als mosterd na de maaltijd, 'Kya Clark.'

'Nou, het is me een eer je te ontmoeten, Kya.'

Kya keek zoekend naar haar tenen, maar vond geen woorden.

Jumpin' praatte gewoon door over de goede visvangst van de laatste tijd. Toen vroeg hij aan pa: 'Zal ik hem dan maar volgooien, Jake?'

'Ja, tot aan de rand.'

De mannen praatten over het weer, de visvangst en nog een keer het weer tot de tank vol was.

'Goeiedag dan maar,' zei Jumpin' toen hij de lijn losgooide.

Pa tufte langzaam terug naar de schitterende zee; het had de zon minder tijd gekost om de mist te verslinden dan Jumpin' erover had gedaan een tank te vullen. Ze tuften een paar kilometer om een schiereiland met dennen heen naar Barkley Cove, waar pa de boot vastlegde aan de diep geëtste balken van de kade. Vissers waren druk bezig met het inladen van vis en het vastleggen van lijnen. 'Ik vind dat we wel wat lekkers hebben verdiend,' zei pa, en hij nam haar mee over de steiger naar de Barkley Cove Diner. Kya had nog nooit iets uit een restaurant gegeten; ze was er nog nooit binnen geweest. Ze streek met bonzend hart de gedroogde modder van haar veel te korte tuinbroek en klopte op haar warrige haar. Toen pa de deur opendeed, keken alle klanten op. Een paar mannen knikten vaag naar pa, maar de vrouwen keken afkeurend en wendden hun gezicht af. Eentje zei snuivend: 'Goh, ze kunnen zeker dat bord niet lezen: OVERHEMD EN SCHOENEN VERPLICHT.'

Pa gebaarde dat ze aan een tafeltje met uitzicht op de kade moest gaan zitten. Ze kon de kaart niet lezen, maar hij vertelde haar wat erop stond. Ze bestelde gebakken kip, aardappelpuree, jus, tuinbonen en beschuitbollen die zo donzig waren als versgeplukt katoen. Pa nam gebakken garnalen, grutten met kaas, gebakken okra en gebakken groene tomaten. De serveerster zette een heel schaaltje met klontjes boter op ijs en een mand met maisbrood en beschuitbollen op tafel, en ze mochten zoveel zoete ijsthee drinken als ze wilden. Voor toe namen ze bramenvlaai met ijs. Kya zat zo vol dat ze bang was dat ze moest overgeven, maar het leek haar wel de moeite waard.

Terwijl pa bij de kassa stond af te rekenen, liep Kya naar buiten, waar de stank van de vissersboten boven de baai hing. Ze had een vettig servet in haar hand met de restjes kip en beschuitbol erin. De zakken van haar tuinbroek zaten vol doosjes met crackertjes die de serveerster zomaar op tafel had laten liggen.

'Hallo.' Kya hoorde een stemmetje achter zich, draaide zich om en zag een meisje van een jaar of vier met blonde krulletjes staan dat naar haar opkeek. Ze had een lichtblauwe jurk aan en stak haar hand uit. Kya keek ernaar; het was een mollig, zacht handje en misschien wel het schoonste wat Kya ooit had gezien. Nooit geschrobd met loogzeep en al helemaal geen mosselmodder onder de nagels. Toen keek ze het meisje in de ogen en zag zichzelf weerspiegeld als gewoon een ander kind.

Kya pakte het servet met haar linkerhand en stak haar rechter langzaam uit naar die van het meisje.

'Hé daar, wegwezen!' Opeens kwam Teresa White, de vrouw van de methodistische dominee, uit de Buster Brown-schoenwinkel gerend.

In Barkley Cove werd de godsdienst hardgekookt en doorbakken opgediend. Hoe klein het dorp ook was, het had voor de witte inwoners alleen al vier kerken; de zwarten hadden er ook nog eens drie.

De pastors en predikanten, en vooral hun echtgenotes, genoten natuurlijk het grootste respect in het dorp, en daar kleedden en gedroegen ze zich naar. Teresa White droeg vaak pastelkleurige rokken en witte blouses, en haar tas paste altijd bij haar schoenen.

Nu haastte ze zich naar haar dochter toe en tilde haar op. Ze stapte bij Kya vandaan, zette het meisje weer neer en hurkte naast haar.

'Meryl Lynn, snoesje, niet bij dat meisje in de buurt komen, hoor. Ze is vies.'

Kya zag de moeder haar vingers door de krullen van haar dochter halen; het ontging haar niet hoelang ze elkaar in de ogen keken.

Er kwam een vrouw uit de Piggly Wiggly die snel naar hen toe liep. 'Gaat het wel, Teresa? Wat is er gebeurd? Viel dat meisje Meryl Lynn lastig?'

'Ik zag haar net op tijd. Dank je, Jenny. Kwamen die mensen hier maar niet. Moet je haar zien. Vies. Smerig gewoon. Er heerst buikgriep, en ik weet zeker dat zij die hebben meegebracht. Vorig jaar hebben ze ons de mazelen bezorgd, en dat is gevaarlijk.' Teresa liep weg, met haar kind stevig aan de hand.

Op hetzelfde moment kwam pa naar buiten met wat bier in een papieren zak. 'Wat doe je daar?' riep hij naar Kya. 'Kom op, we moeten hier weg. Het wordt eb.' Kya draaide zich om en liep met haar vader mee. Tijdens de tocht naar huis door het moeras zag ze de krullen en ogen van moeder en kind voor zich.

Pa verdween nog steeds wel eens, en dan bleef hij een paar dagen weg, maar niet meer zo vaak als vroeger. Als hij thuis was, dronk hij zich niet laveloos, maar at hij een maaltijd en praatte wat. Op een avond speelden ze een kaartspelletje. Hij lachte bulderend toen ze won, en zij giechelde met haar hand voor haar mond als een echt meisje.

Telkens als Kya de veranda af stapte, keek ze het laantje uit en dan dacht ze dat ze ma door het zand naar huis zou kunnen zien lopen, hoewel de blauweregen samen met het voorjaar aan het verdwijnen was en haar moeder aan het eind van vorige zomer was vertrokken. Op haar krokodillenhakken. Nu pa en zij samen visten en praatten, konden ze misschien opnieuw proberen een gezin te zijn. Pa had iedereen geslagen, meestal als hij dronken was. Het ging dan altijd een paar dagen goed: dan aten ze samen een kipstoofpot; ze hadden een keer gevliegerd aan het strand. Vervolgens: drinken, tieren, slaan. De details van sommige incidenten stonden haar nog helder voor de geest. Pa had ma een keer tegen de keukenmuur gedrukt en haar geslagen tot ze op de vloer in elkaar zakte. Kya smeekte hem huilend ermee op te houden en legde een hand op zijn arm. Hij greep haar bij de schouders, riep dat ze haar spijkerbroek en onderbroek naar beneden moest trekken en legde haar over de keukentafel. Met een soepele, geoefende beweging trok hij de riem uit zijn broek en gaf haar een pak ransel. Natuurlijk herinnerde ze zich de gloeiende pijn in haar achterste nog, maar gek genoeg was de herinnering aan haar spijkerbroek die rond haar dunne enkels hing duidelijker. En ma, die als een hoopje ellende in de hoek bij het fornuis zat te huilen. Kya wist niet waarover ze altijd ruzie hadden.

Als ma nu terugkwam, nu pa zich fatsoenlijk gedroeg, konden ze het misschien nog eens proberen. Kya had nooit gedacht dat ma degene zou zijn die wegging en pa degene die bleef, maar ze wist dat haar moeder haar niet voorgoed in de steek zou laten; als ze ergens op aarde rondliep, zou ze terugkomen. Kya zag ma's volle, rode lippen nog voor zich als ze met de radio meezong, en ze hoorde haar zeggen: 'Luister nu goed naar meneer Orson Welles; die praat netjes, als een echte heer. Zeg nooit "harses", dat is niet eens een woord.'

Ma had de riviermonden en zonsondergangen in zulke levendige kleuren geschilderd en geaquarelleerd dat ze van de aarde zelf gepeld leken te zijn. Ze had wat schildergerei bij zich gehad en kon af en toe wat bij de Five & Dime kopen. Soms had ze Kya laten schilderen op bruine papieren zakken van de Piggly Wiggly.

Op een septembermiddag die verbleekte van de hitte, die volgde op de maanden waarin ze samen gingen vissen, liep Kya naar de brievenbus aan het eind van het zandpad. Ze bladerde door de reclamefolders en schrok toen ze een blauwe envelop zag met ma's nette handschrift erop. Een paar bladeren van de plataan begonnen al dezelfde kleur geel te krijgen als toen ze was weggegaan. Al die tijd taal noch teken, en nu dan een brief. Kya keek ernaar, hield hem tegen het licht en streek met haar vingers over het volmaakte schuinschrift. Haar hart bonsde in haar borstkas.

'Ma leeft nog. Ze woont ergens anders. Waarom komt ze niet thuis?' Ze overwoog de brief open te scheuren, maar het enige woord dat ze kon lezen was haar naam, en die stond niet op de envelop.

Ze rende naar de hut, maar pa was weg met de boot. Ze zette de brief dus tegen het zoutvat op tafel, zodat hij hem meteen zou zien. Terwijl ze zwartoogbonen met uien kookte, hield ze een oogje op de brief, bang dat hij zou verdwijnen.

Om de paar seconden luisterde ze bij het keukenraam of ze het snorren van de boot al hoorde, tot pa plotseling de treden op kwam hinken. De moed zonk haar in de schoenen en ze rende langs hem heen, terwijl ze riep dat ze naar de buiten-wc ging en dat het eten bijna klaar was. Ze stond in de stank van het privaat, misselijk en met hartkloppingen. Ze hield zich op het houten bankje in evenwicht en keek door het maansikkeltje in de deur, al wist ze niet precies wat ze verwachtte.

Toen sloeg de verandadeur dicht en zag ze pa gehaast naar de lagune lopen. Hij liep regelrecht naar de boot, met een zakflacon in zijn hand, startte de buitenboordmotor en voer weg. Ze rende terug naar het huis, de keuken in, maar de brief was weg. Ze trok zijn laden open en rommelde in zijn kast. 'Die brief is ook van mij! Die is net zo goed van mij als van jou.' Weer terug in de keuken keek ze in de afvalbak en vond de verbrande resten van de brief, met hier en daar nog een blauw randje. Ze diepte ze op met een lepel en legde het bergje zwarte en blauwe resten op tafel. Ze ziftte het afval; misschien waren er een paar woorden naar de bodem gezakt. Maar ze vond alleen vlokken as, vastgekoekt aan uienschillen.

Terwijl de bonen in de pan bleven zingen, ging ze aan tafel zitten en keek naar het bergje. 'Dit heeft ma aangeraakt. Misschien vertelt pa me wel wat ze had geschreven. Doe niet zo stom; het zal nog eerder gaan sneeuwen in het moeras.'

Ook het poststempel was verbrand. Nu zou ze nooit weten waar ma was. Ze stopte de as in een potje en bewaarde het in het sigarenkistje bij haar bed.

Pa kwam die avond niet thuis en de volgende dag ook niet. Toen hij eindelijk kwam, strompelde de dronkenlap die ze van vroeger herkende door de deur. Zodra ze de moed had opgebracht om naar de brief te vragen, blafte hij: 'Gaat je niks aan.' En toen: 'Ze komt niet terug, zet dat maar uit je harses.' Daarna slofte hij weer naar de boot met zijn drank.

'Dat is niet waar,' riep Kya naar zijn rug, met haar gebalde vuisten in haar zij. Ze keek hem na en gilde toen naar de verlaten lagune: 'Harses is niet eens een woord!'

Later zou ze zich afvragen of ze de brief niet zelf open had moeten maken, zonder hem ooit aan pa te laten zien. Dan had ze de woorden kunnen bewaren om ze ooit te lezen, en hij was beter af geweest als hij van niets had geweten.

Pa ging niet meer met haar vissen. Die warme dagen waren maar een intermezzo geweest. Lage wolken die tijdelijk even weken, de zon die haar wereld kortstondig bescheen en dan was er weer een ondoordringbaar dicht, donker wolkendek.

Kya wist niet meer hoe je moest bidden. Ging het om hoe je je handen hield, of om hoe stevig je je ogen dichtkneep? 'Als ik bid, komen ma en Jodie misschien weer thuis. Ondanks al het geschreeuw en gedoe was dat leven beter dan deze klonterpap.'

Ze zong verhaspelde flarden van psalmen: ''t Hijgend hert, de jacht ontkomen, en zijn pad bezaaid met rozen,' alles wat ze zich nog herinnerde van het witte kerkje waar ma haar een paar keer mee naartoe had genomen. De laatste keer was op de paaszondag voor ma's vertrek geweest, maar het enige wat Kya zich van die zondag herinnerde, was geschreeuw en bloed, iemand die viel, ma en zij die wegvluchtten. Dus verdrong ze de hele herinnering maar.

Kya keek door de bomen naar ma's veldje met mais en rapen, dat nu helemaal was overwoekerd door onkruid. Er groeiden al helemaal geen rozen meer.

'Vergeet het maar. Naar die tuin komt God echt niet.'

10

Als gras in de wind

1969

Zand kan beter geheimen bewaren dan modder. De sheriff parkeerde zijn pick-up aan het begin van het pad naar de brandtoren, zodat de wagen niet over de bandensporen kon rijden van iemand die op de avond van de moord naar de toren was gereden. Maar terwijl ze over het pad liepen, speurend naar bandensporen die niet van hun pick-up afkomstig waren, ontstonden er vormeloze kuiltjes in het zand onder hun zolen.

Toen, bij de modderpoelen en drassige gebieden bij de toren, openbaarde zich een overvloed aan gedetailleerde verhalen: een wasbeer was met haar vier jongen heen en weer door de modder gesjokt; een slak had een ragfijn patroon getrokken dat was onderbroken door de komst van een beer; de buik van een kleine schildpad die in de modder had gelegen, had een gladde, ondiepe afdruk achtergelaten, als een kommetje.

'Haarscherp, maar afgezien van onze eigen sporen is er niets bij wat van een mens afkomstig is.'

'Kweenie,' zei Joe. 'Zie je die rechte rand en dan dat driehoekje? Dat zou een bandenspoor kunnen zijn.'

'Nee, ik denk dat het een spoor is van een kalkoen waar een hert overheen heeft gelopen, waardoor het geometrisch van vorm lijkt.'

Na nog een kwartier zei de sheriff: 'Laten we naar die kleine baai lopen. Zien of iemand hier per boot is gekomen in plaats van per auto.' Ze baanden zich een weg door de penetrant geurende gagelstruiken naar de kleine inham. Het vochtige zand vertoonde sporen van krabben, reigers en strandlopers, maar niet van mensen.

'Nee, maar, moet je dat zien.' Joe wees naar een bijna volmaakte halve cirkel waar de zandkristallen opzijgeveegd leken te zijn. 'Dat zou de afdruk kunnen zijn van een aan land getrokken boot met een ronde boeg.'

'Nee. Kijk, de wind heeft die geknakte grashalm heen en weer getrokken door het zand. Zo is die halve cirkel ontstaan. Het is slechts gras in de wind.'

Ze keken om zich heen. De rest van het halvemaanvormige strandje was bedekt met een dikke laag schelpengruis, een wirwar van resten van schaaldieren en krabbenklauwen. Schelpen zijn de allerbeste geheimenbewaarders.

11

Jutezakken vol

1956

In de eerste maanden van 1956, toen Kya tien was, kwam pa steeds minder vaak naar de hut gehompeld. Er gingen weken voorbij zonder whiskyfles op de vloer, zonder languit liggende gestalte op het bed, zonder geld op maandag. Ze bleef verwachten hem tussen de bomen door te zien hinken, met zijn zakflacon aan zijn mond. Er ging een volle maan voorbij sinds de laatste keer dat ze hem had gezien, en toen nog een.

Platanen en bitternoten strekten hun kale takken uit tegen de grauwe lucht, en de niet-aflatende wind voerde alle vreugde mee die de winterzon over de somberte had kunnen uitspreiden. Een nutteloze, uitdrogende wind in een zeelandschap dat niet kon uitdrogen.

Zittend op de treden van de veranda dacht ze erover na. Een vechtpartij om een potje poker had erop uit kunnen draaien dat hij op een koude, regenachtige avond in elkaar geslagen en in het moeras was gegooid. Of misschien was hij gewoon ladderzat geworden, het bos in gekuierd en met zijn gezicht in het veenmoeras gevallen.

'Hij zal wel voorgoed weg zijn.'

Ze beet op haar lippen tot alle kleur eruit was getrokken. Het was anders dan de pijn om ma's vertrek; ze moest zelfs moeite doen om verdriet om hem te hebben. Maar het gevoel dat ze helemaal alleen was, was zo immens dat het hol klonk. De instanties zouden er vast snel lucht van krijgen en dan werd ze weggehaald. Ze zou dus moeten doen alsof pa er nog was, zelfs tegen Jumpin'.

En er zou geen geld meer komen op maandag. Ze had weken met de laatste paar dollars gedaan door te overleven op grutten, gekookte mosselen en soms een verdwaald ei van de zwerflustige kippen. Het enige wat ze nog in huis had waren een paar lucifers, een brokje zeep en een handvol grutten. Met een handjevol Zwaluw-lucifers kwam ze de winter niet door. Zonder kon ze geen grutten koken voor zichzelf, de meeuwen en de kippen.

'Ik weet niet hoe ik zonder grutten moet leven.'

Waar pa deze keer ook naartoe was gegaan, dacht ze, hij was in elk geval lopend. Kya had de boot.

Ze zou natuurlijk een andere manier moeten verzinnen om aan eten te komen, maar die gedachte stopte ze voorlopig diep weg. Na een maaltijd van gekookte mosselen die ze plette tot ze een pasta vormden waarmee ze zoute crackers besmeerde, bladerde ze door ma's geliefde boeken en deed alsof ze de sprookjes voorlas. Ze was nu tien, maar ze kon nog steeds niet lezen.

Toen flakkerde de olielamp; het licht dimde en doofde vervolgens uit. Het ene moment was er een wereld in een zachte lichtkring geweest, het andere was het donker. Ze schrok. Pa had altijd de olie gekocht en de lamp bijgevuld, dus had ze er amper bij stilgestaan. Tot het donker werd.

Ze probeerde nog een paar seconden licht uit de restjes te persen, maar er was vrijwel niets meer. Toen begonnen de ronde rug van de koelkast en het raamkozijn vorm te krijgen in het duister, en ze tastte op het aanrecht tot ze een kaarsstompje vond. Om het aan te steken, zou ze een lucifer moeten gebruiken, en ze had er nog maar vijf, maar het donker was een acuut probleem.

Swoesj. Ze stak de lucifer aan, en toen de kaars, en het zwart trok zich terug in de hoeken, maar ze had er genoeg van gezien om te weten dat ze niet zonder licht kon, en lampolie kostte geld. Ze opende haar mond en ademde oppervlakkig in. 'Misschien moet ik naar het dorp lopen en mezelf aangeven bij de instanties. Ze zouden me in elk geval eten geven en me naar school sturen.'

Maar na enig nadenken zei ze: 'Nee, ik kan de meeuwen, de reiger en de hut niet achterlaten. Het moeras is de enige familie die ik heb.'

Terwijl ze in het laatste kaarslicht zat, kwam ze op een idee.

De volgende ochtend stond ze vroeger op dan anders, terwijl het nog laagtij was, trok haar tuinbroek aan en glipte naar buiten met een emmer, een tuinmes en lege jutezakken. Hurkend in de modder verzamelde ze mosselen langs de modderpoelen zoals ma haar had geleerd, en na vier uur hurken en knielen had ze twee jutezakken vol.

De zon kwam traag uit de zee omhoog toen ze door de dichte mist naar Jumpin's Gas & Bait voer. Toen ze dichterbij kwam, sprong Jumpin' op.

'Hallo, Kya, kom je benzine halen?'

Ze boog haar hoofd. Ze had geen woord meer met iemand gesproken sinds haar laatste uitstapje naar de Piggly Wiggly en ze begon gewend te raken aan het zwijgen. 'Benzine misschien. Maar dat hangt ervan af. Ik heb horen zeggen dat je mosselen koopt, en ik heb er hier wat. Kun je me contant betalen en er ook wat benzine bij doen?' Ze wees naar de zakken.

'Natuurlijk kan dat. Zijn ze vers?'

'Ik heb ze voor zonsopkomst opgegraven. Nog maar net.'

'Goed, dan kan ik je vijftig cent geven voor de ene zak, en een volle tank voor de andere.'

Kya glimlachte in zichzelf. Echt geld dat ze zelf had verdiend. 'Dank je wel,' zei ze alleen maar.

Terwijl Jumpin' de tank vulde, liep Kya zijn winkeltje op de steiger in. Ze had er nooit zo op gelet, want ze deed haar boodschappen bij de Piggly, maar nu zag ze dat hij niet alleen aas en tabak verkocht, maar ook lucifers, reuzel, zeep, sardines, knakworstjes, grutten, zoute crackers, wc-papier en lampolie. Zo ongeveer alles wat ze maar nodig kon hebben was er. Op de toonbank stonden vijf grote potten met snoep: Red Hots-kaneelsnoepjes, toverballen en karamellolly's. Het leek meer snoep dan er op de wereld kon zijn.

Ze kocht lucifers, een kaars en grutten van het mosselgeld. De lampolie en zeep zouden moeten wachten tot de volgende volle jutezak. Het kostte haar al haar zelfbeheersing om geen lolly te kopen in plaats van een kaars.

'Hoeveel zakken koop je per week?' vroeg ze.

'Nee, maar, gaan we in zaken?' vroeg hij, en hij lachte op zijn eigenaardige manier, met zijn mond dicht en zijn hoofd in zijn nek. 'Ik koop iets van twintig kilo per twee, drie dagen, maar denk erom, er zijn meer mensen die ze komen brengen. Als jij ze komt brengen en ik heb al genoeg, tja, dan lig je eruit. Wie het eerst komt, wie het eerst maalt. Iets anders zit er niet op.'

'Oké. Dank je, ik snap het. Tot ziens, Jumpin'.' Toen voegde ze eraan toe: 'O, trouwens, de groeten van mijn pa.'

'O, ja? Mooi. Doe de groeten maar terug. Ook tot ziens, Kya.' Hij keek haar breed glimlachend na toen ze wegvoer. Zelf glimlachte ze ook bijna. Dat ze haar eigen benzine en boodschappen had verdiend, moest wel betekenen dat ze volwassen was. Later, toen ze de boodschappen uitpakte, vond ze een geel-met-rode verrassing onder in de zak. Ze was niet te volwassen voor de karamellolly die Jumpin' had verstopt.

Om de andere plukkers voor te blijven, glipte Kya bij het licht van een kaars of de maan naar het moeras en verzamelde de mosselen in het holst van de nacht, waarbij haar schaduw over het glinsterende zand danste. Ze voegde oesters aan haar vangst toe en soms sliep ze bij een greppel onder de sterrenhemel om bij Jumpin' te kunnen zijn zodra het licht werd. Het mosselgeld bleek een betrouwbaarder bron van inkomsten te zijn dan het huishoudgeld op maandag ooit was geweest, en meestal lukte het haar de andere plukkers te slim af te zijn.

Ze ging niet meer naar de Piggly, waar mevrouw Singletary altijd vroeg waarom ze niet naar school ging. Vroeg of laat zouden ze haar te pakken krijgen, haar de school in sleuren. Ze redde zich met haar voorraden uit de winkel van Jumpin' en ze had meer mosselen dan ze op kon. Ze vielen wel mee als je ze door de grutten mengde, onherkenbaar geplet. Ze hadden tenminste geen ogen waarmee ze haar aankeken, zoals vissen.

12

Centen en grutten

1956

Nog weken nadat pa was vertrokken, keek Kya op als ze raven hoorde krassen; misschien hadden ze hem door het bos zien hobbelen. Bij elk vreemd geluid dat de wind meevoerde, hield ze haar hoofd schuin en luisterde ze of ze iemand hoorde. Wie dan ook. Zelfs een dolle achtervolging door de spijbelmevrouw zou welkom zijn.

Ze keek vooral uit naar de vissende jongen. Ze had hem in de loop der jaren een paar keer in de verte gezien, maar ze had hem niet meer gesproken sinds haar zevende, drie jaar eerder, toen hij haar de weg naar huis had gewezen door het moeras. Hij was de enige die ze kende, afgezien van Jumpin' en een paar caissières. Waar ze ook door de waterwegen gleed, ze keek altijd naar hem uit.

Op een ochtend, toen ze een trechtermond met slijkgras in voer, zag ze zijn boot in het riet weggestopt liggen. Tate had een ander honkbalpetje op dan de vorige keer en hij was langer geworden, maar ze herkende zijn blonde krullen van meer dan vijftig meter afstand. Kya schakelde de motor uit, manoeuvreerde stilletjes het hoge gras in en gluurde naar hem. Woorden uitproberend op haar lippen overwoog ze naar hem toe te varen, misschien te vragen of hij al iets had gevangen. Dat leken pa en alle anderen in het moeras te zeggen wanneer ze iemand tegenkwamen: 'Willen ze bijten? Al wat gevangen?'

Maar ze keek alleen, zonder te bewegen. Hij had een sterke aantrekkingskracht, maar hij stootte haar ook sterk af, met als resultaat dat ze bleef zitten waar ze zat. Uiteindelijk peddelde ze naar huis, met een hart dat bonsde in haar borst.

Telkens als ze hem zag, was het hetzelfde liedje: ze keek naar hem zoals ze naar de reigers keek.

Ze verzamelde nog steeds veren en schelpen, maar ze liet ze zilt en zanderig op het stoepje liggen. Ze lummelde maar wat rond terwijl de afwas zich opstapelde in de gootsteen, en waarom zou ze een tuinbroek wassen die toch weer onder de modder zou komen te zitten? Ze liep al heel lang in de oude, afgedankte tuinbroeken van haar vertrokken broers en zussen. Haar shirts zaten vol gaten. Schoenen had ze helemaal niet meer.

Op een avond trok Kya de roze met groen gebloemde zomerjurk van de hanger, de jurk die ma naar de kerk had gedragen. Al jaren voelde ze aan die schoonheid met roze bloemetjes, de enige jurk die pa niet had verbrand. Er zat een vlek op de voorkant, een verschoten bruine veeg onder de schouderbandjes, bloed misschien. Maar hij was vervaagd, weggeboend, net als andere slechte herinneringen.

Kya trok de jurk over haar hoofd en haar dunne lijf. De zoom reikte bijna tot aan haar tenen; dat hoorde niet zo. Ze trok hem uit en hing hem weer op. Ze zou nog een paar jaar wachten. Het zou zonde zijn om hem te verknippen, om erin naar mosselen te gaan wroeten.

Een paar dagen later ging Kya met de boot naar Point Beach, een wit zandstrand een paar kilometer ten zuiden van Jumpin's zaak. De tijd, de golven en de wind hadden er een langgerekte punt van gemaakt die meer schelpen aantrok dan andere stranden, en ze had er zeldzame soorten gevonden. Ze legde haar boot vast aan de zuidkant en liep zoekend naar het noorden. Opeens zweefden er vanuit de verte stemmen haar kant op, schril en opgewonden.

Ze rende direct over het strand naar het bos, waar een eik met een doorsnede van meer dan vijfentwintig meter tot aan zijn knieën in de tropische varens stond. Ze verstopte zich achter de boom en zag een groep jongelui over het zand slenteren en af en toe in de golven rondspatten. Een jongen rende vooruit; een andere jongen gooide een bal. Hun geruite korte broeken staken als kleurrijke vogels af tegen het witte zand, als een voorteken van het naderende seizoen. De zomer wandelde over het strand haar kant op.

Toen ze dichterbij kwamen, drukte ze zich plat tegen de eik en gluurde eromheen. Vijf meisjes en vier jongens, iets ouder dan zij, twaalf, misschien. Ze herkende Chase Andrews, die de bal naar zijn vrienden gooide die hem overal waar hij ging leken te volgen.

De meisjes: Lang, Dun en Blond, Paardenstaart met Sproeten, Kort Zwart Haar, Altijd Parels Om en Ronde Appelwangen, klitten bij elkaar en liepen langzamer, kwebbelend en giechelend. Hun stemmen klonken Kya als klokjes in de oren. Ze was te jong om veel om de jongens te geven; haar blik was op het groepje meisjes gericht. Ze hurkten allemaal om een krab zijdelings over het zand te zien kruipen. Ze leunden lachend tegen elkaars schouders aan tot ze allemaal in het zand ploften.

Kya beet op haar onderlip terwijl ze ernaar keek. Hoe zou het zijn om daarbij te horen? Hun vrolijkheid gaf ze een aureool dat bijna zichtbaar was tegen de donker wordende lucht. Ma had gezegd dat vrouwen meer behoefte hebben aan elkaar dan aan mannen, maar ze had haar nooit verteld hoe ze in de roedel moest komen. Ze glipte dieper het bos in en keek vanachter de reuzenvarens toe tot de tieners weer terugliepen over het strand, tot ze nog maar stipjes op het zand waren, zoals ze ook waren gekomen.

Kya naderde Jumpin's steiger toen de dageraad nog achter grijze wolken smeulde. Jumpin' kwam hoofdschuddend uit zijn winkeltje.

'Het spijt me, Kya, eerlijk waar,' zei hij, 'maar ze zijn je voor geweest. Ik heb mijn mosselen voor deze week, ik kan er niet nog meer kopen.'

Ze schakelde de motor uit en de boot bonsde tegen een steigerpaal. Dit was al de tweede week dat iemand haar te vlug af was.

Haar geld was op en ze kon niets meer kopen. Ze had alleen nog een paar centen en grutten.

'Kya, je moet een andere manier zoeken om aan geld te komen. Je moet je wasberen niet allemaal dezelfde boom in jagen.'

Weer thuis ging ze op de treden zitten piekeren, en ze kreeg een nieuw idee. Ze viste acht uur zonder onderbreking en pekelde de twintig vissen die ze had gevangen in de loop van de nacht. Bij het krieken van de dag legde ze ze op de planken van pa's oude rookhuis, dat dezelfde vorm en grootte had als een buiten-wc, maakte vuur in de kuil en stak groene twijgen in de vlammen, net zoals pa had gedaan. Blauwgrijze rook wolkte en pufte door de schoorsteen en alle naden in de muren. De hele keet zuchtte.

De volgende dag voer ze naar Jumpin', ging rechtop in haar boot staan en liet hem de inhoud van haar emmer zien: een zielig hoopje kleine brasems en karpers die bijna letterlijk van de graat vielen. 'Koop je ook gerookte vis, Jumpin'? Ik heb er hier wat.'

'Goh, zeg dat wel, Kya. Weet je wat? Ik neem ze in commissie, zeg maar. Als ik ze verkoop, krijg je het geld, en anders krijg je ze weer terug. Is dat goed?'

'Oké, dank je wel, Jumpin'.'

Die avond liep Jumpin' over het zandpad naar de zwarte wijk, een verzameling hutten, afdakjes en zelfs een paar echte huizen, gebouwd op drassige veengrond en drijfland. Het kampement lag diep in het bos, een eind van de zee af, zodat er geen briesje was en er 'meer steekmuggen waren dan in heel Georgia', zoals dat heette.

Na een kilometer of vijf zweefde de geur van kookvuren hem tussen de dennen door tegemoet en hoorde hij een paar van zijn kleinkinderen babbelen. Er waren geen wegen in de zwarte wijk, alleen paden die naar de verspreid staande onderkomens leidden. Jumpin's familie had een echt huis dat zijn pa en hij samen hadden gebouwd van dennenhout, met een ruwhouten schutting om het erf van aangestampte aarde dat Mabel, zijn forse vrouw, net zo smetteloos schoon veegde als de vloer binnen. Elke slang die zich binnen dertig meter van de treden waagde, kreeg het met haar schoffel aan de stok.

Ze kwam met een glimlach op haar gezicht naar buiten om hem te begroeten, zoals zo vaak, en hij gaf haar de emmer met Kya's gerookte vis.

'Wat moet dat voorstellen?' vroeg ze. 'Het ziet eruit als iets wat een hond nog niet mee naar binnen zou slepen.'

'Het is dat meisje weer. Kya kwam die vissen brengen. Ze is niet altijd op tijd met haar mosselen, dus is ze nu ook vis gaan roken. Ze wil dat ik het voor haar verkoop.'

'Mijn hemel, we moeten echt iets aan dat kind doen. Geen mens koopt die vissen; ik verwerk ze wel in een stoofschotel. Onze kerk kan wat kleding aan haar geven, een paar andere dingen. We maken haar wijs dat er mensen zijn die truien voor karpers willen ruilen. Wat heeft ze voor maat?'

'Vraag je dat aan mij? Mager. Ik weet alleen dat ze zo mager is als een teek op een vlaggenstok. Ze zal morgen wel weer heel vroeg komen. Ze is helemaal platzak.'

Na een ontbijt van opgewarmde grutten met mosselen ging Kya naar Jumpin's om te zien af de gerookte vis al iets had opgebracht. Ze had er in al die jaren nooit iemand anders dan Jumpin' en soms wat klanten gezien, maar toen ze dichterbij kwam, zag ze een grote zwarte vrouw die bezig was de steiger te vegen alsof het een keukenvloer was. Jumpin' zat achterovergeleund tegen de muur van zijn winkel op zijn stoel de boekhouding te doen. Toen hij haar zag, sprong hij op en zwaaide.

'Morgen,' riep ze terwijl ze behendig naar de steiger manoeuvreerde.

'Hallo daar, Kya. Ik wil iemand aan je voorstellen. Dit hier is Mabel, mijn vrouw.' Mabel kwam aanlopen en ging naast Jumpin' staan, zodat ze allebei vlak bij Kya waren toen ze op de steiger stapte.

Mabel pakte Kya's hand, die ze even vasthield, en zei: 'Wat leuk je te ontmoeten, Kya. Jumpin' heeft me verteld wat een flinke meid je bent. Een van onze beste oesterplukkers.'

Hoewel Mabel elke dag haar tuin schoffelde, de helft van de dag aan het koken was en schoonmaakte en verstelde voor witte mensen, waren haar handen soepel. Kya liet haar vingers omvatten door die fluwelen handschoen, maar wist niet wat ze moest zeggen en hield zich dus maar stil.

'Goed, Kya, we kennen een familie die kleding en andere dingen die je nodig hebt wil ruilen voor gerookte vis.'

Kya knikte. Ze glimlachte naar haar voeten. Toen vroeg ze: 'En benzine voor mijn boot?'

Mabel keek vragend naar Jumpin'.

'Tja,' zei hij. 'Ik zal je vandaag wat geven, want ik weet dat je krap zit, maar je moet mosselen en zo komen blijven brengen wanneer je maar kunt.'

'Hemeltje, kind, laten we ons niet druk maken om kleinigheden,' zei Mabel met een stem die klonk als een klok. 'Laat me eens naar je kijken. Ik moet doorgeven welke maat je hebt.' Ze nam Kya mee het winkeltje in. 'Laten we gaan zitten, dan kun je me vertellen wat voor kleren en andere dingen je nodig hebt.'

Nadat ze de lijst hadden besproken, moest Kya op een papieren zak gaan staan. Mabel trok haar voeten om, voor de schoenmaat, en zei toen: 'Nou, kom morgen maar terug, dan ligt hier van alles voor je.'

'Heel erg bedankt, Mabel.' Toen vervolgde ze zachter: 'Er is nog iets. Ik heb oude zakjes zaad gevonden, maar ik weet niets van tuinieren.'

'Nee, maar.' Mabel leunde achterover en een bulderende lach steeg op vanuit haar weelderige boezem. 'Ik kan tuinieren als de beste.' Ze gaf Kya gedetailleerde instructies, reikte naar wat blikken op de plank en haalde er pompoen-, flespompoen- en tomatenzaad uit. Ze vouwde de verschillende soorten apart in een papiertje, waar ze vervolgens de vrucht op tekende. Kya wist niet of Mabel dat deed omdat zijzelf niet kon schrijven of omdat ze wist dat Kya niet kon lezen, maar het werkte prima voor hen allebei.

Ze bedankte Jumpin' en Mabel en stapte in haar boot.

'Ik ben blij dat ik je kan helpen, Kya. Denk erom dat je morgen terugkomt om je spullen op te halen,' zei Mabel.

Kya begon diezelfde middag nog de grond te schoffelen op de plek waar ma haar tuin had gehad. De schoffel bewoog zich met rammelige geluiden door de regels, waardoor aardse geuren loskwamen en roze wormen hun kop opstaken. Toen klonk er een ander *kleng*, en Kya bukte zich en wroette een oude plastic-en-metalen haarspeld van ma op. Ze veegde hem voorzichtig schoon aan haar tuinbroek. Ma's rode mond en donkere ogen leken dichterbij dan ze in jaren waren geweest, alsof ze werden weerspiegeld door het goedkope sieraad. Kya keek om zich heen; ma moest nu wel over het pad naar haar toe komen lopen om haar te helpen die grond om te woelen. Eindelijk thuis. Er heerste een zeldzame stilte; zelfs de kraaien hielden zich koest, en ze kon zichzelf horen ademen.

Ze streek haar haar omhoog en maakte de speld boven haar linkeroor vast. Misschien kwam ma wel nooit meer thuis. Misschien konden sommige dromen beter vervagen. Ze hief de schoffel en hakte een brok harde klei in stukken.

Toen Kya de volgende ochtend bij Jumpin's steiger aankwam, was hij alleen. Misschien was de grote gestalte van zijn vrouw met haar mooie ideeën wel een illusie geweest. Maar daar, op de kade, stonden twee dozen waar Jumpin' breed grijnzend naar wees.

'Goeiemorgen, Kya. Dit is voor jou.'

Kya sprong op de steiger en keek naar de uitpuilende dozen.

'Toe maar,' zei Jumpin'. 'Ze zijn allebei voor jou.'

Ze trok behoedzaam tuinbroeken, spijkerbroeken en echte blouses uit een doos, niet gewoon T-shirts. Een paar donkerblauwe Keds-gympen en tweekleurige Buster Brown-schoenen waarvan het wit en bruin zo vaak waren gepoetst dat ze glommen. Kya hield een witte blouse met een kanten kraagje en een blauwe satijnen strik bij de hals op. Haar mond zakte een stukje open.

In de andere doos zaten lucifers, grutten, een kuipje margarine, gedroogde bonen en een hele liter zelfgemaakte reuzel. Bovenop, verpakt in krantenpapier, lagen verse knolrapen, raapstelen, pastinaken en okra's.

'Jumpin',' zei ze zacht, 'dit is meer dan die vis zou hebben gekost. Dit zou wel voor een maand vis kunnen zijn.'

'Tja, wat moeten die mensen anders met oude kleren die in huis rondslingeren? Als ze die dingen overhebben, en jij ze wilt hebben, en als jij vis hebt, die zij willen hebben, dan regel je dat zo. Je moet het meenemen, want ik heb hier geen plaats voor die rommel.'

Kya wist dat dat in elk geval waar was. Jumpin' had geen ruimte over, dus ze zou hem een plezier doen als ze de dozen van zijn kade haalde.

'Dan neem ik ze wel mee, maar wil je die mensen voor me bedanken? En ik zal zo gauw mogelijk meer vis roken en komen brengen.'

'Goed, Kya. Doe dat maar. Breng maar vis als je het hebt.'

Kya tufte de zee weer op. Zodra ze om het schiereiland heen was en Jumpin' haar niet meer kon zien, schakelde ze de motor uit, rommelde in de doos met kleren en trok de blouse met het kanten kraagje eruit. Ze trok hem over haar kriebelige tuinbroek met de opgelapte knieën heen aan en legde een strik in het satijnen lint om de hals. Toen, met een hand op de gashendel en de andere op het kant, gleed ze over de zee en door de trechtermonden naar huis.

13

Veren

1960

Kya, die slungelig, maar ook gespierd was voor een meisje van veertien, stond op een strand dat 's middags droogviel kruimels naar de meeuwen te gooien. Ze kon ze nog steeds niet tellen; ze kon nog steeds niet lezen. Ze dagdroomde niet meer over vliegen met adelaars; als je je maaltijd uit de modder moet klauwen, vlakt je verbeeldingskracht misschien af tot die van een volwassene. Ma's zomerjurk sloot strak om haar borsten en viel tot vlak over haar knieën; ze paste hem eindelijk, was er zelfs al bijna te groot voor. Ze liep terug naar de hut, haalde een hengel en een lijn en liep regelrecht door naar de struiken aan de andere kant van haar lagune om te vissen.

Net toen ze haar lijn uitwierp, hoorde ze een tak achter zich knappen. Ze keek zoekend om zich heen. Een voetstap in het struikgewas. Geen grote berenpoten die door de modder zompten, maar een duidelijke plof tussen de bramen. Toen krasten de kraaien. Kraaien kunnen net zomin een geheim bewaren als modder; als ze iets bijzonders in het bos zien, moeten ze het meteen rondbazuinen. Wie naar ze luistert, wordt beloond en weet zich gewaarschuwd voor roofdieren of wordt geattendeerd op voedsel. Kya wist dat er iets aan de hand was.

Ze haalde de lijn in en wikkelde hem om de hengel terwijl ze zich geluidloos met haar schouders door de struiken werkte. Ze bleef even staan om nog eens te luisteren. Een donkere open plek, een van haar lievelingsplekken, spreidde zich spelonkachtig uit onder een kring van vijf eiken waarvan het bladerdak zo dicht was dat het alleen nevelige straaltjes zonlicht doorliet. Waar die de grond raakten, tierden drieblad en witte viooltjes welig. Haar ogen tuurden de open plek af, maar ze zag niemand.

Toen gleed er een gedaante door het struikgewas aan de andere kant en haar ogen flitsten erheen. De gedaante hield zich stil. Haar hart ging harder bonzen. Ze maakte zich klein en rende gebukt, snel en stil, door de struiken langs de rand van de open plek. Toen ze door de takken achteromkeek, zag ze een oudere jongen gehaast en alert door het bos lopen. Toen hij haar ook zag, bleef hij staan.

Kya dook weg achter een doornstruik en perste zich in de richting van een hazenpaadje tussen de bramenstruiken door, die zo ondoordringbaar waren als vestingmuren. Nog steeds in elkaar gedoken ploeterde ze door, haar armen openhalend aan de doornen. Ze bleef weer staan om te luisteren, verstopt in de brandende hitte, met een keel die schrijnde van de dorst. Toen er na tien minuten nog niemand achter haar aan kwam, sloop ze naar een bron die opwelde in het mos en dronk als een hinde. Ze vroeg zich af wie die jongen was en wat hij kwam doen. Dat was het probleem als je naar Jumpin's ging, dat de mensen je daar zagen. Het maakte haar zo kwetsbaar als de buik van een egel.

Ten slotte liep ze tussen schemer en duister, het tijdstip waarop de schaduwen onzeker zijn, via de open plek tussen de eiken terug naar de hut.

'Doordat hij daar liep te loeren, heb ik geen vis kunnen vangen om te roken.'

Midden op de open plek stond een weggerotte boomstronk die zo dicht bedekt was met mos dat hij eruitzag als een oude man die zich onder een cape verstopt. Kya liep erheen en bleef toen staan. In de stronk was een smalle zwarte veer van een centimeter of vijftien lang gestoken die recht omhoog wees. De meeste mensen zouden hebben gedacht dat het zoiets gewoons als een kraaienveer was, maar

Kya wist dat deze veer juist heel bijzonder was, want het was de 'wenkbrauw' van een grote blauwe reiger, de veer die de bovenrand van het oog sierlijk omlijnt en langs de elegante kop naar achteren wijst. Een van de meest exquise elementen van het kustmoeras lag voor het grijpen. Ze had nog nooit zo'n veer gevonden, maar ze herkende hem onmiddellijk, want ze had haar hele leven oog in oog gezeten met reigers.

De grote blauwe reiger heeft de kleur van grijze mist, weerspiegeld in blauw water. En net als mist kan hij in de achtergrond opgaan en helemaal verdwijnen, op de beide cirkels van zijn waakzame ogen na. Hij is een geduldige, eenzame jager, die zo lang in zijn eentje blijft staan als maar nodig is om zijn prooi te verschalken. Als hij zijn vangst ziet, kan hij er ook langzaam, stap voor stap naartoe schrijden, als een roofzuchtige bruidsjonker. Ook jaagt hij zo heel af en toe vliegend, heen en weer schietend en steile duikvluchten makend, met de snavel als een zwaard vooruitgestoken.

'Hoe is die in die stronk terechtgekomen?' fluisterde Kya om zich heen kijkend. 'Dat moet die jongen hebben gedaan. Misschien staat hij nu wel naar me te gluren.' Ze bleef doodstil staan, weer met bonzend hart. Ze deinsde achteruit, zonder de veer aan te raken, rende naar de hut en deed de hordeur op slot, wat ze zelden deed omdat de deur amper bescherming bood.

Toch voelde ze zich zodra de dageraad tussen de bomen door kroop sterk aangetrokken tot de veer, die ze in elk geval nog eens wilde bekijken. Bij zonsopkomst rende ze naar de open plek, keek waakzaam om zich heen, liep naar de stronk en pakte de veer, die glad was, bijna fluwelig. Ze gaf hem een speciaal plekje in de hut, in het midden van haar over de muur wiekende verzameling van kleine kolibrieveertjes tot grote adelaarsstaarten. Ze vroeg zich af waarom een jongen haar een veer zou geven.

De volgende ochtend wilde Kya zich weer naar de stronk haasten om te zien of er een nieuwe veer was gebracht, maar ze dwong zichzelf te wachten. Ze mocht de jongen niet tegenkomen. Uiteindelijk liep ze tegen het eind van de ochtend naar de open plek, die ze langzaam en aandachtig luisterend naderde. Ze hoorde of zag niemand, dus stapte ze naar voren en op haar gezicht verscheen een zeldzame, vluchtige glimlach toen ze zag dat er een smalle witte veer boven in de stronk was gestoken. Hij reikte van haar vingertoppen tot aan haar elleboog en liep met een elegante buiging uit in een spitse punt. Ze pakte hem en lachte hardop. Het was een schitterende staartveer van een tropische vogel. Ze had zulke vogels nooit gezien, want ze kwamen niet voor in deze streek, maar bij zeldzame gelegenheden werden ze op de vleugels van een orkaan over het land gejaagd.

Het vervulde Kya met verwondering dat iemand zo'n collectie zeldzame veren had dat hij deze kon missen.

Aangezien ze ma's oude natuurgids niet kon lezen, kende ze de namen van de meeste vogels en insecten niet, dus verzon ze die zelf en hoewel Kya niet kon schrijven, had ze een manier gevonden om haar collectie te beschrijven. Haar talent had zich ontwikkeld en ze kon nu tekenen, schilderen en schetsen wat ze maar wilde. Met krijtjes of waterverf van de Five & Dime gaf ze de vogels, insecten of schelpen weer op papieren zakken en voegde de afbeeldingen toe aan de monsters.

Die avond ging ze zich te buiten: ze stak twee kaarsen aan en zette ze op schoteltjes op de keukentafel zodat ze alle tinten in het wit kon onderscheiden en de veer van de tropische vogel kon naschilderen.

Kya had al meer dan een week geen veer meer op de stronk gevonden. Ze ging er een paar keer per dag naartoe en gluurde dan voorzichtig tussen de varens door, maar ze zag niets. Ze bleef 's middags binnen, iets wat ze zelden deed.

'Ik had bonen in de week moeten zetten voor het avondeten. Nu is het te laat.' Ze drentelde door de keuken, rommelde in de kast en trommelde met haar vingers op het tafelblad. Ze overwoog te gaan schilderen, maar deed het niet. Ze liep weer naar de stronk.

Ze kon de lange, gestreepte staartveer van de wilde kalkoen al van een afstand zien. Ze schrok ervan. Kalkoenen hadden tot haar lievelingsvogels behoord. Ze had een keer wel twaalf kuikens gezien die zich onder de vleugels van hun moeder nestelden terwijl de hen gewoon doorliep. Toen er een paar uit vielen, haastten ze zich om hun moeder weer in te halen.

Ongeveer een jaar geleden had Kya toen ze in een dennenbos liep een hoge kreet gehoord. Een zwerm van vijftien wilde kalkoenen, voornamelijk hennen, maar ook een paar hanen verdrong zich druk pikkend om iets wat eruitzag als een vettig vod dat verfrommeld in het zand lag. Het stof dat ze met hun klauwen opwierpen, steeg sluierachtig op naar de takken en bleef daar hangen. Toen Kya erheen sloop, zag ze dat het een hen was die op de grond lag, en dat haar eigen zwerm naar haar kop en nek pikte en krabde. Ze was er op de een of andere manier in geslaagd zo verstrikt te raken in de bramen dat haar veren alle kanten op wezen en ze niet meer kon vliegen. Jodie had haar een keer uitgelegd dat als een vogel anders wordt dan zijn soortgenoten, als hij verminkt of gewond raakt, hij eerder een roofdier zal aantrekken en dat de rest van de zwerm hem daarom zal doden, wat beter is dan een adelaar lokken, die ook een van de gezonde vogels zou kunnen pakken.

Een forse hen klauwde met haar grote, schubbige klauwen naar haar toegetakelde soortgenoot en pinde haar tegen de grond zodat een andere hen haar in haar naakte nek en kop kon pikken. De hen piepte en keek met verwilderde ogen naar haar belagers.

Kya rende maaiend met haar armen de open plek op. 'Hé, wat moet dat? Wegwezen. Ophouden!' De kalkoenen doken de struiken in, meer stof opwerpend met hun gefladder, en er vlogen er twee hard tegen een eik op, maar Kya was te laat. De hen lag er verslapt bij, met haar ogen wijd open. Er sijpelde bloed uit haar gerimpelde, verbogen nek.

'Vort, weg!' Kya rende achter de laatste grote vogels aan tot ze wegwaggelden. Hun taak zat erop. Kya knielde naast de dode hen en legde een blad van een plataan over haar ogen.

Die avond ging ze na een maaltijd van restjes maisbrood en bonen op haar bed op de veranda liggen en keek naar de maan boven de lagune. Opeens hoorde ze stemmen door het bos naar de hut komen. Ze klonken nerveus, kwakend. Jongens, geen mannen. Ze ging rechtop zitten. Er was geen achterdeur. Ze moest nu vluchten, anders zou ze nog op het bed zitten als ze kwamen. Ze glipte snel als een muis naar de deur, maar op hetzelfde moment werden er op en neer dansende, omkranste kaarsvlammen zichtbaar. Het was al te laat.

De stemmen werden luider. 'Hier komen we, moerasmeisje!'

'Hé, ben je daar? Aapmens!'

'Laat je tanden zien! Laat je moerasgras zien!' Ze schaterden.

Ze dook dieper achter de halfhoge afscheiding van de veranda weg. De voetstappen kwamen dichterbij. De vlammen flakkerden woest en doofden toen helemaal. Vijf jongens van een jaar of dertien, veertien renden over het erf. Zonder nog iets te zeggen galoppeerden ze op volle snelheid naar de veranda en sloegen dreunend met hun vlakke hand tegen de deur.

Elke klap was een dolk door het hart van de kalkoense hen.

Kya, die tegen de afscheiding aan gedrukt zat, wilde kermen, maar hield haar adem in. Ze konden met gemak door de deur heen breken. Een harde ruk en ze waren binnen.

Maar de jongens sprongen de treden weer af en renden terug naar de bomen, joelend en schreeuwend van opluchting omdat ze waren ontsnapt aan het moerasmeisje, het wolvenkind, die meid die niet wist hoe je 'kat' spelde. Hun woorden en gelach bereikten haar vanuit het bos tot ze weer veilig in de nacht waren opgegaan. Ze zag de vlammetjes van de opnieuw aangestoken kaarsen tussen de bomen door wippen. Toen staarde ze de ondoordringbare duisternis in. Beschaamd.

Telkens wanneer Kya wilde kalkoenen zag, dacht ze aan die dag en avond, maar ze was blij toen ze de staartveer op de stronk zag. Al was het maar omdat ze wist dat het spel nog niet was afgelopen.

14

Rode vezels

1969

Drukkende hitte vervaagde de ochtend tot een waas zonder zee of lucht. Joe liep naar buiten, waar Ed uit de politiepick-up stapte.

'Kom eens, sheriff. We hebben nieuwe informatie van het lab gekregen in de zaak-Chase Andrews. Het is zo heet als een zwijnenzucht binnen.' Hij liep naar een grote eik met eeuwenoude wortels die als vuisten door de kale aarde klauwden. De sheriff liep achter hem aan, knerpend over de gevallen eikels, en ze gingen in de schaduw staan, met hun gezicht naar de zeebries.

Joe las hardop voor: '"Kneuzingen op het lichaam en inwendig letsel consistent met val van grote hoogte." Hij heeft zijn achterhoofd inderdaad aan die balk gestoten, de bloed- en haarmonsters waren van hem afkomstig, en dat heeft ernstige kneuzingen en trauma aan de achterhoofdkwab veroorzaakt, maar dat is niet de doodsoorzaak.

Het is duidelijk; hij is overleden op de plek waar we hem hebben gevonden, hij is niet verplaatst. Het bloed en haar aan de dwarsbalk zijn het bewijs. Doodsoorzaak: een plotselinge klap op de achterhoofdkwab en de wandbeenkwab van de hersenschors in combinatie met een gebroken rug door de val van de toren.'

'Iemand heeft dus echt alle schoensporen en vingerafdrukken gewist. Verder nog iets?'

'Moet je horen. Ze hebben veel vezels op zijn jasje gevonden die niet van zijn eigen kleding afkomstig waren. Rode wol, monster bijgevoegd.' Joe schudde met een plastic monsterzakje.

Beide mannen keken naar de wollige rode draden die platgedrukt als spinrag tussen het plastic zaten.

'Wol, staat er. Het zou een trui, sjaal of muts kunnen zijn,' zei Joe.

'Overhemd, rok, sokken, cape. Het zou verdomme alles kunnen zijn. We moeten het zien te vinden.'

15

Het spel

1960

De volgende middag liep Kya langzaam, met haar handen op haar wangen, bijna in gebed verzonken, naar de stronk, maar er was geen veer. Ze klemde haar lippen op elkaar.

'Ik moet natuurlijk ook iets voor hem achterlaten.'

Ze haalde een staartveer van een jonge witkopzeearend die ze die ochtend had gevonden uit haar zak. Alleen iemand die veel van vogels wist zou zien dat die vlekkerige, rafelige veer van een arend afkomstig was. Een driejarige, nog zonder kuif. Niet zo bijzonder als de staartveer van een tropische vogel, maar toch iets om te koesteren. Ze legde hem voorzichtig op de stronk, met een steentje erop tegen de wind.

Die avond lag ze glimlachend met haar armen onder haar hoofd gevouwen op haar bed op de veranda. Haar familie had haar in het moeras aan haar lot overgelaten, maar nu was er iemand die naar haar toe kwam en cadeautjes voor haar achterliet in het bos. De onzekerheid bleef, maar hoe langer ze erover nadacht, hoe onwaarschijnlijker het leek dat hij haar kwaad wilde doen. Iemand die van vogels hield, kon niet gemeen zijn.

De volgende ochtend sprong ze uit bed en begon aan wat ma een 'grondige schoonmaak' had genoemd. Ze liep naar ma's ladekast met de bedoeling de inhoud ervan te schiften, maar toen ze de messing met stalen schaar van haar moeder zag, de fijne leliepatronen die de vingergaten omkrulden, pakte ze hem en trok in een opwelling haar haar naar achteren, dat niet meer was geknipt sinds ma's vertrek, ruim zeven jaar geleden, en knipte er twintig centimeter af, zodat het nog maar net over haar schouders viel. Ze keek naar zichzelf in de spiegel, schudde wat met haar hoofd en glimlachte. Ze boende haar nagels en borstelde haar haar tot het glansde.

Ze legde de borstel en schaar terug en bekeek wat oude make-up van ma. De vloeibare foundation en rouge waren ingedroogd en gebarsten, maar lippenstiften moesten tientallen jaren houdbaar zijn, want toen ze er een opendraaide, zag de kleur er nog fris uit. Ze had als kind nooit verkleedspelletjes gedaan, en nu smeerde ze voor het eerst iets op haar lippen. Ze smakte en glimlachte nog eens in de spiegel. Ze vond zichzelf best wel knap. Niet zo mooi als ma, maar aantrekkelijk op haar eigen manier. Ze giechelde en veegde het van haar mond. Vlak voordat ze de la sloot, zag ze een flesje uitgedroogde Revlon-nagellak: Barely Pink.

Kya pakte het flesje en herinnerde zich hoe ma op een dag uit het dorp was teruggekomen met dat flesje nagellak. Ze had gezegd dat het heel mooi zou staan bij hun olijfkleurige huid. Ze had Kya en haar twee oudere zussen op een rijtje op de verschoten bank neergezet, gezegd dat ze hun blote voeten moesten uitsteken en al hun teennagels gelakt, en daarna hun vingernagels. Toen had ze haar eigen nagels gelakt, en ze hadden over het erf geparadeerd met hun roze nagels en zich kostelijk vermaakt. Pa was weg, maar de boot lag in de lagune. Ma kwam op het idee een boottochtje te maken met alle meiden, iets wat ze nog nooit hadden gedaan.

Ze klommen in de oude boot, nog steeds zo uitgelaten alsof ze aangeschoten waren. Ze moesten een paar keer aan het startkoord trekken voordat de buitenboordmotor aansloeg, maar uiteindelijk lukte het en daar gingen ze; ma stuurde de boot over de lagune naar de smalle vaargeul het moeras in. Ze gleden over het water, maar ma wist er niet veel van, want toen ze in een ondiepe lagune kwamen, liepen ze vast in de stroperige zwarte modder, zo dik als teer. Ze peddelden alle kanten op, maar er was geen beweging in de boot te krijgen. Er zat niets anders op dan met rokken en al over de rand te klauteren en tot aan hun knieën in het slijk weg te zakken.

Terwijl ma riep: 'Niet laten kantelen, meiden, niet laten kantelen,' sjorden ze aan de boot tot hij loskwam, gierend van het lachen om elkaars bemodderde gezichten. Het was nog een heel gedoe om er weer in te komen; ze moesten zich over de rand laten vallen als spartelende vissen. In plaats van op de bankjes te gaan zitten, waren ze op een rijtje op de bodem van de boot geploft, hadden hun voeten uitgestoken naar de lucht en met hun tenen gewriemeld. De roze nagellak had door de modder heen geglansd.

Terwijl ze daar lagen, had ma gezegd: 'Luister goed, dit is een echte levensles. Ja, we zaten vast, maar wat hebben wij meiden gedaan? We hebben het leuk gemaakt, we hebben gelachen. Daar gaat het om bij zussen en vriendinnen. Elkaar niet in de steek laten, ook niet in de modder, vooral niet in de modder.'

Ma had geen spul gekocht om de nagellak eraf te halen, dus toen het begon te barsten en te bladderen, herinnerden de restjes roze op hun vingers en tenen hen aan de lol die ze hadden gehad, en aan die levensles.

Kya keek naar het oude flesje en probeerde zich de gezichten van haar zussen voor de geest te halen en ze zei hardop: 'Waar ben je nou, ma? Waarom heb je me in de steek gelaten?'

Zodra Kya de volgende middag de open plek tussen de eiken bereikte, zag ze felle, onnatuurlijke kleuren afsteken tegen de gedempte groen- en bruintinten van het bos. Op de stronk stond een klein, rood-met-wit melkpak met ernaast weer een veer. De jongen leek er een schepje bovenop te hebben gedaan. Ze liep erheen en pakte eerst de veer.

Die was zilverkleurig en zacht, uit de kuif van een nachtreiger. Toen keek ze in het melkpak. Er zaten strak opgerolde zakjes zaad in: knolraap, wortel en sperzieboon, en helemaal onderop, in bruin papier verpakt, een bougie voor de buitenboordmotor. Ze glimlachte weer en draaide een pirouette. Ze had geleerd zonder de meeste dingen te leven, maar af en toe had ze een nieuwe bougie nodig. Jumpin' had haar geleerd hoe ze een paar kleinigheden kon repareren, maar voor elk onderdeel moest ze naar het dorp lopen en contant geld hebben.

Nu had ze een extra bougie die ze kon bewaren tot ze hem nodig had. Een reserve. Haar hart stroomde over. Net als wanneer ze een volle tank benzine had of de zon onder zag gaan in een schilderachtige lucht. Ze bleef roerloos staan en probeerde het te bevatten, de betekenis ervan te doorgronden. Ze had mannetjesvogels vrouwtjes het hof zien maken met cadeautjes, maar zij was nog te jong om een nest te bouwen.

Onder in het pak lag een briefje. Ze vouwde het open en keek naar de woorden, die met zorg waren opgeschreven in blokletters die zelfs voor een kind leesbaar waren. Kya kende de tijden van eb en vloed in haar hart, kon op de sterren de weg naar huis vinden en kende elke veer van een adelaar, maar zelfs nu ze veertien was, kon ze die woorden nog niet lezen.

Ze was vergeten iets mee te brengen om achter te laten. In haar zakken had ze alleen gewone veren, schelpen en zaaddozen, dus haastte ze zich terug naar de hut en ging voor haar verenmuur staan alsof het een etalage was. De staartveren van een fluitzwaan waren het sierlijkst. Ze pakte er een van de muur om de volgende keer op de boomstronk achter te laten.

Toen de avond viel, pakte ze haar deken en ging in het moeras liggen, dicht bij een greppel vol maanlicht en mosselen. Tegen zonsopkomst had ze twee jutezakken vol. Benzinegeld. Ze waren te zwaar om te dragen, dus sleepte ze de eerste terug naar de lagune. Hoewel het niet de kortste route was, ging ze langs de open plek tussen de eiken om de zwanenveer neer te leggen. Ze liep zonder om zich heen te kijken tussen de bomen door en daar, tegen de stronk geleund, stond de jongen van de veren. Ze zag dat het Tate was, de jongen die haar de weg naar huis door het moeras had gewezen toen ze nog een klein meisje was. Tate, naar wie ze jaren van een afstandje had gekeken zonder de moed op te kunnen brengen naar hem toe te gaan. Hij was natuurlijk langer en ouder, waarschijnlijk achttien. Zijn goudblonde haar piepte in allerlei krullen en slierten onder zijn pet uit en zijn gezicht was gebruind, aantrekkelijk. Hij was kalm en glimlachte breed, met een stralend gezicht, maar het waren zijn ogen die haar aandacht opeisten; ze waren goudbruin met groene vlekjes en ze keken strak in de hare, zoals een reiger naar een voorn kijkt.

Ze bleef staan, ontredderd door de plotselinge schending van de ongeschreven regels. Dat was het leuke ervan, een spel waarbij ze niet hoefden te praten, elkaar niet eens hoefden te zien. Haar gezicht begon te gloeien.

'Hé, Kya. Alsjeblieft... loop niet weg. Ik ben het maar... Tate,' zei hij heel zacht, langzaam, alsof ze stom was of zo. Dat zeiden ze in het dorp waarschijnlijk over haar, dat ze amper mensentaal sprak.

Tate kon zijn ogen niet van haar afhouden. Ze moest dertien of veertien zijn, dacht hij, maar ze had nu al het knapste gezicht dat hij ooit had gezien. Haar grote, bijna zwarte ogen en smalle neus boven welgevormde lippen gaven haar iets exotisch. Ze was lang en dun, waardoor ze broos en soepel leek, alsof de wind haar had gemodelleerd, maar er schemerden jonge, sterke spieren door, met een ingehouden kracht.

Het eerste wat in haar opkwam was vluchten, zoals altijd, maar er was ook een ander gevoel. Iets wat ze in geen jaren had gekend. Alsof er warmte in haar hart was geschonken. Ze dacht aan de veren, de bougie en de zaadjes. Als ze nu wegrende, zou het allemaal voorbij kunnen zijn. Zonder iets te zeggen hief ze haar hand en stak de elegante zwanenveer naar hem uit. Langzaam, alsof ze weg zou kunnen springen als een geschrokken hertje, liep hij naar haar toe en keek naar de veer in haar hand. Ze wachtte zwijgend en keek alleen naar de veer, niet naar zijn gezicht, in de verste verte niet naar zijn ogen.

'Een fluitzwaan, hè? Ongelooflijk, Kya. Dank je wel,' zei hij. Hij was een stuk langer dan zij en boog iets naar voren toen hij de veer van haar aannam. Dit was natuurlijk het moment om hem ook te bedanken voor zijn gaven, maar ze bleef zwijgen. Ze hoopte maar dat hij weg zou gaan, dat ze zich aan hun spel konden houden.

In een poging de stilte te vullen vervolgde hij: 'Mijn vader heeft me alles over vogels geleerd.'

Toen keek ze eindelijk naar hem op en zei: 'Ik kan je brief niet lezen.'

'O, nee, je gaat niet naar school. Daar had ik niet aan gedacht. Er stond alleen in dat ik je een paar keer had gezien terwijl ik aan het vissen was en dat ik daardoor op het idee was gekomen dat je misschien wel blij zou zijn met de zakjes zaad en de bougie. Ik had hem over en dacht dat ik je de reis naar het dorp kon besparen. Ik dacht dat je de veren mooi zou vinden.'

Kya boog haar hoofd en zei: 'Bedankt daarvoor; dat was heel aardig van je.'

Het viel Tate op dat haar gezicht en lichaam de eerste rondingen en welvingen van de vrouwelijke volwassenheid vertoonden, maar dat haar gedrag en manier van praten iets kinderlijks hadden, terwijl de dorpsmeisjes zich juist ouder gedroegen dan hun welvingen rechtvaardigden: ze maakten zich te dik op, vloekten en rookten.

'Geen dank. Tja, ik moest maar eens gaan, het wordt al laat. Ik kom nog wel eens langs, als je het goedvindt.'

Kya gaf geen antwoord. Het spel moest voorbij zijn. Toen hij doorhad dat ze niets meer ging zeggen, gaf hij haar een knikje, tikte tegen zijn pet en draaide zich om, maar net voordat hij zijn hoofd boog om tussen de bramen te duiken, keek hij naar haar om.

'Weet je, ik zou je kunnen leren lezen.'

16

Lezen

1960

Tate kwam maar niet terug om Kya te leren lezen. Voor het verenspel was alleen-zijn de natuurlijke toestand voor Kya geweest, zoals ze ook armen had. Nu schoot de eenzaamheid wortel in haar en drukte op haar borst.

Op een namiddag ging ze op pad met haar boot. 'Ik kan niet domweg blijven wachten.'

In plaats van aan te leggen bij Jumpin's, waar ze gezien zou worden, verstopte ze de boot in een kleine baai iets zuidelijker en liep met een jutezak over het beschaduwde pad naar de zwarte wijk. Het had het grootste deel van de dag zachtjes geregend, en nu de zon de horizon naderde, vormde het bos zijn eigen mist die door het vochtrijke moeras zweefde. Ze was nog nooit in de zwarte wijk geweest, maar ze wist waar die was en dacht dat ze het huis van Jumpin' en Mabel wel zou kunnen vinden als ze er eenmaal was.

Ze droeg een spijkerbroek en een roze blouse die ze van Mabel had gekregen. In de jutezak zaten twee potten dunne bramenjam die ze zelf had gemaakt als wederdienst voor Jumpin' en Mabels goedheid. De behoefte aan gezelschap, de kans om met een vriendin te praten, dreef haar naar hen toe. Als Jumpin' nog niet thuis was, kon ze misschien een onderonsje houden met Mabel.

Toen, vlak voor een bocht in de weg, hoorde Kya stemmen naderen. Ze bleef staan en spitste haar oren. Ze stapte snel van het pad af, het bos in, en verstopte zich achter wat gagelstruiken. Even later kwamen er twee witte jongens in sjofele tuinbroeken de bocht om, gewapend met visgerei en een snoer katvissen zo lang als haar arm. Ze verstijfde achter de gagel en wachtte af.

Een van de jongens wees naar iets verder op het pad. 'Moet je kijken.'

'Boffen wij even. Een nikker op weg naar nikkerdorp.' Kya keek naar het pad en zag Jumpin', die op weg naar huis was. Hij was dichtbij, dus hij moest de jongens hebben gehoord, maar hij boog enkel zijn hoofd, stapte van het pad af om ze door te laten en vervolgde zijn weg.

Wat mankeert hem, waarom doet hij niets? dacht Kya woedend. Ze wist dat 'nikker' een heel slecht woord was; ze wist het door de manier waarop pa het had gebruikt, als scheldwoord. Jumpin' had die jongens met de koppen tegen elkaar kunnen slaan, ze een lesje kunnen leren, maar hij liep gehaast door.

'Het is maar een ouwe nikker op weg naar het dorp. Pas op, nikkerjongen, val niet op je gat,' riepen ze tartend naar Jumpin', die strak naar zijn tenen bleef kijken. Een van de jongens bukte zich, raapte een steen op en gooide hem naar Jumpin's rug. Hij raakte hem vlak onder zijn schouderblad. Jumpin' helde even naar voren, maar liep door. De jongens lachten toen hij om de bocht verdween, en toen raapten ze meer stenen op en liepen achter hem aan.

Kya sloop door de struiken tot ze de jongens gepasseerd was, zonder haar ogen af te houden van hun petten die boven de takken uit op en neer wipten. Ze hurkte op een plek waar dicht struikgewas naast het pad groeide en waar de jongens binnen een paar seconden rakelings langs haar heen zouden lopen. Jumpin' was al uit het zicht verdwenen. Ze draaide de jutezak met de jam op tot hij strak om de potten heen zat. Net toen de jongens langsliepen, zwaaide ze met de zware zak en sloeg de dichtstbijzijnde jongen hard tegen zijn achterhoofd. Hij viel voorover op zijn gezicht. Gillend en krijsend rende ze achter de andere jongen aan, klaar om hem ook een klap voor zijn kop te geven, maar hij ging ervandoor. Ze glipte een meter of vijftig het bos in en keek tot de eerste jongen ging staan, naar zijn hoofd greep en vloekte.

Ze liep met de zak met jampotten terug naar haar boot en voer naar huis. Wat haar betrof zou het haar laatste bezoek zijn.

De volgende dag hoorde Kya Tates boot door de vaargeul ronken. Ze rende naar de lagune en keek vanuit de struiken toe hoe hij met een rugzak uit zijn boot stapte. Hij keek om zich heen en riep haar en ze stapte langzaam naar voren, gekleed in een spijkerbroek die paste en een witte blouse waarvan geen enkel knoopje hetzelfde was.

'Hé, Kya. Sorry dat ik niet eerder ben gekomen. Ik moest mijn vader helpen, maar we krijgen je binnen de kortste keren aan het lezen.'

'Hé, Tate.'

'Laten we hier gaan zitten.' Hij wees naar de wortels van een eik in de donkere schaduw van de lagune. Hij haalde een dun, verschoten abc-boekje en een gelinieerd schrijfblok uit zijn rugzak. Langzaam en zorgvuldig schreef hij letters tussen de lijntjes: *a A, b B.* Hij vroeg haar hetzelfde te doen en wachtte geduldig terwijl zij met haar tong tussen haar lippen een poging deed. Ondertussen zei hij de letters hardop. Zacht, langzaam.

Ze herinnerde zich sommige letters wel van Jodie en ma, maar ze had geen idee hoe je er echte woorden van moest maken.

Na een paar minuten zei hij: 'Zie je wel? Je kunt nu al een woord schrijven.'

'Hoe bedoel je?'

'*N-o-p.* Je kunt het woord *nop* schrijven.'

'Wat is een nop?' vroeg ze. Hij wist dat hij niet mocht lachen.

'Het is niet erg dat je het niet weet. We gaan gewoon door. Je kunt snel genoeg een woord schrijven dat je wel kent.'

Even later zei hij: 'Je zult nog heel veel aan het alfabet moeten werken, het duurt even voordat je het onder de knie hebt, maar je kunt al een klein beetje lezen. Let maar op.' Hij had geen leesboek voor beginners, dus haar eerste boek werd zijn vaders exemplaar van *A Sand County Almanac* van Aldo Leopold. Hij wees naar de openingszin en vroeg haar of ze hem wilde voorlezen. Het eerste woord was *There* en ze moest het alfabet erbij pakken en de klank van elke letter oefenen, maar hij was geduldig en legde uit dat de *th* een speciale klank is en toen ze het woord eindelijk herkende, stak ze haar armen in de lucht en lachte. Hij keek haar stralend aan.

Langzaam ontrafelde ze elk woord van de zin: '"There are some who can live without wild things and some who cannot."'

'O,' zei ze. 'O.'

'Je kunt lezen, Kya. Je zult nooit meer niet kunnen lezen.'

'Dat is het niet alleen,' zei ze bijna fluisterend. 'Ik wist niet dat er zoveel in woorden kon zitten. Ik wist niet dat een zin zo vol kon zijn.'

Hij glimlachte. 'Dat was een heel goede zin. Niet alle woorden hebben zoveel inhoud.'

In de dagen erna leerde Tate haar hoe ze woorden moest lezen, zittend op de wortels in de schaduw of aan de oever in de zon. Woorden die de ganzen en kraanvogels bejubelden die ze overal in het echt om zich heen hadden. 'Stel dat de ganzen niet meer zongen.'

Tate moest zijn vader helpen en hij wilde honkballen met zijn vrienden, maar hij kwam een paar keer per week naar Kya toe, en wat ze ook aan het doen was, of het nu de tuin wieden, de kippen voeren of schelpen zoeken was, ze luisterde altijd of ze het gonzen van zijn boot al hoorde naderen.

Op een dag, toen ze aan het lezen waren over wat mezen tussen de middag eten, vroeg ze: 'Woon je bij je ouders in Barkley Cove?'

'Ik woon bij mijn vader. Ja, in Barkley.'

Kya vroeg niet of hij meer familie had die er nu niet meer was. Zijn moeder had hem zeker ook in de steek gelaten. Iets in haar verlangde ernaar zijn hand te pakken, een vreemde hunkering, maar haar vingers weigerden dienst. Wel prentte ze het patroon van blauwe adertjes aan de binnenkant van zijn pols in haar geheugen, zo complex als het lijnenspel op een wespenvleugel.

's Avonds ging ze aan de keukentafel zitten en nam de lessen door bij het zachte licht van de olielamp, dat door de ramen van de hut naar buiten sijpelde en de laagste takken van de eiken raakte. Het was het enige lichtpuntje in kilometers uitgestrekt zwart, afgezien van de zwakke gloed van de vuurvliegjes.

Ze schreef elk woord met zorg en sprak het hardop uit. Tate zei dat lange woorden gewoon aan elkaar geregen korte woorden waren, dus was ze er niet bang voor en leerde op een dag zowel *pleistoceen* als *zat.* Ze had nog nooit iets zo leuk gevonden als leren lezen, maar ze begreep niet goed waarom Tate had aangeboden haar les te geven, zo'n armoedig persoon, waarom hij überhaupt naar haar toe was gekomen met zijn bijzondere veren. Ze vroeg het hem niet, bang als ze was dat het hem aan het denken zou zetten, dat ze hem ermee weg zou jagen.

Nu kon Kya eindelijk al haar dierbare verzamelobjecten een naam geven. Ze pakte elke veer, schelp en bloem, elk insect, zocht in ma's boeken op hoe hun naam werd gespeld en schreef die zorgvuldig op de tekeningen die ze had gemaakt.

'Wat komt er na negenentwintig?' vroeg ze op een dag aan Tate.

Hij keek naar haar. Ze wist meer over getijden en sneeuwganzen, adelaars en sterren dan de meeste mensen ooit zouden leren, maar ze kon niet tot dertig tellen. Hij wilde haar niet in verlegenheid brengen, dus toonde hij geen verbazing. Ze kon ogen griezelig goed doorgronden.

'Dertig,' zei hij eenvoudigweg. 'Hier, ik schrijf de getallen voor je op en we maken een paar rekensommen. Het is niet moeilijk. Ik zal je er een paar boeken over brengen.'

Ze las alles wat ze te pakken kon krijgen: de bereidingswijze op de zak grutten, Tates aantekeningen en de sprookjes uit de boeken die ze jarenlang had 'gelezen'. Op een avond ontsnapte er een zucht uit haar mond en pakte ze de oude bijbel van de plank. Ze ging aan tafel zitten en sloeg de dunne bladzijden voorzichtig om tot ze bij die met de namen van de familieleden kwam. Haar eigen naam stond helemaal onderaan. Daar was hij dan, met haar geboortedatum erbij: *Mejuffrouw Catherine Danielle Clark, 10 oktober 1945*. Erboven stonden de volledige namen van haar broers en zussen:

Jongeheer Jeremy Andrew Clark, 2 januari 1939. 'Jeremy,' zei ze hardop. 'Jodie, ik had nooit gedacht dat jij een jongeheer Jeremy was.'

Mejuffrouw Amanda Margaret Clark, 17 mei 1937. Kya legde haar vingers op de naam en herhaalde hem een paar keer.

Ze las door. *Jongeheer Napier Murphy Clark, 4 april 1936*. 'Murph, jij heette eigenlijk Napier,' zei Kya zacht.

Bovenaan stond de oudste: *Mejuffrouw Mary Helen Clark, 19 september 1934*. Ze streek nog eens met haar vingers over de namen, wat gezichten opriep voor haar geestesoog. Ze vervaagden, maar ze zag iedereen rond de eettafel zitten en stoofpot eten, maisbrood doorgeven en zelfs af en toe lachen. Ze schaamde zich ervoor dat ze de namen was vergeten, maar nu ze ze had gevonden, zou ze ze nooit meer laten gaan.

Boven de namenlijst van de kinderen las ze: *Dhr. Jackson Henry Clark, op 12 juni 1933 gehuwd met mej. Julienne Maria Jacques*. Tot dat moment had ze niet geweten wat de volledige namen van haar ouders waren.

Ze bleef een tijdje zitten met de opengeslagen bijbel voor zich op tafel. Haar familie.

De tijd zorgt ervoor dat kinderen hun ouders nooit jong meemaken. Kya zou de knappe, stoere Jake nooit een cafetaria in

Asheville binnen zien lopen in 1930, waar zijn oog op Maria Jacques viel, een schoonheid met zwarte krullen en rode lippen uit New Orleans die op bezoek was. Onder het genot van een milkshake vertelde hij haar dat zijn ouders een plantage hadden en dat hij na de middelbare school jurist wilde worden en in een landhuis met zuilen wilde wonen.

De Grote Depressie bleef echter aanhouden, de bank veilde de grond onder de voeten van de familie Clark vandaan en Jake werd door zijn vader van school gehaald. Ze verhuisden naar een kleine vurenhouten hut verderop, die ooit, eigenlijk niet eens zo lang geleden, door slaven bewoond was geweest. Jake werkte op de tabaksvelden, waar hij bladeren plukte met zwarte mannen en vrouwen die baby's in kleurrijke omslagdoeken op hun rug droegen.

Op een avond twee jaar later vertrok Jake in alle vroegte zonder afscheid te nemen, met alle mooie kleding en familieschatten die hij maar kon dragen, waaronder het gouden zakhorloge van zijn overgrootvader en de ring met diamanten van zijn grootmoeder. Hij liftte naar New Orleans en vond Maria, die bij haar ouders in een voornaam huis aan het water woonde. Ze stamden af van een Franse koopman en bezaten een schoenfabriek.

Jake verpandde de erfstukken, nam haar mee uit naar dure restaurants met roodfluwelen gordijnen en zei tegen haar dat hij dat landhuis met zuilen voor haar zou kopen. Toen hij onder een magnoliaboom voor haar knielde, zei ze ja, en ze trouwden in 1933 in een kleine kerk. Haar ouders stonden er zwijgend bij.

Het geld was op, dus accepteerde hij een baantje in de schoenfabriek van zijn schoonvader. Jake nam aan dat hij bedrijfsleider zou worden, maar meneer Jacques, een man die zich niet makkelijk liet inpalmen, stond erop dat Jake onder aan de ladder zou beginnen, zoals iedere werknemer. Jake zwoegde dus op het uitsnijden van zolen.

Maria en hij woonden in een klein appartement boven een garage dat was ingericht met een paar dure stukken uit haar bruidsschat, gecombineerd met tafels en stoelen van de vlooienmarkt. Hij ging naar de avondschool om zijn diploma alsnog te halen, maar meestal spijbelde hij, ging pokeren en kwam 's avonds laat met een kegel van de whisky thuis bij zijn jonge vrouw. Na drie weken werd hij al door de avondschool de laan uit gestuurd.

Maria smeekte hem te stoppen met drinken en wat enthousiasme voor zijn werk te tonen, zodat haar vader hem promotie zou geven, maar de baby's begonnen te komen en het drinken hield niet op. Tussen 1934 en 1940 kregen ze vier kinderen en maakte Jake maar één keer promotie.

De oorlog met Duitsland maakte van iedereen gelijken. In hetzelfde uniform als alle anderen kon hij zijn schaamte verbergen, zich weer trots opstellen. Maar op een avond, toen hij in een modderig schuttersputje in Frankrijk zat, schreeuwde iemand dat hun sergeant was neergeschoten en twintig meter verderop lag dood te bloeden. Ze waren nog maar jongens, en ze hadden nerveus in een dug-out moeten zitten wachten tot ze aan slag waren, bang dat ze een snelle bal zouden krijgen, maar ze sprongen allemaal op en haastten zich om de gewonde man te redden... op één iemand na.

Jake dook weg, te bang om te bewegen, maar een mortier ontplofte geel-wit vlak bij het schuttersputje en verbrijzelde de botten in zijn linkerbeen. Toen de andere soldaten de sergeant de loopgraaf in sleepten, dachten ze dat Jake gewond was geraakt terwijl hij de anderen hielp hun makker te redden en werd hij tot held uitgeroepen. Niemand zou ooit weten hoe het echt zat, behalve Jake.

Hij werd afgekeurd en met een onderscheiding naar huis gestuurd. Vastbesloten nooit meer in de schoenfabriek te werken bleef Jake maar een paar nachten in New Orleans. Maria moest zwijgend toezien hoe hij al haar mooie meubelen en het zilver verkocht, waarna hij zijn gezin op de trein naar North Carolina zette. Hij hoorde van een vriend van vroeger dat zijn vader en moeder waren gestorven, wat de weg vrijmaakte voor zijn plan.

Hij had Maria ervan overtuigd dat ze opnieuw konden beginnen in een hut die zijn vader aan de kust van North Carolina had gebouwd voor als hij wilde vissen. Ze zouden geen huur hoeven te betalen en Jake zou zijn school kunnen afmaken. Hij kocht een kleine vissersboot in Barkley Cove en voer door kilometers moeras met zijn gezin en al hun opgestapelde bezittingen, een paar dure hoedendozen bovenop. Toen ze eindelijk in de lagune uitkwamen, waar de haveloze hut met doorgeroeste horren onder de eiken stond, drukte Maria haar jongste kind, Jodie, tegen zich aan en vocht tegen haar tranen.

'Wees maar niet bang,' stelde Jake haar gerust. 'Ik heb het binnen de kortste keren opgeknapt.'

Maar Jake kwam er nooit aan toe de hut op te knappen of zijn schooldiploma te halen. Kort na hun aankomst begon hij te drinken en te pokeren in de Swamp Guinea, waar hij probeerde dat schuttersputje kwijt te raken in een whiskyglas.

Maria deed wat ze kon om iets van de hut te maken. Ze kocht tweedehands lakens voor de matrassen op de vloer en een vrijstaande zinken badkuip; ze deed de was onder de kraan op het erf en leerde zichzelf een moestuin aan te leggen en kippen te houden.

Kort na hun aankomst trok ze de kinderen hun mooiste kleren aan en ging met ze naar Barkley Cove om ze aan te melden op de school. Jake vond een opleiding echter onzin en gaf Murph en Jodie meestal opdracht van school te spijbelen om eekhoorns of vis te vangen voor het avondeten.

Jake maakte maar één boottochtje bij maanlicht met Maria, en het resultaat daarvan was hun laatste kind, een dochter die ze Catherine Danielle noemden, maar die later de roepnaam Kya kreeg omdat ze dat antwoordde toen iemand naar haar naam vroeg.

Nu en dan, als hij nuchter was, droomde Jake er nog van om zijn school af te maken en zijn gezin een beter leven te geven, maar dan viel de schaduw van het schuttersputje weer over zijn gedachten. Zelfverzekerd en brutaal, knap en sterk als hij was geweest, kon hij de man die hij was geworden niet verdragen, en dan nam hij maar weer een slok uit zijn zakflacon. Het kostte hem geen enkele moeite om zich aan te passen aan de vechtende, drinkende, vloekende vogelvrijen van het moeras.

17

De drempel over

1960

Toen ze op een dag in de zomer waarin ze had leren lezen met de boot bij Jumpin' was, zei hij: 'Kya, ik moet je iets vertellen. Er hebben een paar mensen naar je gevraagd.'

Ze keek hem recht aan in plaats van langs hem heen. 'Wie dan, wat wilden ze?'

'Ik geloof dat het maatschappelijk werkers waren. Ze vroegen van alles. Of je pa er nog was, waar je ma is, of je dit najaar naar school gaat, wanneer je hier komt; ze wilden vooral graag weten op welke tijden je hier komt.'

'Wat heb je gezegd, Jumpin'?'

'Nou, ik heb mijn best gedaan om ze af te schepen. Ik heb gezegd dat het prima gaat met je vader, dat hij gewoon uit vissen was.' Hij lachte met zijn hoofd in zijn nek. 'Toen heb ik gezegd dat ik nooit van tevoren weet wanneer je hierheen komt. Wees maar niet bang, Kya. Als ze nog eens komen, stuur ik ze wel met een kluitje het riet in.'

'Dank je.' Nadat ze haar tank had bijgevuld, ging Kya regelrecht naar huis. Ze zou nu meer op haar hoede moeten zijn; misschien moest ze een plek in het moeras zoeken waar ze zich kon verstoppen tot ze de moed opgaven.

Later die middag, toen Tate de oever op stuurde en de romp van zijn boot zacht over het zand knarste, zei ze: 'Kunnen we ergens anders afspreken als hier?'

'Hé, Kya, leuk je te zien,' begroette Tate haar, die nog niet eens was uitgestapt.

'Nou?'

'Het is ergens anders dán hier, niet áls hier, en het is niet beleefd om mensen iets te vragen voordat je ze hebt begroet.'

'Jij zegt ook wel eens "als",' zei ze met een halve grijns.

'Ja, we praten niet zo netjes hier in de rimboe, maar we moeten het wel proberen.'

'Goedemiddag, meneer Tate,' zei Kya met een buiginkje, en hij ving een glimp op van haar pit en durf. 'Goed, kunnen we ergens anders afspreken dan hier? Alsjeblieft?'

'Ja, dat kan vast wel, maar waarom?'

'Jumpin' vertelde me dat er maatschappelijk werkers naar me zoeken. Ik ben bang dat ze me binnen zullen halen als een forel, dat ze me in een pleeghuis willen stoppen of zo.'

'Nou, laten we ons dan maar ergens ver weg verstoppen, ergens waar de rivierkreeften zingen. Ik heb medelijden met de pleegouders die met jou opgezadeld worden.' Tates hele gezicht lachte.

'Hoe bedoel je, waar de rivierkreeften zingen? Dat zei ma ook altijd.' Kya herinnerde zich dat ma haar altijd aanmoedigde het moeras te verkennen: 'Ga zo ver als je kunt, helemaal tot waar de rivierkreeften zingen.'

'Het betekent gewoon diep in de wildernis, waar de dieren zich nog als dieren gedragen. Goed, heb je een idee voor een plek?'

'Ik heb een keer iets gevonden, een oude hut die op instorten staat. Als je de afslag weet, kun je er met de boot komen; ik kan er vanaf hier naartoe lopen.'

'Oké dan, stap in. Deze keer moet je het me wijzen; de volgende keer spreken we daar af.'

'Als ik daar ben, leg ik een bergje stenen hier bij de aanlegstronk.' Kya wees naar een plek aan de oever van de lagune. 'Anders ben ik hier ergens in de buurt en kom ik daarheen als ik je boot hoor.'

Ze tuften langzaam door het moeras en scheerden toen over open zee naar het zuiden, weg van het dorp. Ze stuiterde mee in de boeg en voelde de tranen die de wind over haar wangen joeg koel in haar oren kietelen. Toen ze bij een kleine inham kwamen, loodste ze hem een smalle zoetwaterkreek in met overhellende bramenstruiken. De kreek leek een paar keer op te houden, maar dan gebaarde Kya naar Tate dat hij door kon varen en braken ze door meer struiken heen.

Ten slotte kwamen ze uit bij een groot veld waarop een oude blokhut stond die aan een kant was ingestort. Een paar van de houtblokken die het hadden begeven lagen nog als mikadostokjes op de grond. Het dak, dat nog op de halve muur rustte, stond als een scheve hoed op de blokhut. Tate trok de boot op de modderige oever en ze liepen zwijgend naar de open deur.

Binnen was het donker en rook het naar rattenpis. 'Nou, als je maar niet van plan bent om hier te gaan wonen; je zou de hele boel op je hoofd kunnen krijgen.' Tate duwde tegen de muur, die sterk genoeg leek.

'Het is maar een schuilplaats. Ik kan er wat eten opslaan voor het geval ik me een tijdje moet verstoppen.'

Tate draaide zijn hoofd en keek naar haar terwijl hun ogen aan het donker gewend raakten.

'Kya, heb je er ooit over gedacht gewoon weer naar school te gaan? Je zou er niet dood van gaan en dan laten ze je misschien met rust.'

'Ze moeten erachter zijn gekomen dat ik alleen ben en als ik ga, pakken ze me en stoppen ze me in een tehuis. Trouwens, ik ben nu toch te oud om naar school te gaan. Waar moeten ze me zetten, in groep drie?' Ze zette grote ogen op bij het idee dat ze op een klein stoeltje moest zitten, omringd door kleine kinderen die moeilijke woorden konden uitspreken en tot vijftig konden tellen.

'Wat, ben je dan van plan de rest van je leven in je eentje in het moeras te blijven wonen?'

'Beter dan een kindertehuis. Pa zei altijd dat hij ons daarheen zou brengen als we stout waren. Hij zei dat ze er gemeen waren.'

'Nee, dat is niet waar. Niet altijd. Er werken meestal aardige mensen die van kinderen houden,' zei hij.

'Wil je zeggen dat jij liever in een kindertehuis zou wonen dan in het moeras?' vroeg ze met haar kin naar voren en een hand in haar zij.

Hij zweeg even. 'Nou, zorg dat je dekens bij je hebt en lucifers voor als het koud wordt. Misschien wat sardines in blik. Daar kun je eeuwen mee doen. Maar sla geen vers eten op; dat trekt beren aan.'

'Ik ben niks niet bang voor beren.'

'Ik ben helemaal niet bang voor beren.'

De rest van de zomer hielden Kya en Tate hun leeslessen bij de vervallen hut. Halverwege augustus hadden ze *A Sand County Almanac* uit en hoewel Kya niet elk woord kon lezen, had ze het meeste wel begrepen. Aldo Leopold had haar ook geleerd dat uiterwaarden de levende verlengstukken van de rivieren zijn en dat een rivier ze elk moment weer kan opeisen. Wie op de uiterwaarden woont, wacht in feite in de coulissen van de rivier. Ze leerde waar de ganzen 's winters naartoe gaan en wat hun geluid betekent. Zijn zachte woorden, die bijna als dichtregels klonken, leerden haar dat de grond boordevol leven zit en een van de kostbaarste rijkdommen op aarde is; dat het draineren van watergebied de grond tot kilometers in de omtrek uitdroogt, zodat planten en dieren samen met het water sterven. Sommige zaden sluimeren tientallen jaren in de ontwaterde grond en als het water eindelijk terugkomt, barsten ze door het oppervlak en ontvouwen hun gezicht. Wonderen en kennis van het echte leven waar ze op school nooit over zou hebben gehoord. Wijsheden die iedereen zou moeten kennen, maar die, hoewel ze overal voor het grijpen lagen, zich toch verscholen leken te hebben, net als die zaden.

Ze spraken een paar keer per week af bij de blokhut, maar Kya sliep meestal in haar eigen hut, of aan het strand bij de meeuwen. Ze moest brandhout verzamelen voordat de winter aanbrak, dus maakte ze het haar missie om van heinde en ver ladingen aan te slepen die ze min of meer netjes tussen twee dennen opstapelde. De rapen in haar tuin staken hun koppen amper boven de guldenroede uit, maar ze had nog altijd meer groente dan de herten en zij op konden. Ze haalde de laatste nazomeroogst binnen en sloeg de pompoenen en bieten op in de koele schaduw onder de verandatrap.

Maar wat ze ook deed, ze luisterde altijd of ze een auto hoorde naderen die vol mannen kon zitten die haar kwamen ophalen. Het luisteren was soms vermoeiend en beangstigend, en dan liep ze naar de blokhut en sliep daar op de vloer van aangestampte aarde, in haar reservedeken gewikkeld. Ze kiende het verzamelen van mosselen en het roken van vis zo uit dat Tate alles voor haar naar Jumpin' kon brengen en met boodschappen voor haar terug kon komen. Dat maakte haar minder kwetsbaar.

'Weet je nog wat je zei toen je voor het eerst een zin las? Dat er heel veel in sommige woorden kan zitten?' zei Tate op een dag toen ze aan de oever van de kreek zaten.

'Ja, dat weet ik nog wel. Hoezo?'

'Nou, vooral in gedichten. De woorden in gedichten zeggen niet alleen dingen, ze roepen ook emoties op. Ze maken je zelfs aan het lachen.'

'Ma las gedichten, maar ik herinner me er niets van.'

'Moet je horen, dit is van Edward Lear.' Hij pakte een envelop en las voor:

De Uil en de Kater gingen te water
In een prachtige erwtgroene boot,
Ze namen wat krenten, een handjevol centen
In papiergeld verpakt voor in nood
Toen legde de Uil zich bij de sterren plots schuil
En zong op een kleine gitaar
'O lieflijke Poes! O Katje mijn schat
Wat een prachtige kat heb ik daar

't Is waar
't Is waar
Wat een prachtige kat heb ik daar.'

Ze glimlachte en zei: 'Het ritme klinkt als de golven op het strand.'

Daarna maakte ze een tijd gedichten terwijl ze door het moeras voer of schelpen zocht, simpele rijmpjes, zangerig en dwaas. 'Een blauwe gaai vliegt op uit een boom; dat wil ik ook, maar het lukt alleen in mijn droom.' Ze lachte er hardop om; de gedichtjes vulden een paar eenzame minuten van een lange, eenzame dag.

Op een namiddag toen ze aan de keukentafel zat te lezen, herinnerde ze zich ma's dichtbundel en zocht net zo lang tot ze hem had gevonden. Het boek was zo versleten dat het geen kaften meer had en de bladzijden bij elkaar werden gehouden door twee rafelige elastiekjes. Kya haalde ze er voorzichtig af, sloeg de bladzijden om en las ma's aantekeningen in de kantlijn. Aan het eind stond een lijst met de paginanummers van ma's lievelingsgedichten.

Kya sloeg er een op van James Wright over het gemis van een kind, en toen een van Galway Kinnell.

Ik gaf wel om je...
Ik zei alles wat ik dacht
Zo zachtzinnig als ik kon. En nu...
Moet me van het hart dat ik opgelucht ben dat het voorbij is:
Tegen het eind wekte die zucht naar nog meer leven
Alleen mijn medelijden nog.
...Vaarwel.

Kya legde haar vingers op de woorden alsof ze een boodschap waren, alsof ma ze opzettelijk had onderstreept om te zorgen dat haar dochter ze op een dag bij dat zwakke olielampschijnsel zou lezen en begrijpen. Het was niet veel, geen handgeschreven brief, verstopt achter in een sokkenla, maar het was toch iets. Ze voelde aan dat de woorden een diepere betekenis hadden, maar ze kon er niet bij. Als ze ooit dichteres zou worden, zou ze de boodschap duidelijk maken.

Toen Tate in september aan zijn eindexamenjaar begon, kon hij niet meer zo vaak naar Kya toe komen, maar als hij kwam, bracht hij oude lesboeken van school voor haar mee. Hij zei er niets over dat de biologieboeken te moeilijk voor haar waren, dus ploegde ze door hoofdstukken waar ze op school nog lang niet aan toe zou zijn geweest. 'Wees maar niet bang,' zei hij dan, 'elke keer dat je het leest, begrijp je het iets beter.' En dat was waar.

Toen de dagen korter werden, spraken ze weer bij haar eigen hut af, want er was niet voldoende daglicht om bij de vervallen blokhut te komen. Ze hadden de lessen altijd buiten gehouden, maar op een stormachtige ochtend maakte Kya het vuur aan in het fornuis, dat in de winter dienstdeed als kachel. Er was niemand binnen geweest sinds pa meer dan vier jaar geleden was verdwenen en het leek ondenkbaar dat ze iemand binnen zou uitnodigen. Behalve als die iemand Tate was.

'Heb je zin om in de keuken bij het fornuis te komen zitten?' vroeg ze toen hij zijn boot op de oever van de lagune trok.

'Goed,' zei hij, want hij wist dat hij moest doen alsof het heel gewoon was dat ze hem uitnodigde.

Toen hij eenmaal binnen was, nam hij bijna twintig minuten de tijd om haar veren, schelpen, botjes en nesten te bekijken en te prijzen. Toen ze eindelijk aan de tafel gingen zitten, trok ze haar stoel dicht naar de zijne, zodat hun armen en ellebogen elkaar bijna raakten. Om zijn nabijheid te voelen.

Als Tate het druk had met school of zijn vader moest helpen, sleepten de dagen zich voorbij. Op een avond laat trok ze voor het eerst een roman van ma's boekenplank, *Rebecca* van Daphne du Maurier, en las over de liefde. Op een gegeven moment sloeg ze het boek dicht en liep naar de kast. Ze trok ma's zomerjurk aan en danste door de kamer. Ze draaide voor de spiegel en zwaaide met de rok. Met haar manen zwiepend en heupwiegend stelde ze zich voor dat Tate haar ten dans vroeg. Zijn hand op haar middel. Alsof ze mevrouw De Winter was.

Abrupt beteugelde ze zichzelf en klapte giechelend dubbel. Toen bleef ze doodstil staan.

'Kom maar hier, kind,' jubelde Mabel op een middag. 'Ik heb wat voor je.' Meestal bracht Jumpin' de dozen voor Kya mee, maar als Mabel zich liet zien, zat er meestal iets bijzonders bij.

'Toe dan, ga je spullen maar halen. Ik gooi je tank wel vol,' zei Jumpin', dus sprong Kya op de kade.

'Kijk eens, Kya,' zei Mabel, en ze hield een perzikkleurige jurk op met een laag chiffon over de gebloemde rok, het mooiste kledingstuk dat Kya ooit had gezien, nog mooier dan ma's zomerjurk. 'Die jurk is geknipt voor een prinsesje zoals jij.' Ze hield Kya de jurk voor, en Kya voelde eraan en glimlachte. Toen boog Mabel met de nodige inspanning voorover, met haar rug naar Jumpin' toe, en pakte een witte beha uit de doos.

Kya werd vuurrood.

'Kya, niet zo verlegen, lieverd. Je bent hier nu wel aan toe. En kind, als je ooit iets met me wilt bespreken, als je iets niet begrijpt, dan laat je het Mabel weten, goed?'

'Ja, goed. Dank je, Mabel.' Kya stopte de beha diep weg in de doos, onder een spijkerbroek en wat T-shirts, een zak zwartoogbonen en een pot ingemaakte perziken.

Een paar weken later, toen Kya in haar boot over de golven deinde en naar pelikanen keek die dobberden en voedsel zochten op zee, kreeg ze opeens kramp in haar buik. Ze was nog nooit zeeziek geweest, en dit voelde anders dan alle soorten pijn die ze ooit had gehad. Ze trok haar boot bij Point Beach aan land en ging op het zand zitten, met haar benen opzij gebogen als een zeemeerminnenstaart. De pijn werd feller, en ze grimaste kreunend. Ze kreeg zeker buikgriep.

Toen hoorde ze het snorren van een motor. Ze keek op en zag Tates boot de witgekuifde golven doorklieven. Zodra hij haar zag, stuurde hij landinwaarts en koerste op de kust af. Ze liet een paar van pa's vloeken ontsnappen. Ze vond het altijd leuk om Tate te zien, maar niet als het elk moment nodig kon zijn het eikenbos in te rennen omdat ze diarree had. Tate trok zijn boot naast de hare en plofte bij haar op het zand.

'Hé, Kya. Wat doe je hier? Ik was net naar je op weg.'

'Hé, Tate. Leuk je te zien.' Ze probeerde normaal te klinken, maar ze voelde een knoop in haar maag.

'Wat is er?' vroeg hij.

'Hoezo?'

'Je ziet er niet goed uit. Wat heb je?'

'Ik denk dat ik ziek ben. Mijn maag verkrampt telkens.'

'O.' Tate keek naar de zee en wroette met zijn tenen in het zand.

'Misschien kun je beter gaan,' zei ze met haar hoofd gebogen.

'Misschien kan ik beter blijven tot je beter bent. Stel dat je niet zelf thuis kunt komen?'

'Misschien moet ik het bos in. Misschien moet ik overgeven.'

'Misschien, maar ik denk niet dat het zal helpen,' zei hij kalm.

'Wat bedoel je? Je weet niet wat ik heb.'

'Voelt het anders dan andere buikpijn?'

'Ja.'

'Je bent bijna vijftien, hè?'

'Ja. Wat heeft dat ermee te maken?'

Hij was even stil. Schuifelde met zijn voeten, draaide zijn tenen dieper in het zand. Zonder haar aan te kijken zei hij: 'Wat het zou kunnen zijn, is, nou ja, wat meisjes van jouw leeftijd krijgen. Ik heb je er een paar maanden geleden een foldertje over gegeven, weet je nog? Het zat bij die biologieboeken.' Tate keek haar even aan, met een knalrood gezicht, en wendde zijn blik weer af.

Kya, die bloosde over haar hele lichaam, sloeg haar ogen neer. Ma had haar er natuurlijk niet over kunnen vertellen, maar Tate had inderdaad een folder van school meegebracht waarin het een en ander werd uitgelegd. Nu het zover was, zat ze op het strand een vrouw te worden terwijl er een jongen toekeek. Ze werd overspoeld door schaamte en paniek. Wat moest ze doen? Wat ging er precies gebeuren? Hoeveel bloed zou er komen? Ze stelde zich voor dat het een plasje in het zand rondom haar vormde. Ze bleef zwijgend zitten terwijl een snijdende pijn haar middel teisterde.

'Kun je zelf thuiskomen?' vroeg hij, nog steeds zonder haar aan te kijken.

'Ik denk het wel.'

'Het komt wel goed, Kya. Alle meisjes doorstaan dit prima. Ga maar naar huis. Ik volg je van een afstandje om er zeker van te kunnen zijn dat je goed aankomt.'

'Dat hoeft niet.'

'Maak je over mij maar geen zorgen. Kom op.' Hij stond op en liep zonder naar haar te kijken naar zijn boot. Hij voer weg en wachtte vrij ver van de kust tot ze langs de oever naar haar eigen waterweg voer. Zo ver bij haar vandaan dat hij maar een stipje leek, volgde hij haar tot ze bij haar lagune kwam. Ze zwaaide even naar hem vanaf de oever, met haar gezicht naar beneden, zonder hem aan te kijken.

Zoals ze de meeste dingen zelf had uitgezocht, kwam Kya er ook zelf achter hoe ze vrouw moest worden. De volgende ochtend ging ze zodra het licht werd naar Jumpin's. Beschenen door een fletse zon die in de dichte mist leek te drijven naderde ze de steiger en keek uit naar Mabel, al wist ze dat er weinig kans was dat ze er zou zijn. En inderdaad, alleen Jumpin' kwam haar begroeten.

'Hallo, Kya. Moet je nou alweer benzine hebben?'

Kya, die in de boot bleef zitten, zei zacht: 'Ik moet Mabel spreken.'

'Het spijt me vreselijk, kind, maar Mabel is er vandaag niet. Kan ik iets voor je doen?'

Met haar hoofd diep gebogen zei ze: 'Ik moet Mabel dringend spreken. Snel.'

'Tja.' Jumpin' keek over de kleine baai uit naar zee en zag geen andere boten naderen. Iedereen die benzine nodig had, kon op elk uur van de dag op Jumpin' rekenen, elke dag, ook met Kerstmis; hij had de afgelopen vijftig jaar geen dag verstek laten gaan, behalve toen zijn lieve dochtertje Daisy was gestorven. Hij mocht zijn post niet verlaten. 'Wacht maar, Kya. Ik ren even het pad op om wat kinderen naar Mabel te sturen. Als er een boot komt, zeg je maar dat ik zo terug ben.'

'Dat zal ik doen. Dank je.'

Jumpin' haastte zich over de steiger weg en Kya wachtte. Ze keek om de paar seconden naar de baai, bang dat er nog een boot zou komen, maar Jumpin' was binnen de kortste keren terug. Hij zei dat hij wat kinderen naar Mabel had gestuurd en dat Kya alleen maar even hoefde te wachten.

Jumpin' begon dozen pruimtabak uit te pakken op de planken en te redderen in het algemeen, terwijl Kya in haar boot bleef zitten. Toen kwam Mabel eindelijk aangehold over de planken, die schudden onder haar tred alsof er een kleine piano over de steiger werd geduwd. Ze had een papieren zak bij zich en riep geen begroeting, zoals ze anders zou hebben gedaan, maar bleef boven Kya op de steiger staan en zei rustig: 'Morgen, Kya, wat is er aan de hand, kind? Wat is er, lieverd?'

Kya boog haar hoofd nog dieper en mompelde iets wat Mabel niet kon verstaan.

'Kun je uit de boot komen, of zal ik bij je komen zitten?'

Kya gaf geen antwoord, dus stapte Mabel, die tegen de honderd kilo woog, eerst met de ene en toen met de andere voet in de boot, die protesteerde door tegen de steigerpalen te stoten. Ze ging op de middelste bank zitten, tegenover Kya die achterin zat.

'Zo, kind, zeg maar wat eraan mankeert.'

De twee staken de koppen bij elkaar, Kya fluisterde iets en toen trok Mabel Kya aan haar weelderige boezem, nam haar in haar armen en wiegde haar. Kya, die het niet gewend was geknuffeld te worden, hield zich stram, maar daar liet Mabel zich niet door ontmoedigen. Uiteindelijk verslapte Kya en vlijde zich aan die troostende kussens tot Mabel zich oprichtte en de bruine papieren zak openmaakte.

'Nou, ik had wel zo'n vermoeden wat er was, dus heb ik een paar dingen voor je meegebracht.' En daar, zittend in de boot bij Jumpin's steiger, legde Mabel Kya uit hoe alles werkte.

'Goed, Kya, dit is niets om je voor te schamen. Het is geen vloek, zoals de mensen wel zeggen. Het is het begin van al het leven en daar kan alleen een vrouw voor zorgen. Je bent een vrouw geworden, kleine meid.'

Toen Kya de volgende middag Tates boot hoorde, verstopte ze zich in dichte bramenstruiken en keek naar hem. Dat iemand haar kende leek op zich al vreemd genoeg, maar nu wist hij ook nog eens van de persoonlijkste, intiemste gebeurtenis van haar leven. Bij die gedachte begonnen haar wangen te gloeien. Ze zou zich schuilhouden tot hij weer weg was.

Hij landde aan de oever van de lagune en stapte uit de boot. Hij had een witte doos met een touwtje erom bij zich. 'Yo! Kya, waar ben je?' riep hij. 'Ik heb cakejes van Parker's voor je meegebracht.'

Kya had in geen jaren gebak gegeten. Toen Tate een paar boeken uit de boot pakte, kwam Kya uit de struiken tevoorschijn.

'O, daar ben je. Kijk eens?' Hij maakte de doos open en daar lagen de cakejes, keurig gerangschikt, bedekt met vanilleglazuur met een piepklein roze roosje erop. 'Kom op, tast toe.'

Kya pakte er een en nam een hapje, nog steeds zonder Tate aan te kijken. Toen stopte ze de rest in haar mond en likte haar vingers af.

'Hier.' Tate zette de doos bij hun eik. 'Neem er maar zoveel als je wilt. Zullen we beginnen? Ik heb een nieuw boek bij me.' En dat was dat. Ze begonnen aan de les en er werd met geen woord meer gerept over dat andere.

De herfst kwam dichterbij; de groenblijvende bomen mochten het dan niet hebben gemerkt, de platanen wel. Ze pronkten met duizenden goudgele bladeren tegen de leigrijze lucht. Op een namiddag, toen Tate eigenlijk te lang was gebleven en samen met Kya op een houtblok in het bos zat, stelde ze eindelijk de vraag waar ze al maanden mee rondliep. 'Tate, ik stel het op prijs dat je me leert lezen en me allerlei dingen geeft, maar waarom doe je dat? Heb je geen vriendin of zo?'

'Neu... Nou ja, soms wel. Ik had een meisje, maar nu niet meer. Ik vind het prettig hier in de stilte en ik vind het leuk dat je zoveel belangstelling hebt voor het moeras, Kya. De meeste mensen komen er alleen om te vissen en letten er verder niet op. Ze denken dat het braakliggend terrein is dat moet worden drooggelegd en ontwikkeld. De mensen begrijpen niet dat de meeste zeedieren, ook de dieren die ze eten, het moeras nodig hebben.'

Hij zei niet dat hij medelijden met haar had omdat ze alleen was, dat hij wist hoe de kinderen haar jarenlang hadden behandeld; dat de dorpelingen haar het moerasmeisje noemden en verhalen over haar verzonnen. Naar haar hut sluipen, door het donker rennen en ertegenaan slaan was een traditie geworden, een overgangsritueel voor jongens die man werden. Wat zei dat over mannen? Er werden al weddenschappen afgesloten over wie haar zou ontmaagden. Dingen die hem woedend en ongerust maakten.

Dat was alleen niet de belangrijkste reden waarom hij veren voor Kya had neergelegd in het bos, of waarom hij haar bleef opzoeken. Wat Tate ook verzweeg, was dat hij gevoelens voor haar had die het midden leken te houden tussen de warme genegenheid voor een uit het oog verloren zus en de vurige liefde voor een meisje. Hij kon die gevoelens zelf op geen stukken na ontwarren, maar er was nog nooit iets zo hard bij hem binnengekomen als deze golf van emoties die even pijnlijk was als prettig.

Terwijl ze een grasspriet in een mierenholletje duwde vroeg ze ten slotte: 'Waar is je moeder?'

Een briesje zwierf tussen de bomen door en schudde zacht aan de takken. Tate zei niets.

'Je hoeft niks niet te zeggen,' zei ze.

'Niets te zeggen.'

'Je hoeft niets te zeggen.'

'Mijn moeder en mijn zusje zijn omgekomen bij een auto-ongeluk in Asheville. Mijn zusje heette Carianne.'

'O, wat vind ik dat erg voor je, Tate. Je moeder was vast heel lief en mooi.'

'Ja. Dat waren ze allebei.' Hij praatte tegen de grond tussen zijn knieën. 'Ik heb er nog nooit over gepraat. Met niemand.'

Ik ook niet, dacht Kya. Hardop zei ze: 'Mijn moeder is op een dag weggelopen en niet meer teruggekomen. Een hertenmoeder komt altijd terug.'

'Maar jij kunt tenminste nog hopen. Ik weet zeker dat de mijne nooit meer terugkomt.'

Ze zwegen even, en toen vervolgde Tate: 'Ik denk...' Hij brak zijn zin af en keek weg.

Kya keek naar hem, maar hij hield zijn blik op de grond gericht en zweeg.

'Wat?' vroeg ze. 'Wat denk je? Je kunt alles tegen me zeggen.'

Hij zei nog steeds niets. Ze wachtte met een geduld dat voortkwam uit wijsheid.

Ten slotte zei hij heel zacht: 'Ik denk dat ze naar Asheville waren gegaan om mijn verjaardagscadeau te kopen. Ik wilde een bepaalde fiets hebben, ik moest hem hebben. Bij Western Auto hadden ze hem niet, dus gingen ze naar Asheville om hem voor me te kopen, denk ik.'

'Daarom is het nog niet jouw schuld,' zei ze.

'Weet ik, maar toch voelt het zo,' zei Tate. 'Ik weet niet eens meer wat voor fiets het was.'

Kya leunde naar hem toe zonder hem aan te raken, maar het voelde alsof de ruimte tussen hun schouders geladen was. Ze vroeg zich af of Tate het ook voelde. Ze wilde nog verder opzij leunen, alleen om hun armen zacht langs elkaar te voelen strijken. Om hem aan te raken. Ze vroeg zich af of Tate het zou merken.

Precies op dat moment stak de wind op en duizenden en nog eens duizenden gele plataanbladeren maakten zich los van hun levensbron en fladderden door de lucht. Herfstbladeren vallen niet; ze vliegen. Het is hun enige kans om te zweven, dus nemen ze er de tijd voor. Ze wervelden, zeilden en dwarrelden op de windvlagen, het zonlicht weerkaatsend.

Tate sprong op en riep: 'Wie de meeste bladeren kan vangen voordat ze de grond raken!' Kya sprong ook op en ze hupsten en sprongen door de gordijnen van vallende bladeren, met hun armen wijd om ze te pakken voordat ze de grond raakten. Tate dook lachend naar een blad dat vlak boven de grond zweefde, ving het, rolde zich op zijn rug en hield zijn trofee in de lucht. Kya gooide haar handen in de lucht en liet alle bladeren die ze had gevangen weer door de wind meenemen. Toen ze erdoorheen rende, bleven ze als goud in haar haar hangen.

Omdat ze zich vliegensvlug omdraaide, botste ze tegen Tate op, die was opgestaan, en ze keken elkaar in de ogen en verstijfden. Ze lachten niet meer. Hij pakte haar bij de schouders, aarzelde even en kuste haar toen op haar lippen, in een regen van geluidloos om hen heen dansende bladeren.

Ze wist niets van zoenen en hield haar hoofd en lippen stram. Ze maakten zich van elkaar los en keken elkaar aan, zich afvragend waar dat vandaan was gekomen en hoe het verder moest. Hij plukte behoedzaam een blad uit haar haar en liet het op de grond vallen. Haar hart ging als een razende tekeer. Ze kende alleen de gebrekkige liefde van grillige familieleden en die had nooit zo gevoeld als dit.

'Ben ik nu je meisje?' vroeg ze.

Hij glimlachte. 'Wil je dat?'

'Ja.'

'Misschien ben je nog te jong,' zei hij.

'Maar ik weet alles van veren. Ik wil wedden dat de andere meisjes er niets van weten.'

'Goed dan.' Hij kuste haar weer en deze keer hield ze haar hoofd schuin en werden haar lippen zacht. En voor het eerst in haar leven was er geen leegte in haar hart.

18

Witte kano

1960

Nu begon elk woord met een kreetje en was elke zin een wedloop. Tate pakte Kya beet en ze tuimelden half als kinderen, half als volwassenen door de zuring, die rood was van de herfst.

'Even serieus,' zei hij. 'De enige manier om te leren vermenigvuldigen is de tafels uit je hoofd leren.' Hij schreef *12 x 12 = 144* in het zand, maar ze rende langs hem heen, dook door de branding naar het kalmere water en zwom tot hij haar volgde naar een plek waar het licht in grijsblauwe stralen door de stilte viel en hun gestalten accentueerde, soepel als bruinvissen. Later rolden ze zilt en zanderig over het strand, met hun armen stijf om elkaar heen, alsof ze één waren.

De middag erop voer hij haar lagune in, maar bleef op de oever in zijn boot zitten, met aan zijn voeten een grote mand met een roodgeblokte doek erover.

'Wat is dat? Wat heb je bij je?' vroeg ze.

'Een verrassing. Toe dan, stap in.'

Ze dreven over de traag stromende vaargeulen naar zee en vandaaruit naar een kleine, halvemaanvormige baai in het zuiden. Hij spreidde de deken met een simpele polsbeweging op het zand uit en zette de mand erop, en toen ze gingen zitten, trok hij de doek eraf.

'Gefeliciteerd met je verjaardag, Kya,' zei hij. 'Je bent vijftien!'

Een taart van de bakkerij met twee lagen, zo hoog als een hoedendoos en versierd met schelpen van roze glazuur, rees uit de mand op. Haar naam stond bovenop geschreven. Eromheen lagen cadeautjes, verpakt in kleurig papier met linten eromheen.

Ze keek er verbijsterd naar, met open mond. Sinds ma's vertrek had niemand haar meer gefeliciteerd met haar verjaardag. Niemand had haar ooit een taart uit de winkel met haar naam erop gegeven. Ze had nog nooit ingepakte cadeaus met linten erom gekregen.

'Hoe wist je dat ik jarig ben?' Ze had geen kalender en dus geen idee dat het vandaag was.

'Ik heb het in je bijbel gelezen.'

Terwijl ze hem smeekte niet door haar naam te snijden, sneed hij reusachtige punten taart die hij op kartonnen borden schoof. Terwijl ze elkaar diep in de ogen keken, braken ze happen af en stopten ze in hun mond. Ze smakten luid en likten hun vingers af. Ze lachten met monden onder de vegen glazuur. Ze aten taart zoals je taart zou moeten eten, zoals iedereen het wil eten.

'Wil je je cadeautjes uitpakken?' Hij glimlachte.

Het eerste: een klein vergrootglas, 'om de kleine details van insectenvleugels te zien'. Het tweede: een plastic klem, zilverkleurig en versierd met een meeuw van stras, 'voor in je haar'. Hij streek een beetje onhandig een paar lokken achter haar oor en maakte de speld vast. Ze voelde eraan. Nog mooier dan die van ma.

Het laatste cadeau zat in een grotere doos, en toen Kya hem openmaakte, zag ze tien tubes olieverf, blikjes waterverf en penselen in verschillende maten, 'om te schilderen'.

Kya pakte elke kleur op, elk penseel. 'Ik kan meer halen als je het nodig hebt. Zelfs doek, uit Sea Oaks.'

Ze knikte. 'Dank je wel, Tate.'

'Kalm aan, dan breekt het lijntje niet. Voorzichtig,' riep Scupper naar Tate, die, omringd door visnetten, vette lappen en hun veren gladstrijkende pelikanen de lier bediende. De boeg van *The Cherry Pie* hobbelde op de helling, schokte en gleed toen onder water op de rails van Pete's Boat Yard, die met zijn verzakte steiger en roestige boothuis de enige werf was in Barkley Cove.

'Oké, goed, ze staat erop. Hijsen maar.' Tate zette meer kracht op de lier en de boot kroop over de rails het droogdok in. Ze legden haar vast met kabels en begonnen de puistige zeepokken van de romp te schrapen terwijl de kristalheldere aria's van Miliza Korjus uit de platenspeler oprezen. Ze zouden eerst grondverf en dan de jaarlijkse laag rode verf moeten aanbrengen. Tates moeder had de kleur gekozen, en die zou Scupper nooit veranderen. Af en toe hield Scupper op met schrapen en zwaaide met zijn grote armen mee met de golvende muziek.

Nu, begin winter, betaalde Scupper Tate het loon van een volwassene voor zijn hulp na school en in de weekends, maar daardoor kon Tate minder vaak naar Kya toe. Hij zei er niets over tegen zijn vader; hij zei helemaal niets over Kya tegen zijn vader.

Ze hakten op de zeepokken in tot het donker werd, tot zelfs Scuppers armen brandden. 'Ik ben te moe om te koken, en jij ook, lijkt me. Laten we op weg naar huis iets te bikken halen bij de cafetaria.'

Ze knikten naar iedereen, want er was niemand die ze niet kenden, en gingen aan een hoektafel zitten. Ze bestelden allebei de dagschotel: schnitzel met puree en jus, rapen en koolsla. Beschuitbollen. Pecannotentaart met ijs. Aan de tafel naast de hunne gaf een gezin van vier elkaar de hand en boog het hoofd terwijl de vader hardop bad. Bij 'amen' kusten ze de lucht, gaven elkaar een kneepje in de hand en reikten naar het maisbrood.

'Zo, jongen,' zei Scupper, 'ik weet dat deze baan je van dingen weerhoudt. Het is niet anders, maar je bent niet naar het schoolbal of wat dan ook gegaan deze herfst, en ik wil niet dat je alles mist, want het is je laatste jaar. Dat grote bal in het paviljoen komt eraan. Vraag je een meisje?'

'Nee. Ik ga misschien wel, dat weet ik nog niet, maar er is niemand die ik wil vragen.'

'Is er geen enkel meisje op school dat je zou willen meenemen?'

'Nee.'

'Tja.' Scupper leunde achterover toen de serveerster zijn bord kwam brengen. 'Dank je, Betty. Je hebt het lekker vol geladen.' Betty liep om de tafel heen en zette Tates bord neer, waarop nog meer eten lag.

'Eet je bord leeg,' zei ze. 'Er is meer, hoor. Je mag zoveel van de dagschotel eten als je kunt.' Ze glimlachte naar Tate en liep met een extra zwaai van haar heupen terug naar de keuken.

'De meiden op school zijn stom,' zei Tate. 'Ze praten alleen maar over kapsels en schoenen.'

'Tja, zo zijn meisjes. Soms moet je de dingen nemen zoals ze zijn.'

'Misschien.'

'Goed, jongen, ik luister niet naar praatjes, nooit gedaan ook, maar het gonst aan alle kanten van de geruchten dat jij iets hebt met dat meisje in het moeras.' Tate stak zijn handen op. 'Wacht even, wacht even,' vervolgde Scupper. 'Ik geloof niet alles wat ze over haar zeggen, ze is waarschijnlijk best aardig, maar pas op, jongen. Je wilt niet te jong aan een gezin beginnen. Je begrijpt me toch wel, hè?'

Tate beet hem op gedempte toon toe: 'Eerst zeg je dat je die verhalen over haar niet gelooft en dan zeg je dat ik geen gezin moet beginnen, waaruit blijkt dat je gelooft dat ze echt zo'n soort meisje is. Nou, ik kan je zeggen dat het niet waar is. Ze is ongerepter en onschuldiger dan al die meiden met wie je me naar het bal wilt hebben. O, man, sommige meiden hier in het dorp, nou ja, laten we het erop houden dat ze in roedels jagen en geen genade kennen. En ja, ik ga soms naar Kya toe. Weet je waarom? Ik leer haar lezen omdat de mensen hier zo gemeen tegen haar doen dat ze niet eens naar school kon.'

'Dat is prima, Tate. Dat is aardig van je, maar begrijp alsjeblieft dat het mijn taak is om zulke dingen te zeggen. Het is misschien niet leuk voor ons om erover te praten, maar ouders moeten hun kinderen voor bepaalde zaken waarschuwen. Dat is mijn plicht, dus doe niet zo verontwaardigd.'

'Ik weet het,' mompelde Tate terwijl hij boter op een beschuitbol smeerde. Hij voelde zich diep verontwaardigd.

'Kom op. We nemen nog een bord, en dan nemen we een stuk notentaart.'

Toen de taart was gebracht, zei Scupper: 'Tja, als we het dan toch over dingen hebben waar we nooit over praten, kan ik net zo goed nog iets zeggen wat me van het hart moet.'

Tate rolde met zijn ogen naar zijn taart.

Scupper vervolgde: 'Jongen, ik wil je zeggen hoe trots ik op je ben. Je hebt helemaal in je eentje het moerasleven bestudeerd, het heel goed gedaan op school en je voor de universiteit opgegeven om biologie te studeren. En je bent aangenomen. Ik ben er gewoon de man niet naar om het vaak over zulke dingen te hebben, maar ik ben allemachtig trots op je, jongen. Oké?'

'Ja. Oké.'

Later, op zijn kamer, zei Tate twee zinnen op uit zijn lievelingsgedicht: *'O, wanneer zal ik het duistere Meer zien / en de witte kano van mijn liefste?'*

Tussen al zijn bezigheden door ging Tate zo vaak mogelijk naar Kya, maar hij kon nooit lang blijven. Soms maakte hij een boottocht van drie kwartier om tien minuten hand in hand met haar over het strand te lopen. Veel met haar te zoenen. Geen minuut te verspillen. Dan de boottocht terug. Hij wilde haar borsten voelen; hij zou een moord doen om ze alleen maar te mogen zien. 's Nachts lag hij klaarwakker aan haar dijen te denken, hoe zacht en toch stevig ze moesten zijn. Als hij verder dacht dan haar dijen, lag hij te woelen in zijn lakens, maar ze was nog zo jong en schuchter. Als hij iets verkeerd deed, zou het haar op de een of andere manier kunnen schaden, en dan zou hij nog erger zijn dan de jongens die alleen maar zeiden dat ze haar wilden veroveren. Zijn verlangen haar te beschermen was net zo sterk als zijn begeerte. Soms.

Telkens als Tate naar Kya ging, bracht hij school- of bibliotheekboeken mee, vooral over de levende natuur in het moeras en biologie. Ze maakte verbijsterende vorderingen. Ze kon nu alles lezen, zei hij, en als je eenmaal alles kunt lezen, kun je alles leren. Het was haar keus. 'Niemand heeft zijn hersenen ook maar voor de helft gevuld,' zei hij. 'We zijn allemaal net giraffes die hun nek niet gebruiken om bij de hogere bladeren te komen.'

Kya las uren in haar eentje bij het licht van de olielamp en leerde dat planten en dieren in de loop der tijd veranderen om zich aan te passen aan de steeds wisselende omstandigheden op aarde, dat sommige cellen delen en uitgroeien tot een long of een hart, terwijl andere ongedifferentieerd als stamcellen voortleven voor het geval ze later nodig zijn. Vogels zingen vooral 's ochtends vroeg omdat de koele, vochtige ochtendlucht hun lied en de betekenis ervan veel verder meevoert. Ze had die wonderen haar hele leven van dichtbij gezien, waardoor de gebruiken van de natuur makkelijk te begrijpen waren voor haar.

Binnen alle werelden van de biologie zocht ze naar een verklaring voor het feit dat een moeder haar kroost kon verlaten.

Op een koude dag, lang nadat alle plataanbladeren waren gevallen, stapte Tate uit zijn boot met een in rood-met-groen papier verpakt cadeau.

'Ik heb niets voor jou,' zei ze toen hij haar het cadeau aanbood. 'Ik wist niet dat het Kerstmis was.'

'Dat is het niet.' Hij glimlachte. 'Nog lang niet,' jokte hij. 'Kom op, het stelt weinig voor.'

Ze pakte het cadeautje voorzichtig uit en zag dat het een tweedehands woordenboek was. 'O, Tate, dank je wel.'

'Kijk er maar in,' zei hij. Tussen de bladzijden van de P zat een pelikanenveer, tussen twee bladzijden van de V een takje gedroogde vergeet-mij-nietjes en tussen die van de C een gedroogde champignon. Er zaten zoveel schatten tussen de bladzijden verstopt dat het boek niet meer helemaal dicht kon.

'Ik probeer de dag na Kerstmis terug te komen. Misschien kan ik een kerstdiner voor je meebrengen.' Hij gaf haar een afscheidskus. Toen hij weg was, vloekte ze hardop. Haar eerste kans sinds ma's vertrek om iemand van wie ze hield iets te geven, en die had ze laten schieten.

Een paar dagen later stond ze rillend in de mouwloze jurk van perzikkleurige chiffon aan de oever van de lagune op Tate te wachten. IJsberend drukte ze haar cadeau voor hem aan haar borst: de kuif van een rode kardinaal, verpakt in het papier dat hij had gebruikt voor haar woordenboek. Zodra hij uit zijn boot stapte, stopte ze hem zijn cadeau toe en stond erop dat hij het meteen uitpakte, wat hij dus maar deed. 'Dank je wel, Kya. Die had ik nog niet.'

Nu was haar Kerstmis compleet.

'Laten we gauw naar binnen gaan. Je zult wel bevriezen in die jurk.' Het was warm in de keuken dankzij het houtfornuis, maar toch zei hij dat ze beter een trui en spijkerbroek kon aantrekken.

Ze warmden samen het eten op dat hij had meegebracht: kalkoen, maisbrooddressing, cranberrysaus, gestoofde zoete aardappelen en pompoentaart; allemaal kliekjes van het kerstdiner in de cafetaria met zijn vader. Kya had beschuitbollen gebakken, en ze aten aan de keukentafel, die ze had versierd met wilde hulst en schelpen.

'Ik doe de afwas wel,' zei ze, en ze schonk heet water van het fornuis in het teiltje.

'Ik help mee.' Hij kwam achter haar staan en sloeg zijn armen om haar middel. Ze leunde met haar hoofd tegen zijn borst en deed haar ogen dicht. Zijn vingers gleden langzaam onder haar trui, over haar gladde buik, naar haar borsten. Zoals gewoonlijk had ze geen beha aan en zijn vingers trokken cirkeltjes rond haar tepels. Daar bleven ze, maar er trok een gevoel door haar lichaam alsof zijn handen tussen haar benen waren gegleden. Het gevoel van een leegte die dringend gevuld moest worden bonsde door haar heen, maar ze wist niet wat ze moest doen, wat ze moest zeggen, dus duwde ze het weg.

'Het is goed,' zei hij, en hij bleef haar vasthouden. Ze ademden allebei diep.

Een schuchtere zon, nog onderdanig aan de winter, liet zich af en toe zien, afgewisseld door dagen van gemene wind en bittere regen. Tot op een middag de lente zich zomaar aandiende. Het werd warm en de lucht straalde alsof hij was gepoetst. Kya praatte zachtjes terwijl ze met Tate langs de grazige oever van een diepe kreek liep, onder de takken van hoge amberbomen. Opeens pakte hij haar hand en gebood haar te zwijgen. Ze volgde zijn blik naar de waterkant, waar een brulkikker van vijftien centimeter breed in elkaar gedoken onder het gebladerte zat. Een gewone aanblik, alleen was deze kikker compleet wit, bijna lichtgevend.

Tate en Kya grinnikten naar elkaar en keken tot hij met een enkele geluidloze sprong van zijn lange poten verdween. Nog steeds zwijgend doken ze de struiken in. Kya sloeg haar handen voor haar mond en giechelde. Ze danste bij hem weg met een meisjesachtig huppeltje en een niet zo meisjesachtig lijf.

Tate keek naar haar. Hij dacht niet meer aan kikkers en stapte doelbewust op haar af. Zijn gezichtsuitdrukking maakte dat ze bij een brede eik bleef staan. Hij pakte haar bij de schouders en duwde haar stevig tegen de boom. Hij pakte haar bovenarmen en kuste haar terwijl hij met zijn kruis tegen het hare duwde. Sinds Kerstmis hadden ze gekust en elkaar langzaam verkend; alleen niet op deze manier. Hij had altijd het initiatief genomen, maar dan keek hij vragend naar haar, zoekend naar een teken dat hij moest stoppen; dat deed hij nu niet.

Hij maakte zich van haar los en zijn diepgoudbruine ogen boorden in de hare. Langzaam knoopte hij haar blouse open en trok hem weg van haar borsten. Hij nam er de tijd voor om ze met zijn ogen en vingers te bestuderen en trok kringetjes om haar tepels. Toen ritste hij haar korte broek open en stroopte hem af tot hij op de grond viel. Voor het eerst stond ze vrijwel naakt voor hem; ze snakte naar adem en hief haar handen om zich te bedekken. Hij duwde haar handen zacht weg en keek op zijn gemak naar haar lichaam. Haar kruis bonsde alsof al haar bloed daarheen was gestroomd. Hij stapte uit zijn korte broek en duwde, nog steeds naar haar kijkend, zijn erectie tegen haar aan.

Toen ze zich verlegen afwendde, tilde hij haar kin op en zei: 'Kijk me aan. Kijk me in de ogen, Kya.'

'Tate, Tate.' Ze reikte naar hem en probeerde hem te kussen, maar hij hield haar tegen, zodat ze hem alleen met haar ogen kon aftasten. Ze wist niet dat rauwe naaktheid zoveel begeerte kon opwekken. Hij fluisterde zijn handen over de binnenkant van haar dijen, en instinctief zette ze haar voeten iets opzij. Zijn vingers kwamen tussen haar benen en masseerden langzaam stukjes van haar waarvan ze het bestaan nooit had vermoed. Ze legde haar hoofd in haar nek en kermde.

Hij maakte zich abrupt van haar los en stapte achteruit. 'God, Kya, het spijt me. Het spijt me.'

'Nee, Tate, ik wil het.'

'Niet zo, Kya.'

'Waarom niet? Waarom niet zo?'

Ze reikte naar zijn schouders en probeerde hem weer naar zich toe te trekken.

'Waarom niet?' zei ze nog eens.

Hij raapte haar kleren op en kleedde haar aan. Zonder haar aan te raken waar ze wilde, waar delen van haar lichaam nog bonsden. Toen tilde hij haar op, droeg haar naar de oever van de kreek, zette haar neer en kwam naast haar zitten.

'Kya, ik wil je meer dan wat dan ook. Ik wil je voor altijd, maar je bent nog te jong. Je bent pas vijftien.'

'Nou en? Jij bent maar vier jaar ouder. Je bent toch niet opeens een alwetende volwassene?'

'Nee, maar ik kan niet zwanger worden. Ik kan hier niet zo makkelijk door geschaad worden. Ik doe het niet, Kya, want ik hou van je.' Liefde. Het woord had niets begrijpelijks voor haar.

'Je denkt dat ik nog een klein meisje ben,' jengelde ze.

'Kya, je klinkt met de seconde meer als een klein meisje.' Maar hij glimlachte terwijl hij het zei, en hij trok haar naar zich toe.

'Wanneer dan, als het nu niet mag? Wanneer mogen we dan?'

'Nu nog niet.'

Ze zwegen even en toen vroeg ze: 'Hoe wist je wat je moest doen?' Ze boog haar hoofd, weer verlegen.

'Op dezelfde manier als jij.'

Op een middag in mei zei hij toen ze bij de lagune wegliepen: 'Weet je, ik ga binnenkort weg. Studeren.'

Hij had verteld dat hij naar Chapel Hill zou gaan, maar Kya had het verdrongen in het besef dat ze tenminste de zomer nog hadden.

'Wanneer? Nu nog niet.'

'Binnenkort. Over een paar weken.'

'Maar waarom? Ik dacht dat de colleges pas in het najaar begonnen.'

'Ik ben aangenomen voor een baan in het biologielab op de campus. Die kans kan ik niet voorbij laten gaan. Ik begin dus van de zomer al.'

Van alle mensen die haar hadden verlaten, had alleen Jodie afscheid genomen. Alle anderen waren voorgoed weggelopen, maar dit voelde niet beter. Haar borst brandde.

'Ik kom zo vaak mogelijk terug. Het is eigenlijk niet zo ver. Nog geen dag met de bus.'

Ze zweeg. Uiteindelijk zei ze: 'Waarom moet je weg, Tate? Waarom kun je niet hier blijven, garnalenvisser worden, net als je vader?'

'Kya, je weet waarom. Dat kan ik gewoon niet. Ik wil het moeras bestuderen, biologisch onderzoeker worden.' Ze kwamen bij het strand aan en gingen op het zand zitten.

'En dan? Zulke banen zijn hier niet. Je komt nooit meer terug.'

'Jawel. Ik laat je niet in de steek, Kya. Ik beloof het. Ik kom bij je terug.'

Ze sprong overeind. De plevieren schrokken en vlogen kwakend op. Ze rende het bos in. Tate rende achter haar aan, maar bij de bosrand aangekomen bleef hij staan en keek om zich heen. Ze had hem al afgeschud.

Voor het geval ze binnen gehoorsafstand was, riep hij: 'Kya, je kunt niet voor elk wissewasje weglopen. Soms moet je over dingen praten. Dingen onder ogen zien.' Toen, minder geduldig: 'Godver, Kya. Godverdomme!'

Een week later hoorde Kya Tates boot over haar lagune snorren en verstopte zich achter een struik. Toen hij door de vaargeul laveerde, verhief de reiger zich op trage, zilveren vleugels. Ze wilde het liefst vluchten, maar stapte tevoorschijn en wachtte.

'Hé,' zei hij. Bij wijze van uitzondering had hij geen pet op en zijn ongetemde blonde krullen fladderden om zijn gebruinde gezicht. Het leek of zijn schouders de afgelopen paar maanden zo breed waren geworden als die van een man.

'Hé.'

Hij stapte uit de boot, pakte haar hand en nam haar mee naar hun leesplek, waar ze op de boomwortels gingen zitten.

'Ik blijk eerder weg te moeten dan ik dacht. Ik sla de diploma-uitreiking over om direct te beginnen met werken. Kya, ik kom afscheid nemen.' Zelfs zijn stem klonk mannelijk, klaar voor een zwaarwichtiger wereld.

Ze zei niets, maar wendde haar gezicht af. Haar keel werd dichtgeknepen. Hij zette twee tassen vol afgeschreven school- en bibliotheekboeken aan haar voeten, voornamelijk over biologie.

Ze wist niet of ze wel kon praten. Ze wilde dat hij haar weer meenam naar de plek van de witte brulkikker. Ze wilde dat hij er nu meteen met haar naartoe ging, voor het geval hij nooit meer terug zou komen.

'Ik zal je missen, Kya. Elke dag, de hele dag.'

'Misschien vergeet je me wel. Als je het druk krijgt met al die studiedingen en al die knappe meiden ziet.'

'Ik zal je nooit vergeten. Nooit. Zorg voor het moeras tot ik terug ben, hoor je? En pas goed op jezelf.'

'Dat zal ik doen.'

'Ik meen het, Kya. Pas op voor de mensen; laat geen vreemden in de buurt komen.'

'Ik denk dat ik me beter kan verstoppen en harder kan rennen dan wie dan ook.'

'Ja, dat denk ik ook. Ik kom over ongeveer een maand terug, dat beloof ik. Voor Onafhankelijkheidsdag. Voordat je het weet, ben ik er weer.'

Ze zei niets terug, en hij ging staan en stopte zijn handen in de zakken van zijn spijkerbroek. Ze kwam naast hem staan, maar ze keken allebei weg, de bomen in.

Hij pakte haar bij de schouders en kuste haar lang.

'Tot ziens, Kya.' Ze keek over zijn schouder en toen in zijn ogen. Een kloof die ze tot in de diepste krochten kende.

'Vaarwel, Tate.'

Zonder nog iets te zeggen stapte hij in zijn boot en stak de lagune over. Vlak voordat hij in de dichte bramenstruiken van de vaargeul verdween, keek hij om en zwaaide. Ze stak haar hand hoog op en legde hem toen op haar hart.

19

Duistere zaken

1969

De ochtend nadat ze het tweede labverslag hadden gelezen, acht dagen nadat het levenloze lichaam van Chase Andrews in het drasland was gevonden, duwde hulpsheriff Joe Purdue de deur van het kantoor van de sheriff met zijn voet open en stapte naar binnen. Hij had twee kartonnen bekers koffie en een zak warme donuts bij zich, vers uit de frituurpan.

'O, man, de geur van Parker's,' zei Ed toen Joe het lekkers op het bureau zette. Ze diepten allebei een enorme donut op uit de bruine papieren zak met vetvlekken en aten hem luid smakkend op, waarna ze het glazuur van hun vingers likten.

'Nou, ik heb iets,' zeiden ze precies tegelijk.

'Ga jij maar eerst,' zei Ed.

'Ik heb uit diverse bronnen vernomen dat Chase een zaakje had in het moeras.'

'Een zaakje? Wat bedoel je?'

'Ik weet het niet zeker, maar een paar jongens van de Dog-Gone zeggen dat hij sinds een jaar of vier vaak in zijn eentje naar het moeras ging, dat hij er geheimzinnig over deed. Hij ging nog steeds vissen en varen met zijn vrienden, maar hij ging er ook vaak alleen opuit. Ik zat te denken dat hij misschien omging met blowers of nog erger. Dat hij ruzie had gekregen met een linke drugdealer. Wie met pek omgaat, wordt ermee besmet. Of overleeft het niet, in dit geval.'

'Ik weet het niet. Hij was zo'n sportieve man; ik kan me moeilijk voorstellen dat hij aan de drugs zou gaan,' zei de sheriff.

'Hij wás een sportieve man. Trouwens, die gebruiken vaak genoeg drugs. Als de gouden tijd van de held voorbij is, moet hij zijn kick van iets anders krijgen. Of misschien had hij een vrouw daar.'

'Ik denk niet dat die vrouwen daar zijn type waren. Hij ging alleen om met de zogenaamde elite van Barkley. Niet met tuig.'

'Nou, als hij het zelf beneden zijn stand achtte, hield hij het misschien daarom stil.'

'Dat kan,' zei de sheriff. 'Maar goed, wat hij daar ook uitspookte, het legt een heel nieuwe kant van zijn leven bloot waar we niets van wisten. Laten we het onderzoeken, zien wat hij in zijn schild voerde.'

'Jij zei dat je ook iets had?'

'Ik weet niet precies wat. Chase' moeder heeft me gebeld, ze zei dat ze ons iets belangrijks over de zaak moest vertellen. Het had iets te maken met een schelp die hij altijd om zijn nek droeg. Ze weet zeker dat het een aanwijzing is. Ze wil hierheen komen om ons erover te vertellen.'

'Wanneer komt ze?'

'Vanmiddag, straks dus.'

'Het zou mooi zijn om een echte aanwijzing te hebben. Beter dan in het wilde weg naar iemand in een rode wollen trui zoeken die een motief zou kunnen hebben. We moeten toegeven dat als dit moord was, het slim is gedaan. Het moeras heeft alle sporen uitgekauwd en doorgeslikt, als ze er al waren. Hebben we nog tijd om te lunchen voordat Patti Love komt?'

'Ja, hoor. Ze hebben vandaag gepaneerde karbonade. Bramenvlaai toe.'

20

Juli

1961

Blootsvoets en gekleed in de perzikkleurige jurk van chiffon, die te kort was geworden, liep Kya op 4 juli, Onafhankelijkheidsdag, naar de lagune en ging op de leesplek zitten. Genadeloze hitte ontdeed zich van de laatste sliertjes mist en de lucht was zo drukkend vochtig dat ze bijna geen adem kreeg. Zo nu en dan leunde ze over naar de lagune om koel water in haar nek te spatten, en intussen luisterde ze of ze Tates boot al hoorde naderen. Ze vond het niet erg om te wachten; ze las de boeken die hij haar had gegeven.

De dag sleepte zich minuut na minuut voort en de zon bleef in het midden steken. De boomwortel begon hard aan te voelen, dus nestelde ze zich op de grond, met haar rug tegen een boom. Toen ze honger kreeg, haastte ze zich terug naar de hut, waar ze nog wat worst en beschuitbollen had. Ze at gejaagd, bang dat Tate zou komen terwijl ze niet op haar post was.

De benauwde middag trok muskieten aan. Geen boot; geen Tate. In de schemering stond ze recht, roerloos en zwijgend als een ooievaar over de lege, stille vaargeul uit te kijken. Ademhalen was pijnlijk. Ze stapte uit de jurk, liet zich in het water glijden en zwom in de donkere koelte. Het water dat over haar huid gleed, liet de hitte uit haar kern ontsnappen. Ze hees zich uit het water en ging naakt op een bemost plekje aan de oever zitten tot ze weer droog was, tot de maan achter de aarde glipte. Toen liep ze met haar kleren in de hand naar de hut.

Ze wachtte de volgende dag. Tot aan het middaguur werd het steeds warmer, in de namiddag was het verzengend heet en na zonsondergang smeulde de hitte nog na. Later wierp de maan hoop over het water, maar ook die zakte. Weer een zonsopkomst, weer een witheet middaguur. Nog een zonsondergang. Alle hoop vervloog. Haar ogen dwaalden lusteloos rond, en hoewel ze nog luisterde of ze Tates boot hoorde, was ze niet meer tot het uiterste gespannen.

De lagune rook naar leven en dood tegelijk, een organische mengeling van belofte en verval. Kikkers kwaakten. Ze keek naar vuurvliegjes die in de nachtlucht schreven zonder ze echt te zien. Ze verzamelde ze nooit in potjes; je leert veel meer over iets als het vrij is. Ze had van Jodie geleerd dat het vrouwtje het licht onder haar staart laat knipperen om het mannetje te laten weten dat ze bereid is te paren. Elke soort vuurvliegjes heeft zijn eigen knippertaal. Terwijl Kya keek, seinden een paar vrouwtjes *punt-punt-punt-streep* terwijl ze een zigzaggende dans deden, en andere seinden *streep-streep-punt* in een ander danspatroon. De mannetjes, die de signalen van hun eigen soort natuurlijk kenden, vlogen alleen naar die vrouwtjes. Toen wreven ze hun onderkanten tegen elkaar, zoals Jodie het had genoemd, zoals de meeste wezens deden om jongen te krijgen.

Opeens schoot Kya geboeid overeind: een van de vrouwtjes had haar code veranderd. Ze begon met de juiste reeks strepen en punten om een mannetje van haar eigen soort aan te trekken, en ze paarde met hem. Toen knipperde ze een ander signaal en vloog er een mannetje van een andere soort naar haar toe. Het tweede mannetje was er op basis van haar boodschap van overtuigd dat hij een willig vrouwtje van zijn eigen soort had gevonden en kwam boven haar zweven om te paren, maar het vrouwtje richtte zich onverwacht op, greep hem met haar snuit en at hem op, met zijn zes poten en beide vleugels en al.

Kya zag er meer. De vrouwtjes kregen wat ze hebben wilden, eerst een partner en dan een maaltijd, alleen maar door hun signalen aan te passen.

Kya wist dat een oordeel niet aan de orde was. Het was geen kwestie van boosaardigheid, maar gewoon van het leven dat doorging, al ging het ten koste van sommige spelers. Biologie ziet goed en kwaad als dezelfde kleur in een ander licht.

Ze wachtte nog een uur op Tate en liep toen eindelijk naar de hut.

De volgende ochtend liep ze terug naar de lagune, de laatste flarden wrede hoop vervloekend. Zittend aan de waterkant luisterde ze of ze een boot door de vaargeul of de verre riviertjes hoorde naderen.

Op het middaguur ging ze staan en riep: 'Tate, Tate, nee, nee!' Toen liet ze zich op haar knieën vallen, met haar gezicht tegen de modder. Ze voelde het krachtig trekken onder haar. Een tij dat ze goed kende.

21

Sperwer

1961

Hete windvlagen lieten de bladeren van de dwergpalmen ratelen als droge beenderen. Nadat ze de hoop had opgegeven dat Tate nog kwam, kwam Kya drie dagen haar bed niet uit. Verdoofd door radeloosheid en de hitte woelde ze in kleren en lakens die klam waren van het zweet, met een plakkerige huid. Ze stuurde haar tenen tussen de lakens op verkenning uit, maar ze vonden geen koele plekjes.

Ze zag niet dat de maan opkwam of dat een oehoe overdag een duik maakte naar een blauwe gaai. Vanuit haar bed hoorde ze het moeras in opwiekende merelvleugels, maar ze ging er niet heen. De meeuwen riepen haar klaaglijk vanaf het strand, maar hoewel het pijn deed, ging ze er voor het eerst in haar leven niet naartoe. Ze hoopte dat de pijn van die verwaarlozing die van haar gebroken hart zou verdringen, maar dat gebeurde niet.

Lusteloos vroeg ze zich af wat ze had gedaan om iedereen te verjagen. Haar eigen moeder. Haar zussen. Haar hele familie. Jodie. En nu Tate. Haar aangrijpendste herinneringen waren die aan familieleden die over het pad verdwenen. Een laatste flits van een witte sjaal tussen de bomen. Een bergje sokken, achtergelaten op een matras op de vloer.

Tate, leven en liefde waren één en hetzelfde geweest. Nu was er geen Tate meer.

'Waarom, Tate, waarom?' mompelde ze in de lakens. 'Ik dacht

dat jij anders was. Dat je zou blijven. Je zei dat je van me hield, maar liefde bestaat niet. Je kunt geen mens op aarde vertrouwen.' Diep vanuit haar binnenste nam ze zich voor nooit meer iemand te vertrouwen of van iemand te houden.

Ze had altijd de kracht en de moed gevonden om zichzelf uit de modder te trekken, om de volgende stap te zetten, hoe wankel ook, maar wat had dat haar gebracht? Ze zweefde tussen slapen en waken in.

Plotseling viel de zon op haar gezicht, vol, stralend en fel. Ze had nog nooit in haar leven tot het middaguur geslapen. Ze hoorde een zacht geritsel, hees zich op haar ellebogen op en zag een Coopers sperwer ter grootte van een raaf die vanachter de hordeur naar binnen gluurde. Voor het eerst in dagen werd haar belangstelling gewekt. Ze schudde zichzelf wakker en de sperwer vloog weg.

Uiteindelijk maakte ze een brij van heet water en grutten en ging naar het strand om de meeuwen te voeren. Toen ze tussen de bomen door liep, zwenkten ze allemaal haar kant op en doken in zwermen op haar af. Ze liet zich op haar knieën vallen en gooide het voer in het zand. Toen ze zich om haar heen verdrongen en ze hun veren langs haar armen en dijen voelde strijken, legde ze haar hoofd in haar nek en lachte met ze mee, ook al stroomden de tranen over haar wangen.

Na die vierde juli ging Kya er een maand niet opuit, niet het moeras in en niet naar Jumpin's om te tanken of proviand in te slaan. Ze leefde van gedroogde vis, mosselen en oesters. Grutten en raapstelen.

Toen al haar planken leeg waren, ging ze ten slotte naar Jumpin's om inkopen te doen, maar ze maakte geen praatje met hem, zoals anders. Ze rekende af en gaf hem het nakijken vanaf de steiger. Als je mensen nodig had, kon je alleen maar gekwetst worden.

Een paar ochtenden later stond de Coopers sperwer weer vanaf de verandatrap door de hor naar haar te gluren. Wat gek, dacht ze, en ze keek hem met haar hoofd schuin aan. 'Hé, Coop.'

Hij maakte een sprongetje, vloog rakelings langs haar heen en zweefde toen omhoog, de wolken in. Terwijl ze hem nakeek, zei Kya tegen zichzelf: 'Ik moet het moeras weer in.' Ze nam de boot en laveerde door vaargeulen en stroompjes, en voor het eerst sinds Tate haar had verlaten ging ze op zoek naar vogelnesten, veren en schelpen, al kon het niet verhinderen dat ze aan hem dacht. De intellectuele verlokkingen of de knappe meisjes van Chapel Hill moesten hem hebben ingepalmd. Ze kon zich geen studerende vrouwen voorstellen, maar hoe ze er ook uitzagen, het moest beter zijn dan een mosselverkoopster op blote voeten met warrig haar die in een hut woonde.

Tegen het eind van augustus vond ze haar ritme terug: varen, verzamelen, schilderen. De maanden verstreken. Ze ging alleen naar Jumpin's als ze nieuwe voorraden moest inslaan, maar wisselde amper een woord met hem.

Haar verzamelingen werden volwassen, systematisch ingedeeld op orde, familie en geslacht; op ouderdom aan de hand van slijtage van beenderen; op grootte in millimeters van veren; of aan de hand van de teerste tinten groen. Wetenschap en kunst verstrengelden zich in elkaars kracht: de kleuren, het licht, de soort, het leven; samen weefden ze een meesterstuk van kennis en schoonheid dat elk hoekje van haar hut vulde. Haar wereld. Zij, de stam van de wingerd, groeide mee; alleen, maar als degene die alle wonderen bij elkaar hield.

Maar zoals haar collectie groeide, groeide ook haar eenzaamheid. De pijn in haar borst was zo groot als haar hart en door niets te verzachten. Niet door de meeuwen, niet door een schitterende zonsondergang of de zeldzaamste schelp.

De maanden werden een jaar.

De eenzaamheid werd groter dan ze kon bevatten. Ze verlangde naar een stem, een aanwezigheid, een aanraking, maar nog liever beschermde ze haar hart.

De maanden regen zich aaneen tot nog een jaar. En nog een.

II

Het drasland

22

Hetzelfde tij

1965

Kya, die nu negentien jaar oud was, met langere benen en grotere, schijnbaar zwartere ogen, zat op Point Beach te kijken naar zandkrabbetjes die zich achterwaarts in de modder begroeven. Opeens hoorde ze stemmen in de verte en sprong op. Het groepje kinderen, nu jongvolwassenen, dat ze door de jaren heen af en toe had gezien, drentelde haar kant op, gooiend met een bal en rennend en spattend in de branding. Bang dat ze haar zouden zien rende ze naar de bomen, zand opwerpend met haar hielen, en verstopte zich achter de brede stam van een eik. In het besef dat het haar een buitenbeentje maakte.

Er is weinig veranderd, dacht ze: zij lachen, ik verstop me als een zandkrab. Als een ongetemd dier dat zich schaamde voor haar eigen afwijkende manier van doen.

De meisjes, Lang, Dun en Blond, Paardenstaart met Sproeten, Kort Zwart Haar, Altijd Parels Om en Ronde Appelwangen, dartelden over het strand, verstrikt in gelach en geknuffel. Tijdens haar zeldzame uitstapjes naar het dorp had ze hun gesmiespel wel gehoord: 'Ja, het moerasmeisje krijgt haar kleren van kleurlingen; ze moet mosselen ruilen voor grutten.'

Toch waren zij na al die jaren nog steeds met elkaar bevriend. Dat was niet niets. Ze maakten een dwaze indruk, dat wel, maar zoals Mabel diverse keren had gezegd, vormden ze een hechte groep. 'Je moet een paar vriendinnen hebben, lieverd, want vriendschappen zijn voor het leven. Zonder boterbriefje. Een groep vrouwen is de liefdevolste, sterkste plek op aarde.'

Kya lachte onwillekeurig zachtjes met de meisjes mee toen ze zout water over elkaar heen trapten. Toen renden ze alle vier als op een teken gillend het diepere water in. Kya's glimlach vervaagde toen ze zich uit het water hesen, in hun traditionele groepsknuffel.

Hun kreten maakten Kya's stilte nog luider. Hun saamhorigheid trok aan haar eenzaamheid, maar het etiket moerastuig hield haar achter de eik.

Haar blik gleed naar de langste jongen, die een kaki korte broek droeg en een ontbloot bovenlijf had. Toen hij de bal gooide, zag Kya de spieren als kabels op zijn rug. Zijn gebruinde schouders. Ze wist dat hij Chase Andrews heette. In de loop der jaren, vanaf die keer toen hij haar bijna had aangereden met zijn fiets, had ze hem regelmatig gezien als hij met zijn vrienden op het strand was, een milkshake ging halen bij de cafetaria of benzine tankte bij Jumpin's.

De groep kwam dichterbij, maar ze had alleen oog voor hem. Toen een ander de bal gooide, rende hij erachteraan en kwam dicht bij haar boom, op blote voeten die in het hete zand wroetten. Toen hij zijn arm hief om te gooien, keek hij toevallig om en ving Kya's blik. Toen hij de bal had gegooid, draaide hij zich zonder de anderen iets te laten merken naar haar toe en hield haar blik vast. Zijn haar was zwart, net als het hare, maar zijn ogen waren lichtblauw en zijn gezicht was hoekig, knap. Een zweem van een glimlach speelde om zijn lippen. Toen liep hij terug naar de anderen, zelfverzekerd, met ontspannen schouders.

Hij had haar gezien. Haar blik vastgehouden. Haar adem bevroor terwijl de hitte door haar lijf stroomde.

Ze volgde de groep, vooral hem, langs de kust. Haar hoofd keek naar de ene kant, haar verlangen naar de andere. Het was haar lichaam dat naar Chase keek, niet haar hart.

De volgende dag ging ze terug, bij hetzelfde tij, maar op een ander tijdstip, maar er was niemand, alleen rumoerige strandlopers en surfende zandkrabben.

Ze probeerde zichzelf te dwingen dat strand te mijden en in het moeras te blijven, naar vogelnesten en veren te zoeken. Zichzelf te beschermen en de meeuwen grutten te voeren. Het leven had haar heel bedreven gemaakt in het vermalen van gevoelens tot een draaglijk formaat.

De eenzaamheid heeft desondanks een eigen kompas. De volgende dag ging ze dus terug naar het strand om naar hem uit te kijken. En de dag daarna.

Op een dag, nadat ze uren naar Chase heeft uitgekeken, loopt Kya tegen het eind van de middag haar hut uit en gaat op een reepje strand liggen dat glad is van de laatste golf. Ze strekt haar armen achter haar hoofd, strijkt ermee langs het natte zand en steekt haar benen uit, met haar voeten gestrekt. Met haar ogen dicht rolt ze langzaam naar de zee. Haar heupen en armen laten ondiepe indrukken achter in het natte zand, dat glinstert en weer dof wordt. Terwijl ze dichter naar de golven toe rolt, is ze zich ervan bewust dat de zee door haar hele lichaam buldert en ze voelt de vraag: *Wanneer zal de zee me aanraken? Waar het eerst?*

De schuimkoppen bestormen de kust, reiken naar haar. Tintelend van verwachting haalt ze diep adem. Rolt steeds langzamer. Bij elke omwenteling, vlak voordat haar gezicht over het zand strijkt, tilt ze haar hoofd op en ruikt de geur van zilt en zon. *Ik ben dichtbij, heel dichtbij. Het komt eraan. Wanneer zal ik het voelen?*

De opwinding stijgt. Het zand onder haar wordt natter, het razen van de golven luider. Ze beweegt steeds langzamer, centimeter voor centimeter, wachtend op de aanraking. Bijna, bijna. Ze voelt het voordat het zover is.

Ze wil haar ogen opendoen om te gluren, om te zien hoelang nog, maar ze verzet zich, knijpt haar ogen nog steviger dicht tegen het heldere licht dat niets prijsgeeft.

Dan voelt ze de krachtige golf opeens onder zich en slaakt een kreet. Hij streelt haar dijen, tussen haar benen, stroomt over haar rug, kolkt onder haar hoofd en trekt haar haar in inktzwarte slierten. Ze rolt sneller de dieper wordende golf in, tegen stromen schelpen en fragmenten uit de zee in, en laat zich door het water omhelzen. Ze duwt zich tegen het sterke lijf van de zee aan en wordt beetgepakt, vastgehouden. Niet meer alleen.

Kya gaat rechtop zitten en opent haar ogen voor de oceaan die in zachte witte patronen om haar heen schuimt, steeds wisselend.

Sinds Chase haar op het strand had aangekeken, was ze binnen een week al twee keer naar Jumpin's gegaan. Ze wilde zichzelf niet bekennen dat ze hoopte hem daar tegen te komen. Dat iemand haar had opgemerkt, had een sociaal vuurtje aangewakkerd. Nu vroeg ze net als vroeger aan Jumpin': 'Hoe gaat het eigenlijk met Mabel? Zijn je kleinkinderen thuis?' Jumpin' merkte de verandering op, maar was wel zo wijs er niets over te zeggen. 'Jazeker, we hebben er op dit moment vier bij ons. Het huis staat bol van de giechels en weet ik wat allemaal.'

Maar toen Kya een paar dagen later de steiger 's ochtends naderde, was Jumpin' nergens te bekennen. Bruine pelikanen zaten in elkaar gedoken op steigerpalen naar haar te kijken alsof ze op de winkel pasten. Kya glimlachte ernaar.

Ze schrok van een hand op haar schouder.

'Hoi.' Ze keek om en zag Chase achter zich staan. Haar gezicht verstrakte.

'Ik ben Chase Andrews.' Zijn helblauwe ogen boorden zich in de hare. Het leek hem geen moeite te kosten haar aan te kijken.

Ze zei niets, maar verplaatste haar gewicht van de ene voet naar de andere.

'Ik heb je wel vaker gezien. Je weet wel, door de jaren heen, in het moeras. Hoe heet je?' Hij dacht even dat ze niets terug zou zeggen; misschien was ze stom of sprak ze een oertaal, zoals wel werd beweerd. Een minder zelfverzekerde man had het opgegeven.

'Kya.' Blijkbaar herinnerde hij zich hun aanvaring met de fiets op de stoep niet meer en kende hij haar niet anders dan als het moerasmeisje.

'Kya, wat apart. Maar mooi. Heb je zin om te picknicken? In mijn boot, komende zondag.'

Ze keek langs hem heen en nam de tijd om zijn woorden te laten bezinken, maar ze kon ze niet doorgronden. Dit was een kans om met iemand om te gaan.

'Oké,' zei ze ten slotte. Hij zei dat ze om twaalf uur op het schiereiland met de eiken ten noorden van Point Beach moest zijn. Toen stapte hij in zijn blauw-met-witte skiboot waarop overal metalen onderdeeltjes schitterden en scheurde weg.

Ze hoorde voetstappen en draaide zich om. Jumpin' haastte zich de steiger op. 'Hallo, Kya. Sorry, ik was lege kratten aan het opstapelen. Volgooien maar?'

Kya knikte.

Op weg naar huis schakelde ze de buitenboordmotor uit en dobberde met de kust in zicht. Tegen de oude plunjezak geleund keek ze naar de lucht en zei gedichten op die ze uit haar hoofd kende, zoals ze soms deed. Een van haar lievelingsgedichten was 'Zeekoorts' van John Masefield:

...ik verlang een stormdag,
Met witte jagende wolken
En hoog opspattend schuim
En meeuwen om kronkelende kolken.

Kya herinnerde zich een gedicht van een minder bekende dichter, Amanda Hamilton, dat kort tevoren in de plaatselijke krant had gestaan die ze bij de Piggly Wiggly had gekocht:

Liefde is een gekooid dier
Dat zijn eigen vlees opeet.

Liefde moet vrij kunnen zwerven,
Landen aan een zelfgekozen kust
En ademen.

De woorden deden haar aan Tate denken, en haar adem stokte. Hij hoefde alleen maar iets beters te vinden of hij was weg. Hij was niet eens afscheid komen nemen.

Wat Kya niet wist, was dat Tate wel terug was gekomen om haar te zien.

De dag voordat hij de bus naar huis zou nemen, die vierde juli, was dr. Blum, de hoogleraar die hem had aangenomen, het protistologielab in gelopen en had Tate gevraagd of hij zin had om dat weekend vogels te gaan kijken met een groep vermaarde ecologen.

'Het is me opgevallen dat je belangstelling hebt voor ornithologie en ik vroeg me af of je het leuk zou vinden om mee te gaan. Er mag maar één student mee, en ik moest aan jou denken.'

'Ja, absoluut. Ik zal er zijn.' Nadat dr. Blum was vertrokken stond Tate daar, alleen, tussen de labtafels, microscopen en het gezoem van de autoclaaf, en vroeg zich af hoe hij zo snel door de knieën had kunnen gaan. Hoe snel hij had gehapt om indruk te maken op zijn docent. De trots omdat hij was uitverkoren, de enige student die mee mocht.

Zijn volgende kans om naar huis te gaan, die keer maar voor één nacht, was vijftien dagen later gekomen. Hij snakte ernaar om sorry te zeggen tegen Kya, die het wel zou begrijpen als ze van dr. Blums uitnodiging hoorde.

Hij nam gas terug toen hij van de zee de vaargeul in voer, waar rijen glanzende ruggen van zonnebadende schildpadden op de boomstronken lagen. Toen hij bijna halverwege was, zag hij haar boot, die zorgvuldig verborgen was in het hoge slijkgras. Hij minderde direct vaart en zag haar verderop, geknield op een brede zandbank, zo te zien gefascineerd door het een of andere schaaldiertje.

Ze zat met haar hoofd vlak boven de grond en ze had zijn langzaam varende boot niet gezien of gehoord. Hij stuurde zijn skiff stilletjes het riet in, uit het zicht. Hij wist al jaren dat ze hem soms bespioneerde, dat ze door de doornstruiken naar hem gluurde, en in een opwelling besloot hij hetzelfde te doen.

Ze stond op, blootsvoets, gekleed in een afgeknipte spijkerbroek en een wit T-shirt, en strekte haar armen hoog boven haar hoofd. Alsof ze met haar wespentaille pronkte. Ze knielde weer, schepte zand in haar handen, zeefde het door haar vingers en keek naar de wriemelende organismen die in haar handpalm achterbleven. Hij glimlachte om de jonge biologe die zo opging in wat ze deed dat ze verder niets opmerkte. Hij stelde zich voor dat ze achter in de groep vogelaars stond en probeerde niet op te vallen, maar wel als eerste elke vogel zag en kon benoemen. Zacht en verlegen zou ze hebben verteld welke grassoorten precies in elk nest waren verweven, of hoe oud een vrouwelijk nestjong was op basis van de opkomende kleuren op haar vleugelpunten. Bijzondere details die in geen gids werden vermeld en de kennis van de gerespecteerde groep ecologen te boven gingen. De kleinste kenmerken die een soort onderscheiden. De essentie.

Tate schrok toen Kya opeens opsprong, het zand uit haar vingers liet vallen en stroomopwaarts keek, weg van Tate. Hij hoorde het lage ronken van de naderende buitenboordmotor amper; waarschijnlijk was het een visser of moerasbewoner op weg naar het dorp. Een snorrend geluid, zo normaal en kalm als het gekoer van duiven, maar Kya griste de plunjezak van de grond, rende over de zandbank en dook in het hoge gras. Zo diep in elkaar gedoken dat haar knieën haar kin bijna raakten, liep ze naar haar boot, terwijl ze af en toe steels opkeek om te zien of de zijne al in zicht was. Ze was nu dichter bij Tate, en hij zag haar ogen, donker en met een verwilderde uitdrukking. Toen ze bij haar boot was, verstopte ze zich erachter, met haar hoofd laag.

De visser, een oude man met een hoed op en een vrolijk gezicht, pruttelde zonder Kya of Tate te zien voorbij en verdween om de bocht, maar Kya bleef verstijfd wachten tot het geluid van de motor was weggestorven. Pas toen stond ze op en bette haar voorhoofd. Ze bleef in de richting van de boot kijken, zoals een hert naar de struiken kijkt waarin een panter is verdwenen.

Ergens had hij wel geweten dat ze zich zo gedroeg, maar sinds het spel met de veren had hij die ruwe, ongepolijste kern niet meer gezien. Zo gekweld, afgezonderd en vreemd.

Hij zat nog geen twee maanden op de universiteit, maar hij was al regelrecht de wereld in gestapt waar hij wilde zijn, en hij analyseerde de verbijsterende symmetrie van het DNA-molecule alsof hij in een glanzende kathedraal van opgerolde atomen was gekropen en de zuurrijke wenteltrap van de helix beklom. Hij zag dat al het leven afhankelijk is van die precieze, ingewikkelde code die wordt overgebracht op fragiel, organisch materiaal dat het in een iets warmere of koudere omgeving onmiddellijk zou begeven. Eindelijk werd hij omringd door immense vragen en mensen die net zo nieuwsgierig naar de antwoorden zochten als hij, op weg naar zijn doel van een eigen onderzoekslab en een wisselwerking met andere wetenschappers.

Kya's geest zou zich daar met gemak thuis kunnen voelen, maar zijzelf niet. Moeizaam ademend keek hij naar zijn beslissing, verborgen in het slijkgras: Kya of al het andere.

'Kya, Kya, ik kan dit gewoon niet,' fluisterde hij. 'Het spijt me.'

Nadat zij was weggegaan, stapte hij in zijn boot en voer terug naar de zee, de lafaard in zijn binnenste die niet eens afscheid van haar kon nemen vervloekend.

23

De schelp

1965

De avond nadat ze Chase bij Jumpin's had gezien, zat Kya bij het gemoedelijk flakkerende licht van de olielamp aan de keukentafel. Ze kookte weer voor zichzelf en terwijl ze een avondmaaltijd van karnemelkbeschuitbollen, rapen en kievitsbonen at, probeerde ze te lezen, maar de gedachte aan de picknickafspraak met Chase de volgende dag liet alle zinnen verbrokkelen.

Kya stond op en liep naar buiten, het romige licht van de bijna volle maan in. De zachte moeraslucht viel als zijde om haar schouders. Het maanlicht koos een onverwacht pad door de dennen, de schaduwen rangschikkend in verzen. Ze liep als een slaapwandelaar terwijl de maan zich naakt uit het water hees en tak voor tak door de eiken omhoogklom. De gladde modder op de oever van de lagune straalde in het intense licht en honderden vuurvliegjes bespikkelden het bos. In haar tweedehands jurk met wijde rok en langzaam met haar armen zwaaiend, walste Kya op de muziek van sabelsprinkhanen en luipaardkikkers. Ze liet haar handen over haar flanken naar haar hals glijden. Toen streek ze ermee over haar dijen terwijl ze het gezicht van Chase voor zich zag. Ze wilde dat hij haar zo aanraakte. Ze ging zwaarder ademen. Niemand had ooit zo naar haar gekeken als hij. Zelfs Tate niet.

Ze danste tussen de doorschijnende vleugels van eendagsvliegen die boven de maanverlichte modder dansten.

Toen ze de volgende ochtend om het schiereiland heen voer, zag ze Chase vlak voor de kust in zijn boot zitten. Hier in het volle daglicht zweefde de realiteit voor haar uit, wachtend, en haar keel werd droog. Ze stuurde het strand op, stapte uit en trok haar boot aan land. De romp knarste over het zand.

Chase dreef naar haar toe. 'Hoi.'

Ze keek over haar schouder en knikte. Hij stapte uit zijn boot en stak zijn hand naar haar uit: lange, gebruinde vingers, een open handpalm. Ze aarzelde; iemand aanraken hield in dat ze iets van zichzelf weggaf, een stukje dat ze nooit meer terugkreeg.

Toch legde ze haar hand licht in de zijne. Hij liet haar op hem steunen toen ze in de achtersteven stapte en op de bank met kussens ging zitten. Het beloofde een mooie, warme dag te worden, en Kya, die een afgeknipte spijkerbroek en een witte katoenen blouse droeg, zoals ze van andere meisjes had afgekeken, zag er normaal uit. Hij ging naast haar zitten en ze voelde zijn mouw zacht langs haar arm strijken.

Chase stuurde de boot naar zee. Op het open water deinde de boot meer dan in het rustige moeras en ze wist dat de rollende beweging van de zee haar arm langs de zijne zou laten strijken. Het vooruitzicht van die aanraking maakte dat ze strak voor zich keek, maar ze schoof niet weg.

Toen rees en daalde er eindelijk een hoge golf en streelde zijn arm, massief en warm, de hare. Ze werden uit elkaar getrokken en raakten elkaar weer bij elke rijzende en dalende golf. En toen er een golf onder hen aanzwol, streek zijn dij langs de hare en hield ze haar adem in.

Ze voeren in zuidelijke richting langs de kust, de enige boot in dit afgelegen gebied, en Chase voerde de snelheid op. Tien minuten later strekten kilometers wit zand zich voor hen uit langs de kustlijn, afgeschermd van de rest van de wereld door een afbuigend, dicht bos. Voor hen ontvouwde Point Beach zich in het water als een stralend witte waaier.

Chase had geen woord gezegd sinds zijn begroeting; zij had nog helemaal niets gezegd. Hij liet de boot aan wal glijden en zette de picknickmand in de schaduw van de boot aan het strand.

'Stukje lopen?' vroeg hij.

'Ja.'

Ze liepen langs het water, waar de golfjes hun enkels omspoelden en aan hun voeten trokken op hun terugweg naar de zee.

Hij hield haar hand niet vast, maar af en toe streken hun vingers vanzelf langs elkaar. Ze knielden hier en daar om een schelp te bekijken, of een sliert doorschijnend zeewier die kunstig was gedraaid. Chase' blauwe ogen stonden speels; hij glimlachte vaak. Zijn huid was donker gebruind, net als de hare. Samen waren ze lang, elegant, gelijksoortig.

Kya wist dat Chase had besloten niet te gaan studeren, maar bij zijn vader in de zaak te gaan. Hij sprong eruit in het dorp, was een haantje. Stiekem was ze bang dat zij ook een strandschat was, een curiositeit die hij even kon omdraaien in zijn handen en dan weer in het zand kon laten vallen, maar ze liep door. Ze had de liefde een kans gegeven; nu wilde ze alleen nog maar de leegte vullen. De eenzaamheid verlichten met een afgeschermd hart.

Na ongeveer een kilometer keek hij haar aan, maakte een diepe buiging en nodigde haar met een overdreven armgebaar uit op het zand te gaan zitten, tegen een stuk wrakhout. Ze wroetten met hun voeten in het witte zand en leunden achterover.

Chase trok een mondharmonica uit zijn zak.

'O,' zei ze, 'je speelt.' De woorden voelden ruw aan op haar tong.

'Niet zo goed, maar als het publiek op het strand tegen wrakhout leunt...' Hij deed zijn ogen dicht en speelde 'Shenandoah', waarbij zijn handpalm tegen het instrument fladderde als een opgesloten vogel tegen glas. Het was een mooi, weemoedig geluid, als een boodschap uit een huis ver weg. Toen hield hij abrupt op, midden in het nummer, en pakte een schelp op die iets groter was dan een stuiver, romig wit met knalrode en paarse vlekken.

'Hé, moet je zien,' zei hij.

'O, dat is een soort kamschelp, *Pecten ornatus*,' zei Kya. 'Ik zie hem zelden. Er zijn er veel van dat geslacht hier, maar deze ondersoort leeft meestal ten zuiden van deze breedtegraad, want het water is hier te koud voor ze.'

Hij gaapte haar aan. Hoe er ook was geroddeld, niemand had ooit gezegd dat het moerasmeisje, het meisje dat niet wist hoe je *kat* spelt, de Latijnse namen van schelpen kende, wist waar ze voorkwamen en godbetert ook nog eens waarom.

'Dat zou ik niet weten,' zei hij, 'maar kijk, hij is krom.' De vleugeltjes aan weerszijden van het scharnierpunt waren verbogen en aan de basis zat een volmaakt gaatje. Hij draaide hem om in zijn hand. 'Hier, jij mag hem houden. Jij bent het schelpenmeisje.'

'Dank je.' Ze stopte de schelp in haar zak.

Hij speelde nog een paar liedjes, met een stampend 'Dixie' tot besluit, en toen liepen ze terug naar de rieten picknickmand, gingen op een plaid zitten en aten koude gebakken kip, gepekelde ham, beschuitbollen en aardappelsalade. Zoetzure augurken. Plakken vierlagentaart met een dikke laag karamelglazuur erop. Allemaal zelfgemaakt en verpakt in vetvrij papier. Hij maakte twee flesjes Royal Crown-cola open en schonk ze in kartonnen bekers; het was voor het eerst in haar leven dat ze frisdrank proefde. Voor haar was het een ongelooflijk feestmaal, met de keurig opgevouwen linnen servetten en plastic borden en vorken. Er was zelfs een minuscuul tinnen peper-en-zoutstel. Zijn moeder moest het hebben ingepakt, dacht ze, zonder te weten dat haar zoon een afspraak had met het moerasmeisje.

Ze praatten zachtjes over de dingen die ze zagen, zwevende pelikanen en paraderende strandlopers, zonder elkaar aan te raken of veel te lachen. Toen Kya naar een rafelige sliert pelikanen wees, knikte hij en schoof dichter naar haar toe zodat hun schouders licht langs elkaar streken. Toen ze naar hem keek, legde hij zijn hand onder haar kin en kuste haar. Hij raakte vlinderlicht haar hals aan en liet zijn vingers over haar blouse uitwaaieren naar haar borst. Hij bleef haar kussen, pakte haar steviger vast en leunde achterover tot ze op de plaid lagen. In een langzame beweging werkte hij zich boven op haar, drukte zijn kruis tussen haar benen en trok met een ruk haar blouse omhoog. Ze draaide haar gezicht af en wurmde zich onder hem uit. Haar ogen, die zwarter waren dan de nacht, spuwden vuur. Ze trok haar blouse naar beneden.

'Rustig maar. Niets aan de hand.'

Daar lag ze, met haar haar over het zand uitgespreid, met een blos op haar wangen en met haar rode lippen iets van elkaar; adembenemend mooi. Hij stak behoedzaam een hand op om haar gezicht aan te raken, maar ze dook snel als een kat weg en stond op.

Kya hijgde. De vorige avond, toen ze alleen aan de oever van de lagune had gedanst, deinend met de maan en de vuurvliegjes, had ze zich ingebeeld dat ze er klaar voor was. Dat ze alles van de paring had afgekeken van de duiven. Niemand had haar ooit iets verteld over seks, en haar enige ervaring met voorspel was met Tate geweest, maar ze kende de details uit haar biologieboeken en had meer wezens gemeenschap zien hebben dan de meeste mensen ooit zouden zien. Het was niet alleen 'hun onderkanten tegen elkaar wrijven', zoals Jodie het had genoemd.

Alleen ging dit te snel: eerst een picknick en dan het moerasmeisje pakken. Zelfs vogels maken de vrouwtjes een tijdje het hof door met hun bonte veren te pronken, een prieel te bouwen of schitterende dansjes en liefdesliedjes ten beste te geven. Ja, Chase had een banket opgediend, maar zij was meer waard dan een stuk gebakken kip en 'Dixie' was geen liefdesliedje. Ze had kunnen weten dat het zo zou gaan. Mannelijke zoogdieren draaien alleen om vrouwtjes heen als ze bronstig zijn.

Ze keken elkaar aan in de dieper wordende stilte, die alleen werd verbroken door het geluid van hun ademhaling en de golven. Chase richtte zich op en reikte naar haar arm, maar ze trok hem weg.

'Het spijt me. Het is al goed,' zei hij terwijl hij opstond. Toegegeven, hij was hier gekomen om haar te veroveren, om de eerste te zijn, maar nu raakte hij in de ban van haar vurige ogen.

Hij probeerde het nog eens. 'Kom op, Kya. Ik heb gezegd dat het me spijt. Laten we het gewoon vergeten. Ik breng je terug naar je boot.'

Bij die woorden draaide ze zich om en liep over het strand naar het bos. Haar lange lichaam deinde.

'Wat doe je? Je kunt niet terug naar je boot lopen. Hij ligt kilometers verderop.'

Ze stond al tussen de bomen, en ze liep in een rechte lijn landinwaarts en stak toen het schiereiland over naar haar boot. De omgeving was nieuw voor haar, maar de merels leidden haar door het moeras. Ze liet zich niet tegenhouden door veenpoelen en greppels, maar spatte recht door stroompjes en sprong over boomstronken.

Ten slotte klapte ze dubbel en zakte hijgend op haar knieën onder het uitroepen van aftandse scheldwoorden. Zolang ze tierde, kon ze haar tranen bedwingen, maar niets hield de brandende schaamte en het snijdende verdriet tegen. Ze had zich laten verlokken door de simpele hoop met iemand samen te zijn, door hem begeerd te worden, aangeraakt, maar die gehaaste grijphanden hadden alleen willen *nemen*, niet *delen* of *geven*.

Ze luisterde of ze hem achter zich aan hoorde komen, al wist ze niet of ze wilde dat hij door de struiken zou breken, haar zou vasthouden en om vergiffenis zou smeken of niet. Het maakte haar weer woedend. Toen stond ze uitgeput op en liep het laatste stuk naar haar boot.

24

De brandtoren

1965

Toen Kya 's middags de boot de zee op stuurde, duwden de zich opstapelende donderwolken tegen de horizon. Ze had Chase niet meer gezien sinds hun strandpicknick tien dagen eerder, maar ze kon de vorm en stevigheid van zijn lichaam dat haar op het zand vastpinde nog voelen.

Ze zag geen andere boten onderweg naar een baai ten zuiden van Point Beach waar ze een keer bijzondere vlinders had gezien; ze waren zo spierwit dat ze albino hadden kunnen zijn. Toen ze veertig meter had gevaren, zag ze Chase' vrienden picknickmanden en vrolijk gekleurde handdoeken in hun boten pakken en liet snel de gashendel los. Ze keerde om, want de drang om te vluchten was sterk, maar toch draaide ze zich om, om te zien of Chase erbij was. Ze wist dat die hunkering in alle opzichten onverstandig was. De onzinnige drang om een leegte te vullen zou verder weinig opleveren. Hoeveel verkwansel je om de eenzaamheid te verdrijven?

Vlak bij de plek waar hij haar had gekust, zag ze hem met een paar hengels naar zijn boot lopen. Het meisje dat altijd parels droeg liep met een koeltas achter hem aan.

Opeens draaide Chase zijn hoofd naar de plek waar haar boot dreef en keek haar recht aan. Ze wendde haar gezicht niet af, maar keek terug tot de verlegenheid het won, zoals altijd. Ze verbrak het oogcontact, haastte zich weg en stuurde de boot een beschaduwde inham in. Ze zou wachten tot hun kleine vloot was vertrokken voordat ze zelf naar het strand ging.

Tien minuten later koerste ze de zee weer op en zag Chase in zijn eentje in zijn boot op de golven dobberen. Wachtend.

Het oude verlangen zwol aan. Hij had dus nog belangstelling voor haar. Goed, hij had zich aan haar opgedrongen op de picknick, maar hij was opgehouden toen ze hem wegduwde. Hij had zijn excuses aangeboden. Misschien moest ze hem nog een kans geven.

Hij wenkte haar en riep: 'Hoi, Kya.'

Ze ging niet naar hem toe, maar ze ging ook niet weg. Dus kwam hij naar haar toe.

'Kya, het spijt me van laatst. Oké? Kom, ik wil je de brandtoren laten zien.'

Ze dreef zwijgend zijn kant op, in het besef dat ze zwak was.

'Moet je horen, als je nog nooit op de toren bent geweest, het is een geweldige manier om het moeras te zien. Kom maar mee.'

Ze gaf gas en stuurde haar boot naar de zijne toe, maar ze bleef over zee uitkijken om zich ervan te verzekeren dat zijn vrienden haar niet konden zien.

Chase nam haar mee in noordelijke richting langs Barkley Cove, dat sereen en kleurig in de verte lag, en leidde haar naar het strand van een kleine baai, weggestopt in een dicht bos. Toen ze hun boten hadden vastgelegd, ging hij haar voor over een pad dat was overwoekerd met wasgagel en stekelige hulst. Ze was nog nooit in dit vochtige bos vol blootliggende boomwortels geweest, want het was aan de andere kant van het dorp, te dicht bij de mensen. Terwijl ze liepen, sijpelden stroompjes water onder de struiken door, terug naar de zee, alsof ze hen er steels op wilden wijzen dat dit land van de zee was.

Toen kwamen ze bij het diepliggende drasland, met zijn gronderige geur en bedompte lucht. Van het ene moment op het andere strekte het zich subtiel en stil uit in de muil van het donkere, wijkende bos.

Kya kon het verweerde houten platform van de afgedankte brandtoren boven de boomkoepel uit zien steken, en een paar minuten later stonden ze onder de stellage van ruwhouten palen. Zwarte modder droop tussen de stelten en onder de toren door en een zwam vrat zich een weg langs de balken. Trappen klommen met haarspeldbochten naar de top, elke verdieping smaller dan de vorige.

Ze liepen door de modder naar de trap en begonnen aan de klim, Chase voorop. Bij de vijfde scherpe bocht zagen ze in het westen eikenbos zo ver het oog reikte en aan alle andere kanten stroompjes, lagunes, kreken en riviertjes die door felgroen gras naar de zee kronkelden. Kya was nog nooit zo hoog boven het moeras geweest. Nu lagen alle stukjes onder haar en zag ze voor het eerst het gezicht van haar goede vriend in zijn geheel.

Toen ze bovenin waren, duwde Chase het metalen rooster boven aan de trap open. Zodra ze op het platform waren, liet hij het weer zakken. Voordat ze erop ging staan, testte Kya het door er met haar tenen tegen te tikken. Chase lachte haar angst weg. 'Het houdt je wel, wees maar niet bang.' Hij nam haar mee naar de balustrade en ze keken uit over het moerasland. Twee roodstaarthaviken die op ooghoogte langsvlogen, met de suizende wind in hun vleugels, keken verbaasd op toen ze twee jonge mensen in hun luchtruim zagen staan.

Chase keek haar aan en zei: 'Dank je wel dat je mee bent gekomen, Kya. Dat je me nog één kans geeft om te zeggen dat het me spijt van laatst. Ik ben veel te ver gegaan en het zal niet nog eens gebeuren.'

Ze zei niets. Iets in haar verlangde ernaar hem nu te kussen, zijn kracht tegen zich aan te voelen.

Ze stak haar hand in de zak van haar spijkerbroek en zei: 'Ik heb een ketting gemaakt van de schelp die je had gevonden. Je hoeft hem niet te dragen als je niet wilt.' Ze had de schelp de avond tevoren aan een leren koordje geregen en zichzelf wijsgemaakt dat ze hem zelf wilde dragen, terwijl ze best wist dat ze hoopte Chase terug te zien en de kans te krijgen de ketting aan hem te geven. Maar ze had in haar stoutste dromen niet kunnen denken dat ze samen boven op de brandtoren over de wereld uit zouden kijken. Een hoogtepunt.

'Dank je, Kya,' zei hij. Hij keek naar de ketting, en toen trok hij hem over zijn hoofd en legde zijn vingers op de schelp, die tussen zijn sleutelbeenderen rustte. 'Natuurlijk wil ik hem dragen.'

Hij zei niet zoiets banaals als: *Ik hou hem altijd om, ik doe hem nooit meer af.*

'Breng me naar je huis,' zei Chase. Kya zag de hut voor zich, gedrongen onder de eiken, de grijs verweerde planken gebeitst met bloed van het roestige dak. De horren die meer gaten dan gaas hadden. Alles opgelapt.

'Het is ver,' zei ze alleen.

'Kya, het kan me niet schelen hoe ver het is of hoe het eruitziet. Kom op, we gaan.'

Deze kans om geaccepteerd te worden zou voorbij kunnen gaan als ze nee zei.

'Goed dan.' Ze liepen de trappen weer af en hij leidde haar terug naar de baai, waar hij naar haar gebaarde dat ze voor hem uit moest varen in haar boot. Ze voer naar het zuiden door de doolhof van riviertjes en boog naar voren toen ze de vaargeul in gleed, waar het groen laag boven hen hing. Zijn boot was bijna te groot voor de dichte begroeiing, en zeker te blauw en te wit, maar hij perste zich tussen de langs de romp schrapende takken door.

Toen haar lagune zich voor hen opende, werden de kleinste details van elke bemoste tak en elk glanzend groen blad weerspiegeld in het heldere water. Libelles en zilverreigers vlogen even op bij het zien van de vreemde boot en lieten zich toen weer geruisloos wiekend zakken. Kya legde aan terwijl Chase naar de oever stuurde. De grote blauwe reiger, die de minder wilde wezens lang geleden al had geaccepteerd, bleef vlakbij staan, stil als een ooievaar.

Haar voddige, verschoten tuinbroeken en T-shirts hingen aan de lijn te drogen en de rapen lagen zo verspreid tussen de bomen dat het onduidelijk was waar de moestuin ophield en de wildernis begon.

Chase keek naar de opgelapte hor van de veranda en vroeg: 'Hoelang woon je hier al in je eentje?'

'Ik weet niet precies wanneer pa is weggegaan, maar ik denk een jaar of tien.'

'Wat gaaf. Hier wonen zonder ouders die je de wet voorschrijven.'

Kya zei alleen: 'Er is niets te zien binnen,' maar hij liep de treden van de veranda al op. Het eerste wat hij zag, waren haar verzamelingen op de zelfgemaakte planken. Een collage van het leven dat vlak achter de hor schemerde.

'Heb jij dat allemaal verzameld?' vroeg hij.

'Ja.'

Hij wierp een blik op wat vlinders, maar verloor zijn belangstelling snel. Hij vroeg zich af waarom ze dingen wilde verzamelen die ze vlak achter haar deur kon zien.

De sprei op haar smalle matras op de veranda was zo versleten als een oude badjas, maar het bed was keurig opgemaakt. Een paar treetjes leidden naar de piepkleine woonkamer met de doorgezakte bank, en toen gluurde hij de achterslaapkamer in, waar veren in alle kleuren, vormen en maten over de muren uitwaaierden.

Ze wenkte hem naar de keuken, al wist ze niet wat ze hem moest aanbieden. Ze had in elk geval geen cola of ijsthee, geen koekjes of zelfs maar koude beschuitbollen. Een restje maisbrood lag op het fornuis, naast een pan zwartoogbonen, gedopt en klaar om te koken voor het avondeten. Er was helemaal niets voor een gast.

Uit gewoonte stak ze een paar stukken hout in het fornuis en stookte het vuur op met de pook. De vlammen laaiden meteen op.

'Meer is er niet,' zei ze terwijl ze met haar rug naar hem toe de gedeukte ketel onder de handpomp vol liet lopen; een beeld uit de jaren twintig, geprojecteerd op de jaren zestig. Geen stromend water, geen elektriciteit, geen wc. De zinken badkuip stond met zijn gebogen, verroeste rand in de hoek van de keuken, in de vrijstaande kast met hordeuren stonden kliekjes die netjes waren afgedekt met theedoeken en de bolle koelkast gaapte open, met een vliegenmepper in zijn muil. Chase had nog nooit zoiets gezien.

Hij zwengelde aan de pomp en zag het water in de emaillen teil lopen die als gootsteen fungeerde. Hij legde zijn hand op het secuur opgestapelde hout naast het fornuis. Het enige licht was afkomstig van een paar olielampen waarvan het glas grijs zag van de rook.

Chase was Kya's eerste bezoeker sinds Tate, die zo natuurlijk en tolerant had geleken als andere moeraswezens. Bij Chase voelde ze zich blootgelegd, gefileerd als een vis. Schaamte welde in haar op. Ze hield haar rug naar hem toegekeerd, maar voelde hem door de kamer lopen, gevolgd door het vertrouwde kraken van de vloer. Toen kwam hij achter haar staan, draaide haar met zachte hand om en omhelsde haar luchtig. Hij drukte zijn lippen in haar haar en ze voelde zijn adem bij haar oor.

'Kya, ik ken niemand die hier zo alleen had kunnen wonen. De meeste kinderen, zelfs jongens, zouden het te eng hebben gevonden.'

Ze dacht dat hij haar ging kussen, maar hij liet zijn armen zakken en liep naar de tafel.

'Wat wil je van me?' vroeg ze. 'Eerlijk zeggen.'

'Hoor eens, ik zal er niet om liegen. Je bent prachtig, vrij, zo wild als de wind. Ik wilde zo dicht mogelijk bij je zijn, laatst. Wie zou dat niet willen? Maar dat deugt niet. Ik had me niet zo moeten opdringen. Ik wil gewoon met je omgaan, goed? Elkaar beter leren kennen.'

'En dan?'

'We wachten gewoon af hoe het gaat. Ik doe niets wat jij niet wilt. Wat vind je ervan?'

'Ik vind het goed.'

'Je zei dat je een strand had. Laten we naar het strand gaan.'

Ze sneed stukken van het overgebleven maisbrood af voor de meeuwen en liep voor hem uit het pad af tot het zich opende voor het witte zand en de zee. Toen ze haar zachte kreet slaakte, doken de meeuwen op, die boven haar hoofd en rond haar schouders bleven cirkelen. Het grote mannetje, dat ze Big Red noemde, streek neer en liep heen en weer over haar voeten.

Chase keek van een afstandje toe hoe Kya achter de fladderende vogels verdween. Hij had niet verwacht dat hij iets zou gaan voelen voor dat vreemde, verwilderde meisje dat op blote voeten liep, maar nu hij haar omringd door vogels over het zand zag dartelen, werd hij niet alleen gefascineerd door haar schoonheid, maar ook door haar zelfredzaamheid. Hij had nooit iemand gekend zoals Kya, en ze wekte zowel nieuwsgierigheid als begeerte bij hem op. Toen ze weer naar hem toe kwam, vroeg hij of hij de volgende dag weer mocht komen. Hij beloofde dat hij niet eens haar hand vast zou houden, dat hij alleen bij haar wilde zijn. Ze knikte alleen maar. Voor het eerst sinds Tate was weggegaan, voelde ze weer hoop in haar hart.

25

Bezoek van Patti Love

1969

Er werd zacht op de deur van het kantoor van de sheriff geklopt. Joe en Ed keken op en zagen Patti Love Andrews, de moeder van Chase, schimmig en vervormd achter het matglas staan. Ze herkenden haar aan haar zwarte jurk en hoed. Grijzend haar in een strakke knot. Een gepast ingetogen tint lippenstift.

De mannen stonden allebei op en Ed deed de deur open. 'Patti Love, hallo, kom binnen. Ga zitten. Kan ik je een kop koffie aanbieden?'

Ze keek naar de halflege mokken met morsrandjes. 'Nee, dank je, Ed.' Ze ging op de stoel zitten die Joe voor haar bijschoof. 'Hebben jullie al aanwijzingen? Is er nog iets binnengekomen sinds de labuitslagen?'

'Nee, niets. We pluizen alles haarfijn uit en als we iets ontdekken, zijn Sam en jij de eersten die het horen.'

'Maar het was geen ongeluk, Ed. Nee toch? Ik weet dat het geen ongeluk was. Chase zou nooit zomaar van die toren vallen. Je weet wat een sportieve man hij was. En hij was slim.'

'We zijn het erover eens dat er genoeg aanwijzingen zijn die een misdrijf doen vermoeden, maar het onderzoek loopt nog en er staat nog niets vast. Goed, je zei dat je ons iets wilde vertellen?'

'Ja, ik denk dat het belangrijk is.' Patti Love keek van Ed naar Joe en weer naar Ed. 'Chase had altijd een ketting met een schelp om.

Hij had hem al jaren. Ik weet dat hij hem droeg op de avond dat hij naar de toren ging. Hij was bij Sam en mij komen eten, dat had ik immers verteld? Pearl kon niet, het was haar bridgeavond. En later, toen hij... nou ja, toen we hem daarna zagen, in het mortuarium, had hij de ketting niet om. Ik dacht dat de schouwarts hem had afgedaan, dus zei ik er niets van, en met de uitvaart en alles was ik het vergeten. Maar ik ben laatst naar Sea Oaks gereden om te vragen of ik Chase' spullen mocht zien, zijn persoonlijke bezittingen. Die hadden ze in bewaring voor het onderzoek, maar ik wilde ze vasthouden, gewoon voelen wat hij die laatste avond had gedragen. Ze zetten me dus met zijn spullen aan een tafel, en, sheriff, de ketting met de schelp was er niet bij. Ik vroeg aan de schouwarts of hij hem had afgedaan en hij zei nee, hij had nooit een ketting gezien.'

'Wat merkwaardig,' zei Ed. 'Wat was het voor ketting? Misschien is hij losgeraakt toen hij viel.'

'Het was een schelp aan een leren koord dat net lang genoeg was om over zijn hoofd te passen. Het koordje hing niet los en er zat een knoop in. Ik kan me niet voorstellen hoe Chase het kwijtgeraakt zou kunnen zijn.'

'Ik ook niet. Leer is sterk en zo'n knoop zit strak,' zei Ed. 'Waarom had hij die ketting altijd om? Was hij gemaakt door iemand die belangrijk voor hem was? Was het een cadeautje?'

Patti Love keek zwijgend naar een punt naast het bureau van de sheriff. Ze zag ertegen op meer te zeggen, want ze had nooit willen toegeven dat haar zoon iets had gehad met moerastuig. Er waren natuurlijk geruchten geweest in het dorp dat Chase voor zijn huwelijk meer dan een jaar iets met het moerasmeisje had gehad. Daarna ook nog, vermoedde Patti Love, al ontkende ze alles als iemand ernaar vroeg. Nu was het een ander verhaal. Nu moest ze het wel hardop zeggen, want ze wist gewoon zeker dat die griet iets met zijn dood te maken had.

'Ja, ik weet wie die ketting voor Chase heeft gemaakt. Het is dat mens dat in die gammele boot rondvaart; dat doet ze al jaren. Zij heeft die ketting voor hem gemaakt toen ze een tijdje iets hadden.'

'Bedoel je het moerasmeisje?' vroeg de sheriff.

'Heb je haar de laatste tijd nog gezien?' mengde Joe zich in het gesprek. 'Ze is geen meisje meer, maar waarschijnlijk halverwege de twintig en een echte stoot.'

'Die van Clark? Even voor de duidelijkheid,' zei Jackson met gefronste wenkbrauwen.

'Ik weet niet hoe ze heet,' zei Patti Love. 'Als ze al een naam heeft. Iedereen noemt haar het moerasmeisje. Ze heeft jaren mosselen verkocht aan Jumpin', weet je.'

'Juist. We hebben het over dezelfde. Ga door.'

'Nou, ik schrok toen de schouwarts zei dat Chase de ketting niet om had. En toen viel het me in dat zij de enige is die een reden zou hebben om die ketting te mee te nemen. Chase had hun relatie beëindigd en was met Pearl getrouwd. Zij kon hem niet krijgen, dus misschien heeft ze hem vermoord en de ketting van zijn nek getrokken.'

Patti Love beefde even en kwam toen op adem.

'Aha. Nou, dit is heel belangrijk, Patti Love, en de moeite van het onderzoeken waard, maar laten we niet op de zaken vooruitlopen,' zei Ed. 'Weet je zeker dat zij hem die ketting had gegeven?'

'Ja, heel zeker. Chase wilde het me eerst niet vertellen, maar uiteindelijk heeft hij het toch gedaan.'

'Weet je verder nog iets over de ketting of over hun relatie?'

'Nee, weinig. Ik weet niet eens hoelang ze iets hebben gehad. Dat zal niemand wel weten. Hij deed er heel stiekem over. Hij heeft het maanden voor me verzwegen, zoals ik al zei. En toen hij het eenmaal had verteld, wist ik nooit of hij met zijn boot naar zijn vrienden ging of naar haar.'

'Nou, we zullen het nagaan. Dat beloof ik je.'

'Dank je. Ik weet zeker dat dit een aanwijzing is.' Ze stond op en Ed hield de deur voor haar open.

'Je mag altijd langskomen als je wilt praten, Patti Love.'

'Tot ziens, Ed, Joe.'

Ed deed de deur achter Patti Love dicht en ging weer zitten.

'Nou, wat denk je ervan?' vroeg Joe.

'Als iemand Chase' ketting bij de toren heeft gepakt, moet hij of zij op de plaats delict zijn geweest, en ik kan me voorstellen dat er iemand uit het moeras betrokken is bij deze zaak. Ze hebben daar hun eigen wetten. Alleen weet ik niet of een vrouw zo'n grote kerel als Chase door dat gat kan hebben geduwd.'

'Ze kan hem naar boven hebben gelokt, het rooster open hebben gezet voordat hij kwam, en toen hij in het donker naar haar toe liep, kan ze hem een zet hebben gegeven, nog voordat hij haar zelfs maar had gezien,' zei Joe.

'Dat zou kunnen. Het is niet het meest voor de hand liggende, maar het zou kunnen. Het is niet echt een aanwijzing, een ketting met een schelp die er níét is,' zei de sheriff.

'Op dit punt is het onze enige aanwijzing. Afgezien dan van vingerafdrukken die er ook niet zijn en wat raadselachtige rode textielvezels.'

'Inderdaad.'

'Maar wat ik niet snap,' zei Joe, 'is waarom ze de moeite zou nemen die ketting mee te nemen. Oké, als afgewezen vrouw wilde ze hem per se vermoorden. Dat is op zich al een vergezocht motief, maar waarom zou ze die ketting meenemen, terwijl die haar regelrecht aan het misdrijf koppelt?'

'Je weet hoe dat gaat. Elke moordzaak lijkt wel iets onlogisch te hebben. Mensen maken er een potje van. Misschien was ze ontdaan en woest omdat hij die ketting nog droeg en nadat ze hem had vermoord, leek het een kleinigheid om hem van zijn nek te trekken. Ze kon niet weten dat iemand die ketting met haar in verband kon brengen. Volgens jouw bronnen had Chase een zaakje in het moeras. Misschien ging het helemaal niet om drugs, zoals je eerst dacht, maar was het een vrouw. Die vrouw.'

'Ook een soort drug,' zei Joe.

'En moerasvolk kan sporen wissen, want die mensen zetten

strikken, ze volgen sporen, ze jagen en dat soort dingen. Nou, het kan geen kwaad om eens een praatje met haar te gaan maken. Eens vragen waar ze was, die avond. We kunnen haar naar die ketting vragen, zien of ze schrikt.'

'Weet jij hoe we bij haar huis moeten komen?' vroeg Joe.

'Per boot weet ik het niet, maar ik denk dat ik het met de auto wel kan vinden. Over die kronkelweg langs de lagunes. Een hele tijd geleden heb ik haar vader een paar keer thuis moeten opzoeken. Een rotzak, die man.'

'Wanneer gaan we?'

'Bij het krieken van de dag, zien of we er kunnen zijn voordat ze op pad gaat. Morgen. Maar we kunnen beter eerst nog eens naar de toren gaan en heel goed naar die ketting zoeken. Misschien ligt hij er toch.'

'Ik kan het me niet voorstellen. We hebben overal gezocht naar sporen, bandensporen, aanwijzingen...'

'Toch moet het. Kom mee.'

Later, nadat ze de modder onder de toren met harken en met hun vingers hadden uitgekamd, stelden ze vast dat er echt geen ketting met een schelp lag.

Het eerste fletse ochtendlicht sijpelde onder laaghangende, zware wolken door toen Ed en Joe over het moeraspad reden in de hoop het moerasmeisje thuis te treffen voordat ze er met haar boot opuittrok. Ze namen een paar verkeerde afslagen die doodliepen of uitkwamen bij vervallen hutjes. Bij eentje riep er iemand: 'Politie!' waarop een aantal vrijwel naakte mensen alle kanten op vluchtte door de bramenstruiken. 'Die verdomde blowers ook,' zei de sheriff. 'De drankstokers houden hun kleren tenminste nog aan.'

Uiteindelijk kwamen ze toch bij het lange zandpad naar Kya's hut. 'Hier is het,' zei Ed.

Hij stuurde zijn bovenmaatse pick-up het pad op, reed in een slakkengangetje naar de hut en stopte op vijftien meter van de deur.

De beide mannen stapten geruisloos uit. Ed klopte op het houten kozijn van de hordeur. 'Hallo! Is daar iemand?' Het bleef stil, dus probeerde hij het nog eens. Ze wachtten een paar minuten. 'Laten we eens achterom lopen, zien of haar boot er ligt.'

'Nee. Zo te zien legt ze bij die stronk aan. Ze is al weg. Godver,' zei Joe.

'Ja, ze heeft ons gehoord. Waarschijnlijk kan ze een konijn horen slapen.'

De volgende keer gingen ze voor zonsopkomst, parkeerden een stuk verderop en zagen haar boot aangemeerd liggen. Desondanks werd er niet opengedaan.

'Ik heb zo'n gevoel dat ze naar ons zit te kijken,' fluisterde Joe. 'Jij niet? Ze zit daar in die verdomde dwergpalmen. Vlakbij. Ik voel het gewoon.' Hij draaide zijn hoofd en tuurde naar de bramenstruiken.

'Nou, dit gaat hem niet worden. Als we nog iets vinden, kunnen we een huiszoekingsbevel vragen. Laten we maar gaan.'

26

De boot aan wal

1965

De eerste week dat ze samen waren, kwam Chase bijna elke dag na zijn werk bij Western Auto naar Kya's lagune en dan verkende ze verre, door eiken omzoomde vaargeulen. Op zaterdagochtend nam hij haar mee op expeditie ver langs de kust naar een plek waar ze nooit was geweest omdat de afstand te groot was voor haar eigen bootje. Hier zag ze niet de trechtermonden en immense grasvlakten van het moeras, maar helder water dat zo ver het oog reikte door een licht, open cipressenbos stroomde. Stralend witte reigers en ooievaars stonden tussen waterlelies en drijvende planten die zo groen waren dat ze licht leken te geven. Ze gingen op luchtwortels zitten die zo groot waren als luie stoelen, aten broodjes pimentokaasspread en chips en grinnikten om de ganzen die vlak onder hun tenen voorbijgleden.

Zoals de meeste mensen kende Chase het moeras alleen als een plek om te varen en te vissen, of om droog te leggen voor de landbouw, dus Kya's kennis van de schepsels, stromingen en lisdodden boeide hem, maar hij dreef de spot met haar zachtheid, de lage snelheid waarmee ze geruisloos langs herten dreef en haar gefluister in de buurt van vogelnesten. Hij had er geen behoefte aan zelf schelpen of veren te leren benoemen en vroeg zich af wat het nut was van de aantekeningen die ze maakte of de verzamelingen die ze aanlegde.

'Waarom schilder je gras?' vroeg hij op een dag in haar keuken.

'Ik schilder de bloemen.'

Hij schoot in de lach. 'Gras bloeit niet.'

'Natuurlijk wel. Zie je die bloesems? Ze zijn heel klein, maar wel mooi. Elke grassoort heeft een andere bloem of bloeiwijze.'

'Wat wil je eigenlijk met al die dingen doen?'

'Ik leg dingen vast om meer over het moeras te leren.'

'Het enige wat je hoeft te weten is waar en wanneer de vissen bijten, en dat kan ik je wel vertellen,' zei hij.

Ze lachte om hem een plezier te doen, iets wat ze nog nooit had gedaan. Ze verkwanselde weer een stukje van zichzelf om maar iemand bij zich te hebben.

Die middag ging Kya na Chase' vertrek in haar eentje het moeras in met haar boot, maar ze voelde zich niet alleen. Ze gaf iets meer gas dan anders, zodat haar lange haar wapperde in de wind en ze glimlachte. Alleen al het besef dat ze Chase snel weer zou zien, dat ze gezelschap zou hebben, monterde haar op.

Toen kwam ze om een bocht met hoog gras en zag Tate. Hij was vrij ver weg, misschien wel veertig meter, en hij had haar boot niet gehoord. Ze liet meteen de gashendel zakken en schakelde de motor uit. Ze pakte haar roeispaan en peddelde achteruit het gras in.

'Zeker terug van de universiteit,' fluisterde ze. Ze had hem door de jaren heen wel een paar keer gezien, maar nooit van zo dichtbij. Maar daar was hij dan, en zijn wilde haar probeerde aan de zoveelste rode pet te ontsnappen. Zijn gezicht was gebruind.

Tate liep op lieslaarzen door een lagune en schepte watermonsters in kleine flesjes. Geen oude jampotten, zoals toen ze nog kinderen waren en op blote voeten liepen, maar dunne buisjes die in een speciaal rekje tegen elkaar aan tinkelden. Wetenschappelijk. Te hoog gegrepen voor haar.

Ze roeide niet meteen weg, maar bleef een tijdje naar hem kijken. Ze veronderstelde dat ieder meisje zich haar eerste liefde wel zou herinneren. Ze slaakte een diepe zucht en roeide toen terug in de richting waaruit ze was gekomen.

Toen Chase en Kya de volgende dag de kustlijn in noordelijke richting volgden, zwommen vier bruinvissen hun kielzog in en bleven hen volgen. Het was een grijze dag, en slierten mist flirtten met de golven. Chase schakelde de motor uit en terwijl de boot dobberde, pakte hij zijn mondharmonica en speelde 'Michael row the boat ashore', een weemoedig, melodisch lied dat de slaven in de jaren zestig van de negentiende eeuw zongen als ze in boten naar het vasteland roeiden vanaf de eilanden voor de kust van South Carolina. Ma zong het als ze boende, en Kya herinnerde zich de woorden nog min of meer. Alsof ze geïnspireerd werden door de muziek, kwamen de bruinvissen dichterbij. Ze cirkelden om de boot heen en keken met hun pientere ogen naar Kya. Toen kwamen er twee tegen de romp aan zwemmen, en ze boog haar gezicht tot ze vlak bij ze was en zong zacht:

Sister, help to trim dat boat, hallelujah
Brudder lend a helpin' hand, hallelujah.
Ma fadder gone to unknown land, hallelujah,
Michael, row the boat ashore, hallelujah.
Jordan's river is deep and wide,
Meet my mother on the other side, hallelujah.
Jordan's river is chilly and cold,
Chills the body but not the soul, hallelujah.

De bruinvissen keken nog even naar Kya en glipten toen de zee weer in.

De weken daarna luierden Chase en Kya 's avonds met de meeuwen op haar strand, waar het zand onder hun rug nog warm was van de zon. Chase ging niet met haar het dorp in, naar de film of naar dansavonden; het was alleen zij beiden, het moeras, de zee en de lucht. Hij kuste haar niet, maar hield alleen haar hand vast of sloeg zijn arm licht om haar schouders als het koeler werd.

Tot hij op een avond bleef tot het allang donker was en ze bij een kampvuurtje op het strand onder de sterren zaten, schouder aan schouder, met een deken om zich heen. De vlammen wierpen licht op hun gezichten en hulden de kust achter hen in het donker, zoals kampvuren doen. Hij keek haar in de ogen en vroeg: 'Mag ik je nu zoenen?' Ze knikte, dus leunde hij opzij en kuste haar eerst zacht en toen als een man.

Ze zakten achterover op de deken, en ze kroop zo dicht tegen hem aan als ze kon en voelde zijn sterke lichaam. Hij hield haar stevig in zijn armen, maar zijn handen raakten alleen haar schouders aan, meer niet. Ze ademde diep in en snoof de warmte op, zijn geuren en die van de zee, het samenzijn.

Een paar dagen later racete Tate, die nog steeds thuis was, met zijn boot naar Kya's vaargeul, voor het eerst in vijf jaar. Hij begreep nog steeds niet goed waarom hij niet eerder naar haar terug was gegaan, maar het moest vooral lafheid zijn, en schaamte. Nu zou hij haar eindelijk opsporen, zeggen dat hij altijd van haar was blijven houden en haar smeken hem te vergeven.

In zijn vier jaar als student had hij zichzelf aangepraat dat Kya niet paste in de academische wereld, in het leven dat hij wilde leiden. Zijn hele studietijd had hij geprobeerd haar te vergeten; er was tenslotte genoeg vrouwelijke afleiding op Chapel Hill. Hij had zelfs een paar langere relaties gehad, maar niemand kon aan Kya tippen. Terwijl hij leerde over DNA, isotopen en protozoën, leerde hij ook dat hij niet zonder haar kon. Goed, Kya paste niet in de universitaire wereld waarvoor hij had gekozen, maar nu kon hij in de hare leven.

Tate had het helemaal uitgestippeld. Zijn promotiebegeleider had gezegd dat hij binnen drie jaar kon promoveren, want hij had tijdens zijn studie al onderzoek voor zijn proefschrift gedaan en het was bijna klaar. Toen had hij ook nog eens ontdekt dat er een federaal onderzoekslab in de buurt van Sea Oaks gebouwd zou worden en dat zijn kansen om daar als voltijdonderzoeker aangenomen te worden uitstekend waren. Er was niemand die betere papieren had: hij had het moeras het grootste deel van zijn leven bestudeerd en binnenkort zou hij dat met zijn doctoraat kunnen bewijzen. Over een paar korte jaren zou hij hier met Kya in het moeras kunnen wonen en in het lab kunnen werken. Hij zou met Kya kunnen trouwen. Als ze hem nog wilde.

Terwijl hij over de golven naar haar vaargeul stuiterde, zag hij haar boot opeens naar het zuiden zoeven, haaks op zijn koers. Hij liet de gashendel los, hief zijn beide armen boven zijn hoofd en zwaaide als een gek om haar aandacht te trekken. Hij riep haar naam, maar zij keek naar het oosten. Tate volgde haar blik en zag Chase' skiboot haar kant op zwenken. Tate schakelde terug en zag Kya en Chase om elkaar heen draaien in de blauwgrijze golven, in steeds kleinere cirkels, als adelaars die elkaar het hof maken in de lucht. Hun kielzog wervelde en schuimde.

Tate zag hoe ze bij elkaar kwamen en hun vingers tegen elkaar hielden boven het kolkende water. Hij had de geruchten wel gehoord van zijn oude vrienden in Barkley Cove, maar had gehoopt dat ze niet waar waren. Hij begreep wel dat Kya voor zo'n man kon vallen; hij was knap en ongetwijfeld romantisch genoeg om met haar rond te snorren in zijn dure boot en met haar te gaan picknicken. Zij kon niet weten dat hij ondertussen andere jonge vrouwen in Barkley en zelfs in Sea Oaks mee uit nam en het hof maakte.

En, dacht Tate, wie ben ik om er iets van te zeggen? Ik heb haar niet beter behandeld. Ik heb een belofte gebroken en had niet eens het lef om tegen haar te zeggen dat het uit was.

Hij boog zijn hoofd en keek nog een keer op, net op tijd om te zien dat Chase naar voren leunde om Kya te kussen. Kya, Kya, dacht hij, hoe heb ik je kunnen verlaten? Hij meerderde langzaam vaart en keerde terug naar de haven om zijn vader te helpen de vangst in kratten te laden en weg te brengen.

Een paar dagen later luisterde Kya, die nooit wist wanneer Chase zou komen, weer of ze zijn boot al hoorde. Zoals ze vroeger op Tate had gewacht. Of ze nu onkruid wiedde, hout voor het fornuis hakte of mosselen zocht, ze luisterde altijd met één oor of ze al iets hoorde. 'Spits je oren,' had Jodie haar geleerd.

Omdat ze het beu was om haar leven te laten leiden door hoop, pakte ze voor drie dagen beschuitbollen, vleeswaren en sardines in haar plunjezak en liep naar de oude, vervallen blokhut; de 'leeshut', zoals ze hem in gedachten noemde. Hier kon ze in volledige afzondering vrijelijk dwalen, verzamelen en lezen, in zowel boeken als de natuur. Het was een bevrijding om niet op geluiden van een naderend iemand te hoeven wachten. Het gaf haar kracht.

In een bosje struikeiken, vlak om de hoek van de blokhut, vond ze een veertje uit de keelvlek van een roodkeelduiker. Ze lachte hardop. Ze zocht al zo lang ze zich kon heugen naar die veer, en nu vond ze hem op een steenworp afstand van de hut.

Ze was vooral gekomen om te lezen. Nadat Tate was weggegaan, al die jaren geleden, bracht niemand haar nog boeken, dus was ze op een ochtend voorbij Point Beach gevaren, naar Sea Oaks, vijftien kilometer verderop, een grotere en veel mondainere stad dan het dorpse Barkley Cove. Jumpin' had gezegd dat iedereen daar boeken uit de bibliotheek kon lenen. Ze betwijfelde of dat ook gold voor iemand die in het moeras woonde, maar ze was vastbesloten het uit te zoeken.

Ze had haar boot aan de kade aangemeerd en was het met bomen afgezette plein met uitzicht op zee overgestoken. Geen mens keek naar haar, fluisterde achter haar rug of joeg haar weg van een etalage. Hier was ze niet het moerasmeisje.

Ze gaf mevrouw Hines, de bibliothecaresse, een lijst met studieboeken. 'Wilt u me alstublieft helpen deze boeken te zoeken? Het gaat om *The Principles of Organic Chemistry* van Geissman, *Invertebrate Zoology of the Coastal Marsh* van Jones en *Fundamentals of Ecology* van Odum...' Ze had verwijzingen naar die titels gezien in de laatste boeken die Tate haar had gegeven voordat hij naar de universiteit ging.

'O, hemel. Ik zal eens zien. We zullen die boeken moeten aanvragen bij de universiteitsbibliotheek van Chapel Hill.'

Nu ging ze voor de oude blokhut zitten en pakte een wetenschappelijk tijdschrift. Er stond een artikel over voortplantingsstrategieën in met de titel 'Sneaky fuckers'. Kya lachte.

Zoals algemeen bekend is, begon het artikel, bemachtigen de mannetjes met de opvallendste secundaire geslachtskenmerken, zoals het grootste gewei, de diepste stem, de breedste borst of de hoogste intelligentie, doorgaans de beste territoria doordat ze zwakkere mannetjes hebben verjaagd. Het vrouwtje kiest ervoor met die imposante alfa's te paren en wordt dus geïnsemineerd met het beste DNA dat voorhanden is, dat weer wordt doorgegeven aan haar nakomelingen; het is een van de doeltreffendste fenomenen als het gaat om aanpassing en voortzetting van het leven. Het vrouwtje krijgt zo ook nog eens het beste territorium voor haar jongen.

Er zijn echter inferieure mannetjes die niet sterk, mooi of slim genoeg zijn om een goed territorium te behouden, maar wel over een trukendoos beschikken om de vrouwtjes om de tuin te leiden. Ze zetten hun borst op en paraderen met hun kleinere gestalte of roepen regelmatig, ook al hebben ze een schrille stem. Door hun huichelarij en bedrieglijke signalen slagen ze erin hier en daar een paring te bemachtigen. Ondermaatse mannelijke brulkikkers, vervolgde de auteur, verstoppen zich in het gras in de buurt van een alfamannetje dat enthousiast kwaakt om vrouwtjes te lokken. Wanneer er verschillende vrouwtjes tegelijk worden aangetrokken door zijn krachtige geluid en de alfa druk aan het paren is met een ervan, springt het zwakkere mannetje tevoorschijn en paart met een van de andere vrouwtjes. Met 'sneaky fuckers' werden die bedriegers onder de mannetjes bedoeld.

Kya herinnerde zich dat ma al die jaren geleden haar oudere zussen had gewaarschuwd voor jongens die de motor van hun doorgeroeste pick-up lieten brullen of de radio van hun oude brik lieten schetteren. 'Veel geschreeuw, weinig wol,' had ma gezegd.

Ze las een troost voor de vrouwtjes. De natuur is vermetel genoeg om ervoor te zorgen dat de mannetjes die bedrieglijke signalen geven of van het ene vrouwtje naar het andere gaan, vrijwel altijd alleen achterblijven.

Een ander artikel dook in de uitzinnige rivaliteit rond het sperma. Voor de meeste levensvormen geldt dat de mannetjes wedijveren om vrouwtjes te insemineren. Mannelijke leeuwen vechten soms tot de dood erop volgt; bij olifanten kruisen de bullen de slagtanden en vertrappen de grond onder hun voeten terwijl ze elkaars vlees openrijten. Hoewel de conflicten een hoogst ritueel karakter hebben, kunnen ze desondanks uitlopen op verminkingen.

Om dergelijk letsel te vermijden, hebben de bevruchters van sommige soorten minder gewelddadige, creatievere methoden om elkaar de loef af te steken. Insecten zijn het fantasierijkst. De mannelijke waterjuffer heeft een spermaschepje aan zijn penis, waarmee hij het sperma van een eerdere rivaal verwijdert voordat hij het zijne deponeert.

Kya liet het tijdschrift op haar schoot zakken en keek dromerig naar de wolken. Sommige vrouwelijke insecten eten hun partner op, bij zoogdieren kan de moeder bij te veel stress haar jongen in de steek laten en veel mannetjes bedenken riskante of geniepige manieren om hun rivalen te slim af te zijn als het om de bevruchting gaat. Niets leek ongeoorloofd, zolang het leven maar werd doorgegeven. Ze wist dat dit geen duistere kant van de natuur was, alleen vindingrijkheid om koste wat kost te overleven. Voor mensen moest er toch meer zijn?

Nadat Chase Kya drie dagen niet thuis had getroffen, leerde hij te vragen of hij op een bepaalde dag en tijd naar haar hut of het een of andere strand mocht komen, en hij kwam altijd op tijd. Ze zag de stralende kleuren van zijn boot, als het paringskleed van een mannetjesvogel, al van ver op de golven deinen, en dan wist ze dat hij speciaal voor haar kwam.

Kya begon zich voor te stellen dat hij haar meenam op een picknick met zijn vrienden. Hoe ze allemaal lachend de golven in renden, spattend in de branding. Hoe hij haar optilde en met haar ronddraaide. Hoe ze met zijn allen broodjes aten en frisdrank uit koeltassen dronken. Stukje bij beetje kwamen er ook beelden bij van een huwelijk en kinderen, hoe ze zich ook verzette. *Zo zal de natuur me wel aansporen me voort te planten*, hield ze zichzelf voor. Maar waarom kon zij geen dierbaren hebben, zoals alle anderen? Waarom niet?

Toch bleven de woorden altijd in haar keel steken als ze hem wilde vragen wanneer hij haar aan zijn ouders en vrienden ging voorstellen.

Toen ze een paar maanden na hun eerste ontmoeting op een warme dag voor de kust dreven, zei hij dat het ideaal zwemweer was. 'Ik zal niet kijken,' zei hij. 'Kleed je uit en spring erin, dan kom ik na jou.' Ze stond voor hem te balanceren in de boot, maar toen ze haar T-shirt over haar hoofd trok, wendde hij zijn blik niet af, maar stak zijn hand uit en streek licht met zijn vingers over haar stevige borsten. Ze hield hem niet tegen. Hij trok haar naar zich toe, ritste haar korte broek open en trok hem moeiteloos over haar slanke heupen naar beneden. Toen trok hij zijn eigen T-shirt en short uit en duwde haar zacht achterover op de handdoeken.

Hij knielde aan haar voeten en liet zijn vingers zonder een woord te zeggen over haar linkerenkel naar de binnenkant van haar knie glijden, en toen langzaam omhoog langs de binnenkant van haar dij. Ze drukte zich tegen zijn hand. Zijn vingers aarzelden boven aan haar dij, wreven over haar onderbroek en gleden toen zo licht als een veertje over haar buik. Ze voelde dat zijn vingers haar borsten naderden en draaide haar lichaam van hem weg. Hij drukte haar gedecideerd weer op haar rug, bracht zijn vingers naar een borst en omcirkelde de tepel langzaam met een vinger. Hij keek ernstig naar haar terwijl hij zijn hand liet zakken en haar onderbroek naar beneden trok. Ze wilde hem, helemaal, en ze drukte haar lichaam tegen hem aan, maar na een paar seconden legde ze haar hand op de zijne.

'Kom op, Kya,' zei hij. 'Toe? We hebben een eeuwigheid gewacht. Ik ben best geduldig geweest, vind je niet?'

'Chase, je hebt het beloofd.'

'Verdomme, Kya. Waar wachten we op?' Hij ging rechtop zitten. 'Ik heb nu toch wel bewezen dat ik om je geef? Waarom niet?'

Ze ging zitten en trok haar T-shirt aan. 'En dan? Hoe weet ik dat je me niet in de steek laat?'

'Dat weet je toch nooit? Maar, Kya, ik ga nergens heen. Ik ben verliefd op je aan het worden. Ik wil altijd bij je zijn. Wat voor bewijs wil je verder nog?'

Hij had het nooit eerder over liefde gehad. Kya keek zoekend naar oprechtheid in zijn ogen, maar vond alleen een harde blik. Ondoordringbaar. Ze wist niet precies wat ze voor Chase voelde, maar ze was niet meer alleen. Dat leek genoeg.

'Gauw, oké?'

Hij trok haar naar zich toe. 'Al goed. Kom hier.' Hij hield haar vast en zo dobberden ze onder de warme zon, met de klotsende golven onder zich.

De dag sijpelde weg en het donker daalde zwaar neer, met hier en daar de dansende lichtjes van dorpen aan de verre kust. Sterren twinkelden boven hun wereld van zee en lucht.

'Ik vraag me af hoe het komt dat de sterren twinkelen,' zei Chase.

'Storingen in de atmosfeer. Je weet wel, hoge atmosferische winden en zo.'

'O?'

'Je weet toch wel dat de meeste sterren zo ver weg zijn dat we ze niet kunnen zien? We zien alleen hun licht, dat vervormd kan worden door de atmosfeer. Al staan de sterren natuurlijk niet stil, maar bewegen ze heel snel.'

Kya wist uit de boeken van Albert Einstein dat tijd net zomin absoluut is als de sterren. De tijd beweegt en kromt zich om de planeten en de zonnen, is in de bergen anders dan in de dalen, en maakt deel uit van dezelfde materie als de ruimte, die net zo golft en zwelt als de zee. Objecten, of het nu om planeten of om appels gaat, vallen of beschrijven een baan, niet door een gravitatie-energie, maar doordat ze in de zijdeachtige plooien van de ruimtetijd vallen, als in de rimpelingen van een vijver, die worden gecreëerd door voorwerpen met een dichtere massa.

Maar dat zei Kya allemaal niet. Zwaartekracht heeft helaas geen macht over menselijke gedachten, en op de middelbare school werd nog steeds onderwezen dat appels op de grond vallen door toedoen van een sterke kracht van de aarde.

'O, raad eens?' zei Chase. 'Ze hebben me gevraagd of ik het footballteam van school wil helpen coachen.'

Ze glimlachte naar hem.

Toen dacht ze: zoals al het andere in het heelal, worden we aangetrokken door diegenen met een dichtere massa.

De volgende ochtend maakte Kya een van haar zeldzame uitstapjes naar de Piggly Wiggly om persoonlijke dingen te kopen die Jumpin' niet had. Toen ze uit de winkel kwam, botste ze bijna tegen de ouders van Chase op, Sam en Patti Love. Ze wisten wie ze was; dat wist iedereen.

Ze had hen door de jaren heen wel vaker in het dorp gezien, meestal van een afstand. Sam achter de toonbank van Western Auto, als hij klanten hielp en de lade van de kassa openmaakte. Kya wist nog wel dat hij haar bij de etalage had weggejaagd alsof ze echte klanten zou kunnen afschrikken. Patti Love werkte niet de hele dag in de winkel, maar had ook tijd om op straat folders uit te delen voor de jaarlijkse quiltwedstrijd of de verkiezing van Miss Blauwe Zwemkrab. Altijd deftig gekleed met hoge hakken, een tas en een hoed in de bij elkaar passende kleuren van het Zuidelijke modeseizoen. Waar een gesprek ook over ging, het lukte haar altijd te vermelden dat Chase de beste quarterback was die het dorp ooit had gezien.

Kya glimlachte verlegen en keek Patti Love recht aan in de hoop dat het echtpaar iets persoonlijks tegen haar zou zeggen, dat ze zich zouden voorstellen, misschien zelfs zouden erkennen dat ze Chase' meisje was, maar ze bleven stokstijf staan, zeiden niets, stapten om haar heen, met een grotere boog dan nodig was, en liepen door.

Die avond dreven Kya en Chase in haar boot onder een eik die zo reusachtig was dat hij holletjes voor otters en eenden tussen zijn boven het water uitstekende wortels had. Zacht pratend, deels om de wilde eenden niet te storen en deels uit angst, vertelde Kya aan Chase dat ze zijn ouders had gezien en benieuwd was of hij haar binnenkort aan hen ging voorstellen.

Chase zei niets en haar maag verkrampte.

Uiteindelijk zei hij: 'Natuurlijk doe ik dat. Binnenkort, ik beloof het.' Maar hij keek haar niet aan terwijl hij het zei.

'Ze weten het toch wel, van mij? Van ons?' vroeg ze.

'Natuurlijk.'

De boot moest te dicht naar de eik zijn gedreven, want op hetzelfde moment liet een oehoe, zo rond en zacht als een donzen kussen, zich met uitgestrekte vleugels uit de boom vallen en wiekte traag en moeiteloos over de lagune, met borstveren die zachte weerspiegelingen op het water wierpen.

Chase reikte naar Kya's hand en wrong de twijfel uit haar vingers.

Wekenlang volgden de ondergaande zon en opkomende maan Chase en Kya's lome tochten door het moeras, maar telkens wanneer ze zijn avances afsloeg, hield hij op. Beelden van hindes of kalkoense hennen, alleen achtergebleven met hun veeleisende kroost terwijl de mannetjes allang een ander vrouwtje hadden gevonden, lieten haar niet los.

Verder dan vrijwel naakt in de boot liggen ging het niet, wat ze in het dorp ook zeiden. Hoewel Chase en Kya niet met anderen omgingen, was het een kleine wereld, en de mensen zagen hen samen in zijn boot of aan de stranden. Er ontging de garnalenvissers weinig op zee. Er werd gepraat. Gerodddeld.

27

Aan Hog Mountain Road

1966

De eerste merelvleugels roerden zich en een zware wintermist vormde zich langs de grond en kroop langs de muren van de hut omhoog in grote, wattige slierten. Kya had haar mosselgeld een aantal weken opgespaard om speciale inkopen te doen, en ze serveerde plakken met stroop geglaceerde gebakken ham, jus van het bakvocht met zwarte koffie erdoor, beschuitbollen die waren bereid met zure room in plaats van melk en bramenjam. Chase dronk instantkoffie van Maxwell House en zij Tetley-thee. Ze waren nu bijna een jaar samen, al zeiden ze er geen van beiden iets over. Chase zei hoe blij hij mocht zijn dat zijn vader de eigenaar was van de Western Auto: 'Daardoor kunnen we een mooi huis krijgen als we gaan trouwen. Ik bouw een huis aan het strand voor je met een puntdak en een veranda rondom. Of wat voor huis je ook maar wilt, Kya.'

Kya's adem stokte in haar keel. Hij wilde haar in zijn leven. Het was niet zomaar een toespeling, maar meer iets als een aanzoek. Ze zou bij iemand horen. Deel uitmaken van een familie. Ze ging iets rechter op haar stoel zitten.

Hij vervolgde: 'Ik denk niet dat we in het centrum moeten gaan wonen. Dat zou een te grote overgang voor je zijn, maar we kunnen wel iets aan de rand bouwen. Je weet wel, dicht bij het moeras.'

Er waren de afgelopen tijd vage ideeën over een huwelijk met Chase bij haar opgekomen. Daar had ze niet te lang bij stil durven staan, maar nu zei hij het hardop. Kya ademde oppervlakkig terwijl ze erover nadacht, al kon ze het nog steeds niet geloven. Ik kan dit wel, dacht ze. Als we niet te dicht bij de mensen gaan wonen, zou het kunnen lukken.

Toen vroeg ze met gebogen hoofd: 'Hoe moet het met je ouders? Heb je het ze al verteld?'

'Kya, je moet één ding begrijpen: mijn ouders houden van me. Als ik zeg dat ik voor jou kies, is daarmee de kous af. Als ze je leren kennen, gaan ze vanzelf van je houden.'

Ze beet op haar onderlip. Ze wilde het geloven.

'Ik bouw een atelier voor al je spullen,' vervolgde hij. 'Met grote ramen zodat je al die verrekte veren goed kunt zien.'

Ze wist niet of ze de gevoelens voor Chase had die een echtgenote hoorde te hebben, maar op dat moment welde er iets als liefde in haar hart op. Nooit meer naar mosselen wroeten.

Ze stak haar hand uit en raakte de schelp aan het koord om zijn nek aan.

'O, trouwens,' zei Chase, 'ik moet over een paar dagen naar Asheville om dingen voor de winkel in te kopen. Ik zat te denken, als jij nou eens met me meeging?'

Met neergeslagen ogen zei ze: 'Maar dat is een grote stad. Daar zijn veel mensen. En ik heb er geen geschikte kleren voor, ik weet niet eens wat geschikte kleren zijn en...'

'Kya. Kya, luister. Ik ben bij je. Ik weet alles. We hoeven niets bijzonders te doen. Verdomme, je zou alleen tijdens de rit al veel van North Carolina zien: het Piedmont-plateau, de Great Smoky Mountains. Als we er zijn, kunnen we gewoon naar een drive-in gaan en hamburgers halen. Je kunt gewoon dragen wat je nu aan hebt. Als je niet wilt, hoef je met niemand te praten. Ik zorg overal voor. Ik ben er al heel vaak geweest. Zelfs in Atlanta. Asheville stelt niets voor. Hoor eens, als we gaan trouwen, kun je de wereld net zo goed een beetje gaan verkennen. Die lange vleugels van je uitslaan.'

Ze knikte. Al was het maar om de bergen te zien.

'Het gaat twee dagen duren, dus we moeten ergens overnachten. Niet zo deftig. Je weet wel, in een motelletje. Dat kan wel, want we zijn volwassen.'

'O,' zei ze alleen maar. 'Op die manier,' fluisterde ze toen.

Kya had nog nooit ver gereden, dus toen ze een paar dagen later met Chase in zijn pick-up naar het westen reed vanuit Barkley, keek ze strak uit het raam en omklemde haar stoel met beide handen. De weg slingerde door kilometers galigaan en dwergpalmen, de zee achter zich latend in de achterruit.

Ruim een uur lang gleden de vertrouwde grasvelden en waterwegen langs de voorruit van de pick-up. Kya herkende moeraswinterkoninkjes en reigers, wat geruststellend was, alsof ze haar huis niet had achtergelaten, maar mee had genomen.

Toen, alsof er een streep over de aarde was getrokken, verdwenen de moerasweiden plots en spreidde stoffige grond zich voor hen uit: rauw omwoeld, afgezet in vierkanten en omgeploegd. Velden vol lamgeslagen stompjes stonden in gevelde bossen. Palen met kabels ertussen sjokten naar de horizon. Ze wist natuurlijk dat niet de hele aarde bestond uit kustmoeras, maar ze was nooit buiten het moeras geweest. Wat hadden de mensen met het land gedaan? De huizen stonden als eenvormige schoenendozen op lapjes geschoren gazon. In een tuin graasde een zwerm roze flamingo's, maar toen Kya verbaasd omkeek, zag ze dat ze van plastic waren. De hertjes van beton. De enige eenden die er waren, waren geschilderd en vlogen op brievenbussen.

'Ongelooflijk, hè?' zei Chase.

'Wat?'

'De huizen. Zoiets heb je nog nooit gezien, hè?'

'Nee, dat klopt.'

Uren later, op de vlakten van het Piedmont-plateau, zag ze de Appalachen in zachte blauwe lijnen tegen de horizon afgetekend. Toen ze dichterbij kwamen, rezen de toppen rond hen op en golfden beboste bergen zo ver Kya kon zien de verte in.

Wolken luierden in de gebogen armen van de heuvels, waaierden uit en dreven weg. Hier en daar werden ze opgedraaid tot strakke spiralen boven de warmere ravijnen, zoals mist de bedompte vennen in het moeras volgt. Hetzelfde natuurkundige spelletje op een ander biologisch speelveld.

Kya kwam van het laagland, een land van horizonnen, waar de zon en de maan op vaste tijden opkwamen en ondergingen, maar hier, waar de topografie een chaos was, balanceerde de zon tussen de pieken, dook achter bergkammen weg en kwam weer tevoorschijn als Chase' pick-up de volgende helling beklom. In de bergen, merkte ze op, hing het moment van de zonsondergang af van waar je stond op de heuvel.

Ze vroeg zich af waar het land van haar grootvader was. Misschien hadden haar voorouders varkens gehouden in zo'n grijs verweerde schuur als ze nu in een weiland zag, met een kreek ernaast. Een familie die de hare had moeten zijn, had in dit landschap geploeterd, gelachen en gehuild. Sommigen van hen zouden er nog zijn, verspreid over het district. Anoniem.

De weg werd een vierbaans snelweg, en Kya hield zich stevig vast terwijl Chase' pick-up zij aan zij met de andere auto's over het asfalt snelde. Hij sloeg af, een bochtige weg in die op wonderbaarlijke wijze de lucht in klom en hen naar de stad voerde. 'Een klaverbladknooppunt,' zei hij trots.

Immense gebouwen met wel zeven of negen verdiepingen tekenden zich tegen de bergen af. Tientallen auto's stoven als zandkrabben door de straten en op de stoepen krioelde het van de mensen. Kya drukte haar gezicht tegen de ruit en tuurde naar de gezichten met het idee dat ma en pa er vast tussen zouden lopen. Er rende een gebruinde jongen met donker haar over de stoep die op Jodie leek, en ze draaide zich om en keek hem na. Haar broer moest nu natuurlijk volwassen zijn, maar ze bleef de jongen met haar ogen volgen tot hij een hoek omsloeg.

Chase boekte een kamer voor hen aan Hog Mountain Road, aan de andere kant van de stad, in een motel dat bestond uit een rij bruine kamers, verlicht door neonbuizen in de vorm van palmbomen, nota bene.

Chase maakte hun deur open en ze stapte een kamer in die wel schoon leek, maar naar schoonmaakmiddel met dennenhars rook en goedkoop was ingericht: nepschrootjes, een doorgezakt bed met een massagestand en een zwart-wit tv die met een idioot grote ketting en een hangslot aan de tafel was vastgeketend. De sprei was limoengroen, het hoogpolige tapijt oranje. Kya dacht terug aan alle plekken waar ze samen hadden gelegen: in het zand van getijdenpoelen, in bootjes onder het maanlicht. Hier nam het bed de centrale plek in, maar de kamer deed niet aan liefde denken.

Ze bleef bij de deur staan, wetend wat er komen ging. 'Het is niet geweldig,' zei hij terwijl hij zijn weekendtas op de stoel zette.

Hij kwam op haar af. 'Het is tijd, vind je ook niet, Kya? Het is tijd.'

Hij had het natuurlijk zo gepland, maar ze was er klaar voor. Haar lichaam verlangde er al maanden naar en na het gesprek over trouwen was haar geest ook gezwicht. Ze knikte.

Hij kwam langzaam dichterbij, knoopte haar blouse open, draaide haar met zachte hand om en maakte haar beha los. Streelde haar borsten. Opgewonden hitte stroomde van haar borsten naar haar dijen. Hij trok haar op het bed in de gloed van de rode en groene neonverlichting die door de dunne gordijnen viel en ze deed haar ogen dicht. Voorheen, tijdens al die bijna-keren dat ze hem had tegengehouden, hadden zijn dwalende vingers een magische uitwerking op haar gehad, delen van haar tot leven gewekt, gemaakt dat ze haar lichaam naar hem toe kromde, naar hem verlangde en hem wilde, maar nu hij eindelijk toestemming had, leek hij niet meer te houden en haar behoeften ondergeschikt te maken aan de zijne. Ze voelde een scherpe, rijtende pijn en gilde, bang dat er iets niet goed was.

'Rustig maar. Nu wordt het beter,' zei hij gezaghebbend, maar het werd niet echt beter, en al snel rolde hij grijnzend van haar af.

Terwijl hij in slaap viel, keek zij naar de knipperende lichtjes van het KAMERS VRIJ-bord.

Een paar weken later zat ze met Chase aan haar keukentafel na een ontbijt van gebakken eieren en grutten met ham. Ze had na het vrijen een deken om zich heen getrokken. De seks was niet veel beter geworden sinds hun eerste poging in het motel. Ze bleef altijd onbevredigd, maar had geen flauw idee hoe je over zoiets begon. Ze wist trouwens niet eens hoe ze zich hoorde te voelen. Misschien was dit wel normaal.

Chase stond op, legde zijn vingers onder haar kin, tilde haar gezicht op en kuste haar. 'Tja, de komende dagen zal ik hier wel niet vaak kunnen komen, zo vlak voor Kerstmis en zo. Er is van alles te doen en er komen familieleden op bezoek.'

Kya keek naar hem op en zei: 'Ik hoopte dat ik misschien... nou ja, naar een paar van die feestjes en zo zou kunnen. In elk geval naar het kerstdiner met je familie.'

Chase zakte terug op zijn stoel. 'Kya, hoor eens, dat wilde ik nog met je bespreken. Ik wil je wel vragen voor het bal van de Elks Club of zo, maar ik weet hoe verlegen je bent, dat je nooit iets in het dorp doet. Ik weet dat je je ellendig zou voelen. Je kent er niemand, je hebt er de kleren niet voor. Kun je eigenlijk wel dansen? Het zijn allemaal geen dingen voor jou, dat begrijp je toch wel?'

Met neergeslagen ogen antwoordde ze: 'Nee, dat is allemaal waar, maar, nou ja, ik moet me toch een beetje aanpassen aan jouw leven. Mijn vleugels uitslaan, zoals je zei. Ik moet geschikte kleren hebben, kennismaken met je vrienden.' Ze keek op. 'Je kunt me leren dansen.'

'Ja, dat zal ik ook doen, maar als ik aan jou en mij denk, denk ik aan wat we hier hebben. Ik geniet van onze tijd hier samen, alleen wij tweeën. Eerlijk gezegd beginnen die stomme dansavonden me een beetje de keel uit te hangen. Ze zijn altijd hetzelfde. De gymzaal van de middelbare school. Oude en jonge mensen bij elkaar. Dezelfde achterlijke muziek. Ik wil iets nieuws. Als we getrouwd zijn, gaan we zulke dingen toch niet meer doen, dus waarom zou ik je er nu mee naartoe slepen? Dat slaat nergens op, vind je niet?'

Ze keek weer naar de vloer, dus tilde hij haar kin weer op en hield haar blik vast met de zijne. Toen zei hij grinnikend: 'En man, over het kerstdiner met mijn familie gesproken. Mijn stokoude tantes uit Florida komen. Ze kletsen maar door. Dat wens ik niemand toe, en jou al helemaal niet. Neem maar van mij aan dat je niets mist.'

Ze zweeg.

'Echt, Kya, ik wil dat je het met me eens bent. Wat wij hier hebben, is zó bijzonder. Meer kun je niet wensen. Al dat andere gedoe...' – hij maakte een wegwerpgebaar – '... is gewoon stom.'

Hij reikte naar haar en trok haar op zijn schoot, en ze legde haar hoofd op zijn schouder.

'Dit is waar het om gaat, Kya. Niet die andere dingen.' Hij kuste haar, warm en teder. Toen ging hij staan. 'Oké. Ik moet weg.'

Kya bracht de kerstdagen alleen met de meeuwen door, zoals elk jaar sinds ma was vertrokken.

Twee dagen na Kerstmis was Chase nog steeds niet teruggekomen. Ze brak de belofte aan zichzelf om nooit meer op iemand te wachten en ijsbeerde langs de oever van de lagune, met haar haar in een Franse vlecht en haar lippen gestift met ma's oude lippenstift.

Het moeras lag achter de lagune in zijn wintermantel van bruin- en grijsschakeringen. Grashalmen die al hun zaadjes al kwijt waren, strekten kilometers ver, bogen hun stengels in overgave naar het water. De wind zwiepte en trok en liet het koor van ruwe halmen rumoerig ratelen. Kya trok haar haar los en haalde haar hand langs haar lippen.

Op de ochtend van de vierde dag zat ze alleen in haar keuken met haar ontbijt van beschuitwafels en eieren te spelen. 'Hij kan wel zeggen dat dit is waar het om gaat, maar waar is hij dan?' zei ze kattig. In gedachten zag ze Chase een potje football spelen met vrienden of dansen op feestjes. 'Dat stomme gedoe dat hem de keel uithangt.'

Toen, eindelijk, het geluid van zijn boot. Ze sprong op van de tafel, sloeg de deur achter zich dicht en rende van de hut naar de lagune, waar de boot net zichtbaar werd. Maar het was niet Chase' skiboot of Chase zelf, maar een jongeman met goudblond haar dat korter was geknipt, maar nog steeds onder een muts uit krulde. Het was de oude vissersboot en daar, rechtop in de varende boot, stond Tate, die een man was geworden. Zijn gezicht was niet meer jongensachtig, maar aantrekkelijk, volwassen. Zijn ogen vormden een vraag, zijn lippen een schuchtere glimlach.

Het eerste wat in haar opkwam, was vluchten, maar iets in haar schreeuwde: *Nee! Dit is mijn lagune; ik loop voor alles weg. Deze keer niet.* Haar volgende idee was een kei oprapen, en ze slingerde hem van zes meter afstand naar zijn gezicht. Hij dook snel weg en de steen scheerde langs zijn voorhoofd.

'Shit, Kya! Wat krijgen we nou? Wacht,' zei hij toen ze nog een steen pakte en haar arm hief. Hij sloeg zijn handen voor zijn gezicht. 'Kya, niet doen, in godsnaam. Alsjeblieft. Kunnen we niet even praten?'

De steen sloeg hard tegen zijn schouder.

'Donder op uit mijn lagune! Verachtelijke smeerlap! Dat is alles wat ik je te zeggen heb.' Het krijsende viswijf keek verwilderd om zich heen, zoekend naar nog een kei.

'Kya, luister. Ik weet dat je nu met Chase bent. Dat respecteer ik. Ik wil alleen met je praten. Toe, Kya.'

'Waarom zou ik? Ik wil je nooit meer zien, nóóit!' Ze pakte een handvol kiezels en slingerde ze naar zijn gezicht.

Hij dook met een ruk opzij, boog naar voren en greep het dolboord toen zijn boot aan de grond liep.

'Wegwezen, zeg ik!' Nog steeds gillend, maar zachter voegde ze eraan toe: 'Ja, ik heb nu iemand anders.'

Tate richtte zich op na de klap waarmee de boot op de oever was gelopen en ging op het boegbankje zitten. 'Kya, alsjeblieft, ik moet je dingen over hem vertellen.' Tate was niet van plan geweest iets over Chase te zeggen. Niets aan dit verrassingsbezoek aan Kya ging zoals hij het zich had voorgesteld.

'Waar heb je het over? Je hebt het recht niet iets over mijn privéleven te zeggen.' Ze was hem tot op anderhalve meter genaderd en beet hem de woorden toe.

'Dat weet ik, maar ik doe het toch,' zei hij gedecideerd.

Bij het horen van die woorden draaide Kya zich om, maar Tate riep haar na: 'Jij woont niet in het dorp. Jij weet niet dat Chase met andere vrouwen omgaat. Ik heb hem pas nog van een feest zien wegrijden met een blondje in zijn pick-up. Hij is niet goed genoeg voor je.'

Ze draaide zich als door een adder gebeten om. 'O, vind je? Jíj bent degene die me in de steek heeft gelaten, jíj bent niet teruggekomen, zoals je had beloofd, je bent nooit meer teruggekomen. Jíj bent degene die nooit in een brief heeft uitgelegd waarom. Je hebt zelfs nooit laten weten of je nog leefde of dood was. Je had het lef niet om het uit te maken. Je was niet mans genoeg om me onder ogen te komen. Je verdween gewoon. Laffe klootzak die je bent! Je komt hier na al die jaren binnenzeilen… Jij bent nog erger dan hij. Hij is misschien niet perfect, maar jij bent veel erger.' Ze zweeg abrupt en keek hem aan.

Hij stak zijn handen op en zei smekend: 'Je hebt gelijk, Kya. Alles wat je over me zegt is waar. Ik was een lafbek. En ik had het recht niet om over Chase te beginnen. Het gaat me niets aan. En ik zal je nooit meer lastigvallen. Ik wil alleen mijn verontschuldigingen aanbieden en het uitleggen. Ik heb al jaren spijt, Kya, alsjeblieft.'

Tate nam haar de wind uit de zeilen. Hij was niet alleen haar eerste liefde, hij deelde ook haar liefde voor het moeras, had haar leren lezen en was de enige connectie, hoe fragiel ook, met haar verdwenen familie. Hij was een bladzij uit de tijd, uitgeknipt en in een plakboek geplakt omdat het alles was wat ze er nog van had. Met bonzend hart voelde ze haar woede zakken.

'Kijk nou toch hoe mooi je bent geworden. Een vrouw. Red je je wel? Verkoop je nog steeds mosselen?' Hij stond er versteld van hoe ze was veranderd. Haar trekken waren verfijnder, maar fascinerend, met hoge jukbeenderen en volle lippen.

'Ja. Ja.'

'Hier, ik heb iets voor je meegebracht.' Hij pakte een envelop en gaf haar een rood wangveertje van een gouden grondspecht. Ze overwoog het op de grond te gooien, maar ze had nog nooit zo'n veertje gevonden; waarom zou ze het niet houden? Ze stopte het zonder Tate te bedanken in haar zak.

Hij zei gejaagd: 'Kya, het was niet alleen verkeerd om jou in de steek te laten, het was ook het ergste wat ik ooit heb gedaan of zal doen in mijn leven. Ik heb er al jaren spijt van en ik zal altijd spijt blijven houden. Ik denk elke dag aan je. Ik zal er de rest van mijn leven spijt van hebben dat ik bij je weg ben gegaan. Ik geloofde echt dat je niet in staat zou zijn het moeras uit te komen en in die andere wereld te leven, dus zag ik niet in hoe we bij elkaar konden blijven. Maar ik had het mis, en het was een rotstreek dat ik niet ben teruggekomen om het met je te bespreken. Ik wist hoe vaak je al in de steek was gelaten. Ik wilde niet weten hoe diep ik je had gekwetst. Ik was niet mans genoeg, zoals je al zei,' besloot hij en hij keek haar aan.

'Wat wil je dan nu, Tate?' vroeg ze uiteindelijk.

'Alleen maar dat je me op de een of andere manier kunt vergeven.' Hij ademde diep in en wachtte.

Kya keek naar haar tenen. Waarom zou de gekwetste partij, degene die nog steeds pijn had, moeten opdraaien voor de vergiffenis? Ze zei niets.

'Ik moest het je gewoon vertellen, Kya.'

Toen ze bleef zwijgen, vervolgde hij: 'Ik ben aan het promoveren, in de zoölogie. Protozoölogie om precies te zijn. Je zou het geweldig vinden.'

Ze kon zich er niets bij voorstellen, en ze keek over de lagune uit om te zien of Chase al kwam. Het ontging Tate niet; hij had meteen al geraden dat ze op Chase wachtte.

Nog maar een week geleden had Tate Chase in zijn witte smokingjasje op het kerstgala met verschillende vrouwen zien dansen. Het bal was, zoals de meeste evenementen in Barkley Cove, gehouden in de gymzaal van de middelbare school. Toen 'Wooly Bully' zich uit een te kleine installatie onder de basketbalring perste, wervelde Chase een brunette in het rond. Toen 'Mr Tambourine Man' begon, keerde hij de dansvloer en de brunette de rug toe en deelde slokken Wild Turkey uit zijn Tar Heels-flacon met andere vroegere sportjongens. Tate, die vlakbij met twee van zijn oude docenten stond te praten, hoorde Chase zeggen: 'Ja, ze is zo wild als een vossenwijfje in een strik. Net wat je zou verwachten van een moerasmeid. Het benzinegeld meer dan waard.'

Tate moest zichzelf dwingen weg te lopen.

Een kille wind stak op en rimpelde de lagune. Kya, die Chase had verwacht, was naar buiten gerend in haar spijkerbroek en een dunne trui. Ze sloeg haar armen stevig om zichzelf heen.

'Je bevriest, laten we naar binnen gaan.' Tate gebaarde naar de hut, waar rook uit de roestige kachelpijp pufte.

'Tate, je kunt maar beter gaan.' Ze wierp een paar snelle blikken op de vaargeul. Stel dat Chase kwam terwijl Tate er nog was?

'Kya, toe, een paar minuten maar. Ik wil je verzamelingen graag nog eens zien.'

Bij wijze van antwoord draaide ze zich om en holde naar de hut, en Tate liep achter haar aan. Op de veranda bleef hij verbluft staan. Haar verzamelingen waren van een kinderlijke liefhebberij uitgegroeid tot een natuurhistorisch museum van het moeras. Hij pakte een kamschelp, gelabeld met een aquarel van het strand waarop hij was gevonden, met tekeningetjes erbij van het schepsel dat kleinere zeewezens aan het eten was. Het was bij elke soort hetzelfde, en het waren er honderden, misschien wel duizenden. Hij had sommige eerder gezien, als jongen, maar nu, als promovendus in de zoölogie, bekeek hij ze met de blik van een wetenschappelijk onderzoeker.

Ze stond nog in de deuropening, en hij draaide zich naar haar om. 'Kya, wat prachtig, zo schitterend gedetailleerd. Je zou ze moeten uitgeven. Hier zit een boek in, heel veel boeken zelfs.'

'Nee, nee. Ze zijn alleen voor mezelf. Ze zijn leerzaam voor me, meer niet.'

'Kya, luister. Jij weet beter dan wie ook dat er vrijwel geen naslagwerken zijn voor dit gebied. Deze aantekeningen, beschrijvingen en schitterende illustraties vormen de boeken waar iedereen op zit te wachten.' Het was waar. Ma's oude gidsen van de schelpen, planten, vogels en zoogdieren van de streek waren de enige die ooit in druk waren verschenen, en ze waren erbarmelijk onzorgvuldig, met alleen eenvoudige zwart-wit illustraties en onvolledige beschrijvingen.

'Als ik een paar voorbeelden mag meenemen, kan ik ze aan uitgevers laten zien, horen wat ze ervan vinden.'

Ze keek hem aan. Wat moest ze zich hierbij voorstellen? Zou ze ergens naartoe moeten, met mensen moeten praten? Tate las de vragen in haar ogen.

'Je hoeft er niet voor van huis. Je kunt je voorbeelden aan een uitgever sturen. Het zou wat geld opleveren. Niet heel veel, vermoed ik, maar misschien zou je niet de rest van je leven naar mosselen hoeven te wroeten.'

Kya zei nog steeds niets. Tate probeerde haar er weer toe aan te zetten voor zichzelf te zorgen, in plaats van alleen zelf aan te bieden voor haar te zorgen. Het voelde alsof hij er haar hele leven was geweest. Tot hij weg was.

'Geef het een kans, Kya. Wat kan het voor kwaad?'

Uiteindelijk vond ze het goed dat hij een paar voorbeelden meenam, en hij koos een aantal zachte aquarellen van schelpen en de grote blauwe reiger vanwege haar gedetailleerde schetsen van de vogel in elk seizoen, en een verfijnde weergave in olieverf van de gebogen wenkbrauwveer.

Tate pakte het schilderij van de veer, honderden fijne penseelstreken in volle kleuren die culmineerden in een diepzwart dat het licht reflecteerde alsof de zon op het doek viel. Het scheurtje in de schacht was zo duidelijk weergegeven dat Tate en Kya op hetzelfde moment beseften dat dit een schilderij was van de allereerste veer die hij voor haar in het bos had achtergelaten. Ze keken op van de veer, in elkaars ogen. Ze wendde zich van hem af. Drukte haar gevoelens weg. Ze weigerde zich opnieuw aangetrokken te voelen tot iemand die ze niet kon vertrouwen.

Hij stapte naar haar toe, legde een hand op haar schouder en probeerde voorzichtig haar om te draaien. 'Kya, het spijt me dat ik bij je ben weggegaan. Toe, kun je me echt niet vergeven?'

Toen draaide ze zich eindelijk om en keek hem aan. 'Ik weet niet hoe, Tate. Ik zou je nooit meer kunnen vertrouwen. Toe, Tate, je moet nu echt gaan.'

'Ik weet het. Bedankt dat je naar me hebt geluisterd, dat je me deze kans hebt gegeven om mijn excuses aan te bieden.' Hij wachtte, maar ze zei niets meer. Toch ging hij niet met lege handen weg. Als een uitgever interesse had, was dat een reden om weer contact met haar op te nemen.

'Tot ziens, Kya.' Ze zei niets terug. Hij keek naar haar en ze keek hem in de ogen, maar wendde zich toen af. Hij liep de deur uit en naar zijn boot.

Ze wachtte tot hij weg was en ging toen op het klamme, koude zand van de lagune op Chase zitten wachten. Hardop herhaalde ze wat ze tegen Tate had gezegd: 'Chase is misschien niet perfect, maar jij bent veel erger.'

Maar terwijl ze diep in het donkere water staarde, bleven Tates woorden over Chase haar achtervolgen: '… heb hem pas nog van een feest zien wegrijden met een blondje in zijn pick-up.'

28

De garnalenvisser

1969

Rond borreltijd werden er in de Dog-Gone betere roddels opgedist dan in de cafetaria. De sheriff en Joe stapten de lange, propvolle bierhal in en liepen door naar de bar, die van een enkele moerasden was gemaakt en zich langs de linkerkant van de ruimte uitstrekte tot hij in het schemerdonker leek te verdwijnen. De dorpelingen, allemaal mannen, want er mochten geen vrouwen komen, vormden groepjes aan de bar en aan de tafels. De twee barkeepers grilden hotdogs, bakten garnalen, oesters en maisbeignets, roerden in grutten en schonken bier en whisky. Het enige licht, afkomstig van knipperende bierreclames, gaf een amberkleurige gloed af, alsof kampvuurtjes de stoppelige gezichten beschenen. Uit de achterzaal klonken de doffe geluiden van biljartballen.

Ed en Joe sloten zich aan bij een groepje vissers aan de bar, en zodra ze glazen Miller en gebakken oesters hadden besteld, begonnen de vragen: al nieuws? Hoe kan het dat er geen vingerafdrukken zijn; is dat waar? Hebben jullie al aan die ouwe Hanson gedacht? Hij is knettergek, echt iets voor hem, op de toren klimmen en de eerste de beste die langskomt eraf duwen. Jullie staan voor een raadsel, hè?

Ze lieten het op zich af komen, Joe met zijn gezicht naar de ene kant, Ed naar de andere. Ze antwoordden, luisterden en knikten. Toen ving de sheriff door het geroezemoes heen een flard op van een gelijkmatige stem, een uitgebalanceerde toon, en draaide zich om naar Hal Miller, een bemanningslid van Tim O'Neals boot.

'Sheriff, kan ik je even spreken? Alleen?'

Ed stapte bij de bar vandaan. 'Natuurlijk, Hal, kom maar mee.' Hij ging hem voor naar een tafeltje bij de muur en ze gingen zitten. 'Moet je glas bijgevuld worden?'

'Nee, ik heb nog, maar bedankt.'

'Zit je ergens mee, Hal?'

'Ja, zeker weten. En ik moet het kwijt. Ik word er gek van.'

'Brand maar los dan.'

'O, man.' Hal schudde zijn hoofd. 'Ik weet het niet. Misschien stelt het niets voor, en anders had ik het eerder moeten vertellen. Ik heb iets gezien en het laat me niet los.'

'Vertel het maar, Hal. We zoeken samen wel uit of het belangrijk is of niet.'

'Nou, het gaat over die toestand met Chase Andrews. Het was in de nacht van zijn dood, nou ja, ik was dus aan het werk op Tims boot, en we kwamen laat terug in de baai, na middernacht, en toen zagen Allen Hunt en ik die vrouw, het moerasmeisje zoals iedereen haar noemt, de baai uit varen.'

'O, ja? Hoe laat was dat?'

'Het moet iets van kwart voor twee 's nachts zijn geweest.'

'Waar ging ze naartoe?'

'Tja, dat is het hem nou juist, sheriff. Ze stevende recht op de brandtoren af. Als ze op koers was gebleven, zou ze in die baai bij de toren zijn uitgekomen.'

Ed liet zijn adem ontsnappen. 'Ja, Hal. Dat is belangrijke informatie. Heel belangrijk. Weet je zeker dat zij het was?'

'Nou, Allen en ik hadden het erover, en we waren er vrij zeker van dat ze het was. Ik bedoel, we dachten allebei hetzelfde. We vroegen ons af wat ze daar in vredesnaam deed zo laat, en zonder licht. Het is nog een geluk dat we haar zagen, we hadden haar kunnen overvaren. Ik heb er niet meer aan gedacht. Het muntje viel pas later, en toen besefte ik dat Chase in die nacht bij de toren aan zijn eind was gekomen. Nou, toen leek het me beter om het maar te vertellen.'

'Hebben meer mensen op de boot haar gezien?'

'Tja, ik zou het niet weten. Er liepen meer mensen rond, we voeren binnen. Alle hens aan dek. Maar ik heb het er nooit met de anderen over gehad. Waarom zou ik ook. En ik heb er niet meer naar gevraagd, later.'

'Ik begrijp het, Hal. Je hebt er goed aan gedaan het me te vertellen. Het is je plicht hiermee naar buiten te komen. Maak je maar geen zorgen. Je hoeft me alleen maar te vertellen wat je hebt gezien, meer kun je niet doen. Ik zal Allen en jou vragen naar het bureau te komen om een verklaring af te leggen. Mag ik je nu dat biertje aanbieden?'

'Nee, ik ga maar eens op huis aan, denk ik. Tabee.'

'Tot ziens. En nogmaals bedankt.' Zodra Hal opstond, wenkte Ed Joe, die om de paar seconden zijn kant op had gekeken om zijn gezicht te lezen. Ze gunden Hal even de tijd om afscheid te nemen van iedereen en liepen toen zelf naar buiten.

Ed vertelde Joe wat Hal had gezien.

'Man,' zei Joe, 'dat maakt de zaak zo'n beetje rond, denk je ook niet?'

'Ik denk dat de rechter op basis hiervan een huiszoekingsbevel kan afgeven. Ik weet het niet zeker, en ik wil het zeker weten voordat ik erom vraag. Als we een bevel hebben, kunnen we in haar huis naar die rode vezels zoeken die op Chase' kleren zijn aangetroffen. We moeten weten wat haar verhaal is voor die nacht.'

29

Zeewier

1967

Chase kwam die winter vaak naar Kya's hut toe, en meestal bleef hij in het weekend een nacht slapen. Zelfs op koude, vochtige dagen gleden ze door mistig struikgewas en terwijl zij dingen verzamelde, speelde hij vrolijke deuntjes op zijn mondharmonica. De mist voerde de noten mee naar de donkerste regionen van de laaglandbossen, en het moeras leek ze op de een of andere manier in zich op te nemen en te onthouden, want wanneer Kya weer door die vaargeulen kwam, hoorde ze zijn muziek altijd.

Op een ochtend begin maart voer Kya in haar eentje over zee naar het dorp, onder een lucht die een slordige trui van grijze wolken droeg. Chase was twee dagen later jarig, en ze was op weg naar de Piggly om ingrediënten te kopen voor een feestmaal, waar ook haar allereerste karameltaart onderdeel van was. Ze had zich voorgesteld dat ze de taart met brandende kaarsjes voor hem op tafel zette, iets wat zich niet meer in de keuken had voorgedaan sinds ma was vertrokken. Hij had de laatste tijd al een paar keer gezegd dat hij aan het sparen was voor hun huis. Dan kon ze ook maar beter leren bakken, dacht ze.

Ze meerde haar boot aan en toen ze over de kade naar de rij winkels liep, zag ze Chase aan het eind met vrienden staan praten, een arm om de schouders van een slank, blond meisje gedrapeerd. Kya probeerde uit alle macht een verklaring te vinden terwijl ze op de automatische piloot doorliep. Ze had hem nooit benaderd als hij met anderen in het dorp was, maar nu kon ze hem niet ontwijken, tenzij ze de zee in sprong.

Chase en zijn vrienden draaiden zich allemaal naar haar om, en op hetzelfde moment liet hij het meisje los. Kya droeg een witte afgeknipte spijkerbroek waarin haar lange benen nog langer leken. Een zwarte vlecht viel over elke borst. Het groepje hield op met praten en gaapte haar aan. De wetenschap dat ze niet naar hem toe kon rennen, wurgde haar hart. Het deugde helemaal niet.

Toen ze bij het eind van de kade kwam, waar het groepje stond, zei hij: 'Hé, hoi, Kya.'

Ze keek van hem naar de anderen en zei: 'Hallo, Chase.'

'Kya, je kent Brian nog wel, en Tim, Pearl, Tina.' Hij ratelde nog een paar namen en zweeg toen. Hij wendde zich tot Kya en zei: 'En dit is Kya Clark.'

Natuurlijk kende ze de anderen niet meer; ze was nooit aan hen voorgesteld. Ze kende het stel alleen als de lange dunne blonde en de rest. Ze voelde zich als zeewier dat wordt meegesleept aan een lijn, maar het lukte haar te glimlachen en hallo te zeggen. Dit was de kans waarop ze had gewacht. Hij was met de vriendengroep waar ze bij wilde horen. Ze zocht naar woorden, iets spitsvondigs wat die mensen zou kunnen boeien. Uiteindelijk groetten twee van hen haar koeltjes, draaiden zich bruusk om en liepen weg, al snel gevolgd door de anderen, als een school witvissen die door de straat zwom.

'Nou, daar zijn we dan,' zei Chase.

'Ik wil je niet storen. Ik kom alleen boodschappen doen en dan ga ik weer naar huis.'

'Je stoort niet. Ik kwam ze gewoon tegen. Ik kom zondag naar je toe, zoals ik had gezegd.'

Chase schuifelde met zijn voeten en voelde aan de schelp om zijn nek.

'Tot zondag dan,' zei ze, maar hij had zich al omgedraaid om de anderen in te halen. Ze haastte zich naar de supermarkt, waarbij ze om een familie wilde eenden heen moest stappen die door Main Street waggelde op poten die verbazend oranje afstaken tegen de dofgrijze stoep. Terwijl ze probeerde het beeld van Chase en het meisje uit haar hoofd te verdrijven, liep ze aan het eind van het gangpad met brood bijna tegen de spijbelmevrouw op, mevrouw Culpepper. Ze keken elkaar aan als een konijn en een prairiewolf die elkaar op een afgezet erf tegenkomen. Kya was nu langer dan de vrouw en beschikte over veel meer kennis, al zouden ze geen van beiden op dat idee zijn gekomen. Ze wilde het liefst weer de benen nemen, net als vroeger, maar ze bleef dapper staan en beantwoordde mevrouw Culpeppers blik. De vrouw gaf haar een knikje en liep door.

Kya zocht de kaas, het stokbrood en de taartingrediënten voor de maaltijd waar ze zo hard voor had gespaard, maar het leek alsof de hand van een ander de boodschappen uit het schap pakte en in het karretje legde. Ze zag alleen maar Chase' arm om die schouder. Ze kocht een plaatselijke krant omdat een van de koppen meldde dat er dichtbij aan de kust een zeelaboratorium geopend zou worden.

Toen ze de winkel uit was, stoof ze als een jachtfret naar de steiger. Eenmaal terug in de hut ging ze aan de keukentafel zitten om het artikel over het nieuwe lab te lezen. Er werd inderdaad een duur onderzoekslab ontwikkeld op dertig kilometer ten zuiden van Barkley Cove, bij Sea Oaks in de buurt. Onderzoekers gingen er de ecologie bestuderen van het moeras, dat op allerlei manieren bijdroeg aan de overleving van bijna de helft van al het leven in de zee en...

Kya sloeg de bladzij om voor het vervolg, en daar dook een grote foto op van Chase en een meisje boven een verlovingsaankondiging: Andrews en Stone. Ze vloekte, snikte en ten slotte huilde ze met schokkende schouders. Ze stond op en keek van een afstandje naar de krant. Ze pakte hem weer; ze moest het zich verbeeld hebben. Daar waren ze, met hun gezichten dicht bij elkaar, glimlachend.

Het meisje, Pearl Stone, was mooi en zag er rijk uit, met een parelketting op een kanten blouse. Degene om wie hij zijn arm heen had geslagen. Altijd Parels Om.

Met een hand steun zoekend bij de muur wankelde Kya de veranda op en liet zich op het bed vallen, met haar handen voor haar open mond. Toen hoorde ze een motor. Ze richtte zich snel op, keek naar de lagune en zag Chase zijn boot op de oever trekken.

Zo snel als een muis die uit een doos zonder deksel ontsnapt glipte ze voordat hij haar kon zien door de verandadeur en rende het bos in, weg van de lagune. Weggedoken achter de dwergpalmen zag ze hem de hut in lopen. Hij riep haar naam. Nu zou hij de krant op tafel zien liggen, opengeslagen bij het artikel. Een paar minuten later kwam hij weer naar buiten en liep naar het strand in de veronderstelling haar daar aan te treffen.

Ze bleef zitten waar ze zat, ook toen hij terugkwam en haar naam weer riep. Pas toen hij was weggevaren, kwam ze uit de struiken tevoorschijn. Ze pakte lusteloos eten voor de meeuwen en liep naar het strand, de zon tegemoet. Een krachtige zeebries kwam haar over het pad tegemoet, dus toen ze op het strand uitkwam, kon ze tenminste op de wind leunen. Ze riep de meeuwen en gooide grote stukken stokbrood de lucht in. Toen vloekte ze harder en woester dan de wind.

30

Stroomversnelling

1967

Kya rende vanaf het strand naar haar boot en raasde op volle kracht de zee op, regelrecht de branding in. Met haar hoofd in haar nek tierde ze: 'Jij gore... waardeloze... klootzak!' Warrige, slordige golven rukten de boeg opzij en trokken aan het roer. De zee leek altijd bozer dan het moeras. Dieper, alsof hij meer te zeggen had.

Kya had lang geleden al geleerd gewone stromingen en getijdenstromen te lezen; hoe je erdoorheen kon laveren of eruit kon ontsnappen door haaks op hun koers te varen, maar ze was nooit regelrecht de diepere stromingen in gevaren, die deels werden opgewekt door de Golfstroom, waar per seconde meer dan honderdvijftig miljoen kubieke meter water doorheen gutst, meer kracht dan alle landrivieren op aarde bij elkaar hebben, en al die kubieke meters stroomden vlak langs de uitgestrekte armen van North Carolina. Die stortzee zorgt voor genadeloze tegenstromen, draaikolken en maalstromen die meewervelen met getijdenstromen, zodat hier een van de gemeenste slangenkuilen van alle zeeën ontstaat. Kya had die gebieden haar hele leven gemeden, maar nu niet meer. Vandaag richtte ze recht op hun hart, want ze had er alles voor over om de pijn te ontlopen, de woede.

Het water stormde ziedend op haar af, tilde de boeg op en rukte de boot naar stuurboord. Hij deinde hevig en richtte zich weer op. Ze werd in een onstuimige golf getrokken en meegesleurd. Eruit sturen leek te gevaarlijk, dus vocht ze om met de stroming mee te varen terwijl ze uitkeek naar zandbanken, die zich steeds verplaatsten en hindernissen vormden onder het wateroppervlak. Ze hoefde er maar langs te schampen of de boot zou omslaan.

Golven sloegen over haar rug en doorweekten haar haar. Donkere wolken joegen over haar hoofd, de zon afschermend zodat tekenen van wielingen en turbulentie niet goed meer te zien waren. De hitte van de dag werd opgeslokt.

Toch was ze niet bang, al wilde ze best doodsangst voelen, als dat kon helpen de dolk uit haar hart te trekken.

Plotseling draaiden de donkere golven van de stroom en het bootje tolde verder naar stuurboord, steigerend op zijn zij. Door de klap viel ze op de bodem van de boot. Zeewater klotste over haar heen. Overrompeld zette ze zich schrap voor de volgende golf.

Ze was natuurlijk niet eens in de buurt van de Golfstroom. Dit was nog maar het trainingskamp, het speelveldje voor de echte zee, maar wat haar betrof had ze zich in het hol van de leeuw gewaagd en ze was van plan er weer uit te komen. Te winnen. De pijn te verslaan.

Alsof ze geen enkel gevoel voor symmetrie en patroon meer hadden, kwamen de leikleurige golven van alle kanten op haar af. Ze sleepte zich terug op haar bankje en pakte de gashendel, maar ze wist niet waar ze naartoe moest sturen. De kust was een kronkellijn in de verte, maar heel af en toe zichtbaar tussen de schuimkoppen door. Telkens wanneer ze een glimp opving van het vasteland, tolde of helde de boot weer en zag ze niets meer. Ze was vol zelfvertrouwen de stroming in gegaan, maar die was gespierd geworden en trok haar steeds verder de razende, donker wordende zee op. De wolken pakten zich samen en zakten voor de zon. Ze rilde, door en door nat, en raakte de energie kwijt om nog te sturen. Ze had niets bij zich om zich tegen het weer te beschermen, geen eten, geen water.

Toen kwam de angst eindelijk. Vanuit een plek die dieper was dan de zee. Angst omdat ze wist dat ze weer alleen zou zijn.

Waarschijnlijk voorgoed. Een levenslange straf. Een akelig gehijg ontsnapte uit haar keel terwijl de boot helde en heen en weer slingerde, bij elke golf gevaarlijk kantelend.

Er stond nu vijftien centimeter schuimend water in de boot, zo koud dat haar voeten ervan brandden. Wat hadden de zee en de wolken de lentewarmte snel verslagen. Ze sloeg een arm over haar borst in een poging zich te warmen terwijl ze zwakjes met haar vrije hand stuurde, niet tegen het water in, maar het volgend.

Ten slotte kwamen de golven tot bedaren, en hoewel de stroming haar eigenzinnig bleef meevoeren, woelde en kolkte de zee niet meer. In de verte zag ze een kleine, smalle zandbank van misschien dertig meter lang, glinsterend van het zeewater en de natte schelpen. Vechtend tegen de sterke onderstroom en net op het juiste moment gaf Kya een ruk aan het roer en zwenkte de stroming uit. Ze stuurde om de lijzijde van de zandbank heen en strandde in stiller water, zo zacht als een eerste kus. Ze stapte op de smalle strook land en zakte door haar knieën. Ging op haar rug op het zand liggen en voelde het massieve vasteland onder zich.

Ze wist dat ze niet rouwde om Chase, maar om een leven dat in het teken stond van afwijzingen. Kijkend naar de lucht en de wolken die boven haar zwoegden zei ze hardop: 'Ik moet het leven in mijn eentje volbrengen, maar dat wist ik. Ik weet al heel lang dat mensen niet blijven.'

Het was niet toevallig dat Chase haar zo sluw met de belofte van een huwelijk had verleid, met haar naar bed was gegaan en haar toen had gedumpt voor een ander. Haar studie van de natuur had haar geleerd dat mannetjes van het ene vrouwtje naar het andere gaan, dus waarom was ze dan voor die man gevallen? Zijn opzichtige skiboot was niet anders dan de opgepompte nek en het bovenmaatse gewei van een bronstige hertenbok: versierselen om andere mannetjes te verjagen en het ene vrouwtje na het andere aan te trekken. Toch was ze voor dezelfde list gevallen als ma: rondneukende *sneaky fuckers.* Hoeveel leugens had pa haar verteld; naar hoeveel dure restaurants had hij haar meegenomen voordat zijn geld op was en hij haar naar zijn echte territorium bracht, een hut in het moeras? Misschien kun je de liefde beter braak laten liggen.

Ze zei hardop een gedicht van Amanda Hamilton op:

Ik moet nu loslaten.
Jou loslaten.
Liefde is te vaak
Het verweer om te blijven,
Te zelden de reden
Om te gaan.
Ik laat de lijn los
En zie je wegdrijven.

Al die tijd
Dacht je
Dat de vurige stroming
In de borst van je geliefde
Je het diepe in trok.
Maar het was het tij van mijn hart
Dat jou losliet
Om je mee te laten drijven
Met het zeewier.

De fletse zon vond een gaatje tussen de dichte wolken en bescheen de zandbank. Kya keek om zich heen. De stroming, de uitgestrekte vlakte van de zee en dit zand moesten samen een geraffineerd vangnet hebben gevormd, want rondom haar lag de meest verbijsterende verzameling schelpen die ze ooit had gezien. De ligging en zachte helling van de zandbank zorgden ervoor dat de schelpen aan de lijzijde werden verzameld en behoedzaam op het zand werden gelegd zodat ze niet braken. Ze zag verschillende zeldzame exemplaren en veel van haar favorieten, intact en met parelmoer bedekt. Nog glanzend.

Ze liep ertussendoor, koos de bijzonderste uit en legde ze op een bergje. Ze keerde de boot om, liet het water weglopen en legde de schelpen voorzichtig op een rij langs de naad in de bodem. Haar terugtocht plande ze door zich lang te maken en over het water uit te kijken. Ze las de zee en besloot dat ze naar het voorbeeld van de schelpen vanaf de lijzijden regelrecht op het land af zou stevenen, zodat ze de sterkste stromingen helemaal ontliep.

Ze duwde de boot af in het besef dat niemand deze zandbank ooit nog zou zien. De elementen hadden een kortstondige, veranderlijke glimlach van zand gecreëerd met precies deze buiging erin. Bij het volgende tij zou de volgende stroming een andere zandbank ontwerpen, en nog een, maar nooit meer deze. Niet de zandbank die haar had opgevangen. Die haar het een en ander had verteld.

Later, toen ze over haar eigen strand liep, zei ze haar favoriete gedicht van Amanda Hamilton op.

Afnemende maan, volg
Mijn voetstappen
In licht dat niet wordt onderbroken
Door landschaduwen,
En voel met mijn zintuigen
De koele schouders
Van de stilte.

Alleen jij weet
Hoe eenzaamheid de ene kant van een moment
Kilometerslang kan uitrekken
Naar de andere kant,
En hoeveel firmament
Een ademtocht omvat
Wanneer de tijd zich terugtrekt
Van het zand.

Als iemand wist wat eenzaamheid was, moest het de maan zijn.

Kya gleed terug naar de voorspelbare cyclus van kikkervisjes en het ballet van vuurvliegjes, zich dieper ingravend in de woordeloze wildernis. De natuur leek de enige steen die niet midden in de rivier onder je voeten wegglipte.

31
Een boek

1968

De roestige brievenbus, bevestigd aan een paal die pa had gezaagd, stond aan het eind van het naamloze pad. Kya's enige post bestond uit reclame. Ze had geen rekeningen te betalen, geen vriendinnen of oude tantes die lieve kaartjes stuurden. Op die ene brief van ma na, jaren geleden, liet de post haar koud, en soms leegde ze de bus weken niet.

Maar in haar tweeëntwintigste jaar, meer dan een jaar nadat Chase en Pearl hun verloving hadden aangekondigd, liep ze een tijdje elke dag door de verzengende hitte over het laantje naar de brievenbus en keek erin, tot ze op een ochtend een dikke envelop vond en de inhoud in haar hand liet glijden. Het was een voorpublicatie van *Schelpen van de Amerikaanse oostkust* door Catherine Danielle Clark. Ze snakte naar adem. Ze had niemand om het aan te laten zien.

Ze ging op haar strand zitten en bekeek elke bladzij. Tate had het eerste contact gelegd met de uitgever, waarna Kya hem een brief en meer illustraties had gestuurd. Ze had per kerende post een contract gekregen. Omdat al haar schilderijen en teksten bij de afzonderlijke schelpen al jaren op de plank lagen, zou het boek in recordtijd worden uitgegeven, schreef haar redacteur, Robert Foster, en het tweede, over vogels, zou kort daarop volgen. Hij stuurde een voorschot mee: een cheque van vijfduizend dollar. Pa zou over zijn manke been zijn gestruikeld en zijn whisky hebben gemorst.

Nu had ze het eindresultaat in haar handen: elke penseelstreek, elke zorgvuldig afgewogen kleur en elk woord van de beschrijvingen, gedrukt in een boek. Er waren ook illustraties van de schelpdieren zelf, hoe ze eten, bewegen en paren, want mensen vergeten wel eens dat er schepsels zijn die in schelpen leven.

Ze raakte de bladzijden aan en herinnerde zich elke schelp, hoe ze hem had gevonden, waar hij had gelegen, in welk seizoen, hoe de zon was opgekomen. Een familiealbum.

In de maanden daarna legden souvenirwinkels en boekhandels langs de kust van North en South Carolina, Georgia, Virginia, Florida en New England haar boek in hun etalage of op een tafel. De royaltycheques zouden elk halfjaar komen, zeiden ze, en het zou telkens een paar duizend dollar kunnen zijn.

Ze ging aan de keukentafel zitten om een bedankbrief aan Tate te schrijven, maar toen ze hem doorlas, haperde haar hart. Een brief leek niet voldoende. Door zijn goedheid kon ze van haar liefde voor het moeras haar levenswerk maken. Haar leven. Ze kon elke veer of schelp en elk insect dat ze had verzameld met anderen delen, en ze hoefde niet meer in de modder te wroeten om de kost te verdienen. Misschien hoefde ze niet eens meer elke dag grutten te eten.

Jumpin' had haar verteld dat Tate als ecoloog in het nieuwe instituut en laboratorium in de buurt van Sea Oaks werkte en dat hij een onderzoeksboot met allemaal toeters en bellen had gekregen. Ze had hem wel eens vanuit de verte gezien, maar afstand gehouden.

Ze zette een PS onder haar brief: *Mocht je een keer bij me in de buurt zijn, kom dan langs. Ik wil je graag een exemplaar van het boek geven.* Ze zette het adres van het lab op de envelop.

De week daarop huurde ze een klusjesman, Jerry, die de hut voorzag van stromend water, een boiler en een complete badkamer met een bad op klauwpoten in de achterslaapkamer. Hij installeerde een wastafel met kastjes eronder en een wc met een stortbak. Er werden stroomkabels getrokken, en Jerry sloot een elektrisch fornuis en een nieuwe koelkast aan. Kya stond erop het oude houtfornuis met het opgestapelde hout ernaast te laten staan, niet alleen omdat het de hut verwarmde, maar vooral omdat haar moeder er wel duizend beschuitbollen met liefde op had gebakken. Stel dat ma terugkwam en haar fornuis was weg? Hij maakte keukenkastjes van grenenhout, plaatste een nieuwe voordeur en een nieuwe hor op de veranda, en hij maakte kasten van de vloer tot aan het plafond voor haar verzamelingen. Ze bestelde een bank, stoelen, bedden, matrassen en tapijten uit de catalogus van Sears, maar hield de oude keukentafel. En nu had ze een echte kast om een paar aandenkens in te bewaren, een schrijn voor haar verloren familie.

De hut was net als vroeger kaal van buiten, de verweerde planken en het golfplatendak rijk aan tinten grijs en roest, gestreeld door Spaans mos uit de overhangende eik. Minder vervallen, maar nog altijd verweven met het moeras. Kya bleef op de veranda slapen, behalve in de koudste nachten van de winter, maar ze had nu wel een bed.

Op een ochtend vertelde Jumpin' aan Kya dat er projectontwikkelaars naar het gebied kwamen met grote plannen om dat 'vunzige moeras' droog te leggen en er hotels te bouwen. Ze had het afgelopen jaar nu en dan grote machines gezien die in een week hele eikenbossen velden en dan kanalen groeven om het moeras droog te leggen. Als ze klaar waren, trokken ze naar een volgende plek, een spoor van dorst en harde ondergrond trekkend. Kennelijk hadden ze het boek van Aldo Leopold niet gelezen.

Het werd duidelijk verwoord in een gedicht van Amanda Hamilton.

Van kind tot kind
Oog in oog
Groeiden we samen,
Met een gedeelde ziel.
Vleugel na vleugel,

Blad na blad
Verliet je deze wereld,
Je stierf eerder dan het kind.
Mijn vriend, de Wildernis.

Kya wist niet of de grond van haar voorouders was geweest of dat ze er gewoon waren neergestreken, zoals de meeste moerasmensen de afgelopen vier eeuwen hadden gedaan. Ze had in de loop der jaren elk vodje papier in de hut gelezen op zoek naar iets wat haar naar ma's verblijfplaats kon leiden, maar ze had nooit iets als een eigendomsakte gevonden.

Zodra ze terugkwam van Jumpin's, wikkelde ze de oude bijbel in een doek en ging ermee naar het districtshuis in Barkley Cove. De ambtenaar, een man met wit haar, een enorm voorhoofd en smalle schouders, haalde een groot, in leer gebonden boek tevoorschijn met documenten, een paar kaarten en wat luchtfoto's, die hij op de balie uitspreidde. Kya liet haar vinger over de kaart glijden, wees haar lagune aan en trok bij benadering de grenzen van wat zij als haar terrein beschouwde. De klerk noteerde het kadastrale nummer en zocht de akte op in een oude houten archiefkast.

'Ja, ik heb het,' zei hij. 'Het is opgemeten en in 1897 gekocht door een zekere Napier Clark.'

'Dat is mijn opa,' zei Kya. Ze bladerde door de dunne bladzijden van de bijbel en daar, tussen de namen met geboorte- en sterfdata, stond Napier Murphy Clark. Zo'n deftige naam. Haar broer heette ook zo. Ze zei tegen de ambtenaar dat haar vader was overleden, wat waarschijnlijk klopte.

'Het is nooit verkocht, dus volgens mij is het van u. Maar, het spijt me dat ik het moet zeggen, er is wat achterstallige belasting, mevrouw Clark, en als u de grond wilt houden, zult u die moeten betalen. Volgens de wet is het zelfs zo, dame, dat wie het eerst komt en die achterstallige belasting betaalt, de eigenaar van de grond is, ook al heeft hij geen eigendomsbewijs.'

'Hoeveel is het?' Kya had geen bankrekening geopend, en al het geld dat ze nog had nadat ze haar huis had opgeknapt, rond de drieduizend dollar, zat in haar plunjezak, maar ze moesten het over veertig jaar achterstallige belasting hebben, duizenden en nog eens duizenden dollars.

'Tja, eens even zien. Het staat geregistreerd in de categorie "onbewoonbaar gebied", dus voor de meeste jaren moet de belasting iets van vijf dollar zijn geweest. Wacht even, ik moet het uitrekenen.' Hij liep naar een bolle, logge rekenmachine, sloeg getallen aan en haalde na elk bedrag de hendel om, die een ratelend geluid maakte, alsof hij echt optelde.

'Zo te zien komt het op rond de achthonderd dollar in totaal, dan is de grond helemaal van u.'

Kya liep het gemeentehuis uit met een eigendomsakte op haar naam voor honderdvijfentwintig hectare weelderige lagunes, sprankelend moeras, eikenbossen en een lang privéstrand langs de kust van North Carolina. 'Categorie onbewoonbaar gebied. Vunzig moeras,' foeterde ze.

Toen ze in de avondschemering haar lagune weer bereikte, besprak ze het met de reiger. 'Het is in orde. Die plek is van jou!'

De volgende ochtend vond ze een brief van Tate in haar brievenbus, wat vreemd en een beetje formeel leek, aangezien hij altijd alleen maar berichten voor haar had achtergelaten op de boomstronk. Hij bedankte haar voor de uitnodiging om een exemplaar van haar boek te komen halen en schreef dat hij die middag zou komen.

Met een van de zes presentexemplaren die ze van de uitgeverij had gekregen wachtte ze op hun oude leesplek. Na een minuut of twintig hoorde ze Tates oude boot door de vaargeul tuffen en ging staan. Toen hij uit de struiken opdook, wuifden ze naar elkaar en glimlachten voorzichtig. Allebei op hun hoede. De laatste keer dat hij hiernaartoe was gekomen, had ze stenen naar zijn hoofd gegooid.

Tate legde de boot vast en kwam naar haar toe. 'Kya, je boek is een wonder.' Hij leunde iets naar voren alsof hij haar wilde omhelzen, maar de geharde schors van haar hart hield haar tegen.

In plaats daarvan gaf ze hem het boek. 'Alsjeblieft, Tate. Voor jou.'

'Dank je, Kya,' zei hij. Hij sloeg het boek open en bladerde erin. Hij vertelde niet dat hij het natuurlijk al bij de Bookshelf in Sea Oaks had gekocht en zich over elke bladzij had verwonderd. 'Er is nog nooit zoiets verschenen. Ik weet zeker dat dit voor jou nog maar het begin is.'

Ze boog simpelweg haar hoofd en glimlachte een beetje.

Toen bladerde hij terug naar de titelpagina en zei: 'O, je hebt het nog niet gesigneerd. Je moet er wel iets voor me in zetten. Alsjeblieft?'

Ze keek met een ruk naar hem op. Daar had ze niet op gerekend. Wat kon ze in hemelsnaam aan Tate schrijven?

Hij pakte een pen uit de zak van zijn spijkerbroek en reikte hem haar aan.

Ze pakte hem, dacht even na en schreef toen:

Voor de verenjongen
Dank je wel
Van het moerasmeisje

Tate las het, wendde zich af en keek over het moeras uit omdat hij haar niet kon omhelzen. Ten slotte pakte hij haar hand en gaf er een kneepje in.

'Dank je wel, Kya.'

'Ik heb het aan jou te danken, Tate,' zei ze, en toen dacht ze: ik heb alles aan jou te danken. Enerzijds hunkerde haar hart, anderzijds schermde het zich af.

Hij bleef nog even staan en toen ze niets meer zei, draaide hij zich om. Toen hij in zijn boot stapte, zei hij nog: 'Kya, als je me tegenkomt in het moeras, verstop je dan alsjeblieft niet meer als een damhert in het gras. Roep me gewoon, dan kunnen we samen op verkenning uitgaan, oké?'

'Goed.'

'Nogmaals bedankt voor het boek.'

'Tot ziens, Tate.' Ze keek hem na tot hij tussen de struiken verdween en zei toen: 'Ik had hem tenminste op de thee kunnen vragen. Dat had geen kwaad gekund. Ik zou met hem bevriend kunnen zijn.' Toen dacht ze met een voor haar doen ongebruikelijke trots aan haar boek. 'Ik zou zijn collega kunnen zijn.'

Een uur nadat Tate was vertrokken, ging Kya met haar boot naar Jumpin's steiger, met nog een exemplaar van haar boek in haar plunjezak. Toen ze dichterbij kwam, zag ze hem tegen de muur van zijn verweerde winkel staan. Hij richtte zich op en zwaaide naar haar, maar ze zwaaide niet terug. Wetend dat dit geen gewoon bezoekje was, wachtte hij zwijgend tot ze de boot had vastgelegd. Ze stapte op hem af, pakte zijn hand en legde het boek erin. Hij begreep het niet meteen, dus wees ze naar haar naam en zei: 'Ik red me wel, Jumpin'. Dank je wel en bedank Mabel ook voor alles wat jullie voor me hebben gedaan.'

Hij keek haar met grote ogen aan. Op een andere plek, in een andere tijd, hadden een oude zwarte man en een jonge witte vrouw elkaar kunnen omhelzen, maar niet daar, niet toen. Ze legde haar hand op de zijne, draaide zich om en stapte weer in haar boot. Het was voor het eerst dat ze hem sprakeloos zag. Ze bleef benzine en proviand bij hem kopen, maar nam nooit meer gratis iets aan van Mabel of hem. Telkens als ze naar zijn winkel kwam, zag ze haar boek in de kleine etalage staan, waar iedereen het kon zien. Zoals een vader ermee zou pronken.

32

Alibi

1969

Laaghangende, donkere wolken joegen over een staalgrijze zee naar Barkley Cove. De wind kwam als eerste, rammelde aan ramen en slingerde golven over de kade. Vastgelegde boten dobberden als speelgoed op en neer terwijl mannen in gele oliejassen hier en daar een lijn vastknoopten en controleerden. Toen striemde schuin vallende regen het dorp en onttrok alles aan het oog, op hier en daar een bewegende gele gestalte in het grijs na.

De wind floot door het raam van de sheriff en hij ging luider praten. 'Zo, Joe, je wilde me iets vertellen?'

'Jazeker. Ik ben erachter gekomen wat mevrouw Clark zal zeggen als we haar vragen waar ze was in de nacht van Chase' dood.'

'Hè? Heb je haar eindelijk te pakken gekregen?'

'Is dat een geintje? Ze is zo glad als een aal, verdomme. Als ik maar bij haar in de buurt kom, maakt ze zich al uit de voeten. Ik ben vanochtend dus naar Jumpin's steiger gereden om te vragen of hij wist wanneer ze weer zou komen. Ze moet daar benzine tanken, net als iedereen, dus ik dacht dat ik haar daar vroeg of laat wel moest tegenkomen. Je zult niet geloven wat ik daar heb gehoord.'

'Vertel op.'

'Ik heb uit twee betrouwbare bronnen vernomen dat ze het dorp uit was die nacht.'

'Hè? Van wie dan? Ze gaat het dorp nooit uit en al ging ze toch, wie zou het dan weten?'

'Herinner je je Tate Walker nog? Hij is nu doctor Walker. Hij werkt in dat nieuwe ecologische lab.'

'Ja, die ken ik wel. Zijn vader is garnalenvisser. Scupper Walker.'

'Nou, Tate zegt dat hij Kya, zo noemt hij haar, vrij goed kende toen ze jonger waren.'

'O?'

'Niet op die manier. Ze waren nog kinderen. Hij heeft haar leren lezen, schijnt het.'

'Heeft hij je dat zelf verteld?'

'Ja. Hij was ook bij Jumpin's. Ik vroeg Jumpin' of hij wist waar of hoe ik het moerasmeisje een paar vragen zou kunnen stellen. Hij zei dat hij nooit van tevoren wist wanneer hij haar weer zou zien.'

'Jumpin' is altijd goed voor haar geweest. Ik denk niet dat hij ons veel zal vertellen.'

'Nou, ik vroeg hem of hij toevallig wist waar ze was in de nacht van Chase' dood. En hij zei dat hij dat toevallig wist, dat ze op de tweede ochtend na Chase' dood naar hem toe was gekomen en dat ze uit zijn mond had gehoord dat hij dood was. Hij zei dat ze twee dagen in Greenville was geweest, ook de nacht dat Chase is overleden.'

'In Greenville?'

'Dat zei hij, en Tate, die er de hele tijd bij stond, bemoeide zich ermee en zei dat ze inderdaad in Greenville was geweest, dat hij haar had uitgelegd hoe ze een buskaartje moest kopen.'

'Nou, dat is nieuws,' zei sheriff Jackson. 'En wat handig dat ze allebei met hetzelfde verhaal kwamen. Wat zou ze in Greenville te zoeken hebben?'

'Tate zei dat een uitgeverij, je weet wel, ze heeft een boek over schelpen geschreven en een over zeevogels, nou ja, dat die haar onkosten had betaald om daarheen te komen voor een gesprek.'

'Ik kan me moeilijk voorstellen dat die deftige uitgeeflui haar zouden willen spreken, maar het zal wel makkelijk na te gaan zijn. Wat zei Tate precies over het leren lezen?'

'Ik vroeg hem hoe hij haar kende. Hij zei dat hij vroeger bij haar in de buurt ging vissen, en dat hij haar had leren lezen toen hij ontdekte dat ze het nog niet kon.'

'Hm. Zou het?'

'Hoe dan ook, dit verandert de zaak,' vervolgde Joe. 'Ze heeft een alibi. En het is goed. Dat ze in Greenville was, lijkt mij een waterdicht alibi.'

'Ja. Op het eerste gezicht. Je weet wat ze zeggen over goede alibi's. En die garnalenvisser heeft gezegd dat hij haar regelrecht naar de brandtoren heeft zien varen in de nacht dat Chase eraf is gevallen.'

'Hij kan zich vergist hebben. Het was donker. Tot twee uur 's nachts was er geen maan. Misschien was ze echt in Greenville en heeft hij iemand anders gezien in een boot die op de hare lijkt.'

'Nou, dat vermeende uitstapje naar Greenville moet makkelijk na te trekken zijn, zoals ik al zei.'

De storm zwakte af tot een gierende wind met motregen, maar toch besloten de beide wetsdienaren niet naar de cafetaria te lopen, maar een loopjongen te sturen om kip met knoedels te halen, limabonen, pompoen uit de oven, melasse en beschuitbollen.

Vlak na de lunch werd er op de deur van de sheriff geklopt en kwam Pansy Price binnen. Joe en Ed gingen staan. Haar roze tulbandhoedje glom van de regen.

'Goedemiddag, Pansy.' Beide mannen knikten.

'Goedemiddag, Ed. Joe. Mag ik gaan zitten? Ik blijf niet lang. Ik geloof dat ik belangrijke informatie heb met betrekking tot de zaak.'

'Ja, natuurlijk. Ga zitten, alsjeblieft.' Pansy nestelde zich als een forse kip in de stoel, streek hier en daar een veer glad en zette haar tas als een gekoesterd ei op haar schoot. Beide mannen gingen ook weer zitten en de sheriff, die de verleiding niet kon weerstaan, vervolgde: 'En welke zaak mag dat zijn, Pansy?'

'O, doe normaal, Ed. Dat weet je best. Wie Chase heeft vermoord. Die zaak.'

'We weten niet of hij is vermoord, Pansy. Duidelijk? Zo, wat heb je voor ons?'

'Zoals jullie weten, werk ik bij Kress's.' Ze verlaagde zich nooit door de volledige naam te noemen: Kress's Five & Dime. Ze wachtte tot de sheriff het met een knikje bevestigde, hoewel ze allemaal wisten dat hij als kind nog speelgoedsoldaatjes bij haar had gekocht, en vervolgde: 'Ik geloof dat het moerasmeisje een van de verdachten is, klopt dat?'

'Wie heeft je dat verteld?'

'O, er zijn genoeg mensen die denken dat zij het heeft gedaan, maar ik heb het van Patti Love gehoord.'

'Aha.'

'Nou, een paar collega's en ik hebben vanuit Kress's gezien dat het moerasmeisje op de dag voor de dood van Chase in de bus stapte, en twee dagen later stapte ze weer uit, dus ze moet die nacht het dorp uit zijn geweest. Ik kan zweren dat ik haar op die data en tijdstippen heb gezien.'

'O, ja?' Joe en Ed wisselden een blik. 'Wat zijn die data en tijdstippen dan?'

Pansy rechtte haar rug. 'Ze is op 28 oktober met de bus van halfdrie vertrokken en op 30 oktober om zestien over één teruggekomen.'

'Je zei dat meer mensen haar hadden gezien?'

'Ja. Ik kan wel een lijstje maken als je wilt.'

'Dat hoeft niet. Als we verklaringen willen opnemen, komen we wel naar de Five & Dime. Dank je wel, Pansy.' De sheriff ging staan, dus deden Joe en Pansy dat ook maar.

Pansy liep naar de deur. 'Nou, bedankt voor jullie tijd. Jullie weten me te vinden, zoals je al zei.'

Ze zeiden gedag.

Joe ging weer zitten. 'Nou, daar heb je het. Dit bevestigt wat Tate en Jumpin' al zeiden. Ze was die nacht in Greenville, of ze is in elk geval in een bus gestapt en ergens naartoe gegaan.'

De sheriff blies een lange adem uit. 'Daar lijkt het op, maar als iemand overdag de bus naar Greenville kan nemen, kan ze 's avonds de bus terug nemen. Haar ding doen. Weer op de bus naar Greenville stappen. Geen haan die ernaar kraait.'

'Misschien. Het lijkt wat vergezocht.'

'Ga de dienstregeling van de bussen halen. We zien wel of de tijden kloppen. Of het mogelijk is om in één nacht op en neer te gaan.'

Voordat Joe naar buiten liep, zei Ed nog: 'Misschien wilde ze juist dat ze werd gezien terwijl ze op klaarlichte dag in en uit bussen stapte. Ze moest wel iets bijzonders doen om aan een alibi te komen, welbeschouwd. Als ze had beweerd dat ze alleen in haar hut was in de nacht van Chase' dood, zoals bijna altijd, had ze helemaal geen alibi gehad. Noppes. Ze zorgde dus dat ze iets deed wat een boel mensen zouden zien. Ze zorgde voor een fantastisch alibi in het zicht van al die mensen in Main Street. Slim.'

'Tja, daar zeg je iets. Maar goed, we hoeven niet meer op speurtocht te gaan. We kunnen hier met een kop koffie blijven zitten terwijl de dames uit het dorp hier in en uit huppelen met alles wat we moeten weten. Ik ga die dienstregeling halen.'

Een kwartier later kwam Joe terug.

'Nou, je hebt gelijk,' zei hij. 'Kijk, het is mogelijk om in één nacht met de bus van Greenville naar Barkley Cove en weer terug te gaan. Het is een makkie, zelfs.'

'Ja, tijd genoeg om tussendoor iemand van de brandtoren te duwen. Ik stel voor dat we een huiszoekingsbevel gaan vragen.'

33
Het litteken

1968

Op een ochtend in de winter van 1968 zat Kya aan haar keukentafel met oranje en roze tinten waterverf de vlezige vorm van een paddenstoel weer te geven. Ze had haar boek over zeevogels af en werkte nu aan een paddenstoelengids. Ze had al plannen voor een vlindergids.

Op het houtfornuis, dat ze nog steeds liever gebruikte dan het nieuwe elektrische, zeker in de winter, sudderden zwartoogbonen, rode uien en zoute ham in de oude gebutste pan. Een lichte regen liet het golfplaten dak zingen. Toen hoorde Kya opeens de geluiden van een naderend voertuig. Het gaf meer gerommel dan het dak. Ze voelde paniek opkomen, liep naar het raam en zag een rode pick-up door de modderige voren ploegen.

Kya wilde in een reflex vluchten, maar de pick-up was al bij de veranda. In elkaar gedoken onder de vensterbank zag ze een man in een grijsgroen legeruniform uitstappen. Hij bleef staan, met het open portier achter zich, en keek uit over het bospad naar de lagune. Toen sloot hij het portier zacht, liep op een draf door de regen naar de deur van de veranda en klopte aan.

Ze vloekte. De man was waarschijnlijk verdwaald, zou de weg vragen en doorrijden, maar ze had geen zin om met hem te praten. Ze kon zich hier in de keuken verschansen in de hoop dat hij weg zou gaan, maar toen riep hij: ‘Hé! Is daar iemand? Hallo!’

Geërgerd, maar ook nieuwsgierig liep ze door de nieuwe woonkamer naar de veranda. De man, die lang was en donker haar had, stond boven aan de treden en hield de hordeur open, maar vijf passen bij haar vandaan. Zijn uniform leek stug genoeg om uit zichzelf te blijven staan, alsof het hem bij elkaar hield. De borst van het jasje was bedekt met kleurige rechthoekige onderscheidingen, maar het opvallendst aan hem was wel een grillig rood litteken dat zijn gezicht doorsneed vanaf zijn linkeroor tot aan zijn bovenlip. Kya snakte naar adem.

Opeens was het weer die paaszondag ongeveer een halfjaar voordat ma definitief was vertrokken. Ma en zij liepen 'Rock of Ages' zingend en gearmd door de woonkamer naar de keuken om de eieren te pakken die ze de avond tevoren met schitterende kleuren hadden beschilderd. De andere kinderen waren uit vissen, zodat ma en zij tijd hadden om de eieren te verstoppen en vervolgens de kip en beschuitbollen in de oven te zetten. De broers en zussen waren eigenlijk te oud om eieren te zoeken, maar ze zouden speurend rondlopen, doen alsof ze niets vonden en dan lachend elke schat die ze ontdekten hoog in de lucht houden.

Net toen ma en Kya de keuken uit liepen met hun mandjes eieren en chocoladepaashazen van de Five & Dime, kwam pa vanuit de gang de hoek om.

Hij trok Kya's paashoedje van haar hoofd, zwaaide ermee en tierde naar ma: 'Hoe kom jij aan het geld voor die dure spullen? Hoedjes en glimmende leren schoenen? Die tuttige eieren en chocoladepaashazen? Zeg op. Nou?'

'Toe, Jake, rustig, alsjeblieft. Het is Pasen; het is voor de kinderen.'

Hij gaf ma een zet. 'Je speelt de hoer, zo zit dat. Ben je zo aan het geld gekomen? Zeg op.' Hij pakte ma bij haar bovenarmen en rammelde haar zo hard door elkaar dat haar gezicht om haar ogen heen leek te schudden, die heel stil en wijd open bleven. Eieren vielen uit haar mand en rolden in wiebelige pasteltinten over de vloer.

'Pa, niet doen, alsjeblieft!' riep Kya, die in snikken uitbarstte.

Hij hief zijn hand en gaf Kya een harde klap op haar wang. 'Kop dicht, truttebol, huilebalk! Trek die idiote jurk en aanstellerige schoenen uit. Dat zijn hoerenkleren.'

Ze dook weg en rende met een hand op haar wang achter ma's handbeschilderde eieren aan.

'Ik heb het tegen jou, mens! Hoe kom je aan dat geld?' Hij pakte de ijzeren pook uit de hoek en kwam op ma af.

Kya schreeuwde zo hard als ze kon en pakte pa's arm, maar hij sloeg al met de pook tegen ma's borst. Er verschenen rode bloedspatten op haar gebloemde zomerjurk. Toen kwam er een grote gedaante door de gang en toen Kya opkeek, zag ze Jodie, die pa van achteren tackelde, zodat ze allebei op de vloer vielen. Jodie werkte zich tussen pa en ma in en riep naar Kya en ma dat ze moesten wegrennen, en dat deden ze, maar voordat Kya zich omdraaide, zag ze pa de pook optillen en Jodie in zijn gezicht slaan. Zijn kaak maakte een groteske draai en het bloed gutste eruit. Dat alles zag ze nu in een flits voor zich. Haar broer die op de vloer viel, tussen de lila eieren en chocoladepaashazen. Ma en zij die door de dwergpalmen renden en zich in de struiken verstopten. Ma in haar bebloede jurk die maar bleef zeggen dat er niets aan de hand was, dat de eieren niet zouden breken en dat ze de kip altijd nog in de oven konden zetten. Kya begreep niet waarom ze zich daar verstopten; ze was ervan overtuigd dat haar broer doodging, dat ze hem moesten helpen, maar ze was te bang om zich te verroeren. Ze wachtten lang voordat ze terugslopen, en ze keken eerst door de ramen om zich ervan te verzekeren dat pa weg was.

Jodie lag bewusteloos op de vloer, met zijn hoofd in een plas bloed, en Kya riep uit dat hij dood was, maar ma schudde hem wakker en zette hem op de bank, waarna ze de wond in zijn gezicht hechtte met haar naainaald. Toen alles weer rustig was, griste Kya haar hoedje van de vloer, rende door het bos en gooide het met al haar kracht in het hoge gras.

Nu keek ze in de ogen van de onbekende die op haar veranda stond en zei: 'Jodie.'

Hij glimlachte, zodat het litteken kromtrok, en zei: 'Kya, ik hoopte al dat je er zou zijn.'

Ze keken elkaar aan, elkaar zoekend in ouder geworden ogen. Jodie kon niet weten dat hij al die jaren bij haar was geweest, dat hij haar tientallen malen de weg door het moeras had gewezen, haar keer op keer dingen had geleerd over reigers en vuurvliegjes. Ze had Jodie of ma liever dan wie ook willen terugzien. Haar hart had het litteken en alle pijn die erbij kwam kijken uitgewist. Geen wonder dat ze het tafereel had verdrongen; geen wonder dat ma was weggegaan. Met een pook op haar borst geslagen. Nu zag Kya die weggeboende vlekken op de gebloemde zomerjurk weer als bloed.

Hij wilde haar knuffelen, haar in zijn armen nemen, maar toen hij op haar af stapte, hield ze haar hoofd schuin en gebogen, intens verlegen, en deinsde achteruit. Hij stapte dus maar gewoon de veranda op.

'Kom binnen,' zei ze, en ze ging hem voor naar de kleine woonkamer die van onder tot boven was gevuld met haar verzamelingen.

'O,' zei hij. 'Ja, dus. Ik heb je boek gezien, Kya. Ik wist niet zeker dat het van jou was, maar nu zie ik het. Ongelooflijk.' Hij liep door de kamer om haar verzamelingen te bekijken, en de kamer zelf met het nieuwe meubilair, en hij keek door de gangen naar de slaapkamers. Hij wilde niet nieuwsgierig zijn, maar nam alles in zich op.

'Wil je koffie, thee?' Ze wist niet of hij alleen op bezoek kwam of van plan was te blijven. Wat wilde hij na al die jaren?

'Koffie zou lekker zijn, alsjeblieft.'

In de keuken herkende hij het oude houtfornuis naast het nieuwe elektrische en de koelkast. Hij streek met zijn hand over de oude keukentafel, die ze zo had gelaten als hij was, met het hele verleden in de bladderende verf. Ze schonk de koffie in mokken en ze gingen zitten.

'Dus je bent soldaat.'

'Twee keer uitgezonden naar Vietnam. Ik blijf nog een paar maanden in dienst. Ze zijn goed voor me geweest. Ze hebben mijn opleiding betaald, werktuigbouwkunde aan Georgia Tech. Als dank moet ik nog wel even blijven, vind ik.'

Georgia was niet zo heel ver weg; hij had haar eerder kunnen opzoeken. Maar hij was er nu.

'Jullie gingen allemaal weg,' zei ze. 'Pa is nog een tijdje gebleven na jou, maar toen ging hij ook. Ik weet niet waarheen, ik weet niet eens of hij nog leeft.'

'Heb je hier al die tijd alleen gezeten?'

'Ja.'

'Kya, ik had je niet bij dat beest mogen achterlaten. Het ging me aan het hart, ik heb me er jaren verschrikkelijk over gevoeld. Ik was een lafaard, een stomme lafaard. Die verdomde medailles hebben niets te betekenen.' Hij haalde een hand langs zijn borst. 'Ik heb jou, een klein meisje, in een moeras aan je lot overgelaten met een krankzinnige. Ik verwacht niet dat je me dat ooit zult vergeven.'

'Jodie, het is al goed. Je was zelf nog een kind. Wat had je kunnen doen?'

'Ik had terug kunnen komen toen ik wat ouder was. In het begin moest ik dagelijks zien te overleven in de sloppen van Atlanta.' Hij lachte schamper. 'Toen ik hier wegging, had ik vijfenzeventig cent op zak. Gestolen van het geld dat pa in de keuken had gelegd; ik wist dat het ten koste van jou zou gaan. Ik scharrelde mijn kostje bij elkaar met losse klussen tot ik oud genoeg was om het leger in te gaan. Na mijn basistraining werd ik regelrecht de oorlog in gestuurd. Toen ik terugkwam, was er zoveel tijd voorbijgegaan dat ik ervan uitging dat je allang weg was, dat jij hem ook was gesmeerd. Daarom heb ik niet geschreven. Ik denk dat ik heb getekend voor nog een uitzending om mezelf te straffen. Mijn verdiende loon omdat ik jou in de steek had gelaten. Toen, nadat ik was afgestudeerd, een paar maanden geleden, zag ik jouw boek in een winkel. Catherine

Danielle Clark. Mijn hart brak en maakte een vreugdesprong tegelijk. Ik moest je zoeken en ik wilde hier beginnen.'

'Nou, daar zitten we dan.' Ze glimlachte voor het eerst. Hij had nog dezelfde ogen. Het leven eist zijn tol van het gezicht, maar ogen blijven een venster op wat is geweest, en daarin zag ze hem. 'Jodie, wat erg dat je je zo schuldig hebt gevoeld. Ik heb je nooit iets verweten. Wij waren de slachtoffers, niet de daders.'

Hij glimlachte. 'Dank je, Kya.' Er welden tranen op en ze wendden allebei hun blik af.

Ze aarzelde even en zei toen: 'Het is misschien moeilijk te geloven, maar pa is een tijdje goed voor me geweest. Hij dronk minder, leerde me vissen en nam me vaak mee in de boot, het hele moeras door. Maar toen ging hij natuurlijk weer aan de drank en liet mij het zelf uitzoeken.'

Jodie knikte. 'Ja, ik heb die kant van hem een paar keer gezien, maar hij greep altijd weer naar de fles. Hij heeft een keer tegen me gezegd dat het iets met de oorlog te maken had. Ik heb nu zelf een oorlog meegemaakt en dingen gezien waardoor een man aan de drank zou kunnen raken, maar hij had het niet mogen afreageren op zijn vrouw, zijn eigen kinderen.'

'En ma en de anderen?' vroeg ze. 'Heb je ooit nog iets van ze gehoord, weet je waar ze zijn?'

'Ik weet niets van Murph, Mandy of Missy. Ik zou ze niet eens meer herkennen. Ik neem aan dat ze zo langzamerhand overal kunnen zitten. Maar ma, tja, Kya, dat is ook een reden waarom ik je wilde zoeken. Ik heb nieuws over haar.'

'Nieuws? Wat dan? Vertel.' Rillingen liepen over Kya's armen naar haar vingertoppen.

'Kya, het is geen goed nieuws. Ik weet het pas sinds vorige week. Ma is twee jaar geleden gestorven.'

Ze klapte dubbel en sloeg haar handen voor haar gezicht. Een zacht gekreun ontsnapte haar. Jodie wilde haar omhelzen, maar ze schoof weg.

Jodie vervolgde: 'Ma had een zus, Rosemary, die geprobeerd heeft ons via het Rode Kruis op te sporen na ma's dood, maar ze konden ons niet vinden. Een paar maanden geleden hebben ze me via het leger getraceerd en me in contact gebracht met Rosemary.'

Kya zei schor: 'Tot twee jaar geleden leefde ma nog. Ik heb al die jaren gehoopt dat ze op een dag terug zou komen.' Ze ging staan en leunde tegen het aanrecht. 'Waarom is ze niet teruggekomen? Waarom heeft niemand me verteld waar ze was? En nu is het te laat.'

Jodie liep naar haar toe en hoewel ze probeerde hem te ontwijken, sloeg hij zijn armen om haar heen. 'Ik vind het heel erg voor je, Kya. Kom weer zitten, dan vertel ik je wat ik van Rosemary heb gehoord.'

Hij wachtte tot ze weer zat en zei toen: 'Ma had een zware zenuwinzinking toen ze ons achterliet en naar New Orleans ging, de stad waar ze was opgegroeid. Ze was psychisch en lichamelijk ziek. Ik herinner me nog wel iets van New Orleans. Ik zal een jaar of vijf zijn geweest toen we er weggingen. Ik zie alleen nog een mooi huis voor me met grote ramen die uitkijken op een tuin. Maar toen we hier eenmaal woonden, mochten we van pa niet meer over New Orleans praten, over onze grootouders, niets. Het werd allemaal gewist.'

Kya knikte. 'Ik heb er nooit iets van geweten.'

Jodie vertelde verder: 'Volgens Rosemary waren hun ouders er van meet af aan op tegen dat ma met pa zou trouwen, maar ma ging met haar man mee naar North Carolina, al hadden ze geen cent op zak. Uiteindelijk ging ma Rosemary schrijven. Ze vertelde haar over haar omstandigheden: dat ze in een hut in het moeras woonde met een dronkenlap die haar en de kinderen sloeg. Toen, jaren later, stond ma opeens bij haar op de stoep. Ze had die imitatie krokodillenleren schoenen aan waar ze zo dol op was. Ze had zich dagen niet gewassen en haar haar was ongekamd.

Ma zei de eerste maanden niets, geen woord. Ze trok zich terug in haar oude kamer in het huis van haar ouders en at vrijwel niets. Ze lieten natuurlijk artsen komen, maar niemand kon iets voor haar doen. Ma's vader nam contact op met de sheriff in Barkley Cove om te vragen hoe het met de kinderen ging, maar ze zeiden dat ze niet eens probeerden de gangen van de moerasmensen na te gaan.'

Kya snotterde nog wat na.

'Ten slotte, na bijna een jaar, werd ma hysterisch en zei tegen Rosemary dat ze zich opeens herinnerde dat ze haar kinderen had achtergelaten. Rosemary hielp haar een brief aan pa te schrijven om te vragen of ze ons mocht komen ophalen en meenemen naar New Orleans. Hij schreef terug dat als ze terugkwam of contact zocht met een van ons, hij ons tot moes zou slaan. Ze wist dat hij ertoe in staat was.'

De brief in de blauwe envelop. Ma had naar haar gevraagd, naar hen allemaal. Ma had haar willen zien, maar de brief had averechts gewerkt. Pa was er woest door geworden en weer gaan drinken, en toen was Kya ook hem kwijtgeraakt. Ze zei maar niet tegen Jodie dat ze de as van die brief nog in een potje bewaarde.

'Rosemary zei dat ma nooit vrienden maakte, nooit met de familie at of met iemand omging. Ze stond zichzelf geen leven toe, geen pleziertjes. Na een tijdje begon ze meer te praten, en ze had het alleen maar over haar kinderen. Rosemary zei dat ma altijd van ons was blijven houden, maar dat ze was blijven steken in het afschuwelijke geloof dat ons iets zou overkomen als ze terugging en dat ze ons in de steek liet als ze het niet deed. Ze is niet bij ons weggegaan voor een avontuurtje; ze was tot waanzin gedreven en besefte amper wat ze deed.'

'Hoe is ze gestorven?' vroeg Kya.

'Ze had leukemie. Rosemary zei dat het misschien wel te genezen was geweest, maar dat ze elke behandeling weigerde. Ze verzwakte gewoon steeds meer en twee jaar geleden is ze weggegleden. Rosemary zei dat ze eigenlijk zo was gestorven als ze had geleefd, in het donker, in stilte.'

Jodie en Kya zwegen. Kya dacht aan het gedicht van Galway Kinnell dat ma had onderstreept in haar boek:

Het moet me van het hart dat ik opgelucht ben dat het voorbij is:
Tegen het eind wekte die zucht naar nog meer leven
Alleen mijn medelijden nog.
... Vaarwel.

Jodie stond op. 'Kom met me mee, Kya. Ik wil je iets laten zien.'

Hij nam haar mee naar zijn pick-up en ze klauterden in de laadbak. Hij trok voorzichtig een dekzeil weg en maakte een grote kartonnen doos open waar hij een voor een ingepakte olieverfschilderijen uit haalde. Hij wikkelde het papier eraf en stalde ze uit in de laadbak. Er was er een bij van drie jonge meisjes, Kya en haar zussen, die gehurkt bij de lagune naar libellen keken. En een van Jodie en hun broer die een snoer vissen ophielden.

'Ik heb ze meegebracht voor het geval jij nog hier zou zijn. Rosemary heeft ze me gestuurd. Ze zei dat ma ons jarenlang had geschilderd, dag en nacht.'

Op een van de schilderijen stonden alle vijf de kinderen afgebeeld alsof ze naar de kunstenares keken. Kya keek in de ogen van haar broers en zussen en zij keken terug.

'Wie is wie?' fluisterde ze.

'Hè?'

'Ik heb nooit foto's gezien. Ik herken ze niet. Wie is wie?'

'O.' Hij kreeg even geen lucht, maar uiteindelijk zei hij: 'Nou, dit is Missy, de oudste. Dan Murph. Mandy. Dat snoezige jochie ben ik natuurlijk. En dat ben jij.'

Hij gaf haar even de tijd en zei toen: 'Moet je deze zien.'

Hij wees naar een verbijsterend kleurig olieverfschilderij van twee kinderen die in wervelend groen gras en veldbloemen zaten. Het meisje was nog maar een peuter, misschien drie jaar oud, met steil, zwart haar dat over haar schouders viel. De jongen, die iets ouder was en goudblonde krullen had, wees naar een monarchvlinder die met zijn geel-met-zwarte vleugels uitgespreid op een margriet zat. Zijn hand lag op de arm van het meisje.

'Ik denk dat dat Tate Walker is,' zei Jodie. 'Met jou.'

'Ja, inderdaad. Zo te zien is hij het. Waarom zou ma Tate schilderen?'

'Hij kwam hier vrij vaak om met me te vissen. Hij liet jou altijd insecten en zo zien.'

'Waarom weet ik dat niet meer?'

'Je was nog heel klein. Op een middag kwam Tate met zijn boot onze lagune in. Pa was aan het drinken en hij was al ver heen. Jij waadde in het water en pa moest op je passen. Opeens pakte hij je zonder enige reden bij je armen en schudde je zo hard door elkaar dat je hoofd achterover knikte. Toen gooide hij je in de modder en barstte in lachen uit. Tate sprong uit zijn boot en rende naar je toe. Hij was pas zeven of acht jaar oud, maar hij ging tegen pa tekeer. Die gaf hem natuurlijk een klap en schreeuwde naar hem dat hij van zijn land af moest gaan, dat hij nooit meer terug moest komen, anders zou hij hem doodschieten. Tegen die tijd waren we allemaal al aan komen rennen om te zien wat er aan de hand was. Hoewel pa nog aan het schelden en tieren was, tilde Tate je op en gaf je aan ma. Hij wilde weten dat jij in goede handen was voordat hij wegging. We zijn daarna nog wel eens gaan vissen, maar hij is nooit meer naar ons huis gekomen.'

Tot hij me de weg naar huis wees, die eerste keer dat ik met de boot het moeras in ging, dacht Kya. Ze keek naar het schilderij, zo teer van kleur, zo vredig. Op de een of andere manier had ma's geest schoonheid uit waanzin kunnen destilleren. Iedereen die die portretten zag, zou denken dat ze een intens gelukkig gezin verbeeldden dat aan het strand woonde, met kinderen die in de zon speelden.

Jodie en Kya gingen op de rand van de laadbak zitten en keken zwijgend naar de schilderijen.

Jodie vervolgde: 'Ma zat in een isolement, ze was eenzaam. Onder zulke omstandigheden gaan mensen zich anders gedragen.'

Kya kreunde zacht. 'Je hoeft mij niet uit te leggen wat eenzaamheid is. Geen mens hoeft mij te vertellen hoe je daardoor verandert.

Ik heb het zelf meegemaakt, ik bén een isolement,' fluisterde ze een beetje verbitterd. 'Ik heb het ma vergeven dat ze is weggegaan, maar ik begreep niet waarom ze niet terugkwam, waarom ze me in de steek had gelaten. Je herinnert het je waarschijnlijk niet meer, maar na haar vertrek vertelde jij me dat een moedervos haar jongen soms verstoot als ze verhongert of op een andere manier zwaar onder druk staat. De jongen sterven, wat waarschijnlijk toch wel was gebeurd, maar de moeder leeft door en kan weer jongen krijgen als de omstandigheden gunstiger zijn, als ze een nest groot kan brengen.

Sindsdien heb ik er veel over gelezen. In de natuur, daar, ginds, waar de rivierkreeften zingen, kan zulk schijnbaar hardvochtig gedrag er zelfs voor zorgen dat de moeder gedurende haar leven méér jongen grootbrengt, en zo worden haar genen voor het verstoten van jongen in tijden van stress doorgegeven aan de volgende generatie. En die daarna. Het gebeurt bij mensen ook. Gedragingen die wij nu wreed vinden, zorgden ervoor dat de vroege mens kon overleven in het moeras, welk moeras dan ook. Anders waren wij hier nu niet geweest. We hebben die instincten nog in onze genen en onder bepaalde omstandigheden komen ze boven. Iets in ons zal altijd blijven zoals we waren, zoals we moesten zijn om te overleven, in een ver verleden.

Misschien is ma er door een primitieve drang, eeuwenoude genen die nu niet meer van pas komen, toe aangezet ons te verlaten onder druk van de stress, angst voor pa en het gevaar dat ze liep als ze bleef. Dat maakt het nog niet goed; ze had ervoor moeten kiezen bij ons te blijven, maar de wetenschap dat die neigingen in onze biologische blauwdruk zitten, maakt het misschien makkelijker om zelfs een tekortschietende moeder te vergeven. Het zou kunnen verklaren waarom ze is weggegaan, al begrijp ik nog steeds niet waarom ze niet is teruggekomen. Waarom ze me niet eens heeft geschreven. Ze had de ene brief na de andere kunnen schrijven, jaar in, jaar uit, tot er eindelijk een bij me terechtkwam.'

'Ik denk dat sommige dingen niet te verklaren zijn, dat je ze alleen maar kunt vergeven, of niet. Ik weet het antwoord niet. Misschien is er geen verklaring. Het spijt me dat ik je dit slechte nieuws moet brengen.'

'Ik heb het grootste deel van mijn leven geen familie gehad, nooit iets van mijn familie gehoord, en nu heb ik binnen een paar minuten een broer gevonden en mijn moeder verloren.'

'Ik vind het heel erg voor je, Kya.'

'Dat hoeft niet. In feite ben ik ma jaren geleden al kwijtgeraakt, en nu ben jij terug, Jodie. Ik heb er geen woorden voor hoe graag ik jou weer wilde zien. Dit is een van de gelukkigste, maar ook verdrietigste dagen van mijn leven.' Ze legde haar vingers op zijn arm, en hij kende haar al goed genoeg om te weten dat het een zeldzaam gebaar was.

Ze liepen terug naar de hut en hij keek naar de nieuwe spullen, de fris geschilderde muren en de handgemaakte keukenkastjes.

'Hoe heb je je gered, Kya? Hoe kwam je voordat je boek uitkwam aan geld, aan eten?'

'O, dat is een lang en saai verhaal. Voornamelijk door mosselen, oesters en gerookte vis aan Jumpin' te verkopen.'

Jodie legde zijn hoofd in zijn nek en schaterde. 'Jumpin'! Ik heb in geen jaren aan hem gedacht. Is hij er nog?'

Kya lachte niet. 'Jumpin' is mijn beste vriend, en hij was jarenlang mijn enige vriend. Mijn enige familie, de zilvermeeuwen niet meegerekend.'

Jodie werd weer ernstig. 'Had je geen schoolmaatjes?'

'Ik heb maar één dag in mijn leven op school gezeten,' zei ze grinnikend. 'De andere kinderen lachten me uit, dus ben ik nooit meer teruggegaan. Ik ben de leerplichtambtenaren wekenlang te slim af geweest. Wat niet zo moeilijk was, dankzij alles wat je me had geleerd.'

Hij keek haar verbluft aan. 'Hoe heb je dan leren lezen? Hoe heb je je boek kunnen schrijven?'

‘Nou, Tate Walker heeft me leren lezen.’

‘Zie je hem nog wel eens?’

‘Af en toe.’ Ze ging staan, met haar gezicht naar het houtfornuis. ‘Nog koffie?’

Jodie voelde het eenzame leven in haar keuken hangen. Hij zag het in de paar uien in de groentemand, het enkele bord in het droogrek en het zorgvuldig in een theedoek gewikkelde maisbrood, zoals een oude weduwe het zou hebben ingepakt.

‘Ik heb genoeg gehad, dank je, maar wat dacht je van een tochtje door het moeras?’ vroeg hij.

‘Oké. Je zult het niet geloven, ik heb weliswaar een nieuwe motor, maar ik gebruik de oude boot nog.’

De zon was door de wolken gebroken en scheen helder en warm voor een winterdag. Terwijl zij de boot door smalle vaargeulen en glasheldere trechtermonden stuurde, slaakte hij kreten van herkenning bij het zien van een oude boomstronk die niets was veranderd of een beverburcht die nog op precies dezelfde plek uit het water stak. Ze lachten toen ze bij de lagune kwamen waar ma, Kya en haar zussen met de boot in de modder waren vastgelopen.

Weer terug in de hut pakte ze een picknickmand in en aten ze op het strand met de meeuwen.

‘Ik was nog zo jong toen ze allemaal weggingen,’ zei ze. ‘Vertel me over de anderen.’ Hij vertelde haar dus verhalen over hun oudste broer, Murph, die haar op zijn schouders door het bos had gedragen.

‘Je bleef maar lachen. Hij rende en draaide in kringetjes met je rond en een keer moest je zo hard lachen dat je in je broek plaste, recht in zijn nek.’

‘O, nee toch?’ Kya leunde lachend achterover.

‘Ja, echt. Hij gilde wel, maar hij liep gewoon door, de lagune in tot hij onder water was, met jou nog op zijn schouders. We zagen het allemaal, ma, Missy, Mandy en ik, en we huilden van het lachen. Ma moest op de grond gaan zitten, zo hard lachte ze.’

Haar geest vormde beelden bij de verhalen. Stukjes en beetjes van een gezinsleven waarvan Kya nooit had gedacht dat ze het had gekend.

'Missy was degene die begon met het voeren van de meeuwen,' vertelde Jodie verder.

'Hè? Echt? Ik dacht dat ik er zelf mee was begonnen, nadat iedereen weg was gegaan.'

'Nee, als ze de kans kreeg, voerde ze de meeuwen elke dag. Ze gaf ze allemaal namen. Ik weet nog dat ze er eentje Big Red noemde. Je weet wel, naar die rode vlek op hun snavel.'

'Het is niet dezelfde natuurlijk, ik heb zelf een paar generaties Big Reds overleefd, maar die daar, links, dat is nu Big Red.' Ze probeerde een band te voelen met de zus die haar de meeuwen had gegeven, maar zag alleen het gezicht op het schilderij voor zich. Wat meer was dan ze eerst had gehad.

De rode vlek op de ondersnavel van een zilvermeeuw was niet alleen maar decoratief, wist Kya. Pas wanneer de jonge vogels met hun snavel naar de vlek pikten, lieten de ouders het gevangen voedsel los. Als de rode vlek niet zichtbaar was en de jongen er niet tegen tikten, werden ze niet door hun ouders gevoerd en stierven ze. Zelfs in de natuur is het ouderschap brozer dan je zou denken.

Ze zwegen even en toen zei Kya: 'Ik herinner me er gewoon niet zoveel meer van.'

'Dat is dan een gelukje. Houden zo.'

Ze bleven stilletjes zitten. Zonder herinneringen op te halen.

Ze bereidde een echt Zuidelijke maaltijd, zoals ma zou hebben gedaan: zwartoogbonen met rode uien, gebakken ham, maisbrood met spekjes en in boter en melk gekookte limabonen. Bosbessenvlaai met slagroom en een scheutje van de whisky die Jodie bij zich had. Onder het eten vertelde hij haar dat hij graag een paar dagen wilde blijven, als het goed was, en ze zei dat hij zo lang mocht blijven als hij wilde.

'Dit is nu jouw land, Kya. Je hebt het verdiend. Ik zit nog een tijdje in Fort Benning, dus ik kan niet lang blijven. Daarna ga ik een baan in Atlanta zoeken, zodat we contact kunnen houden. Ik wil je hier zo vaak mogelijk opzoeken. Het enige waar ik naar verlangde, was weten dat jij het goed maakte.'

'Dat lijkt me leuk, Jodie. Kom alsjeblieft zo vaak als je kunt.'

Toen ze de volgende avond aan het strand zaten en hun blote tenen door de topjes van de golven liet kietelen, praatte Kya vreemd veel voor haar doen, en Tate leek in elke zin voor te komen. Er was die keer dat hij haar de weg naar huis had gewezen toen zij als klein meisje was verdwaald in het moeras. Het eerste gedicht dat Tate haar had voorgelezen. Ze vertelde over het spel met de veren, dat hij haar had leren lezen en dat hij nu als wetenschappelijk onderzoeker in het lab werkte. Hij was haar eerste liefde, maar hij had haar de bons gegeven toen hij ging studeren, had haar wachtend aan de oever van de lagune achtergelaten. Dat was het eind geweest.

'Hoelang is dat geleden?' vroeg Jodie.

'Een jaar of zeven, denk ik. Toen hij naar Chapel Hill ging.'

'Heb je hem ooit nog gezien?'

'Hij is teruggekomen om zijn excuses aan te bieden. Hij zei dat hij nog steeds van me hield. Hij heeft me op het idee gebracht naslagwerken uit te brengen. Het is leuk om hem zo af en toe in het moeras tegen te komen, maar ik zou me nooit meer met hem willen inlaten. Hij is niet te vertrouwen.'

'Kya, dat is zeven jaar geleden. Hij was nog maar een jongen, voor het eerst weg van huis, met honderden knappe meisjes om zich heen. Als hij is teruggekomen om te zeggen dat het hem spijt en dat hij van je houdt, moet je misschien iets minder hard zijn.'

'De meeste mannetjes gaan van het ene vrouwtje naar het andere. De mindere exemplaren paraderen rond en palmen je in met leugens. Zo zal ma wel voor een man als pa zijn gevallen. Tate is niet de enige die me heeft verlaten. Chase had het zelfs met me over trouwen, maar hij is met een ander getrouwd. Hij heeft het me niet eens verteld; ik heb het in de krant gelezen.'

'Ik vind het echt heel erg voor je, Kya, maar niet alleen mannen zijn ontrouw. Ik ben zelf ook een paar keer bedrogen, aan de kant gezet, op mijn hart getrapt. Laten we eerlijk zijn, vaak lukt het niet in de liefde. Maar zelfs al gaat het mis, dan verbindt het je toch met anderen, en uiteindelijk is dat het enige wat je hebt, je banden met anderen. Kijk maar naar ons; jij en ik hebben elkaar nu en stel je voor, als ik kinderen krijg en jij ook, hebben we weer een nieuwe reeks banden. Enzovoort. Kya, als je van Tate houdt, moet je het erop wagen.'

Kya dacht aan ma's schilderij van Tate en haar als kinderen, met hun hoofden dicht bij elkaar, te midden van pastelkleurige bloemen en vlinders. Misschien had ma toch een berichtje gestuurd.

Op de derde ochtend van Jodies bezoek pakten ze ma's schilderijen allemaal uit, op eentje na, dat Jodie zelf hield, en hingen er een paar aan de muur. Het licht in de hut veranderde erdoor, alsof er ineens meer ramen waren. Ze stapte achteruit en keek ernaar; het was een wonder om weer schilderijen van ma aan de muur te hebben. Uit het vuur herrezen.

Toen liep Kya met Jodie mee naar zijn pick-up en gaf hem de lunch die ze voor onderweg had gemaakt. Ze keken allebei alle kanten op, tussen de bomen door, het pad af, als ze elkaar maar niet in de ogen hoefden te kijken.

Ten slotte zei hij: 'Ik kan nu maar beter gaan, maar hier heb je mijn adres en telefoonnummer.' Hij reikte haar een papiertje aan. Ze hield haar adem in en leunde met haar linkerhand tegen de pick-up terwijl ze met de rechter het papiertje aannam. Zoiets kleins: het adres van een broer op een stukje papier. Zoiets verbijsterends: een familielid dat ze kon vinden. Een nummer dat ze kon draaien en dan nam hij op. Haar keel werd dichtgeknepen toen hij haar naar zich toe trok en toen, na een heel leven, liet ze zich eindelijk tegen hem aan zakken en huilde.

'Ik had nooit gedacht dat ik je nog eens zou zien. Ik dacht dat je voorgoed weg was.'

'Ik zal er altijd zijn, dat beloof ik. Als ik verhuis, zal ik je altijd mijn nieuwe adres sturen. Als je me ooit nodig hebt, schrijf of bel je maar, hoor je?'

'Dat zal ik doen. En kom me zo gauw mogelijk weer opzoeken.'

'Kya, ga naar Tate toe. Hij is een goed mens.'

Hij wuifde door het raam van de pick-up tot hij helemaal aan het eind van het pad was en zij keek hem na, lachend en huilend tegelijk. Toen hij afsloeg naar de weg, zag ze zijn rode pick-up in de leemtes van het bos waar ooit een witte sjaal te zien was geweest en zijn lange arm bleef zwaaien tot hij was verdwenen.

34

Huiszoeking in de hut

1969

Joe klopte op het kozijn van Kya's hordeur. 'Nou, ze is er weer niet,' stelde hij vast. Ed, die op de treden van de veranda stond, tuurde door het gaas, met zijn handen boven zijn ogen. De reusachtige takken van de eik, behangen met lange slierten Spaans mos, wierpen schaduwen op de verweerde planken en het puntdak van de hut. Er schemerden alleen grijze plekken lucht tussendoor, deze ochtend in eind november.

'Natuurlijk is ze er niet. Maakt niet uit, we hebben een huiszoekingsbevel. Ga maar naar binnen; ik wil wedden dat de deur niet op slot zit.'

Joe deed de deur open onder het roepen van: 'Is daar iemand? Politie.' Eenmaal binnen keken ze verbaasd naar haar planken vol verzamelingen.

'Ed, moet je al die dingen zien. Het gaat in de volgende kamer verder, en in de gang. Zo te zien is ze van lotje getikt. Zo gek als een rat met drie ogen.'

'Kan zijn, maar ze schijnt wel een expert te zijn op het gebied van het moeras. Er zijn boeken van haar verschenen, weet je nog? Aan de slag. Oké, hier moeten we op letten.' De sheriff las een korte lijst voor. 'Kledingstukken van rode wol die overeen zouden kunnen komen met de rode vezels die op Chase' spijkerjack zijn aangetroffen. Een agenda, kalender of notities, vermeldingen van plaatsen en tijden, afspraken; de ketting met de schelp; gebruikte kaartjes van die nachtbussen. En laten we haar spullen niet overhoophalen. Dat is nergens voor nodig. We kunnen onder en om alles heen kijken; we hoeven dit allemaal niet te ruïneren.'

'Ja, ik begrijp wat je bedoelt. Het lijkt hier wel een tempel. Ik ben ervan onder de indruk, maar ik krijg er ook de kriebels van.'

'Het wordt in elk geval een heel gedoe,' zei de sheriff, die voorzichtig achter een rij vogelnestjes keek. 'Ik begin wel in haar slaapkamer.'

De beide mannen schoven zwijgend kledingstukken in laden opzij, keken in hoekjes van kasten en tilden potjes met slangenvellen en haaientanden op in hun zoektocht naar aanwijzingen.

Na tien minuten riep Joe: 'Kom eens kijken?'

De sheriff kwam de veranda op en Joe zei: 'Wist jij dat vrouwelijke vogels maar één eierstok hebben?'

'Waar heb je het over?'

'Kijk maar. Uit deze tekeningen en notities blijkt dat vrouwelijke vogels maar één eierstok hebben.'

'Verdikkeme, Joe. We zijn hier niet voor een biologieles. Doorwerken.'

'Wacht even. Dit hier is een veer van een pauwenhaan en volgens het bijschrift zijn de staartveren van de haan in de loop der eeuwen steeds groter geworden om hennen aan te trekken, zodat de hanen nu amper nog van de grond kunnen komen. Ze kunnen vrijwel niet meer vliegen.'

'Ben je klaar? We hebben werk te doen.'

'Nou, het is anders heel boeiend.'

Ed liep weg. 'Man, ga aan het werk.'

Tien minuten later riep Joe weer. Terwijl Ed van de kleine slaapkamer naar de woonkamer liep, zei hij: 'Laat me raden. Je hebt een opgezette muis met drie ogen gevonden.'

Er kwam geen antwoord, maar toen Ed de kamer in liep, hield Joe een rode muts naar hem op.

'Waar heb je die gevonden?'

'Hij hing hier aan die haken bij de jassen, andere mutsen en alles.'

'Zomaar open en bloot?'

'Ja, hier.'

Ed haalde het plastic monsterzakje met de rode vezels die na Chase' dood van zijn spijkerjack waren geplukt uit zijn zak en hield het bij de rode muts.

'Ze zien er precies hetzelfde uit. Zelfde kleur en dikte,' zei Joe terwijl hij met Ed naar de muts en de losse vezels keek.

'Ja. In allebei zit er wat pluizige beige wol door de rode heen.'

'Man, dit zou het kunnen zijn.'

'We moeten de muts naar het lab sturen, natuurlijk, maar als die vezels overeenkomen, laten we haar naar het bureau komen voor een ondervraging. Stop die muts in een monsterzak en vul het label in.'

Na vier uur zoeken troffen de mannen elkaar in de keuken.

Ed rekte zijn rug en zei: 'Als er meer is, hadden we het nu wel gevonden, lijkt me. We kunnen altijd nog terugkomen. Zullen we het voor gezien houden?'

Toen ze weer in de pick-up zaten zei Joe, die door de voren manoeuvreerde: 'Als zij de dader is, zou ze die rode muts toch wel verstopt hebben in plaats van hem zo openlijk op te hangen?'

'Ze had waarschijnlijk geen idee dat er vezels van de muts op zijn jack terecht zouden komen, of dat het lab ze zou kunnen identificeren. Zulke dingen zou ze gewoon niet weten.'

'Nou, misschien dat ze dat niet wist, maar ik wil wedden dat ze heel veel wel weet. Die pauwenhanen die heen en weer paraderen, die zo wedijveren om seks, kunnen amper vliegen. Ik weet niet precies wat het allemaal betekent, maar het heeft iets met elkaar te maken.'

35

Het kompas

1969

Op een middag in juli 1969, meer dan zeven maanden na Jodies bezoek, vond Kya *Vogels van de oostkust* door Catherine Danielle Clark in haar brievenbus, haar tweede boek, dat uiterst gedetailleerd en mooi was. Ze streek met haar vingers over de opvallende voorkant, haar schilderij van een zilvermeeuw, en zei glimlachend: 'Hé, Big Red, je hebt het omslag gehaald.'

Kya liep stilletjes met het nieuwe boek naar de open plek in de schaduw van de eiken om paddenstoelen te zoeken. Toen ze over de koele, humusrijke bosgrond een groepje diepgele, giftige paddenstoelen naderde, bleef ze plotseling staan. Daar, boven op de oude stronk van de veren, stond een klein melkpakje, roodmet-wit, net als al die jaren geleden. Ze barstte onverwacht in lachen uit.

In het pakje zat een oud, in vloeipapier verpakt legerkompas met een messing behuizing die grijzig groen was uitgeslagen van ouderdom. Ze snakte naar adem toen ze het zag. Ze had nooit een kompas nodig gehad, want ze had altijd zelf de weg kunnen vinden, maar het kompas kon haar leiden op betrokken dagen, als de zon zich verstopte.

Er zat een opgevouwen briefje bij het kompas:

Lieve Kya, Dit is mijn opa's kompas uit de Eerste Wereldoorlog. Hij heeft het me gegeven toen ik nog klein was, maar ik heb er nooit iets mee gedaan en ik dacht dat jij het misschien ten volle kon benutten. Liefs, Tate. PS: Ik ben blij dat je dit briefje kunt lezen!

Kya las de woorden 'lieve' en 'liefs' nog eens. De jongen met het goudblonde haar in de boot die haar naar huis had geloodst voordat het onweer losbrak, die veren voor haar had neergelegd op een verweerde boomstronk en die haar had leren lezen; de tactvolle tiener die haar had geholpen toen ze voor het eerst ongesteld werd en die haar eerste seksuele verlangens had gewekt; de jonge wetenschappelijk onderzoeker die haar had aangemoedigd haar boeken te publiceren.

Hoewel ze hem het schelpenboek had gegeven, was ze zich in de struiken blijven verstoppen wanneer ze hem zag en was steeds ongezien weggeroeid. Ze kende de liefde alleen als de bedrieglijke signalen van vuurvliegjes.

Zelfs Jodie had gezegd dat ze Tate nog een kans moest geven, maar telkens wanneer ze aan hem dacht of hem zag, werd haar hart heen en weer geslingerd tussen de oude liefde en de pijn van het verlies. Ze zou willen dat de balans eens naar een kant doorsloeg.

Een paar ochtenden later gleed ze in de vroege mist door de trechtermonden, met het kompas in haar plunjezak, al dacht ze niet dat ze het nodig zou hebben. Ze wilde zeldzame wilde bloemen zoeken op een beboste, in zee uitstekende zandtong, maar onbewust keek ze ook uit naar Tates boot.

De mist bleef koppig hangen en wikkelde zijn tentakels om boomstronken en lage takken. De lucht was verstild; zelfs de vogels maakten geen geluid. Dichtbij tikte een peddel traag tegen een dolboord en toen dook er een boot op uit de mist, als een geestverschijning.

Kleuren die door de schemering gedempt waren, namen vaste vorm aan toen ze in het licht kwamen. Goudblond haar onder een rode muts. Alsof hij uit een droom kwam, punterde Tate zijn oude vissersboot vanaf het achterschip door de vaargeul. Kya schakelde haar buitenboordmotor uit en peddelde achteruit de begroeiing in om hem voorbij te zien komen. Altijd achteruit om hem voorbij te zien komen.

Bij zonsondergang, toen ze kalmer was en haar hart weer stabiel, ging Kya naar het strand en reciteerde:

Zonsondergangen zijn nooit simpel.
Het schemerlicht wordt gebroken en gereflecteerd
Maar nooit zoals het is.
De avondstond is een dekmantel
Die sporen aan het oog onttrekt
En leugens verhult.

We malen er niet om
Dat de schemering bedriegt.
We zien stralende kleuren
En leren nooit
Dat de zon al achter de aarde is gezakt
Tegen de tijd dat we hem zien branden.

Zonsondergangen zijn een dekmantel,
Voor waarheden en voor leugens
A.H.

36

Het strikken van een vos

1969

Joe liep door de open deur het kantoor van de sheriff in. 'Oké, ik heb de uitslagen.'

'Laat zien.'

De mannen bladerden snel door naar de laatste bladzij. Ed zei: 'Kijk. Geen twijfel mogelijk. De vezels die op Chase' jack zijn gevonden toen hij daar dood lag, zijn afkomstig van die muts.' De sheriff sloeg met het verslag tegen zijn pols en vervolgde: 'Laten we eens doornemen wat we hebben. Ten eerste die garnalenvisser die bereid is te verklaren dat hij mevrouw Clark naar de brandtoren heeft zien varen vlak voordat Chase eraf viel en stierf. Zijn collega wil het bevestigen. Ten tweede Patti Loves bewering dat Chase die ketting met die schelp van mevrouw Clark had gekregen, en dat die in de nacht van zijn dood is verdwenen. Ten derde de vezels van haar muts op zijn jack. Ten vierde het motief: de afgewezen vrouw. En een alibi dat we kunnen ontkrachten. Dat zou genoeg moeten zijn.'

'Een beter motief zou prettig zijn,' zei Joe. 'De bons krijgen lijkt me niet genoeg.'

'We zijn ook nog niet klaar met het onderzoek, maar we hebben genoeg om haar op het bureau te ondervragen. Waarschijnlijk genoeg voor een tenlastelegging. We zien wel hoe het gaat als we haar eenmaal hier hebben.'

'Tja, dat is het probleem, hè? Hoe krijgen we dat voor elkaar?

Ze heeft iedereen al die jaren weten te ontduiken. Leerplichtambtenaren, volkstellers, noem maar op; ze is iedereen altijd te slim af, ook ons. Als we door het moerasgras achter haar aan gaan rennen, zetten we onszelf voor schut.'

'Daar ben ik niet bang voor. Dat niemand anders haar heeft kunnen pakken, wil niet zeggen dat wij het niet kunnen, alleen zou dat niet de slimste aanpak zijn. Ik stel voor dat we een val zetten.'

'O, ja. Nou,' zei de hulpsheriff, 'ik weet het een en ander over de pelsjacht, en als je een vos wilt vangen, loop je meestal zelf in de val. We kunnen niet meer profiteren van het verrassingseffect, want we hebben zo hard op haar deur staan bonken dat een bruine beer nog op de vlucht was geslagen. Wat dacht je van de jachthonden? Dan kan het niet mislukken.'

De sheriff zweeg even. 'Ik weet het niet,' zei hij toen. 'Misschien word ik een softie op mijn oude dag, ik ben tenslotte al eenenvijftig, maar het lijkt me niet gepast om een vrouw door honden te laten opjagen, alleen maar omdat je haar aan de tand wilt voelen. Het is een middel om ontsnapte gevangenen te pakken, mensen die al voor iets veroordeeld zijn, maar zij is onschuldig tot haar schuld is bewezen, zoals iedereen, en ik zie het niet voor me, jachthonden loslaten op een vrouwelijke verdachte. Misschien als laatste redmiddel, maar nu nog niet.'

'Oké. Wat voor val?'

'Dat moeten we zien uit te knobbelen.'

Terwijl Ed en Joe die vijftiende december bespraken op wat voor manieren ze Kya naar het bureau konden krijgen, werd er op de deur geklopt. Achter het matglazen paneel was een grote mannengestalte zichtbaar.

'Binnen,' riep de sheriff.

Toen de man de kamer in kwam, zei Ed: 'Hé, hallo, Rodney. Wat kunnen we voor je doen?'

Rodney Horn, een gepensioneerde monteur, ging vrijwel elke dag vissen met zijn vriend Denny Smith. De dorpelingen kenden hem als een stille, rustige man die altijd een tuinbroek droeg. Hij sloeg geen kerkdienst over, maar verscheen zelfs daar in zijn tuinbroek, met een frisgewassen overhemd eronder dat door zijn vrouw Elsie zo stijf als een plank was gesteven.

Rodney zette zijn vilthoed af en hield hem voor zijn buik. Ed bood hem een stoel aan, maar hij schudde zijn hoofd. 'Dit gaat niet lang duren,' zei hij. 'Ik dacht alleen dat het belangrijk zou kunnen zijn voor dat gedoe met Chase Andrews.'

'Wat wil je ons vertellen?' vroeg Joe.

'Nou, het is al een tijdje terug, 30 augustus van dit jaar. Denny en ik waren aan het vissen en toen zagen we iets bij Cypress Cove. Misschien hebben jullie er iets aan.'

'Vertel maar,' zei de sheriff. 'Maar ga toch zitten, Rodney. We zouden ons er allemaal prettiger bij voelen als je ging zitten.'

Rodney nam de aangeboden stoel aan en vertelde zijn verhaal in vijf minuten. Toen hij weg was, keken Ed en Joe elkaar aan.

'Zo, nu hebben we echt een motief,' zei Joe.

'We gaan haar halen.'

37

Grijze haaien

1969

Een paar dagen voor Kerstmis voer Kya vroeger in de ochtend dan anders naar Jumpin's, langzaam en geluidloos. Ze had een paar keer vanuit de struiken gezien dat de sheriff of zijn rechterhand naar haar huis sloop in een poging haar thuis te treffen en sindsdien kocht ze haar benzine en voorraden voor zonsopkomst, als er alleen vissers op het water waren. Laaghangende wolken snelden vlak boven de woelige zee en in het oosten dreigde een rukwind vanaf de horizon, strak opgedraaid als een zweep. Ze zou moeten opschieten bij Jumpin's om thuis te zijn voordat het noodweer begon. Vanaf een halve kilometer afstand zag ze zijn steiger uit de mist opdoemen. Ze ging nog langzamer varen en keek zoekend naar andere boten in de nevelige stilte om zich heen.

Toen ze tot op vijftig meter was genaderd, zag ze Jumpin' eindelijk in de oude stoel tegen de muur zitten en wuifde. Hij zwaaide niet terug. Hij sprong niet op. Hij schudde bijna onmerkbaar zijn hoofd, als een fluistering. Ze liet de gashendel los.

Ze zwaaide nog eens. Jumpin' zag haar wel, maar kwam niet in beweging.

Ze gaf een ruk aan de gashendel en maakte een scherpe draai terug naar zee, maar op hetzelfde moment kwam er een grote boot uit de mist tevoorschijn met de sheriff aan het roer, geflankeerd door nog een paar boten. Vlak achter hen dreigden de rukwinden.

Ze gaf gas, zigzagde tussen de naderende boten door en racete stuiterend over de schuimkoppen naar open zee. Ze wilde in een boog terug naar het moeras, maar de sheriff was te dichtbij; hij zou haar de pas afsnijden.

De zee bewoog niet meer in symmetrische golven, maar was een woelige massa. Het water werd verraderlijker toen de storm haar inhaalde. Binnen een paar seconden barstte er een stortbui los. Ze raakte doorweekt, met lange slierten nat haar voor haar gezicht. Ze stuurde in de wind om niet te kapseizen, maar de zee duwde de boeg opzij.

Ze wist dat de boten van de sheriff sneller waren, dus ploeterde ze door, tegen de windvlagen in. Misschien kon ze ze afschudden in deze soep of de zee in duiken en zwemmen voor haar leven. Ze dacht als een razende na, en dit leek haar de beste optie. Zo dicht bij de kust zou er een terugloop of stroomversnelling zijn die haar onder water zou trekken, veel sneller dan zij zouden denken dat ze kon zwemmen. Ze zou zo nu en dan even bovenkomen om adem te halen, aan land zien te komen en zich in de begroeiing van de kust uit de voeten maken.

De motorboten maakten meer lawaai dan de storm. Ze kwamen dichterbij. Hoe kon ze er nu de brui aan geven? Ze had het nooit opgegeven. Ze moest nu springen, maar opeens omsingelden ze haar als grijze haaien, vlakbij. Een van de boten haalde haar in en ze ramde de zijkant. Ze werd tegen de buitenboordmotor geslagen en haar nek knakte naar achteren. De sheriff stak zijn arm uit en pakte haar dolboord terwijl ze allemaal door de woeste golven ploeterden. Twee mannen sprongen haar boot in en de hulpsheriff zei: ‘Catherine Clark, u wordt aangehouden op verdenking van de moord op Chase Andrews. U hebt het recht te zwijgen…’

De rest hoorde ze niet. Niemand hoorde de rest.

38

Zondagsrechter

1970

Kya kneep haar ogen dicht tegen het felle schijnsel van de plafondverlichting en de zon die door de hoge ramen viel. Ze had twee maanden in de schemering geleefd en nu ze haar ogen opende, ving ze een glimp op van het moeras buiten. Bladerkoepels van eiken die hoge varens en hulst beschutten. Ze probeerde het onmisbare groen nog even vast te houden, maar werd door stevige handen naar een lange tafel met stoelen gebracht waaraan Tom Milton, haar advocaat, zat te wachten. Haar polsen waren geboeid, waardoor ze haar handen onhandig moest vouwen, alsof ze bad. Ze droeg een zwarte broek en een effen witte blouse en er hing een vlecht tussen haar schouderbladen. Ze keek niet om naar de publieke tribune, maar ze voelde de warmte en het geritsel van de mensen die op een kluitje in de rechtszaal zaten om haar moordzaak te volgen. Ze voelde dat ze hun hoofd en schouders draaiden om een glimp van haar op te vangen. Om haar met handboeien om te zien. De geur van zweet, oude rook en goedkoop parfum versterkte haar misselijkheid. Het gekuch hield op, maar het geroezemoes zwol aan toen ze haar stoel naderde; voor haar waren het allemaal geluiden in de verte, want ze hoorde vooral haar eigen onregelmatige ademhaling. Ze keek naar de vloer van glanzendgeboend grenen toen de handboeien werden losgemaakt en toen zakte ze zwaar op de stoel. Het was vrijdag 25 februari 1970, halftien 's ochtends.

Tom leunde naar haar over en fluisterde dat het allemaal goed zou komen. Ze zei niets terug, maar zocht in zijn ogen naar enige vorm van oprechtheid, iets om zich aan vast te klampen. Niet dat ze hem geloofde, maar voor het eerst in haar leven moest ze haar lot in de handen van een ander leggen. Hij was vrij lang voor iemand van eenenzeventig en droeg zijn dikke, zilverwitte haar en kreukelige linnen pakken met de onbedoelde, misschien clichématige elegantie van een staatsman. Hij bewoog zich behoedzaam en praatte zacht vanachter de vriendelijke glimlach die zijn gezicht nooit verliet.

Rechter Sims had mevrouw Clark een jonge advocate toegewezen, aangezien ze zelf geen stappen had ondernomen er een te vinden, maar toen Tom Milton van de zaak hoorde, had hij gevraagd of hij haar pro Deo mocht verdedigen, hoewel hij al gepensioneerd was. Hij had de verhalen over het moerasmeisje gehoord, zoals iedereen, en door de jaren heen had hij haar wel eens gezien als ze soepel door het water gleed, alsof ze deel uitmaakte van de stroom, of zich de supermarkt uit haastte als een wasbeer die een vuilnisbak uit wordt gejaagd.

Toen hij Kya voor het eerst in de gevangenis opzocht, nu twee maanden geleden, was hij een kleine, donkere kamer in geleid, waar zij aan een tafel zat. Ze had niet naar hem opgekeken. Tom had zich voorgesteld en gezegd dat hij haar verdediger zou zijn, maar ze had niets gezegd en hem niet aangekeken. Hij had de overweldigende drang gevoeld een klopje op haar hand te geven, maar iets, misschien haar lichaamshouding of haar lege, starende blik, maakte haar onbereikbaar. Hij had haar uitgelegd wat de rechtbankprocedures waren, wat ze kon verwachten, en haar een paar vragen gesteld. Intussen had hij met zijn hoofd schuin geprobeerd haar blik te vangen, maar ze had niets gezegd, geen vin verroerd en hem niet aangekeken. Toen ze de kamer uit werd geleid, draaide ze haar hoofd en keek door een raampje naar de lucht. Zeevogels krijsten boven de haven en Kya leek naar hun gezang te kijken.

Bij zijn volgende bezoek had Tom een bruine papieren zak bij zich, waar hij een enorm, glanzend fotoboek uit haalde dat hij over de tafel naar haar toe schoof. Het heette *De zeldzaamste schelpen van de wereld* en stond vol levensgrote olieverfschilderijen van schelpen die aan de verste kusten van de aarde aanspoelden. Met haar mond iets open bladerde ze langzaam door het boek en knikte bij bepaalde exemplaren. Hij gaf haar de tijd. Toen zei hij weer iets tegen haar, en deze keer keek ze hem in de ogen. Met een moeiteloos geduld legde hij haar de rechtbankprocedures nog een keer uit en maakte zelfs een tekening van de rechtszaal om duidelijk te maken waar de juryleden en de rechter zaten en waar de aanklager, de verdediging en zij zouden zitten. Toen tekende hij er harkpoppetjes van de bode, de rechter en de griffier bij en legde uit wat hun rol was.

Net als bij het eerste bezoek probeerde hij haar uit te leggen wat de bewijslast tegen haar was en vroeg hij waar ze was geweest in de nacht van Chase' dood, maar zodra hij over details begon, kroop ze weer in haar schulp. Later, toen hij aanstalten maakte om te vertrekken, schoof ze het boek over de tafel, maar hij zei: 'Nee, ik heb het voor jou meegebracht. Je mag het hebben.'

Ze beet op haar onderlip en knipperde met haar ogen.

Nu, de eerste keer in de rechtszaal, probeerde hij haar af te leiden van het geroezemoes achter hen door de elementen van zijn tekening in het echt aan te wijzen, maar het had geen zin. Om kwart voor tien zat de publieke tribune helemaal vol dorpelingen die op hoge toon opmerkingen maakten over de bewijslast en de doodstraf. Op het kleine balkon achterin was ruimte voor nog eens twintig mensen en hoewel er niets was aangegeven, was het iedereen duidelijk dat gekleurde mensen alleen daar mochten zitten. Vandaag zaten er voornamelijk witte mensen en maar een paar zwarten, want deze zaak was hartstikke wit. Voorin, in een afgezet gedeelte, zaten een paar journalisten van de *Atlanta Constitution* en de *Raleigh Herald.* Mensen die geen stoel meer konden vinden, stonden op elkaar gepropt langs de achtermuur en de hoge ramen aan de zijkanten.

Onrustig, prevelend, roddelend. Het moerasmeisje opgebracht wegens moord; beter werd het niet. Zondagsrechter, de rechtbankkat, lag languit in een plas zonlicht op een van de brede vensterbanken met zijn zwarte lijf en witte kop met een zwart masker rond zijn groene ogen. Hij was al jaren kind aan huis in de rechtbank en hij verdiende zijn plekje door de kelder vrij te houden van ratten en de rechtszaal van muizen.

Omdat Barkley Cove de eerste nederzetting was in dit verscheurde, moerassige stukje van de kust van North Carolina, had de Kroon het uitgeroepen tot districtshoofdstad en het oorspronkelijke gerechtsgebouw gebouwd, in 1754. Hoewel andere steden, zoals Sea Oaks, later dichter bevolkt en verder ontwikkeld raakten, bleef Barkley Cove het officiële hart van het districtsbestuur.

Toen de eerste rechtbank in 1912 door de bliksem werd getroffen, was het houten gebouw grotendeels in de as gelegd. Het jaar daarop herrees op hetzelfde plein, aan het eind van Main Street een bakstenen gebouw met een verdieping en drieënhalve meter hoge ramen met granieten kozijnen. Tegen de jaren zestig waren wilde grassen, dwergpalmen en zelfs een paar lisdodden opgerukt vanuit het moeras en hadden het ooit onberispelijk verzorgde terrein overgenomen. Een door waterlelies verstikte lagune, die in het voorjaar overstroomde, had in de loop der jaren een deel van de stoep aangetast.

De rechtszaal zelf daarentegen, een replica van het origineel, was imposant. De verhoging waarop de rechter troonde, gemaakt van donker mahonie en ingelegd met het kleurige wapen van de staat, stond onder een aantal vlaggen, waaronder die van de Confederatie. De halve wand van het juryvak, ook van mahonie, was afgewerkt met rood cederhout en de rij ramen aan een kant van de zaal omlijstte de zee.

Toen de functionarissen de zaal betraden, wees Tom naar de poppetjes op zijn tekening en legde uit wie ze waren. ‘Dat is de bode, Hank Jones,’ zei hij, toen een slungelige man van zestig met een haargrens tot achter zijn oren, waardoor zijn hoofd bijna precies half kaal en half behaard was, naar voren liep. Omdat hij ook de beveiliger was, droeg hij een grijs uniform en een brede riem met daaraan een portofoon, een zaklamp, een indrukwekkende sleutelbos en een holster met een Colt-revolver erin.

Hank riep de zaal in: 'Sorry, lui, maar jullie kennen allemaal de brandweervoorschriften. Als je geen stoel hebt, moet je eruit.'

'Dat is Henrietta Jones, de griffier, de dochter van de bode,' vertelde Tom toen een jonge vrouw, net zo lang en dun als haar vader, stilletjes de zaal in liep en aan een bureau dicht bij de rechter ging zitten. De aanklager, Eric Chastain, pakte notitieblokken uit zijn koffertje. Eric, een roodharige man met een brede borst die meer dan een meter tachtig lang was, droeg altijd een blauw pak en een brede, opzichtige stropdas uit de Sears-catalogus.

De bode riep: 'De rechtbank. Wilt u allen gaan staan, alstublieft.' De zaal verstomde plotseling. De zijdeur ging open en rechter Harold Sims kwam binnen en knikte dat iedereen weer mocht gaan zitten. Toen vroeg hij de aanklager en de verdediger naar voren te komen. Rechter Sims was een forse man met een rond gezicht en brede witte bakkebaarden die in Sea Oaks woonde, maar al negen jaar als rechter in Barkley Cove optrad. De meeste mensen vonden hem een nuchtere, evenwichtige en eerlijke arbiter. Zijn stem donderde door de zaal.

'Meester Milton, uw verzoek om dit proces naar een ander district te verplaatsen op grond van het feit dat mevrouw Clark hier geen eerlijk proces zou kunnen krijgen vanwege de vooroordelen jegens haar in deze gemeenschap wordt afgewezen. Ik erken dat ze onder ongewone omstandigheden heeft geleefd en soms het slachtoffer is geweest van vooroordelen, maar mij blijkt uit niets dat ze is blootgesteld aan meer vooroordelen dan andere mensen die in kleine steden in deze natie worden berecht. In grote steden ook, trouwens. Het proces wordt hier en nu gehouden.' In de zaal werd goedkeurend geknikt en de aanklager en verdediger namen hun plaats weer in.

De rechter vervolgde: 'Catherine Danielle Clark uit het district Barkley in North Carolina, u wordt doodslag met voorbedachten rade ten laste gelegd in de zaak van Chase Lawrence Andrews, voorheen woonachtig in Barkley Cove. Voor doodslag met voorbedachten rade kan de staat de doodstraf eisen. De aanklager heeft aangekondigd die straf te eisen indien u schuldig wordt bevonden.' Er ging een geroezemoes op in de zaal.

Tom leek iets dichter naar Kya toe te zijn geschoven en ze ontzegde zichzelf zijn geruststellende nabijheid niet.

'We beginnen met de juryselectie.' Rechter Sims richtte zich op de voorste twee rijen, waar de jurykandidaten zaten. Terwijl hij een lijst regels en voorwaarden oplas, sprong Zondagsrechter met een bons uit de vensterbank en wipte in een vloeiende beweging op de lessenaar van de rechter, die hem afwezig over zijn kop aaide terwijl hij doorpraatte.

'In zaken waarop de doodstraf staat, geeft de staat North Carolina juryleden die niet in de doodstraf geloven de mogelijkheid zich terug te trekken. Steek alstublieft uw hand op als u in het geval van schuldigverklaring de doodstraf niet kunt of wilt opleggen.' Er gingen geen handen omhoog.

Kya hoorde alleen 'doodstraf'.

De rechter vervolgde: 'Een tweede legitieme reden om ontslagen te worden van de juryplicht is dat u nu of in het verleden zo'n hechte relatie met mevrouw Clark of de heer Andrews heeft of had dat u niet objectief kunt zijn in deze zaak. Laat het me alstublieft weten als u denkt dat dit voor u geldt.'

Sally Culpepper, die halverwege de tweede rij zat, stak haar hand op en zei haar naam. Haar grijze haar was strak naar achteren getrokken in een knotje en haar hoofd, mantelpak en schoenen hadden allemaal dezelfde saaie kleur bruin.

'Zo, Sally, zeg maar wat je op je hart hebt,' zei de rechter.

'Zoals u weet ben ik bijna vijfentwintig jaar leerplichtambtenaar van het district Barkley geweest. Mevrouw Clark was een van mijn gevallen, dus ging ik met haar om, of probeerde dat althans.'

Kya kon mevrouw Culpepper of wie dan ook op de publieke tribune alleen zien als ze zich omdraaide, wat ze natuurlijk nooit zou doen, maar ze herinnerde zich de laatste keer dat mevrouw Culpepper in de auto had gezeten terwijl de man met de hoed haar achternazat nog goed. Kya had het de oude man zo makkelijk mogelijk gemaakt door rumoerig door de bramen te rennen om hem een hint te geven, met een boog terug te lopen en zich in de struiken naast de auto te verstoppen, maar de man was de andere kant op gerend, naar het strand toe.

Terwijl ze daar in elkaar gedoken zat, had Kya met een tak hulst tegen het portier van de auto getikt, en mevrouw Culpepper had opzij gekeken, recht in haar ogen. Ze had destijds gedacht dat de spijbelmevrouw fijntjes glimlachte. Ze had in elk geval geen poging gedaan haar te verraden toen de man met de hoed vloekend en tierend terugkwam, en toen waren ze voorgoed weggereden.

Nu zei mevrouw Culpepper tegen de rechter: 'Tja, aangezien ik met haar omging, moet ik misschien van mijn plicht ontslagen worden. Ik weet het niet.'

'Dank je, Sally,' zei rechter Sims. 'Sommigen van u hebben mogelijk betrekkingen met mevrouw Clark gehad in winkels of uit hoofde van uw functie, als leerplichtambtenaar bijvoorbeeld, in het geval van mevrouw Culpepper. Waar het om gaat is: kunt u luisteren naar de verklaringen die hier worden afgelegd en besluiten of de beklaagde schuldig of onschuldig is op basis van de bewijslast, los van emoties of ervaringen in het verleden?'

'Ja, dat kan ik wel, edelachtbare.'

'Dank je, Sally, je mag blijven.'

Om halftwaalf zaten er zeven vrouwen en vijf mannen in het juryvak. Kya kon ze nu zien en wierp steelse blikken op hun gezichten. De meesten van hen herkende ze uit het dorp, al kende ze maar een paar van de namen. Mevrouw Culpepper zal pal in het midden, wat Kya een beetje bemoedigde, maar naast haar zat Teresa

White, de blonde echtgenote van de methodistische dominee, die jaren geleden de schoenwinkel uit was gerend om haar dochter bij Kya weg te trekken toen ze op de stoep stond na de lunch in de cafetaria met pa, die ene en enige keer. Mevrouw White, die tegen haar dochter had gezegd dat Kya vies was, zat nu in de jury.

Rechter Sims zei dat de zitting tot één uur werd geschorst voor de lunch. De cafetaria zou de juryleden tonijn, kipsalade en broodjes ham brengen in de jurykamer. Om de twee eetgelegenheden in het dorp gelijk te behandelen, bracht de Dog-Gone Beer Hall om de dag hotdogs, chili en broodjes garnaal. Ze brachten ook altijd iets voor de kat mee. Zondagsrechter gaf de voorkeur aan een broodje garnaal.

39

Toevallige ontmoeting

1969

Op een ochtend in augustus 1969 voer Kya door de optrekkende mist naar een afgelegen schiereiland dat Cypress Cove werd genoemd en waar ze ooit zeldzame giftige paddenstoelen had gezien. Augustus was laat voor paddenstoelen, maar Cypress Cove was koel en vochtig, dus misschien zou ze de zeldzame soort terug kunnen vinden. Er was meer dan een maand verstreken sinds Tate het kompas voor haar op de boomstronk had achtergelaten en hoewel ze hem in het moeras had gezien, had ze zich niet dicht genoeg in zijn buurt gewaagd om hem voor het cadeautje te bedanken. Ze had het kompas ook nog niet gebruikt, al zat het veilig in een van de vele vakjes van haar plunjezak.

Met mos behangen bomen stonden tegen de oever gedrukt, en hun laaghangende takken vormden een spelonk langs de kust waar ze doorheen gleed, de struiken afturend op zoek naar kleine, oranje paddenstoelen op dunne stelen. Uiteindelijk vond ze ze, opvallend en diep van kleur, tegen een oude boomstronk. Nadat ze haar boot aan het strand had getrokken, ging ze in de kleermakerszit onder de bomen zitten om ze te tekenen.

Opeens hoorde ze voetstappen op de bosgrond en toen een stem: 'Nee, maar, wie hebben we daar? Mijn moerasmeisje.' Terwijl ze opsprong, draaide ze zich bliksemsnel om en kwam oog in oog te staan met Chase.

'Hallo, Kya,' zei hij. Ze keek om zich heen. Hoe was hij hier gekomen? Ze had geen boot gehoord. Hij las de vraag op haar gezicht. 'Ik was aan het vissen en zag je langskomen, dus ben ik aan de andere kant aan wal gegaan.'

'Ga alsjeblieft gewoon weg,' zei ze terwijl ze haar potloden en schetsboek in de plunjezak stopte.

In plaats daarvan legde hij zijn hand op haar arm. 'Kom op, Kya. Het spijt me hoe het gelopen is.' Hij leunde naar haar over en ze rook een zweem van ontbijtwhisky toen hij uitademde.

'Blijf van me af!'

'Hé, ik zeg toch dat het me spijt? Je wist dat we niet konden trouwen. Je had nooit tussen de mensen kunnen wonen. Maar ik ben altijd om je blijven geven; ik heb je altijd gesteund.'

'Me gesteund? In welk opzicht? Laat me met rust.' Kya stopte de plunjezak onder haar arm en liep naar haar boot, maar hij pakte haar arm en hield haar tegen.

'Kya, er komt nooit meer iemand zoals jij, nooit. En ik weet dat je van me houdt.'

Ze rukte haar arm los. 'Je vergist je! Ik weet niet eens of ik wel ooit van je heb gehouden. Jij had het tegen *míj* over trouwen, weet je nog? Je zei dat je een huis voor jou en mij zou bouwen, maar in plaats daarvan moest ik in de krant lezen dat je je met een ander had verloofd. Waarom heb je dat gedaan? Waarom, Chase?'

'Kom op, Kya. Het kon echt niet. Je moet geweten hebben dat het niets zou worden. Wat is er mis met hoe het was? Laten we teruggaan naar wat we hadden.' Hij pakte haar schouders en trok haar naar zich toe.

'Laat me los!' Ze probeerde zich kronkelend te bevrijden, maar hij hield haar zo stevig met beide handen vast dat hij haar armen bezeerde. Hij drukte zijn mond op de hare en kuste haar. Ze tilde haar armen op, zodat ze zijn handen wegsloeg, trok haar hoofd naar achteren en beet hem toe: 'Waag het niet.'

'Daar is mijn boskat. Wilder dan ooit.' Hij pakte haar bij de schouders, haakte een been achter haar knieën en duwde haar op de grond. Haar hoofd kwam hard in het zand neer. 'Ik weet dat je naar me verlangt,' zei hij met een wellustige grijns.

'Nee, niet doen!' schreeuwde ze. Hij knielde, ramde zijn knie in haar maag, zodat de lucht uit haar longen werd geperst, ritste zijn gulp open en trok zijn spijkerbroek naar beneden.

Ze richtte zich op en duwde hem met twee handen weg, maar opeens stompte hij haar met zijn rechtervuist in haar gezicht. Ze hoorde een akelig knappend geluid in haar hoofd. Haar nek knakte naar achteren en ze zakte weer op de grond. Net als wanneer pa ma sloeg. De dreunende pijn verdoofde haar even; toen draaide en kronkelde ze om zich onder hem uit te wurmen, maar hij was te sterk. Terwijl hij met zijn ene hand allebei haar armen boven haar hoofd hield en zij naar hem trapte, ritste hij met de andere hand haar korte broek open en rukte haar slipje naar beneden. Ze schreeuwde, maar er was niemand die het kon horen. Ze worstelde trappelend om zich te bevrijden, maar hij pakte haar bij haar middel en draaide haar op haar buik. Hij duwde haar bonzende gezicht in het zand, reikte onder haar buik door en trok haar bekken omhoog terwijl hij achter haar knielde.

'Deze keer laat ik je niet gaan. Of je het leuk vindt of niet, je bent van mij.'

Met een soort oerkracht zette ze zich met handen en knieën af, richtte zich op en stootte met haar elleboog naar achteren, tegen zijn kaak. Toen zijn hoofd opzij klapte, stompte ze hem in het wilde weg tot hij zijn evenwicht verloor en achterover op de grond viel. Toen gaf ze hem een goed gemikte, harde trap in zijn kruis.

Hij klapte dubbel, rolde op zijn zij en greep kronkelend van de pijn naar zijn ballen. Om het af te maken gaf ze hem nog een trap in zijn rug; ze wist precies waar zijn nieren zaten. En nog een. Hard.

Ze hees haar korte broek op, pakte haar plunjezak en rende naar haar boot. Terwijl ze aan het startkoord trok keek ze om en zag dat hij zich kreunend op handen en knieën hees. Ze vloekte tot de motor aansloeg. In de veronderstelling dat hij achter haar aan zou komen maakte ze een scherpe bocht en stoof weg, net toen hij ging staan. Met bevende handen ritste ze haar gulp dicht, een arm stevig tegen haar lichaam gedrukt. Toen ze met een verwilderde blik naar zee keek, zag ze een tweede vissersboot in de buurt, met twee mannen erin die haar aangaapten.

40

Cypress Cove

1970

Na de lunch vroeg rechter Sims aan de aanklager: 'Eric, ben je er klaar voor om je eerste getuige op te roepen?'

'Ja, edelachtbare.' Eric riep de lijkschouwer meestal het eerst op bij moordzaken, want die voerde concrete bewijzen aan in zijn verklaring, zoals het moordwapen, het tijdstip en de plaats van overlijden en foto's van de plaats delict, en dat alles maakte een diepe indruk op de juryleden, maar in dit geval was er geen sprake van een moordwapen, vingerafdrukken of voetsporen, dus wilde Eric met het motief beginnen.

'Edelachtbare, de staat roept Rodney Horn op.'

Iedereen in de zaal keek naar Rodney Horn, die plaatsnam in het getuigenbankje en de eed aflegde. Kya herkende zijn gezicht, al had ze het maar een paar seconden gezien. Ze wendde zich af. Hij was een gepensioneerd monteur, een van die mannen die hun tijd voornamelijk doorbrachten met vissen, jagen en pokeren in de Swamp Guinea. Hij kon iedereen onder de tafel drinken. Vandaag droeg hij, zoals altijd, een denim tuinbroek met een schoon houthakkershemd eronder, zo stijf gesteven dat de boord recht overeind stond. Hij hield zijn vispetje in zijn linkerhand, stak de rechter op om de eed af te leggen en ging toen in de getuigenbank zitten, met zijn pet op zijn knie.

Eric liep nonchalant naar hem toe. 'Goedemorgen, Rodney.'

'Morgen, Eric.'

'Zo, Rodney, ik geloof dat jij op de ochtend van 30 augustus 1969 met een vriend aan het vissen was in de buurt van Cypress Cove? Klopt dat?'

'Als een zwerende vinger. Denny en ik waren aan het vissen. Vanaf zonsopkomst.'

'Voor de volledigheid, bedoel je Denny Smith?'

'Ja, Denny en ik.'

'Goed. Kun je de rechtbank vertellen wat je die ochtend hebt gezien?'

'Nou, we waren er al vanaf zonsopkomst, zoals ik al zei, en het liep tegen elven, denk ik, en ik had al een tijdje niets gegeten, dus we waren net van plan onze lijnen in te halen en weg te gaan, toen we commotie hoorden tussen de bomen aan de punt. In het bos.'

'Wat voor commotie?'

'Nou, stemmen, eerst gedempt, toen harder. Een man en een vrouw, maar we konden ze niet zien, alleen horen, en het klonk alsof ze ruzie hadden.'

'En toen?'

'Nou, de vrouw begon te gillen, dus voeren we erheen om het van dichtbij te bekijken. Om te zien of ze in nood was.'

'En wat zagen jullie?'

'Nou, toen we dichterbij kwamen, zagen we de vrouw naast de man staan, en ze trapte hem midden in zijn...' Rodney keek naar de rechter.

'Waar trapte ze hem?' zei rechter Sims. 'Zeg het maar.'

'Ze trapte hem midden in zijn ballen en hij rolde op zijn zij, kreunend en steunend. Toen schopte ze hem achter elkaar door in zijn rug. Zo woest als een muilezel met een bek vol bijen.'

'Herkende je de vrouw? Is ze vandaag aanwezig in de rechtszaal?'

'Ja, we herkenden haar zeker. Het was die daar, de beklaagde. Die het moerasmeisje wordt genoemd.'

Rechter Sims leunde naar voren. 'Meneer Horn, de beklaagde

heet mevrouw Clark. Gebruik geen andere namen voor haar, alstublieft.'

'Ook goed. We zagen mevrouw Clark.'

'Herkende u de man die ze schopte?' vervolgde Eric.

'Nou, we konden hem toen niet goed zien omdat hij stuiptrekkend op de grond lag, maar toen hij even later opstond, zagen we dat het Chase Andrews was, die quarterback van een paar jaar terug.'

'En toen?'

'Ze strompelde naar haar boot en, nou ja, ze was gedeeltelijk ontkleed. Haar short hing om haar enkels en haar onderbroek om haar knieën. Ze probeerde haar short op te hijsen terwijl ze liep. En ze bleef de hele tijd naar hem schreeuwen. Ze ging naar haar boot, sprong erin en zoefde weg terwijl ze haar short ophees. Toen ze langs ons voer, keek ze ons recht in de ogen. Daardoor weet ik precies wie ze was.'

'Je zei dat ze naar hem bleef schreeuwen terwijl ze naar haar boot liep. Heb je verstaan wat ze precies zei?'

'Ja, tegen die tijd konden we haar luid en duidelijk horen, want we waren vrij dichtbij.'

'Wil je de rechtbank vertellen wat je haar hoorde schreeuwen, alsjeblieft?'

'Ze gilde: "Laat me met rust, klootzak! Als je me nog een keer lastigvalt, vermoord ik je!"'

Er stak een geroezemoes op in de zaal dat bleef aanhouden. Rechter Sims tikte met zijn hamer. 'Stilte. Zo is het wel genoeg.'

'Dank je wel, Rodney,' zei Eric tegen zijn getuige. 'Geen vragen meer.'

'Dan geef ik nu het woord aan de verdediging,' zei rechter Sims.

Tom liep langs Eric heen naar de getuigenbank.

'Goed, Rodney, je hebt verklaard dat toen je die gedempte, maar luide stemmen hoorde, je eerst niet kon zien wat er zich afspeelde tussen mevrouw Clark en meneer Andrews, klopt dat?'

'Ja. We konden ze pas zien toen we dichterbij kwamen.'

'En je zei dat de vrouw, die je later hebt geïdentificeerd als mevrouw Clark, gilde alsof ze in nood was. Correct?'

'Ja.'

'Je zag niet dat twee volwassen mensen elkaar met wederzijdse instemming kusten of op een andere manier intiem waren. Je hoorde een vrouw gillen alsof ze werd aangerand, alsof ze hulp nodig had. Klopt dat?'

'Ja.'

'Zou het dan kunnen dat mevrouw Clark meneer Andrews schopte om zich te verdedigen, als vrouw alleen in het bos, tegen een beresterke, atletische man? Een vroegere quarterback, die haar belaagde?'

'Ja, dat zou wel kunnen, denk ik.'

'Geen vragen meer.'

'Nog vragen?' vroeg de rechter aan Eric.

'Ja, edelachtbare,' zei Eric, die achter de tafel was gaan zitten.

Hij stond op en richtte zich tot Rodney. 'Dus, Rodney, los van de vraag of wat er tussen die twee gebeurde met wederzijdse instemming was, heb ik het goed als ik zeg dat de gedaagde, mevrouw Clark, woedend was op de overledene, Chase Andrews?'

'Ja, en óf ze woedend was.'

'Woedend genoeg om te schreeuwen dat ze hem zou vermoorden als hij haar nog eens lastigviel, toch?'

'Ja, dat zei ze.'

'Geen vragen meer, edelachtbare.'

41
Een kleine roedel

1969

Kya prutste aan de gashendel terwijl ze omkeek, bang dat Chase haar in zijn boot achtervolgde vanuit Cypress Cove. Ze stuurde snel naar haar lagune en haastte zich hinkend en met opzwellende knieën naar de hut. Zodra ze in de keuken was, liet ze zich huilend op de vloer zakken. Ze voelde aan haar dikke oog en spuugde gruis uit haar mond. Toen luisterde ze of ze hem hoorde naderen.

Ze had het koord met de schelp gezien. Hij droeg het nog steeds. Waarom?

'Je bent van mij,' had hij gezegd. Hij zou ziedend zijn omdat ze hem had geschopt en hij zou wraak komen nemen. Misschien vandaag. Misschien wachtte hij tot het donker was.

Ze kon het aan niemand vertellen. Jumpin' zou erop staan dat ze de sheriff erbij haalden, maar als het zijn woord tegen dat van het moerasmeisje was, zou hij altijd voor Chase kiezen. Ze wist niet wat de twee vissende mannen precies hadden gezien, maar ze zouden nooit voor haar opkomen. Ze zouden zeggen dat het haar eigen schuld was, want voordat hij bij haar wegging, waren ze jarenlang zoenend gespot en zo gedroeg een dame zich niet. Als een hoer, zouden ze zeggen.

Buiten huilde de zeewind en ze was bang dat ze zijn boot niet zou horen aankomen, dus pakte ze, vertraagd door de pijn, beschuitbollen, kaas en noten in haar plunjezak. Ze haastte zich met haar hoofd gebogen tegen de uitzinnige storm door het slijkgras langs de vaargeulen naar de leeshut. Het was drie kwartier lopen, en bij elk geluid verstrakte haar beurse, stramme lichaam en keek ze met een ruk opzij, naar de struiken. Ten slotte doemde de oude hut op aan de oever, omringd door hoog gras. Hier was de wind kalmer en heerste de rust van de weide. Ze had Chase nooit over haar schuilplaats verteld, maar misschien wist hij ervan. Ze wist het niet zeker.

Het stonk er niet meer naar rattenpis. Nadat het ecologisch lab Tate had aangesteld, had hij de oude blokhut samen met Scupper opgeknapt, zodat hij er tijdens zijn expedities kon overnachten. Ze hadden de muren geschoord, het dak rechtgezet en de hut sober ingericht met een smal bed met een sprei, een kookkachel, een tafel en een stoel. Aan de balken hingen potten en pannen. Op een klaptafel stond een verdwaalde microscoop onder een plastic hoes. In een oude metalen trommel in de hoek zaten blikken bonen en sardines. Er was niets waar de beren op af zouden kunnen komen.

Maar ze voelde zich opgesloten binnen, waar ze niet kon zien of Chase eraankwam, dus ging ze aan de rand van de kreek zitten en tuurde met haar rechteroog naar het grazige waterland. Het linker was zo gezwollen dat ze het niet meer open kreeg.

Stroomafwaarts liep een roedel van vijf hindes langs de waterkant bladeren te peuzelen alsof Kya er niet was. Kon ze zich maar aansluiten, daarbij horen. Ze wist dat de roedel niet zozeer incompleet was zonder een van de herten, maar dat elk hert incompleet zou zijn zonder haar roedel. Een van de hindes hief haar hoofd en keek met haar donkere ogen tussen de bomen door. Ze stampte met haar rechtervoorvoet, toen met de linker. De andere herten keken op en floten waarschuwend. Kya speurde onmiddellijk met haar goede oog naar tekenen van Chase of een ander roofdier, maar alles was rustig. Misschien waren de hindes geschrokken van de bries. Ze stampten niet meer, maar verdwenen langzaam in het hoge gras, Kya alleen en met een onbehaaglijk gevoel achterlatend.

Ze keek nog eens zoekend naar indringers naar de wei, maar het luisteren en spieden slurpte al haar energie op, dus ging ze weer naar binnen. Ze diepte de zweterige kaas op uit haar plunjezak, liet zich op de vloer zakken en at gedachteloos, met een hand op haar gekneusde wang. Haar gezicht, armen en benen waren opengehaald en zaten vol vegen zanderig bloed. Haar knieën waren geschaafd en bonsden. Ze snikte, vechtend tegen de schaamte, en opeens spuugde ze een natte, klonterige brij kaas uit.

Ze had dit over zichzelf afgeroepen door met mannen om te gaan. Een natuurlijk verlangen had haar ongetrouwd naar een goedkoop motel gelokt, maar het had haar niet bevredigd. Seks onder knipperende neonlichten, en het enige wat ervan over was gebleven, waren bloedvlekken op de lakens, als de sporen van een dier.

Chase had waarschijnlijk overal opgeschept over wat ze hadden gedaan. Geen wonder dat de mensen haar meden: ze was minderwaardig, weerzinwekkend.

Toen de halvemaan zichtbaar werd tussen de jagende wolken, zocht ze naar mannengedaanten door het kleine raam, heimelijk en in elkaar gedoken. Ten slotte kroop ze in Tates bed en sliep onder zijn sprei. Ze werd telkens wakker, luisterde of ze voetstappen hoorde en trok het zachte weefsel dan weer om haar gezicht.

Voor het ontbijt at ze weer van de brokkelige kaas. Haar gezicht was groen-paars geworden, met een gezwollen oog ter grootte van een gekookt ei en een stramme nek. Delen van haar bovenlip waren grotesk verwrongen. Ze was net ma, monsterlijk, bang om naar huis te gaan. Plotseling begreep Kya wat ma had doorstaan en waarom ze was vertrokken. 'Ma, ma,' fluisterde ze. 'Ik snap het. Nu begrijp ik eindelijk waarom je wel weg moest gaan en niet meer terug kon komen. Het spijt me dat ik het niet wist, dat ik je niet kon helpen.' Kya boog haar hoofd en snikte. Toen keek ze weer op en zei: 'Ik weiger zo te leven, me altijd te moeten afvragen waar en wanneer de volgende vuistslag zal komen.'

Die middag liep ze naar huis, maar hoewel ze honger had en inkopen moest doen, ging ze niet naar Jumpin's, want daar zou Chase haar kunnen zien. Bovendien wilde ze niet dat iemand haar gehavende gezicht zag, en zeker Jumpin' niet.

Na een sober maal van hard brood en gerookte vis ging ze op de rand van haar bed op de veranda door de hor zitten staren. Opeens zag ze een vrouwelijke bidsprinkhaan over een tak vlak bij haar gezicht lopen. Het insect plukte met haar gesegmenteerde vangpoten vlinders uit de lucht en vermaalde ze tussen haar kaken terwijl de vleugels nog fladderden. Een mannelijke bidsprinkhaan, met zijn kop hoog en fier als een pony, paradeerde langs om haar het hof te maken. Ze reageerde door geïnteresseerd met haar antennes te bewegen. Zijn omhelzing kon stevig of teder zijn, dat wist Kya niet, maar terwijl hij met zijn geslachtsorgaan rondtastte om haar eitjes te bevruchten, draaide het vrouwtje haar lange, elegante nek en beet zijn kop eraf. Hij was zo druk bezig dat hij het niet merkte. De stomp van zijn nek bleef bewegen terwijl hij zijn klusje klaarde en het vrouwtje knaagde eerst aan zijn borststuk en toen aan zijn voorpoten. Ten slotte hing zijn laatste voorpoot uit haar bek terwijl zijn onderlichaam zonder hoofd of hart in een perfect ritme bleef copuleren.

Vrouwelijke vuurvliegjes trekken vreemde mannetjes aan met valse signalen en eten ze op; vrouwelijke bidsprinkhanen verslinden mannetjes van hun eigen soort. Vrouwelijke insecten, dacht Kya, weten wel hoe ze hun minnaars moeten aanpakken.

Een paar dagen later ging ze met de boot het moeras in, naar gebieden die Chase niet zou kennen, maar ze was waakzaam en schrikachtig, wat het lastig maakte om te schilderen. Haar oog was nog opgezet rond een smal spleetje en de verkleuring had zich over haar halve gezicht verspreid. Haar lichaam bonsde overal van de pijn. Telkens wanneer ze een wangzakeekhoorn hoorde piepen, draaide ze zich bliksemsnel om naar het geluid en luisterde aandachtig naar het gekras van de kraaien, een taal die al bestond voordat er woorden waren, toen communicatie nog simpel en duidelijk was. Waar ze ook naartoe ging, ze dacht altijd na over een vluchtroute.

42

Een cel

1970

Troebele lichtbundels vielen door het kleine raampje van Kya's cel. Ze keek naar de stofjes die geluidloos allemaal dezelfde kant op dansten, alsof ze een vage leider volgden. Wanneer ze de schaduw raakten, waren ze weg. Zonder de zon waren ze niets.

Ze trok het houten krat, haar enige tafel, onder het raam, dat twee meter boven de vloer zat. In haar grijze overall met GEDETINEERDE op de rug klom ze op het krat en keek naar de zee, die net zichtbaar was achter het dikke glas en de tralies. Schuimkoppen klotsten en spatten, pelikanen vlogen laag over het water, met draaiende kop naar vis speurend. Als ze haar nek helemaal naar rechts uitstrekte, kon ze de dichte kruin van de rand van het moeras zien. De vorige dag had ze een adelaar met een draaiende beweging naar een vis zien duiken.

De gevangenis bestond uit zes cellen van tweeënhalf bij tweeënhalf in een laag, betonnen gebouw achter het bureau van de sheriff aan de rand van het dorp. Er was maar één rij cellen, zodat de gedetineerden elkaar niet konden zien. Drie muren waren van klamme betonblokken; de vierde bestond uit tralies en de vergrendelde deur. De cellen waren allemaal voorzien van een houten bed met een bultige, met katoen gevulde matras, een donzen kussen, lakens, een grijze wollen deken, een wastafel, een houten krat en een wc. Boven de wastafel hing geen spiegel, maar een ingelijst portret van

Jezus, geschonken door de vrouwenafdeling van de doopsgezinde kerk. Het enige extraatje dat ze had gekregen, als eerste vrouwelijke gedetineerde in jaren die langer dan een nacht bleef, was een grijs douchegordijn dat ze rond de wastafel en de wc kon trekken.

In de twee maanden voorafgaand aan het proces was ze in deze cel gestopt, zonder borgtocht, vanwege haar mislukte poging met haar boot aan de sheriff te ontsnappen. Ze vroeg zich af wie het woord *cel* was gaan gebruiken in plaats van *kooi.* Er moest een moment zijn geweest waarop de mensheid behoefte had gekregen aan dat eufemisme. Rode, zelfgekrabde striemen liepen over haar armen. Soms zat ze minutenlang gedachteloos op haar bed naar slierten van haar haar te kijken en eraan te plukken alsof het veren waren. Zoals de meeuwen doen.

Terwijl ze op het krat stond en reikhalzend naar het moeras keek, dacht ze aan een gedicht van Amanda Hamilton:

Geknakte meeuw van Brandon Beach

Gevleugelde ziel, je danste in de lucht
En liet de dageraad schrikken met je schrille kreten.
Je volgde zeilen, trotseerde de zee,
En ving de wind naar mij terug.

Je brak je wiek; hij sleepte over het land
En etste je teken in het zand
Met geknakte veren kun je niet zweven,
Maar wanneer hou je op te leven?

Toen was je weg, ik weet niet waarheen,
Maar je vleugelsporen zijn gebleven
Met een gebroken hart kan niemand zweven,
Maar wanneer hou je op te leven?

Hoewel de gedetineerden elkaar niet konden zien, brachten de enige andere celbewoners, twee mannen aan het eind van de rij, een groot deel van de dag en avond pratend door. Ze hadden allebei dertig dagen gekregen omdat ze in de Dog-Gone Beer Hall een vechtpartij waren begonnen over wie er het verst kon spugen, met als resultaat gebroken spiegels achter de bar en een paar gebroken botten. Ze lagen meestal op hun bed naar elkaar te roepen vanuit hun aan elkaar grenzende cellen, als daklozen rond een vuurtje. Ze vertelden elkaar roddels over Kya's zaak die ze van hun bezoekers hadden gehoord. Ze bespraken vooral haar kans op de doodstraf, die al twintig jaar niet meer was geëist in het district en nog nooit tegen een vrouw.

Kya hoorde elk woord. De dood joeg haar geen angst aan; haar maakten ze niet bang met het dreigement een eind te maken aan dit schimmige leven, maar dat ze door de hand van een ander gedood zou worden, volgens een vooropgezet plan en op een afgesproken tijdstip, was zo ondenkbaar dat het haar de adem benam.

De slaap hield zich verre van haar, sloop naar de randjes en flitste weg. Haar geest werd ondergedompeld in een diepe, plotselinge sluimering, een moment van gelukzaligheid, om vervolgens weer wakker te schokken.

Ze stapte van het krat, ging weer op het bed zitten en trok haar knieën op tot onder haar kin. Ze hadden haar hier na de zitting naartoe gebracht, dus het zou nu zes uur kunnen zijn. Nog maar een uur later. Of misschien nog niet eens.

43

Een microscoop

1969

Begin september, ruim een week nadat Chase haar had aangerand, liep Kya over haar strand. De wind probeerde een brief uit haar hand te trekken, dus drukte ze hem tegen haar borst. Haar redacteur had haar uitgenodigd hem te komen opzoeken in Greenville. Hij schreef dat hij begreep dat ze niet graag naar de stad ging, maar dat hij haar wilde ontmoeten en dat de uitgeverij haar onkosten zou betalen.

Het was een heldere, warme dag, dus ging ze met de boot het moeras in. Toen ze aan het eind van een smalle zijrivier om een rietkraag kwam, zag ze Tate, die gehurkt op een brede zandbank kleine buisjes in het water hield om watermonsters te nemen. Zijn onderzoeksjacht lag aan een boomstronk aangemeerd en was gedraaid, zodat het de vaargeul blokkeerde. Ze draaide het roer. Haar gezicht was iets minder gezwollen en verkleurd, maar ze had nog lelijke groene en paarse vlekken rond haar oog. Tate mocht haar gehavende gezicht niet zien, dus probeerde ze panisch haar boot te keren, maar hij keek op en zwaaide naar haar.

'Kom erbij, Kya. Ik wil je mijn nieuwe microscoop laten zien.'

Het had hetzelfde effect als toen de spijbelmevrouw haar kippenpastei had beloofd. Ze nam gas terug, maar zei niets.

'Kom op. Je gelooft je ogen niet als je die vergroting ziet. Je kunt de schijnvoetjes van de amoebes zien.'

Ze had nog nooit amoebes gezien, laat staan hun lichaamsdelen, en het weerzien met Tate bracht rust, kalmte. Ze besloot dat ze haar gekneusde gezicht van hem afgewend kon houden, trok haar boot op de oever en liep door het ondiepe water naar de zijne. Ze droeg een afgeknipte spijkerbroek en een wit T-shirt en haar haar hing los. Hij ging boven aan de ladder op het achterschip staan en stak zijn hand uit, die ze pakte zonder hem aan te kijken.

Het zachte beige van het motorjacht ging op in het moeras, en Kya had nog nooit zoiets moois gezien als het teakhouten dek en het messing stuurwiel. 'Kom mee naar beneden,' zei hij, en hij liep de treden naar de hut af. Ze keek naar het kapiteinsbureau, het keukentje, dat beter geoutilleerd was dan haar eigen keuken, en het zitgedeelte, waar een laboratorium was ingericht met verschillende microscopen, rekken met reageerbuisjes en instrumenten die zoemden en knipperden.

Tate prutste aan de grootste microscoop en verschoof het objectglas.

'Hier, wacht even.' Hij liet een drupje moeraswater op het objectglas vallen, legde er een dekglaasje op en stelde het oculair scherp. Toen richtte hij zich op. 'Kijk maar.'

Kya leunde behoedzaam naar voren, alsof ze een baby een zoen wilde geven. Het licht van de microscoop weerspiegelde in haar donkere pupillen en haar adem stokte toen een carnavalsstoet van dansende gekostumeerde spelers in beeld kwam. Onvoorstelbare hoofdtooien sierden verbijsterende lichamen die zo snakten naar meer leven dat ze ronddartelden alsof ze in een circustent waren in plaats van in een druppel water.

Ze legde een hand op haar hart. 'Ik had geen idee dat het er zoveel waren, en wat zijn ze mooi,' zei ze, nog steeds kijkend.

Hij benoemde een paar soorten, stapte achteruit en keek naar haar. *Ze voelt de hartslag van het leven*, dacht hij, *want er zijn geen lagen die haar scheiden van haar planeet.*

Hij liet haar meer objectglaasjes zien.

'Het is alsof je de sterren plotseling voor het eerst ziet,' fluisterde ze.

'Heb je zin in koffie?' vroeg hij zacht.

Ze hief haar hoofd. 'Nee, nee, dank je.' Toen stapte ze achteruit bij de microscoop vandaan richting de kombuis, onhandig, met haar verkleurde oog van Tate afgewend.

Tate was er wel aan gewend dat Kya op haar hoede was, maar nu deed ze vreemder en afstandelijker dan ooit en ze bleef haar hoofd maar gedraaid houden.

'Ah, toe, Kya. Eén kopje koffie.' Hij was al naar het keukentje gelopen en schonk water in een apparaat waar een sterk brouwsel uit druppelde. Zij stond bij de ladder naar het dek, en hij reikte haar een mok aan en gebaarde dat ze naar boven moest gaan. Hij bood haar een plek op de bank met kussens aan, maar ze ging op het achterschip staan. Als een kat wist ze de uitgang te vinden. De stralend witte zandbank boog van hen af onder de beschutting van de eiken.

'Kya...' Hij had iets willen vragen, maar toen ze hem haar gezicht toekeerde, zag hij de wegtrekkende kneuzing rond haar oog.

'Wat is er met jou gebeurd?' Hij liep op haar af en wilde haar wang aanraken, maar ze wendde zich af.

'Niets. Ik ben midden in de nacht tegen een deur op gelopen.'

Aan de manier waarop ze een hand voor haar gezicht sloeg, zag hij dat het niet waar was. Iemand had haar geslagen. Chase? Ging ze nog met hem om, ook al was hij nu getrouwd? Tate knarsetandde. Kya maakte aanstalten om haar mok neer te zetten, alsof ze weg wilde gaan.

Hij dwong zichzelf kalm te blijven. 'Ben je al aan een nieuw boek begonnen?'

'Ik ben bijna klaar met de paddenstoelengids. Mijn redacteur komt ergens eind oktober naar Greenville en wil daar met me afspreken, maar ik weet het nog niet.'

'Ik zou het doen. Het zou leuk voor je zijn om hem te ontmoeten. Er gaat elke dag een bus vanuit Barkley Cove, ook 's avonds. Het is niet zo ver. Een uur en twintig minuten rijden misschien, zoiets.'

'Ik weet niet waar ik een kaartje moet kopen.'

'De chauffeur helpt je wel. Zorg gewoon dat je bij de bushalte in Main Street staat; hij legt je de rest wel uit. Ik geloof dat Jumpin' de dienstregeling in zijn winkel heeft hangen.' Hij had er bijna bij gezegd dat hij vaak in die bus had gezeten toen hij nog studeerde, maar het leek hem beter haar niet te herinneren aan die tijd, aan hoe ze die zomer aan het strand had staan wachten.

Ze nipten een tijdje zwijgend van hun koffie en luisterden naar een paar haviken die langs de randen van een grote wolk vlogen.

Hij durfde haar niet nog een kop koffie aan te bieden, want hij wist dat ze dan weg zou gaan, dus vroeg hij naar haar paddenstoelenboek en vertelde over de protozoën die hij bestudeerde. Alles was goed, als hij haar maar bij zich wist te houden.

Het middaglicht nam af en er stak een koele wind op. Ze zette haar mok weer neer en zei: 'Ik moet gaan.'

'Ik zou een fles wijn open kunnen trekken. Wil je ook?'

'Nee, dank je.'

'Wacht nog even,' zei Tate. Hij ging naar de kombuis en kwam terug met een zak oud brood en beschuitbollen. 'Doe de meeuwen de groeten, alsjeblieft.'

'Dank je.' Ze klom de ladder af.

Toen ze naar haar boot liep, riep hij: 'Kya, het is afgekoeld, wil je geen jack of zo?'

'Nee, ik hoef niets.'

'Neem tenminste mijn muts mee,' riep hij, en hij gooide een rode wollen muts naar haar toe. Ze ving hem en slingerde hem terug. Hij gooide hem nog eens, verder, en zij draafde over de zandbank, bukte zich en raapte hem op. Ze sprong lachend in haar boot, startte de motor, voer zijn kant op en gooide de muts in zijn boot. Hij grinnikte en zij giechelde. Toen keken ze elkaar alleen nog maar aan terwijl ze de muts overgooiden, tot ze om de bocht verdween. Ze ging met een plof achterin zitten en sloeg een hand voor haar mond. 'Nee,' zei ze hardop. 'Ik kan niet nog eens voor hem vallen. Dan word ik weer gekwetst.'

Tate bleef op het achterschip staan en balde zijn vuisten bij de gedachte dat iemand haar had geslagen.

Ze volgde de kustlijn in zuidelijke richting, vlak achter de branding. Via die route zou ze langs haar strand komen voordat ze de vaargeul bereikte die via het moeras naar haar hut leidde. Meestal voer ze haar strand voorbij, laveerde door de doolhof van waterwegen naar haar lagune en liep dan terug. Deze keer zagen de meeuwen haar en zwermden rond haar boot. Big Red streek neer op de boeg en wipte met zijn kop op en neer. Ze lachte. 'Oké dan, jij wint.' Ze brak door de branding, trok haar boot achter de hoge graspluimen en strooide de kruimels die Tate haar had gegeven.

Terwijl de zon zich goudgeel en roze over het water uitstrekte, ging ze op het zand zitten, met de meeuwen om zich heen. Opeens hoorde ze een buitenboordmotor en zag Chase' skiboot naar haar vaargeul stuiven. Hij kon haar boot niet tussen de halmen zien liggen, maar zij zat in het volle zicht aan het strand. Ze drukte zich plat in het zand en draaide haar hoofd opzij om hem te kunnen zien. Hij stond aan het roer, met wapperend haar en een boze frons op zijn gezicht, maar hij nam zonder haar kant op te kijken de bocht naar de vaargeul die uitkwam op haar lagune.

Toen hij weg was, richtte ze zich weer op. Als ze hier niet had aangelegd om bij de meeuwen te zijn, had hij haar thuis getroffen. Ze had het keer op keer van pa geleerd: zulke mannen willen de laatste klap uitdelen. Kya had Chase kronkelend op de grond achtergelaten. De twee oude vissende mannen hadden waarschijnlijk gezien dat ze hem vloerde. Kya moest een lesje leren, zou pa zeggen.

Zodra Chase ontdekte dat ze niet in de hut was, zou hij naar haar strand lopen. Ze rende naar haar boot, gaf gas en koerste terug naar Tate. Alleen wilde ze Tate niet vertellen wat Chase haar had aangedaan; de schaamte was sterker dan de rede. Ze minderde dus vaart en dobberde op de golven in de ondergaande zon. Ze moest zich verbergen en wachten tot Chase wegging. Zolang ze hem niet zag vertrekken, wist ze niet of ze veilig naar huis kon.

Ze koerste de vaargeul in, bang dat hij elk moment met brullende motor haar kant op kon komen. Ze liet haar motor zo laag mogelijk lopen, zodat die niet zou uitvallen en ze zijn boot nog kon horen, en gleed een binnenwatertje op met overhangende boomtakken en struiken. Ze stuurde achteruit, dieper de struiken in, takken opzijduwend tot ze werd verborgen door lagen bladeren en de invallende nacht.

Moeizaam ademend luisterde ze tot ze zijn motor eindelijk door de zachte avondlucht hoorde gieren. Ze maakte zich nog kleiner toen hij naderde, opeens bang dat de punt van haar boot zichtbaar was. Het geluid kwam heel dichtbij, en toen stoof zijn boot langs. Ze bleef nog bijna een halfuur zitten en toen het echt donker was, koerste ze op de sterren naar huis.

Ze nam haar beddengoed mee naar het strand en ging bij de meeuwen zitten. Die streken zonder aandacht aan haar te besteden hun uitgestrekte vleugels op en nestelden zich toen op het zand, als stenen met veren. Kya ging zo dicht mogelijk bij de vogels liggen, die zachte geluidjes maakten en hun kop onder hun vleugel stopten voor de nacht, maar ondanks hun zachte gekoer en geritsel kon ze de slaap niet vatten. Ze lag vooral te woelen, en telkens als de wind het geluid van voetstappen nabootste, schoot ze rechtop.

Tegen het ochtendgloren brulde de branding op een striemende wind die pijn deed aan haar wangen. Ze richtte zich op en zag de meeuwen drentelen, zich uitrekken en in het zand krabben. Big Red leek iets zeer belangwekkends in zijn ondervleugel te hebben gevonden en daar keek hij met grote ogen en zijn kop gedraaid naar. Normaal gesproken zou het Kya aan het lachen hebben gemaakt, maar de vogels konden haar nu niet opvrolijken.

Ze liep naar de golven. Chase zou dit niet over zijn kant laten gaan. In een isolement leven was één ding; in angst leven iets heel anders.

Ze stelde zich voor dat ze stap voor stap de kolkende zee in liep, de stilte onder de golven in zakte. Slierten haar kronkelden als zwarte waterverf in de fletsblauwe zee en haar lange vingers en armen tastten deinend naar het wateroppervlak en het felle schijnsel erboven. Dromen over ontsnapping, zelfs via de dood, reiken altijd naar het licht. De vlak voor haar bungelende, fonkelende rust, vlak buiten haar bereik, tot haar lichaam ten slotte naar de bodem zinkt en een plek vindt in de troebele stilte. Veilig.

Wanneer hou je op te leven?

44

Celgenoot

1970

Kya stond midden in haar cel. In de gevangenis. Als degenen van wie ze hield, zoals Jodie en Tate, haar niet in de steek hadden gelaten, was ze hier niet terechtgekomen. Wie op iemand leunt, houdt beide benen op de grond.

Voordat ze was aangehouden, had ze een paar keer een glimp opgevangen van een weg terug naar Tate, een opening in haar hart. Liefde die dichter naar het oppervlak kwam. Hij was diverse keren naar de gevangenis gekomen om haar op te zoeken, maar ze had geweigerd hem te ontvangen. Ze wist niet goed waarom de gevangenis haar hart nog verder had gesloten. Waarom ze de troost die hij haar hier kon brengen niet met beide handen aangreep. Dat Kya kwetsbaarder was dan ooit, leek een reden te zijn om anderen nog meer te wantrouwen. Nu ze zwakker was dan ooit, zocht ze steun bij het enige vangnet dat ze kende: zijzelf.

Dat ze achter de tralies was gezet zonder de mogelijkheid om op borgtocht vrij te komen, gaf wel aan hoe alleen ze was. Ze had iemand mogen bellen van de sheriff, wat haar er pijnlijk op had gewezen dat ze niemand kón bellen. Het enige telefoonnummer dat ze had was dat van Jodie, en hoe kon ze haar broer opbellen om te zeggen dat ze in voorarrest zat op beschuldiging van moord? Hoe kon ze hem na al die jaren lastigvallen met haar eigen problemen? Misschien speelde de schaamte ook een rol.

Ze hadden haar aan haar lot overgelaten; ze had in haar eentje moeten overleven en voor zichzelf moeten opkomen. Hier was ze dan, in haar eentje.

Ze pakte het prachtige schelpenboek weer dat Tom Milton haar had gegeven, verreweg haar meest gekoesterde boek. Er lagen wat biologieboeken op de vloer die volgens de gevangenbewaarder door Tate waren gebracht, maar ze kon de woorden niet op een rijtje houden. Zinnen dwaalden alle kanten op en cirkelden terug naar het begin. Afbeeldingen van schelpen waren makkelijker.

Er klonken voetstappen op de goedkope tegelvloer en Jacob, een kleine zwarte man die als bewaarder werkte, dook achter de tralies van haar deur op. Hij had een groot, in bruin papier verpakt pakket bij zich. 'Sorry dat ik stoor, mevrouw Clark, maar u hebt bezoek. U moet met me mee.'

'Wie is het?'

'Uw advocaat, meneer Milton.' Jacob ontsloot met gerinkel van metaal op metaal haar deur en gaf haar het pakket. 'En dit hier komt van Jumpin'.' Ze legde het pakket op het bed en liep achter Jacob aan door de gang naar een kamertje dat nog kleiner was dan haar cel. Toen ze binnenkwam, ging Tom staan. Kya knikte naar hem en keek toen door het raam, waarachter een immense stapelwolk zijn perzikkleurige wangen bol blies.

'Goedenavond, Kya.'

'Dag, meneer Milton.'

'Kya, zeg toch Tom, alsjeblieft. En wat is er met je arm? Heb je je bezeerd?'

Ze legde vliegensvlug haar hand op de rode striemen die ze op haar arm had gekrabd. 'Gewoon muggenbeten, denk ik.'

'Ik zal met de sheriff gaan praten; je mag geen muggen in je... verblijf hebben.'

Met gebogen hoofd zei ze: 'Nee, niet doen alstublieft, het geeft niet. Ik ben niet bang voor insecten.'

'Goed, ik doe natuurlijk niets wat jij niet wilt. Kya, ik ben gekomen om je opties met je te bespreken.'

'Wat voor opties?'

'Ik zal het uitleggen. Op dit punt is het moeilijk te zeggen hoe de jury zal beslissen. De aanklager heeft een goede zaak. Verre van waterdicht, maar gezien de vooroordelen van de mensen hier tegen jou, moet je er rekening mee houden dat het niet makkelijk voor ons zal worden om te winnen. Maar er is ook nog de optie van strafvermindering in ruil vóor een schuldbekentenis. Weet je waar ik het over heb?'

'Niet precies.'

'Je hebt je niet-schuldig verklaard aan doodslag met voorbedachten rade. Als we verliezen, verliezen we grandioos: dan krijg je levenslang of zelfs de doodstraf. Je hebt de optie om te verklaren dat je schuldig bent aan een minder zwaar feit, doodslag, bijvoorbeeld. Als je bereid bent om te zeggen dat je die nacht inderdaad naar de toren bent gegaan, dat je Chase daar hebt getroffen, dat jullie onenigheid kregen en dat hij achteruit is gestapt en door het rooster is gevallen, een verschrikkelijk ongeluk, dan zou het proces meteen gestaakt kunnen worden, dan hoef je dit drama niet langer te ondergaan en kunnen we met de aanklager over de strafmaat onderhandelen. Aangezien je een blanco strafblad hebt, zouden ze je waarschijnlijk tot tien jaar veroordelen en dan zou je over een jaar of zes weer vrij kunnen zijn. Ik weet dat het erg klinkt, maar het is altijd beter dan je hele leven in de gevangenis zitten of nog erger.'

'Nee, ik weiger iets te zeggen wat schuld impliceert. Ik weiger naar de gevangenis te gaan.'

'Kya, ik begrijp het, maar denk er alsjeblieft rustig over na. Je wilt niet je hele leven in de gevangenis doorbrengen en je wilt ook niet... dat andere.'

Kya keek weer naar buiten. 'Ik hoef er niet over na te denken. Ik weiger in de gevangenis te blijven.'

'Tja, we hoeven nu nog niets te beslissen. We hebben nog even de tijd. Laten we zien hoe het gaat. Wil je nog iets met me bespreken voordat ik wegga?'

'Haal me hieruit, alstublieft. Hoe dan ook.'

'Ik zal mijn best doen, Kya. Geef niet op. En help me, alsjeblieft. Je moet betrokkenheid tonen, zoals ik al zei, af en toe naar de juryleden kijken...'

Maar Kya had zich al omgedraaid naar de deur.

Jacob bracht haar terug naar haar cel, waar ze het pakje van Jumpin' bekeek, dat door de gevangenisdirecteur was opengemaakt en slordig weer met plakband was dichtgeplakt. Ze maakte het voorzichtig open en vouwde het papier op om het te bewaren. In de doos zat een mand met kleine tubetjes verf, een penseel, papier en een zak zelfgebakken maismuffins van Mabel. De mand was gevoerd met een laagje gedroogde dennennaalden, een paar eikenbladeren en schelpen en lange slierten lisdodden. Kya snoof diep. Tuitte haar lippen. Jumpin'. Mabel.

De zon was al onder; er waren geen dansende stofjes om naar te kijken.

Na het eten kwam Jacob haar dienblad ophalen. 'Mevrouw Clark, wat hebt u weinig gegeten. En het zijn zulke lekkere karbonaadjes en bonen.' Ze glimlachte flauwtjes naar hem en luisterde naar zijn voetstappen door de gang. Ze wachtte tot de dikke metalen deur met een zware onontkoombaarheid in het slot was gevallen.

Toen werd haar blik getrokken door een beweging op de vloer in de gang, vlak achter de tralies. Daar zat Zondagsrechter, die met zijn groene ogen in haar donkerbruine staarde.

Haar hart begon te bonzen. Ze had al die weken alleen opgesloten gezeten, en nu kon dit schepsel als een tovenaar tussen de tralies door lopen. Bij haar zijn. Zondagsrechter wendde zijn blik af en keek de gang in, in de richting van het geklets van de andere twee gedetineerden. Kya was bang dat hij naar hen toe zou lopen en haar zou achterlaten, maar hij keek weer naar haar, knipperde verveeld met zijn ogen en wurmde zich moeiteloos tussen de tralies door. Naar binnen.

Kya liet haar adem ontsnappen en fluisterde: 'Blijf bij me, alsjeblieft.'

Hij snuffelde op zijn gemak rond in de cel, aan de klamme betonnen muren, de leidingen en de wasbak, en de hele tijd deed hij alsof ze er niet was. Hij vond een kleine barst in de muur het interessantst, zag ze aan zijn staart, die de maat van zijn gedachten sloeg. Hij besloot zijn ontdekkingsreis naast haar smalle bed en toen, alsof het heel gewoon was, sprong hij op haar schoot en draaide in kringetjes rond, waarbij zijn grote witte klauwen zacht houvast zochten op haar bovenbenen. Kya zat er als versteend bij, met haar armen iets omhoog om hem niet te belemmeren bij zijn gedraai. Uiteindelijk ging hij liggen alsof hij elke avond van zijn leven bij haar op schoot was gekropen en keek naar haar op. Ze aaide hem voorzichtig over zijn kop en krabde hem toen in zijn nek. Er barstte een luid gebrom los, bijna machinaal. Ze deed haar ogen even dicht. Zo makkelijk geaccepteerd worden. Het was een intense onderbreking van een levenslange hunkering.

Ze durfde niet te bewegen, dus bleef ze stram zitten tot ze kramp in haar ene been kreeg en ging toen iets verzitten om haar spieren te rekken. Zondagsrechter liet zich zonder zijn ogen open te doen van haar schoot glijden en krulde zich naast haar op. Ze ging liggen, aangekleed en wel, en ze nestelden zich tegen elkaar aan. Ze keek hoe hij sliep en volgde toen zijn voorbeeld. Het was geen val waaruit ze weer met een schok ontwaakte, maar een wegzakken, eindelijk, in een kalm niets.

In de loop van de nacht deed ze een keer haar ogen open en zag hem op zijn rug liggen slapen, met zijn voorpoten naar de ene kant uitgestrekt en zijn achterpoten naar de andere, maar toen ze vroeg in de ochtend wakker werd, was hij er niet meer. Een kreun ontworstelde zich uit haar keel.

Later kwam Jacob, die het ontbijtblad op zijn ene hand droeg en met de andere de deur ontgrendelde. 'Ik kom uw pap brengen, mevrouw Clark.'

Ze nam het dienblad aan. 'Jacob,' zei ze. 'Die zwart-witte kat die in de rechtszaal slaapt? Hij was hier vannacht.'

'O, dat spijt me vreselijk. Dat is Zondagsrechter. Hij glipt wel eens met me mee en dan zie ik hem niet door die dienbladen, en dan doe ik de deur achter hem dicht.' Hij was zo vriendelijk niets over 'opsluiten' te zeggen.

'Het geeft niet. Ik vind het juist fijn als hij er is. Wil je hem alsjeblieft binnenlaten als je hem na het avondeten ziet? Of altijd, eigenlijk?'

Hij keek met een zachte blik naar haar. 'Natuurlijk wil ik dat. Ik zal het doen, mevrouw Clark, zeker weten. Ik kan me voorstellen dat hij uitstekend gezelschap is.'

'Dank je wel, Jacob.'

Die avond kwam Jacob terug. 'Hier is uw maaltijd, mevrouw Clark. Kip en puree met jus uit de cafetaria. Ik hoop dat u vanavond wel iets kunt eten.'

Kya ging staan en keek naar de vloer rond zijn voeten. Ze nam het dienblad aan. 'Dank je wel, Jacob. Heb je de kat gezien?'

'Nee, mevrouw. Nergens. Maar ik zal erop letten.'

Kya knikte. Ze ging op het bed zitten, want er was geen andere zitplaats, en keek naar haar bord. Ze had nog nooit zo goed gegeten als hier, in de gevangenis. Ze speelde wat met de kip, schoof de limabonen heen en weer. Nu ze eindelijk eten had, werkte haar maag niet meer mee.

Toen: het geluid van de sleutel in het slot, de zware metalen deur die openzwaaide.

Ze hoorde Jacob aan het eind van de gang zeggen: 'Toe maar, meneer Zondagsrechter.'

Kya keek met ingehouden adem naar de gang, en binnen een paar seconden zag ze Zondagsrechter aankomen. Het zwart en wit van zijn vacht was scherp afgebakend, maar toch was de overgang zacht.

Deze keer stapte hij zonder aarzeling haar cel in en kwam naar haar toe. Ze zette haar bord op de vloer en hij at de kip op; hij trok eerst de drumstick op de vloer en likte toen de jus op. De limabonen liet hij liggen. Ze zag het allemaal glimlachend aan en veegde de vloer schoon met een tissue.

Hij sprong bij haar op bed, en samen werden ze in een koesterende slaap gewikkeld.

De volgende ochtend kwam Jacob naar haar deur. 'Mevrouw Clark, u hebt weer bezoek.'

'Wie is het?'

'Meneer Tate weer. Hij is nu al een paar keer geweest, mevrouw Clark, en hij komt telkens iets brengen of wil u zien. Wilt u hem vandaag niet zien, mevrouw Clark? Het is zaterdag, geen zitting, niets te doen hier de hele lange dag.'

'Goed dan, Jacob.'

Jacob bracht haar naar hetzelfde sjofele kamertje waar ze haar advocaat had gesproken. Toen ze binnenkwam, stond Tate op van zijn stoel en haastte zich naar haar toe. Hij glimlachte luchtig, maar zijn ogen konden niet verhullen hoe verdrietig het hem maakte haar hier te zien.

'Kya, je ziet er goed uit. Ik was verschrikkelijk ongerust. Fijn dat je me wilt zien. Ga zitten.' Ze gingen tegenover elkaar zitten terwijl Jacob in de hoek uiterst geconcentreerd een krant las.

'Hallo, Tate. Dank je wel voor de boeken die je hebt gebracht.' Ze leek kalm, maar haar hart werd aan stukken getrokken.

'Wat kan ik verder nog voor je doen?'

'Misschien kun je de meeuwen voeren als je bij mij in de buurt bent.'

Hij glimlachte. 'Ja, ik heb ze gevoerd. Zo'n beetje om de dag.' Hij liet het klinken alsof het niets voorstelde, maar hij was elke dag 's ochtends en 's avonds naar haar strand gereden of gevaren om de meeuwen te voeren.

'Dank je.'

'Ik zat in de rechtszaal, Kya, vlak achter je. Je keek niet om, dus ik weet niet of je het wist, maar ik zal elke dag komen.'

Ze keek door het raam.

'Tom Milton is heel goed, Kya. Misschien wel de beste advocaat in dit deel van de staat. Hij krijgt je er wel uit. Als je maar volhoudt.'

Toen ze nog steeds niets zei, vervolgde hij. 'En zodra je weer vrij bent, gaan we weer lagunes verkennen, net als vroeger.'

'Tate, alsjeblieft, vergeet me toch.'

'Ik ben en zal je nooit vergeten, Kya.'

'Je weet dat ik anders ben. Ik kan niet met andere mensen omgaan. Ik pas niet in jouw wereld. Begrijp het, alsjeblieft, ik durf geen hechte band meer met iemand aan te gaan. Ik kan het niet.'

'Dat neem ik je niet kwalijk, Kya, maar...'

'Tate, luister. Ik heb jaren verlangd naar mensen om me heen. Ik geloofde echt dat er iemand bij me zou blijven, dat ik echt vrienden en familie zou krijgen. Dat ik bij een groep zou horen. Maar niemand bleef ooit. Jij niet en niet één lid van mijn familie. Nu heb ik eindelijk geleerd hoe ik daarmee om moet gaan en hoe ik mezelf moet beschermen, maar daar kan ik nu niet over praten. Ik stel het op prijs dat je me hier komt opzoeken, echt, en misschien kunnen we ooit vrienden zijn, maar ik kan niet aan de toekomst denken. Niet hier.'

'Oké. Ik begrijp het. Echt, ik begrijp het.'

Na een korte stilte vervolgde hij: 'De oehoes roepen al.'

Ze knikte en glimlachte bijna.

'O, en toen ik gisteren bij je huis was, je zult het niet geloven, maar er streek zomaar een Coopers sperwer op je veranda neer, een mannetje.'

Eindelijk een glimlach bij de gedachte aan Coop. Een van de vele herinneringen die ze voor zichzelf hield. 'O, ik geloof je wel.'

Tien minuten later zei Jacob dat hun tijd om was en Tate weg moest. Kya bedankte hem nogmaals voor zijn komst.

'Ik blijf de meeuwen voeren, Kya. En ik zal je wat boeken brengen.'

Ze schudde haar hoofd en liep achter Jacob aan.

45

Rode muts

1970

Toen Kya op de maandagochtend na Tates bezoek de rechtszaal in werd geleid door de bode, hield ze haar ogen afgewend van de publieke tribune, zoals ze eerder had gedaan. Ze keek diep in de schaduwen van de bomen buiten, maar toen hoorde ze een vertrouwd geluid, een zacht kuchje misschien, en draaide haar hoofd. Daar, op de eerste rij voor het publiek, naast Tate, zaten Jumpin' en Mabel, die haar zondagse hoedje met de zijden rozen op had. Er was wat gemord toen ze met Tate binnenkwamen en beneden in de 'zone voor witte mensen' gingen zitten, maar toen de bode het meldde aan rechter Sims, die nog in zijn kamer zat, had de rechter tegen hem gezegd dat hij moest doorgeven dat iedereen in zijn rechtszaal mocht zitten waar hij wilde, ongeacht huidskleur of geloof, en wie dat niet beviel, stond het vrij te vertrekken. Hij zou er zelfs persoonlijk voor zorgen dat zulke lieden vertrokken.

Bij het zien van Jumpin' en Mabel voelde Kya een sprankje kracht, en haar rug werd iets rechter.

De volgende getuige à charge was de lijkschouwer, dokter Steward Cone. Hij had gemillimeterd grijzend haar en droeg een bril die te laag op zijn neus rustte, een gewoonte die hem dwong zijn hoofd achterover te houden om door de glazen te kunnen kijken. Terwijl hij Erics vragen beantwoordde, dwaalden Kya's gedachten af naar de meeuwen. Ze had ze heel erg gemist, die lange maanden in de gevangenis, maar Tate had ze gevoerd. Ze waren niet aan hun lot overgelaten. Ze dacht aan Big Red, hoe hij altijd over haar tenen liep als ze kruimels strooide.

De lijkschouwer gooide zijn hoofd in zijn nek om zijn bril omhoog te krijgen, en dat gebaar bracht Kya terug in de rechtszaal.

'Dus, kort samengevat, u hebt verklaard dat Chase Andrews in de nacht van 29 op 30 oktober 1969 tussen middernacht en twee uur 's ochtends is overleden. De dood is het gevolg van ernstig letsel aan het brein en de ruggengraat door toedoen van een val door een open rooster van de brandtoren op negentien meter boven de grond. Tijdens de val heeft hij zijn achterhoofd gestoten aan een steunbalk, een feit dat wordt bevestigd door bloed- en haarmonsters die van de balk zijn genomen. Is dat allemaal correct naar uw deskundige mening?'

'Ja.'

'Goed, dokter Cone, waarom zou een intelligente, gezonde jongeman als Chase Andrews door een open rooster stappen en doodvallen? Om een van de mogelijkheden uit te sluiten: is er alcohol of een andere substantie in zijn bloed aangetroffen die zijn beoordelingsvermogen nadelig kan hebben beïnvloed?'

'Nee.'

'Uit het eerder gepresenteerde bewijs blijkt dat Chase Andrews zijn achterhoofd aan die balk heeft gestoten, niet zijn voorhoofd.' Eric ging voor het juryvak staan en zette een grote stap naar voren. 'Maar als ik naar voren stap, is mijn hoofd mijn lichaam iets vóór. Als ik in een gat hier voor me zou stappen, zou ik door de voorwaartse beweging en het gewicht van mijn hoofd naar voren vallen, correct? Als Chase naar voren was gestapt, zou hij zijn voorhoofd aan de balk hebben gestoten, niet zijn achterhoofd. Klopt het dan ook niet, dokter Cone, dat de aanwijzingen doen vermoeden dat Chase achteruit stapte toen hij viel?'

'Ja, de aanwijzingen onderbouwen die conclusie.'

'Kunnen we dan ook concluderen dat als Chase met zijn rug

naar het open rooster stond, hij achterover en niet voorover zou zijn gevallen als iemand hem een duw gaf?' Voordat Tom bezwaar kon maken, voegde Eric er haastig aan toe: 'Ik vraag u niet te verklaren dat dit onomstotelijk bewijs is dat Chase is gestorven doordat hij achterover werd geduwd. Ik maak alleen duidelijk dat als iemand Chase achterover door de opening heeft geduwd, het hoofdletsel door de balk overeen zou stemmen met de verwondingen die feitelijk zijn geconstateerd. Is dat correct?'

'Ja.'

'Goed. Dokter Cone, toen u Chase Andrews in het mortuarium onderzocht, op de ochtend van 30 oktober, droeg hij toen een koord met een schelp eraan om zijn nek?'

'Nee.'

Om haar opkomende misselijkheid te bedwingen, keek Kya strak naar Zondagsrechter, die zich in een vensterbank zat te wassen. In een onmogelijke houding gebogen, met zijn ene poot recht de lucht in, likte hij het binnenste puntje van zijn staart. Zijn eigen properheid leek hem volledig op te slokken en aangenaam bezig te houden.

Een paar minuten later vroeg de aanklager: 'Is het correct dat Chase een spijkerjack droeg in de nacht van zijn dood?'

'Ja, dat klopt.'

'En hebt u volgens uw officiële verslag rode wollen vezels op zijn jack aangetroffen, dokter Cone? Vezels die niet afkomstig waren van een van de kledingstukken die hijzelf droeg?'

'Inderdaad.'

Eric hield een plastic zakje met wat pluisjes rode wol omhoog. 'Zijn dit de rode vezels die op het jack van Chase zijn aangetroffen?'

'Ja.'

Eric pakte een grotere zak van zijn bureau. 'En klopt het dat die vezels rode wol overeenkwamen met de vezels van deze rode muts?' Hij gaf de muts aan zijn getuige.

'Ja. Dit zijn mijn gelabelde monsters, en de vezels van de muts kwamen exact overeen met de vezels die op het jack zijn aangetroffen.'

'Waar is die muts gevonden?'

'De sheriff heeft de muts in de woning van mevrouw Clark aangetroffen.' Dit was niet algemeen bekend, en er golfde een verbaasd gemompel door het publiek.

'Waren er aanwijzingen dat ze de muts ooit had gedragen?'

'Ja. Er zijn haren van mevrouw Clark in de muts aangetroffen.'

De aanblik van Zondagsrechter bracht Kya op de gedachte dat ze vroeger thuis nooit een huisdier hadden gehad. Niet één kat of hond. Het enige wat erbij in de buurt kwam, was het vrouwtjesstinkdier, een zijdeachtig, soepel en vrijpostig schepsel dat onder de hut woonde. Ma had haar Chanel genoemd.

Nadat het een paar keer bijna fout was gegaan, hadden ze elkaar allemaal leren kennen en was Chanel zo beleefd geworden alleen nog met haar wapentuig te dreigen als de kinderen te rumoerig deden. Ze kwam en ging, soms op een paar passen afstand van degene die over de treden liep.

In het voorjaar ging ze met haar jongen op strooptocht in de eikenbossen en langs de stroompjes. Dan scharrelden ze achter haar aan, tegen elkaar op botsend en over elkaar heen buitelend in een zwart-witte wirwar.

Pa dreigde natuurlijk altijd haar af te maken, maar dan zei Jodie nuchter, met een volwassenheid die veel verder reikte dan die van zijn vader: 'Dan komt er gewoon een ander stinkdier wonen, en ik zeg altijd maar dat je maar beter kunt weten wat voor stinkdier je in de kuip hebt.' Ze glimlachte bij de gedachte aan Jodie, betrapte zichzelf erop en keek weer ernstig.

'Dus, dokter Cone, in de nacht van Chase Andrews' overlijden, de nacht waarin hij achterover door een open rooster is gevallen, zoals iemand die een duw krijgt, had hij vezels op zijn jack van een rode muts die in de woning van mevrouw Clark is gevonden. En er zijn haren van mevrouw Clark in die muts aangetroffen.'

'Dat klopt.'

'Dank u, dokter Cone. Geen vragen meer.'

Tom wierp een blik op Kya, die naar de lucht keek. Het focuspunt van de zaal lag bij de aanklager, alsof de vloer schuin liep. Dat Kya er stram en afstandelijk bij zat, als een standbeeld van ijs, hielp ook niet. Hij schudde zijn witte haar van zijn voorhoofd en liep naar de lijkschouwer voor zijn kruisverhoor.

'Goedemorgen, dokter Cone.'

'Goedemorgen.'

'Dokter Cone, u hebt verklaard dat de wond op het achterhoofd van Chase Andrews doet vermoeden dat hij achterover door het gat is gevallen. Klopt het dat als hij zelf een pas achteruit had gezet en per ongeluk door het gat was gevallen, hij zijn achterhoofd op dezelfde manier zou hebben gestoten, met dezelfde gevolgen?'

'Ja.'

'Had hij kneuzingen op zijn borst of armen die erop wezen dat hij geduwd kon zijn?'

'Nee. Hij had natuurlijk kneuzingen over zijn hele lichaam door de val, voornamelijk op zijn rug en benen, maar geen kneuzingen waarvan specifiek gezegd kan worden dat ze het gevolg zijn van een duw of een zet.'

'Klopt het dat er zelfs geen enkele aanwijzing is dat Chase de opening in is geduwd?'

'Dat klopt. Voor zover ik weet, blijkt nergens uit dat Chase is geduwd.'

'Dus, dokter Cone, uit uw deskundig onderzoek van het lichaam van Chase blijkt op geen enkele manier dat er sprake is van moord en niet van een ongeval?'

'Dat klopt.'

Tom liet het antwoord rustig bij de jury bezinken voordat hij vervolgde: 'Laten we het dan nu eens over die vezels rode wol hebben die op Chase' spijkerjack zijn aangetroffen. Is er een methode om vast te stellen hoelang ze daar al zaten?'

'Nee. We kunnen wel zeggen waar ze vandaan zijn gekomen, maar niet wanneer.'

'Met andere woorden, die vezels kunnen dus een jaar op dat jack hebben gezeten, misschien zelfs al vier jaar?'

'Correct.'

'Zelfs als het jack gewassen is?'

'Ja.'

'Er is dus niets waaruit blijkt dat die vezels op het jack terecht zijn gekomen in de nacht van Chase' dood?'

'Nee.'

'Er zijn verklaringen met de strekking dat de beklaagde Chase vanaf vier jaar voor zijn dood kende. U zegt dus dat die vezels in die vier jaar op elk moment van elke ontmoeting van de muts op het jack kunnen zijn overgedragen.'

'Voor zover ik het kan beoordelen, ja.'

'Die rode vezels bewijzen dus niet dat mevrouw Clark bij Chase was in de nacht van zijn overlijden. Is er wel iets waaruit blijkt dat mevrouw Clark die nacht in Chase' nabijheid is geweest? Zijn er bijvoorbeeld van haar afkomstige huidschilfers op zijn lichaam gevonden, of onder zijn nagels, of zijn er vingerafdrukken van haar op de knopen of gespen van zijn jack aangetroffen? Van haar afkomstige haren op zijn kleding of lichaam?'

'Nee.'

'Die rode vezels kunnen dus al vier jaar op zijn jack hebben gezeten. Komt het er dan niet op neer dat er geen enkele aanwijzing is dat Catherine Clark die nacht bij Chase in de buurt is geweest?'

'Volgens mijn onderzoek is dat correct.'

'Dank u. Ik heb geen vragen meer.'

Rechter Sims besloot een vroeg lunchreces te houden.

Tom legde behoedzaam een hand op Kya's elleboog en fluisterde dat het een geslaagd kruisverhoor was. Ze knikte. De toeschouwers stonden op en rekten zich uit, maar bijna iedereen bleef in de zaal om te zien hoe Kya geboeid werd weggeleid.

Toen Jacobs voetstappen door de hal weerkaatsten nadat hij haar in haar cel had achtergelaten, plofte Kya op haar bed. Op haar eerste dag in het huis van bewaring was haar plunjezak in beslag genomen, maar ze had wel een deel van de inhoud bij zich mogen houden, in een papieren zak. Daar diepte ze nu het papiertje uit op met Jodies adres en telefoonnummer. Sinds ze hier was, had ze er bijna elke dag naar gekeken en overwogen haar broer te bellen, hem te vragen naar haar toe te komen. Ze wist dat hij het zou doen, en Jacob had gezegd dat ze de telefoon mocht gebruiken om hem te bellen, maar ze had het niet gedaan. Hoe kon ze zeggen: 'Kom alsjeblieft, ik zit in de gevangenis, op beschuldiging van moord.'

Ze stopte het papiertje zorgvuldig terug in de zak en pakte het kompas uit de Eerste Wereldoorlog eruit dat Tate haar had gegeven. Ze liet de naald naar het noorden draaien en wachtte tot hij tot stilstand was gekomen. Ze drukte het aan haar hart. Waar zou je een kompas harder nodig kunnen hebben dan daar?

Toen fluisterde ze Emily Dickinsons woorden:

Het opvegen van het hart,
En het wegstoppen van Liefde
Die we niet meer nodig zullen hebben
Tot in de Eeuwigheid.

46

Koning van de wereld

1969

De septemberzee en -lucht glinsterden lichtblauw onder een zachte zon toen Kya in haar bootje naar Jumpin's tufte om de dienstregeling van de bus te bekijken. De gedachte dat ze met vreemde mensen in een bus naar een vreemde stad moest reizen was afschrikwekkend, maar ze wilde Robert Foster ontmoeten. Ze stuurden elkaar al meer dan twee jaar kattebelletjes en zelfs lange brieven waarin ze voornamelijk redactionele aanpassingen van de teksten en illustraties in haar boeken bespraken. De correspondentie met haar redacteur, die vaak uit biologische termen, vermengd met poëtische beschrijvingen bestond, had in die eigen taal een band tussen hen gesmeed. Ze wilde hem zien, die persoon aan de andere kant van de briefwisseling, die wist hoe licht wordt gebroken door microscopische prisma's in de veren van kolibries, waardoor hun iriserende roodgouden keel wordt verklaard. En hoe je dat kon zeggen in woorden die net zo verrassend waren als de kleuren zelf.

Toen ze op de steiger stapte, begroette Jumpin' haar en vroeg of ze benzine nodig had.

'Nee, dank je, deze keer niet. Ik moet de dienstregeling van de bus opschrijven. Die heb je toch?'

'Nou en of. Links van de deur aan de muur geprikt. Ga je gang.'

Toen ze de winkel weer uit kwam met de overgeschreven dienstregeling, vroeg hij: 'Ga je een reisje maken, Kya?'

'Misschien. Mijn redacteur heeft me gevraagd of ik hem in Greenville wil opzoeken. Ik weet nog niet of ik ga.'

'Nou, dat wordt vast leuk. Het is wel ver, maar een uitje zal je goeddoen.'

Toen Kya zich wilde omdraaien om in haar boot te stappen, leunde Jumpin' naar voren en keek nog eens goed naar haar. 'Kya, wat is er met je oog gebeurd, met je gezicht? Je ziet eruit alsof iemand je heeft afgetuigd.' Ze wendde haar gezicht snel af. Het blauwe oog dat Chase haar had gestompt was afgezwakt tot een vage gelige plek en Kya had gedacht dat geen mens er nog iets van zou zien.

'Nee, ik ben gewoon tegen een deur gelopen toen ik...'

'Mij maak je niets wijs, Kya. Ik ben niet van de knollenwagen gevallen, hoor. Wie heeft je zo toegetakeld?'

Ze zweeg.

'Heeft Chase je dit aangedaan? Je weet dat je het me kunt vertellen. Ik blijf hier zelfs staan tot je het me hebt verteld.'

'Ja, Chase heeft het gedaan.' Kya kon nauwelijks geloven dat die woorden uit haar eigen mond kwamen. Ze had nooit gedacht dat ze iemand had aan wie ze zulke dingen kon vertellen. Ze wendde zich af, vechtend tegen de tranen.

Jumpin' fronste zijn hele gezicht. Hij zei even niets, en toen: 'Wat heeft hij nog meer gedaan?'

'Niets, ik zweer het. Hij probeerde het wel, Jumpin', maar ik heb hem van me af gevochten.'

'Die man moet afgeranseld worden en dan het dorp uit gejaagd.'

'Jumpin', alsjeblieft. Je mag het aan niemand vertellen. Je weet dat je het niet aan de sheriff of wie dan ook kunt vertellen. Ze zouden me naar het bureau slepen en me dwingen een stelletje kerels te vertellen wat er is gebeurd. Dat overleef ik niet.' Kya sloeg haar handen voor haar gezicht.

'Nou, maar er moet toch iets gebeuren. Als hij zoiets heeft gedaan, kan hij niet gewoon rond blijven varen in die dure boot van hem. Koning van de wereld spelen.'

'Jumpin', je weet hoe het is. Ze zullen zijn kant kiezen. Ze zullen zeggen dat ik een onruststoker ben. Dat ik zijn ouders geld afhandig wil maken of zoiets. Stel je voor wat er zou gebeuren als een meisje uit de zwarte wijk Chase beschuldigde van aanranding en poging tot verkrachting. Ze zouden niets doen. Niks.' Kya's stem werd steeds schriller. 'Het zou dat meisje alleen maar een hoop last bezorgen. Artikelen in de krant. Beschuldigingen dat ze een hoer is. Nou, zo zou het met mij ook gaan, en dat weet je. Beloof me alsjeblieft dat je het aan niemand zult vertellen.' Haar zin eindigde in een snik.

'Je hebt gelijk, Kya, ik weet dat je gelijk hebt. Wees maar niet bang dat ik iets zal doen wat het nog erger maakt. Maar hoe weet je dat hij het niet nog eens zal proberen? Terwijl je daar altijd in je eentje zit?'

'Ik heb mezelf altijd beschermd. Deze keer ging het mis doordat ik hem niet hoorde aankomen. Ik red me wel, Jumpin'. Als ik besluit naar Greenville te gaan, kan ik daarna misschien een poosje in mijn leeshut gaan wonen. Ik denk niet dat Chase die weet te vinden.'

'Goed dan, maar ik wil dat je hier vaker komt, ik wil dat je langskomt om me te laten weten hoe het gaat. Je weet dat je ook altijd bij Mabel en mij kunt logeren, dat weet je toch?'

'Dank je, Jumpin', ik weet het.'

'Wanneer ga je naar Greenville?'

'Ik weet het nog niet. Eind oktober, schreef de redacteur. Ik heb nog niets geregeld, ik heb de uitnodiging nog niet eens aangenomen.' Ze wist nu dat ze pas kon gaan als er echt niets meer van de kneuzing te zien was.

'Nou, laat me weten wanneer je erheen gaat en wanneer je terugkomt, goed? Ik moet het weten als je het dorp uit bent, want als ik je langer dan een dag niet zie, ga ik zelf naar je huis toe. Desnoods met een stel vrienden.'

'Dat zal ik doen. Dank je, Jumpin'.'

47

De deskundige

1970

De aanklager, Eric Chastain, had de sheriff vragen gesteld over de twee jongens die het lichaam van Chase Andrews op 30 oktober aan de voet van de brandtoren hadden gevonden, het onderzoek dat de schouwarts ter plekke had verricht en de eerste bevindingen van het forensisch onderzoek.

Eric vervolgde: 'Sheriff, kunt u ons vertellen wat u op het idee bracht dat Chase niet per ongeluk van de toren was gevallen? Hoe kwam u tot de conclusie dat er sprake was van een misdrijf?'

'Nou, een van de eerste dingen die me opvielen was dat er geen voetsporen rond Chase' lichaam te zien waren, niet eens die van hemzelf. Alleen die van de jongens die hem hadden gevonden, dus nam ik aan dat iemand ze had gewist om een misdrijf te verhullen.'

'Is het ook niet zo, sheriff, dat er geen vingerafdrukken en bandensporen op de plaats delict zijn gevonden?'

'Ja, dat klopt. Er zijn geen verse vingerafdrukken in de toren gevonden. Zelfs niet op het rooster, en iemand moet het open hebben gezet. Mijn hulpsheriff en ik hebben naar voertuigsporen gezocht, en die waren er ook niet. Die dingen duidden er allemaal op dat iemand opzettelijk sporen heeft gewist.'

'Dus toen de labuitslagen aantoonden dat de rode vezels die op de kleding van Chase waren gevonden afkomstig waren van de muts van mevrouw Clark, dacht u…'

'Bezwaar, edelachtbare,' zei Tom. 'Suggestieve vraagstelling. En trouwens, er is al vastgesteld dat de rode vezels voor de nacht van 29 op 30 oktober van de muts kunnen zijn overgedragen op de kleding van meneer Andrews.'

'Toegewezen,' donderde de rechter.

'Geen vragen meer.'

Eric had geweten dat de getuigenverklaring van de sheriff weinig kon bijdragen aan zijn zaak, want wat moet je beginnen zonder moordwapen en zonder vingerafdrukken, voet- of voertuigsporen. Desondanks zat er nog voldoende vlees aan om de jury ervan te overtuigen dat Chase was vermoord en, gezien de rode vezels, dat die iemand mevrouw Clark kon zijn geweest.

Tom liep naar de getuigenbank. 'Sheriff, hebt u of iemand anders een deskundige gevraagd naar schoensporen te zoeken, of naar aanwijzingen dat er schoensporen waren gewist?'

'Dat was niet nodig. Ik bén een deskundige. Onderzoek naar schoensporen is een onderdeel van mijn officiële opleiding. Ik hoefde er niet nog een deskundige bij te halen.'

'Goed, waren er aanwijzingen dat er schoensporen van de grond waren gewist? Sporen van een bezem of tak, bijvoorbeeld? Of was er modder over andere modder heen geschoven? Waren daar sporen van, hebt u foto's?'

'Nee. Ik ben hier om als deskundige te getuigen dat er geen schoensporen onder de toren waren, behalve de onze en die van de jongens. Iemand moet ze dus wel hebben gewist.'

'Oké. Maar, sheriff, een van de kenmerken van het moeras is dat met het komen en gaan van het tij het grondwaterpeil stijgt en daalt, ook ver van de zee af. Gebieden komen een tijdje droog te liggen en een paar uur later stijgt het water weer. Veel plekken raken doorweekt, zodat alle afdrukken in de modder worden uitgewist, ook schoensporen. Een schone lei. Zo is het toch?'

'Ja, dat wel, maar uit niets blijkt dat er zoiets was gebeurd.'

'Ik heb hier de getijdentabel voor de nacht van 29 op 30 oktober en hier ziet u, sheriff Jackson, dat die aangeeft dat het rond middernacht eb was. Dus toen Chase bij de toren aankwam en naar de treden liep, moet hij sporen in de natte modder hebben gezet. Toen het vloed werd en het grondwater steeg, werden zijn sporen uitgewist. Dat is de reden waarom de jongens en u diepe sporen achterlieten en tegelijkertijd de reden waarom Chase' sporen er niet meer waren. Bent u het met me eens dat dit mogelijk is?'

Kya knikte; het was haar eerste reactie op een verklaring sinds het begin van het proces. Ze had vaak gezien dat het moeraswater een verhaal van de vorige dag opslokte: hertensporen bij een stroompje of de afdrukken van een rode lynx bij een dood reekalf konden zomaar verdwijnen.

'Nou, ik heb nooit gezien dat iets zo compleet werd uitgewist, dus ik weet het niet.'

'Maar sheriff, u bent de deskundige, zoals u zelf aangaf, sporenonderzoek maakte deel uit van uw opleiding. En nu zegt u dat u niet weet of dit gangbare verschijnsel zich die nacht heeft voorgedaan of niet.'

'Nou, het kan toch niet zo moeilijk zijn om na te gaan of het klopt? Ga er bij eb naartoe, loop wat rond en kijk of de sporen worden uitgewist als de vloed opkomt.'

'Inderdaad, zo moeilijk is het niet, dus waarom hebt u het niet gedaan? Nu staan we voor de rechter en kunt u op geen enkele manier bewijzen dat iemand schoensporen heeft gewist om een misdrijf te verdoezelen. Het is waarschijnlijker dat Chase Andrews sporen onder de toren heeft achtergelaten en dat die zijn weggespoeld door het stijgende grondwater. En als hij vrienden bij zich had die voor de lol de toren wilden beklimmen, zouden hun schoensporen ook weggespoeld zijn. Onder die zeer aannemelijke omstandigheden is er absoluut niets wat op een misdrijf duidt, nietwaar, sheriff?'

Eds ogen schoten van links naar rechts, heen en weer, alsof het antwoord op een van de muren stond. Het publiek werd onrustig.

'Sheriff?' drong Tom aan.

'Naar mijn deskundige mening lijkt het onwaarschijnlijk dat een normale cyclus van stijgend grondwater schoensporen zo volledig wegspoelt, zoals in dit geval. Aangezien er geen sporen van verdoezeling zijn aangetroffen, bewijst de afwezigheid van schoensporen op zich niet dat er sprake is geweest van een misdrijf, maar...'

'Dank u.' Tom richtte zich tot de jury en herhaalde de woorden van de sheriff. '"De afwezigheid van schoensporen bewijst op zich niet dat er sprake is geweest van een misdrijf." Goed, sheriff, we gaan door. Hoe zit het met het open rooster in het plateau van de brandtoren? Hebt u het onderzocht op vingerafdrukken?'

'Ja, natuurlijk.'

'En hebt u vingerafdrukken van mevrouw Clark op het rooster of ergens anders in of op de toren gevondenen?'

'Nee. Nee, maar we hebben ook geen andere vingerafdrukken gevonden, dus...'

De rechter leunde naar voren. 'Alleen de vragen beantwoorden, Ed.'

'En haren? Mevrouw Clark heeft lang, zwart haar. Als ze helemaal naar boven was geklommen en dingen op het platform had gedaan, zou ik verwachten losse haren te vinden. Hebt u die gevonden?'

'Nee.' Het voorhoofd van de sheriff glom.

'De lijkschouwer heeft verklaard dat uit zijn onderzoek van het lichaam van Chase Andrews niet is gebleken dat mevrouw Clark die nacht bij hem in de buurt zou zijn geweest. O, die vezels waren er wel, maar die konden vier jaar oud zijn. En nu vertelt u ons dat er niet eens aanwijzingen zijn dat mevrouw Clark die nacht op de brandtoren is geweest. Is die bewering correct?'

'Ja.'

'We hebben dus geen enkele aanwijzing dat mevrouw Clark op de brandtoren is geweest in de nacht dat Chase door een val om het leven kwam. Correct?'

'Dat zei ik.'

'Dus dat is een ja.'

'Ja, dat is een ja.'

'Sheriff, klopt het dat die roosters boven in de toren regelmatig open worden gelaten door spelende kinderen?'

'Ja, ze worden wel eens opengelaten, maar zoals ik al zei, dan gaat het meestal om het rooster dat je open moet maken om op het platform te komen, niet de andere.'

'Maar is het niet zo dat het rooster boven aan de trap en de andere roosters zo vaak open worden gelaten en zo gevaarlijk worden gevonden dat uw bureau een schriftelijk verzoek bij Staatsbosbeheer heeft ingediend om iets aan de situatie te veranderen?' Tom liet de sheriff een document zien. 'Is dit het officiële verzoek aan Staatsbosbeheer van 18 juli van vorig jaar?' De sheriff keek naar het papier.

'Ja. Dat is het.'

'Wie heeft dit verzoek precies geschreven?'

'Ikzelf.'

'Dus nog maar drie maanden voordat Chase door een open rooster van de brandtoren viel en aan zijn verwondingen bezweek, hebt u Staatsbosbeheer schriftelijk verzocht de toren te sluiten of de roosters te beveiligen om ongelukken te voorkomen. Klopt dat?'

'Ja.'

'Sheriff, wilt u de laatste zin van dit verzoek dat u bij Staatsbosbeheer hebt ingediend alstublieft hardop voorlezen? Alleen de laatste zin, alstublieft.' Hij reikte de sheriff het papier aan en wees naar de laatste zin.

De sheriff las hardop voor: '"Nogmaals, die roosters zijn heel gevaarlijk en als er geen actie wordt ondernomen, zullen er gewonden of zelfs doden vallen."'

'Geen vragen meer.'

48

Een uitstapje

1969

Op 28 oktober 1969 voer Kya langs Jumpin's steiger om afscheid te nemen, zoals ze had beloofd, en ging door naar de haven, waar de vissers en garnalenvissers zoals altijd hun werk even staakten om naar haar te kijken. Ze deed alsof ze het niet zag, legde haar boot vast en liep met een verschoten kartonnen koffer die ze uit ma's kast had opgediept Main Street in. Ze had geen handtas, maar wel haar plunjezak vol boeken, ham, beschuitbollen en wat geld. Het grootste deel van haar royaltygeld had ze in een blikje bij de lagune begraven. Bij wijze van uitzondering zag ze er volkomen normaal uit in een bruine rok uit de Sears-catalogus, een witte blouse en ballerina's. Winkelpersoneel dat druk bezig was klanten te helpen of de stoep te vegen, staarde haar na.

Ze ging op de hoek bij het bordje BUSHALTE staan en wachtte tot de Trailways-bus met sissende remmen stopte en haar het zicht op de zee benam. Er stapte niemand uit of in terwijl Kya een kaartje naar Greenville bij de chauffeur kocht. Toen ze naar de retourdata en -tijden vroeg, gaf hij haar een gedrukte dienstregeling en vervolgens stopte hij haar koffer in de bagageruimte. Ze hield haar plunjezak stevig vast en stapte in, en voordat ze het goed en wel besefte reed de bus, die zo lang leek als het dorp, Barkley Cove uit.

Twee dagen later stapte Kya om zestien over een uit de Trailways-bus die uit Greenville kwam. Nu waren er nog meer mensen en iedereen staarde en smiespelde toen ze haar lange haar over haar schouder zwiepte en haar koffer van de chauffeur aannam. Ze stak de straat over naar de haven, stapte in haar boot en koerste regelrecht op huis aan. Ze wilde wel langs Jumpin' gaan om hem te vertellen dat ze terug was, zoals ze had beloofd, maar er lag een rij boten op benzine te wachten, dus besloot ze de volgende dag te gaan. Bovendien kon ze dan ook sneller naar de meeuwen.

Op 31 oktober ging ze 's ochtends naar Jumpin's steiger en riep hem. Hij kwam uit zijn winkeltje.

'Hé, Jumpin', ik kom alleen maar zeggen dat ik er weer ben. Ik ben gisteren thuisgekomen.' Hij liep zwijgend naar haar toe.

Zodra ze op zijn kade stapte, zei hij: 'Kya, ik...'

Ze hield haar hoofd schuin. 'Wat is er? Is er iets mis?'

Hij keek haar aan. 'Kya, heb je het nieuws over Chase gehoord?'

'Nee. Wat voor nieuws?'

Hij schudde zijn hoofd. 'Chase Andrews is dood. Midden in de nacht doodgegaan toen jij in Greenville was.'

'Hè?' Kya en Jumpin' keken elkaar diep in de ogen.

'Ze hebben hem gisteravond onder aan de oude brandtoren gevonden met een... nou ja, ze zeggen dat hij een gebroken nek en een ingeslagen schedel had. Ze denken dat hij ervanaf is gevallen.'

Kya's mond stond iets open.

Jumpin' vervolgde: 'Het hele dorp is in rep en roer. Sommige mensen denken dat het een ongeluk was, maar het gerucht gaat dat de sheriff daar nog niet zo zeker van is. Chase' moeder is helemaal over haar toeren, zegt dat het opzet was. Wat een toestand.'

'Waarom denken ze dat het opzet was?'

'Een van die roosters van het plateau stond wijd open en hij is er recht doorheen gevallen, en dat vonden ze verdacht. Sommige mensen zeggen dat die kinderen die daar altijd aan het donderjagen zijn die roosters vaak openlaten en dat Chase er per ongeluk doorheen gevallen kan zijn, maar er zijn ook mensen die roepen dat het moord was.'

Kya zei niets, dus vervolgde Jumpin': 'Een van de redenen is dat Chase dat koord met de schelp niet droeg toen hij werd gevonden. Dat ding droeg hij al jaren, en zijn moeder zegt dat hij het die avond ook droeg toen hij van huis ging. Hij deed het nooit af, zei ze.'

Kya's mond werd kurkdroog.

'En die twee jongens die Chase hebben gevonden, hoorden de sheriff zeggen dat er geen voetsporen waren. Niet één. Alsof iemand zijn sporen had gewist. Dat hebben die jongens overal rondgebazuind.'

Jumpin' vertelde Kya wanneer de begrafenis zou zijn, al wist hij dat ze niet zou gaan. Wat een spektakel zou dat zijn voor de naaikransjes en bijbelstudiegroepjes. Natuurlijk zou er over Kya worden geroddeld en gespeculeerd. Goddank was ze in Greenville op het tijdstip van zijn dood, anders zouden ze haar de schuld geven, dacht Jumpin'.

Kya knikte naar Jumpin' en tufte naar huis. Ze ging op de modderige oever van de lagune staan en zei fluisterend een gedicht van Amanda Hamilton op:

Onderschat nooit
het hart,
In staat tot daden
Die de geest niet kan bevatten.
Het hart gebiedt en voelt.
Hoe kun je het anders verklaren,
Het pad dat ik heb gekozen,
Dat jij hebt gekozen,
De lange weg door deze pas?

49

Vermommingen

1970

De volgende getuige die de eed aflegde, een man met kortgeknipt, krullend wit haar in een blauw pak dat goedkoop glom, verklaarde dat hij Larry Price heette en als buschauffeur bij Trailways verschillende routes reed in dit deel van North Carolina. Hij antwoordde bevestigend op Erics vraag of het mogelijk was in één nacht per bus van Greenville naar Barkley Cove en weer terug te reizen. Hij verklaarde ook dat hij de bus van Greenville naar Barkley Cove had bestuurd in de nacht van Chase' dood en dat geen van de passagiers op mevrouw Clark had geleken.

Eric zei: 'Goed, meneer Price, u hebt de sheriff tijdens zijn onderzoek verteld dat er een magere passagier in die bus zat die een lange vrouw in mannenkleding had kunnen zijn. Is dat correct? Kunt u ons die passagier beschrijven?'

'Ja, dat klopt. Een jonge witte man. Ik denk dat hij ongeveer een meter achtenzeventig was, en zijn broek zwabberde om zijn benen. Hij droeg een grote, bolle blauwe pet en hij hield zijn hoofd gebogen, keek naar niemand.'

'En nu u mevrouw Clark hebt gezien, gelooft u dat het mogelijk is dat die magere man in de bus mevrouw Clark was, in vermomming? Zou haar lange haar onder die bolle pet verstopt kunnen hebben gezeten?'

'Ja, dat zou kunnen.'

Eric vroeg de rechter Kya te verzoeken te gaan staan, en dat deed ze, met Tom Milton aan haar zij.

'Gaat u maar weer zitten, mevrouw Clark,' zei Eric, en hij richtte zich weer tot de getuige. 'Zou u zeggen dat de jonge man in de bus dezelfde lengte en bouw had als mevrouw Clark?'

'Ongeveer precies hetzelfde,' zei meneer Price.

'Dus, alles in aanmerking genomen, zou u zeggen dat het waarschijnlijk is dat de magere man die vorig jaar op 29 oktober de bus van tien voor twaalf van Greenville naar Barkley Cove nam, in feite mevrouw Clark was, de gedaagde?'

'Ja, dat lijkt me heel goed mogelijk.'

'Dank u, meneer Price. Geen vragen meer.'

De rechter gaf het woord aan Tom, die voor het getuigenbankje ging staan, de buschauffeur vijf minuten ondervroeg en toen samenvatte: 'Wat u ons hebt verteld, is ten eerste dat er vorig jaar op de avond van 29 oktober geen vrouw die op de gedaagde leek in de bus van Greenville naar Barkley Cove zat; ten tweede, dat er een lange, dunne man in de bus zat, maar dat u hem toen niet voor een vrouw in vermomming aanzag, ook al hebt u zijn gezicht van dichtbij gezien; en ten derde dat het idee van een vermomming pas in u is opgekomen toen de sheriff het suggereerde.'

Voordat de getuige kon reageren, vervolgde Tom: 'Meneer Price, kunt u ons uitleggen waarom u er zo zeker van bent dat die dunne man op 29 oktober in de bus van tien voor twaalf zat? Hebt u het opgeschreven, een notitie gemaakt? Misschien was het de avond ervoor of erna. Bent u er honderd procent zeker van dat het op 29 oktober was?'

'Tja, ik begrijp waar u naartoe wilt. En toen de sheriff mijn geheugen opfriste, leek het alsof die man in die bus zat, maar bij nader inzien kan ik het niet met honderd procent zekerheid zeggen.'

'En was de bus ook niet heel laat die avond? Hij had zelfs vijfentwintig minuten vertraging en kwam pas om tien over halfeen 's nachts in Barkley Cove aan, klopt dat?'

'Tja.' De chauffeur keek naar Eric. 'Ik probeer alleen maar te helpen, mijn plicht te doen.'

'U hebt ons heel goed geholpen, meneer Price,' zei Tom geruststellend. 'Dank u wel. Geen vragen meer.'

Eric riep zijn volgende getuige op, de bestuurder van de bus die op de vroege ochtend van 30 oktober om halfdrie van Barkley Cove naar Greenville was vertrokken, een zekere John King. Hij verklaarde dat de gedaagde, mevrouw Clark, niet in de bus had gezeten, maar dat er wel een oudere dame was geweest: '... lang, net als mevrouw Clark, met grijs haar, met schapenkrulletjes, een permanentje.'

'Als u naar de gedaagde kijkt, meneer King, acht u het dan mogelijk dat als mevrouw Clark zich had vermomd als een oudere dame, ze er zo uit had gezien als die vrouw in de bus?'

'Tja, ik kan het me niet goed voorstellen. Misschien.'

'Het is dus mogelijk?'

'Tja, het zal wel.'

Toen hij zijn kruisverhoor begon, zei Tom: 'In een moordzaak kunnen we geen genoegen nemen met "het zal wel". Hebt u de gedaagde, mevrouw Clark, op de vroege ochtend van 30 oktober 1969 in de bus van halfdrie van Barkley Cove naar Greenville zien zitten?'

'Nee.'

'En is er die nacht nog een bus van Barkley Cove naar Greenville gereden?'

'Nee.'

50

Het boek

1970

Toen Kya de volgende dag de rechtszaal binnen werd geleid en een blik op Tate, Jumpin' en Mabel wierp, snakte ze naar adem bij het zien van een uniform met onderscheidingen en een flauwe glimlach op een gehavend gezicht. Jodie. Ze knikte naar hem en vroeg zich af hoe hij van haar proces wist. Waarschijnlijk had het in Atlanta in de krant gestaan. Ze boog beschaamd haar hoofd.

Eric stond op. 'Edelachtbare, als het het hof behaagt, wil de staat mevrouw Andrews oproepen.' Er ging een zucht door de publieke tribune toen Patti Love, de rouwende moeder, naar de getuigenbank liep. Kya keek naar de vrouw die ze ooit als schoonmoeder had gewild en besefte hoe absurd dat idee was geweest. Zelfs in deze naargeestige ambiance leek Patti Love, die gekleed ging in de mooiste zwarte zijde, zich vooral bezig te houden met haar eigen uiterlijk en gewichtigheid. Ze zat rechtop, met haar glimmende tas op schoot en haar donkere haar in een perfect knotje onder een hoed die precies schuin genoeg stond, met een dramatische zwarte voile voor haar ogen. Zij zou nooit een moerasbewoonster op blote voeten als schoondochter hebben geaccepteerd.

'Mevrouw Andrews, ik weet dat dit moeilijk voor u is, dus zal ik het zo kort mogelijk houden. Is het waar dat uw zoon, Chase Andrews, een leren koord met een schelp eraan droeg?'

'Ja, dat klopt.'

'En wanneer, hoe vaak, droeg hij dat koord met die schelp?'

'Altijd. Hij deed het nooit af. Ik heb hem vier jaar lang nooit zonder die ketting gezien.'

Eric gaf mevrouw Andrews een in leer gebonden dagboek. 'Kunt u dit boek voor het hof beschrijven?'

De aanklager hield Kya's boek op zodat iedereen het kon zien. Kya keek naar de vloer en beet op haar lip, woedend om die inbreuk op haar privacy. Ze had het kort na hun eerste ontmoeting voor Chase gemaakt. Het plezier van cadeautjes geven was haar het grootste deel van haar leven onthouden, een gemis dat maar weinig mensen begrijpen. Nadat ze dagen en nachten aan het boek had gewerkt, had ze het in bruin papier verpakt dat ze had versierd met knalgroene varens en witte veren van sneeuwganzen. Ze had het met een uitgestrekte arm aangeboden toen Chase uit zijn boot op de oever van de lagune stapte.

'Wat is dit?'

'Gewoon een kleinigheidje van mij,' had ze met een glimlach gezegd.

Een beeldverhaal van hun belevenissen samen. Het begon met een inkttekening waarop ze samen tegen het wrakhout zaten, Chase spelend op zijn mondharmonica. Bij de grassen en verspreid liggende schelpen waren in Kya's handschrift de Latijnse namen ervan geschreven. In een werveling van waterverf was zijn boot te zien, drijvend in het maanlicht. Daarna volgde een abstracte weergave van nieuwsgierige bruinvissen die om de boot heen zwommen, met in de wolkenlucht erboven de tekst van 'Michael, Row the Boat Ashore'. Daarop volgde een schilderijtje waarop ze op een zilverkleurig strand tussen de zilvermeeuwen danste.

Chase had de bladzijden vol ontzag omgeslagen. Hij had licht met zijn vingers over sommige afbeeldingen gestreken en hier en daar gelachen, maar hij had toch vooral zwijgend geknikt.

'Ik heb nog nooit zoiets gekregen.' Hij had zich naar haar overgebogen om haar te omhelzen en gezegd: 'Dank je, Kya.' Ze hadden een tijdje met dekens om zich heen op het zand gezeten, pratend, hand in hand.

Kya herinnerde zich hoe haar hart had gebonsd van vreugde om het geven. Ze had nooit kunnen denken dat iemand anders het boek zou zien, laat staan dat het als bewijsmateriaal in haar moordzaak zou worden aangevoerd.

Ze keek niet naar Patti Love toen die antwoord gaf op Erics vraag. 'Het is een verzameling schilderijen die mevrouw Clark voor Chase had gemaakt. Het was een cadeautje.' Patti Love herinnerde zich dat ze het boek onder een stapel lp's had gevonden toen ze Chase' kamer opruimde. Alsof hij het voor haar verborgen hield. Ze was op Chase' bed gaan zitten en had het dikke kaft opengeslagen. Daar stond haar zoon, die met die meid tegen het wrakhout leunde, gedetailleerd en in inkt. Het moerasmeisje. Haar Chase met dat uitschot. Ze kreeg bijna geen lucht. *Stel dat de mensen het te weten komen?* Ze rilde en toen brak het zweet haar uit.

'Mevrouw Andrews, kunt u alstublieft vertellen wat u ziet op deze afbeelding, die is geschilderd door de gedaagde, mevrouw Clark?'

'Dat is een schilderij van Chase en mevrouw Clark op de brandtoren.' Er werd geroezemoesd in de zaal.

'Wat nog meer?'

'Daar... in hun handen, ze geeft hem de ketting met de schelp.'

En hij heeft hem nooit meer afgedaan, dacht Patti Love. *Ik dacht dat hij me alles vertelde. Ik dacht dat ik een sterkere band had met mijn zoon dan andere moeders; dat maakte ik mezelf wijs. Maar ik wist van niets.*

'Dus doordat hij het u vertelde en door dit boek wist u dat uw zoon met mevrouw Clark omging, en u wist ook dat ze hem die ketting had gegeven?'

'Ja.'

'Toen Chase op 29 oktober 's avonds bij u kwam eten, had hij die ketting toen ook om?'

'Ja, hij ging pas na elven weg, en hij had de ketting om.'

'Toen u de volgende dag naar het mortuarium ging om Chase te identificeren, had hij de ketting toen om?'

'Nee.'

'Kunt u een reden bedenken waarom een van zijn vrienden of wie dan ook, los van mevrouw Clark, Chase die ketting zou willen afpakken?'

'Nee.'

'Bezwaar, edelachtbare,' riep Tom snel. 'Informatie uit de tweede hand. Speculatie. Getuige kan niets over de beweegredenen van andere mensen zeggen.'

'Toegewezen. Leden van de jury, u moet de laatste vraag en het antwoord erop negeren.' Toen stak hij zijn hoofd als een gans uit naar de aanklager en zei: 'Pas op, Eric. Mijn hemel! Je zou beter moeten weten.'

Eric vervolgde onaangedaan: 'Goed, we weten van haar eigen schilderijen dat de gedaagde, mevrouw Clark, minstens één keer met Chase Andrews op de brandtoren is geweest; we weten dat zij hem het koord met de schelp heeft gegeven. Vanaf dat moment droeg hij het altijd tot de nacht van zijn dood. En toen verdween het. Is dat allemaal correct?'

'Ja.'

'Dank u. Geen vragen meer.'

De rechter gaf het woord aan Tom.

'Geen vragen,' zei Tom.

51

Afnemende maan

1970

De rechtbank had natuurlijk een minder poëtische taal dan het moeras, maar toch zag Kya overeenkomsten in de gedragingen. De rechter, duidelijk het alfamannetje, werd niet in zijn positie bedreigd, dus was zijn houding imposant, maar ontspannen, als een territoriaal everzwijn. Tom Milton straalde zelfvertrouwen en klasse uit door zijn houding en soepele manier van bewegen. Een sterke hertenbok, als zodanig erkend. De aanklager daarentegen had brede, kleurrijke stropdassen en breedgeschouderde colberts nodig om zijn status te verhogen. Hij liet zich gelden door met zijn armen te maaien of zijn stem te verheffen. Een ondergeschikt mannetje moet schreeuwen om opgemerkt te worden. De bode was het mannetje met de laagste rang en hij moest het hebben van zijn riem met blinkend pistool, rammelende sleutelbos en grote portofoon om zijn positie te versterken. Dominantiehiërarchieën versterken de stabiliteit bij natuurlijke populaties, en ook bij een paar minder natuurlijke, dacht Kya.

De aanklager, die een vuurrode stropdas droeg, stapte doelbewust naar voren en riep zijn volgende getuige op, Hal Miller, een graatmagere man van achtentwintig met borstelig bruin haar.

'Meneer Miller, wilt u ons alstublieft vertellen waar u was en wat u zag in de nacht van 29 op 30 oktober 1969, rond kwart voor twee?'

'Allen Hunt en ik werkten voor Tim O'Neal op zijn garnalenboot, en we waren laat op weg terug naar de haven van Barkley Cove, en toen zagen we haar, mevrouw Clark, in haar boot, op ongeveer anderhalve kilometer voor de kust, ten oosten van de baai, in noord-noordwestelijke richting varen.'

'En waar zou die koers haar naartoe hebben gebracht?'

'Regelrecht naar die baai vlak bij de brandtoren.'

Rechter Sims sloeg met zijn hamer toen het rumoer uitbrak, dat een volle minuut duurde.

'Had ze niet op weg kunnen zijn naar een andere plek?'

'Tja, dat zal wel, maar er is daar verder niets, alleen maar kilometers ondergelopen bossen. Ik zou geen andere bestemming weten dan die brandtoren.'

Dames wapperden met rouwwaaiers tegen de toenemende warmte in de onrustige zaal. Zondagsrechter, die in de vensterbank lag te slapen, gleed naar de vloer en liep naar Kya. Voor het eerst in de rechtszaal streek hij langs haar benen, sprong op haar schoot en ging lekker liggen. Eric hield op met praten en keek vragend naar de rechter. Misschien overwoog hij bezwaar te maken tegen dit openlijke vertoon van partijdigheid, maar er leek geen juridisch precedent te zijn.

'Hoe kunt u er zo zeker van zijn dat het mevrouw Clark was?'

'O, we kennen haar boot allemaal. Ze vaart al jaren in haar eentje rond.'

'Brandde er licht op haar boot?'

'Nee, geen licht. Als we haar niet hadden gezien, hadden we haar kunnen overvaren.'

'Maar is het niet verboden om in het donker zonder licht te varen?'

'Ja, ze had lichten moeten hebben, maar die had ze niet.'

'Dus in de nacht dat Chase bij de brandtoren om het leven kwam, voer mevrouw Clark exact die kant op. Klopt dat?'

'Ja, dat hebben we gezien.'

Eric ging zitten.

Tom kreeg het woord en liep naar de getuige toe. 'Goedemorgen, meneer Miller.'

'Goedemorgen.'

'Meneer Miller, hoelang werkt u al als bemanningslid op de garnalenboot van Tim O'Neal?'

'Al meer dan drie jaar.'

'En kunt u me alstublieft vertellen hoe laat de maan opkwam in de nacht van 29 op 30 oktober?'

'Het was afnemende maan, en hij kwam pas op toen we al in Barkley hadden aangelegd. Iets na tweeën, denk ik.'

'Duidelijk. Dus toen u het bootje die nacht in de buurt van Barkley Cove zag, was er geen maan. Het moet pikdonker zijn geweest.'

'Ja, het was donker. De sterren gaven een beetje licht, maar inderdaad, het was vrij donker.'

'Wilt u de rechtbank alstublieft vertellen wat mevrouw Clark aanhad toen ze u die nacht passeerde in haar boot?'

'Nou, we waren niet zo dichtbij dat we haar kleren konden zien.'

'O? U was niet zo dichtbij dat u haar kleren kon zien,' zei Tom met een blik op de jury. 'Hoe ver weg was u dan?'

'Ik denk minstens een meter of zestig.'

'Zestig meter.' Tom keek weer naar de jury. 'Dat is een hele afstand om een klein bootje te herkennen in het donker. Zeg eens, meneer Miller, welke kenmerken, welke eigenschappen van de persoon in die boot maakten dat u er zo zeker van was dat het mevrouw Clark was?'

'Nou, iedereen hier weet hoe haar boot eruitziet, zoals ik al zei, van dichtbij en van veraf. We kennen de vorm van de boot en weten hoe ze achterin zit, lang en dun, zeg maar. Een heel uitgesproken vorm.'

'Een uitgesproken vorm. Dus iedereen met diezelfde vorm, iedereen die lang en dun is en in dat type boot zat, had er zo uitgezien als mevrouw Clark, klopt dat?'

'Misschien dat iemand anders wel op haar zou kunnen lijken, maar weet u, als je altijd op het water zit, leer je de boten en hun eigenaren goed kennen.'

'Maar meneer Miller, mag ik u erop wijzen dat het om een moordzaak gaat? Serieuzer dan dit wordt het niet, en in zulke zaken moeten we zekerheid hebben. We kunnen niet afgaan op gedaanten of vormen die van zestig meter afstand in het donker zijn gezien. Wilt u de rechtbank dus alstublieft zeggen of u er zeker van bent dat de persoon die u in de nacht van 29 op 30 oktober hebt gezien mevrouw Clark was?'

'Nou, nee, ik ben er niet helemáál zeker van. Ik heb nooit gezegd dat ik er helemaal zeker van was dat zij het was, maar ik ben er vrij...'

'Dat was alles, meneer Miller. Dank u.'

'Heb jij nog vragen, Eric?' vroeg rechter Sims.

Eric, die bleef zitten, vroeg: 'Hal, je hebt verklaard dat je mevrouw Clark al minstens drie jaar in haar boot ziet en herkent. Zeg eens, heb je ooit van een afstand gedacht dat je mevrouw Clark zag, maar toen je dichterbij kwam ontdekt dat ze het toch niet was? Is dat ooit voorgekomen?'

'Nee, nooit.'

'Nooit in drie jaar?'

'Nooit in drie jaar.'

'Edelachtbare, het Openbaar Ministerie heeft geen vragen meer.'

52

Three Mountains Motel

1970

Rechter Sims liep de rechtszaal in en knikte naar de tafel van de verdediging. 'Meester Milton, wilt u de eerste getuige à decharge opgroepen?'

'Ja, edelachtbare.'

'Ga uw gang.'

Nadat de getuige de eed had afgelegd en was gaan zitten, zei Tom: 'Wilt u alstublieft zeggen hoe u heet en wat uw functie in Barkley Cove is?' Kya hief haar hoofd net ver genoeg om de kleine, oudere vrouw met het paarswitte haar en het strakke permanentje te zien die haar jaren geleden had gevraagd waarom ze altijd alleen naar de supermarkt kwam. Ze was misschien nog kleiner geworden en haar krulletjes nog iets strakker, maar verder was ze opvallend weinig veranderd. Mevrouw Singletary had nieuwsgierig en bazig geleken, maar ze had Kya ook met geld leren rekenen, en daar had ze veel aan gehad.

'Ik ben Sarah Singletary en ik werk in de Piggly Wiggly-supermarkt in Barkley Cove.'

'Sarah, klopt het dat je vanaf je kassa in de Piggly Wiggly de bushalte kunt zien?'

'Ja, ik kan hem duidelijk zien.'

'Heb je op 28 oktober van het vorige jaar de gedaagde, mevrouw Kya Clark, om halfdrie 's middags bij de bushalte zien staan?'

‘Ja, ik heb mevrouw Clark zien staan.’ Bij die woorden wierp mevrouw Singletary een blik op Kya en dacht terug aan het kleine meisje dat jarenlang blootsvoets naar de supermarkt was gekomen. Geen mens zou het ooit weten, maar voordat Kya kon tellen, had ze haar extra wisselgeld gegeven. Geld dat ze uit haar eigen portemonnee moest pakken om geen kasverschil te krijgen. Kya had in het begin natuurlijk maar weinig geld gehad, dus mevrouw Singletary had haar alleen dubbeltjes en stuivers gegeven, maar het moest geholpen hebben.

‘Hoelang wachtte ze? En heb je haar echt in de bus van halfdrie zien stappen?’

‘Ze moest een minuut of tien wachten, denk ik. We hebben allemaal gezien dat ze een kaartje kocht bij de chauffeur, die haar koffer opborg, en dat ze toen instapte. Toen de bus wegreed, zat ze er beslist in.’

‘En ik geloof dat je haar twee dagen later, op 30 oktober, ook hebt zien terugkomen met de bus van zestien over één, klopt dat?’

‘Ja, twee dagen later, rond kwart over één ’s middags. Ik keek op toen de bus stopte en zag mevrouw Clark uitstappen. Ik heb haar nog aangewezen aan de andere caissières.’

‘Wat deed ze toen?’

‘Ze liep naar de kade, stapte in haar boot en vertrok naar het zuiden.’

‘Dank je, Sarah. Geen vragen meer.’

‘Nog vragen, Eric?’ vroeg rechter Sims.

‘Nee, edelachtbare, geen vragen. Ik zie trouwens aan de getuigenlijst dat de verdediging verschillende mensen uit het dorp wil oproepen om te verklaren dat mevrouw Clark in en uit de bus is gestapt op de dagen en tijdstippen die mevrouw Singletary heeft genoemd. Het Openbaar Ministerie betwist die verklaring niet. Die strookt zelfs met ons argument dat mevrouw Clark die bussen heeft genomen en, als het hof me toestaat, het is niet nodig om meer getuigen over die kwestie te horen.’

'Goed. Mevrouw Singletary, u kunt gaan. Wat vindt u, meneer Milton? Als de aanklager accepteert dat mevrouw Clark op 28 oktober 1969 in de bus van halfdrie is gestapt en op 30 oktober 1969 rond kwart over één is teruggekomen, wilt u dan nog andere getuigen oproepen om dit te verklaren?'

'Nee, edelachtbare.' Tom leek uiterlijk kalm, maar inwendig vloekte hij. Kya's alibi dat ze het dorp uit was geweest toen Chase om het leven kwam, was een van de sterkste punten van de verdediging, maar Eric had dit alibi met succes afgezwakt, door het aan te nemen en zelfs te zeggen dat hij geen behoefte had aan meer getuigen die verklaarden dat Kya een reisje had gemaakt naar Greenville. Het had geen invloed op de zaak van de aanklager, want die beweerde dat Kya 's nachts was teruggekomen om de moord te plegen. Tom had dat risico wel voorzien, maar het had hem van cruciaal belang geleken dat de jury de verklaringen hoorde, dat de leden voor zich zagen hoe Kya 's middags was vertrokken en pas na het incident weer was teruggekeerd. Nu zouden ze denken dat haar alibi er zo weinig toe deed dat het niet eens bevestigd hoefde te worden.

'Genoteerd. Roep de volgende getuige op, alstublieft.'

Lang Furlough, die kalend en gezet was, met een dichtgeknoopte jas die om zijn ronde buik spande, verklaarde dat hij de eigenaar en bedrijfsleider van het Three Mountains Motel in Greenville was en dat mevrouw Clark van 28 tot 30 oktober 1969 in het motel had verbleven.

Kya luisterde met weerzin naar die man met zijn vettige haar. Ze had niet verwacht hem ooit nog te zien, en nu praatte hij over haar alsof ze er niet bij was. Hij vertelde wel dat hij haar haar kamer had gewezen, maar niet dat hij te lang was blijven hangen. Hij had telkens nieuwe redenen verzonnen om nog even te blijven, tot ze de deur open had gezet om hem duidelijk te maken dat hij kon gaan. Toen Tom hem vroeg hoe hij zeker kon weten wanneer mevrouw Clark was gekomen en gegaan, grinnikte hij en zei dat ze het soort vrouw was dat mannen opvalt. Hij voegde eraan toe dat ze heel vreemd was, dat ze niet had geweten hoe de telefoon werkte, dat ze met een kartonnen koffer vanaf het busstation was komen lopen en dat ze haar eigen avondeten bij zich had gehad.

'Meneer Furlough, de avond erna, op 29 oktober 1969, de nacht van Chase Andrews' dood, hebt u de hele avond en nacht aan de receptiebalie gezeten, klopt dat?'

'Ja.'

'Hebt u mevrouw Clark nog weg zien gaan nadat ze om tien uur 's avonds terugkwam van het etentje met haar redacteur? Hebt u haar ergens in de nacht van 29 oktober of de vroege ochtend van 30 oktober zien weggaan of terugkomen?'

'Nee, ik heb er de hele nacht gezeten en ik heb haar niet één keer haar kamer uit zien komen. Haar kamer was recht tegenover de balie, dus ik had het wel gezien als ze was weggegaan.'

'Dank u, meneer Furlough, geen vragen meer.'

Nadat Eric de getuige een paar minuten aan een kruisverhoor had onderworpen, zei hij: 'Goed, meneer Furlough, u hebt tot nog toe verteld dat u twee keer de receptie uit bent gelopen om in uw appartement naar de wc te gaan; dat u een pizza hebt laten bezorgen; dat u de bezorger hebt betaald, et cetera; dat er vier gasten een kamer hebben gehuurd en dat er twee zijn vertrokken; en dat u tussen dat alles door uw kasboek hebt bijgewerkt. Ik wil u vragen, meneer Furlough, of mevrouw Clark in al die drukte niet ruimschoots de kans heeft gekregen om stilletjes haar kamer uit te glippen en snel de straat over te steken zonder dat u haar zag? Is dat niet heel goed denkbaar?'

'Nou, het kan misschien wel, maar ik heb niets gezien. Ik heb haar die avond haar kamer niet uit zien komen, zeg ik.'

'Dat begrijp ik, meneer Furlough. En *ík* zeg dat het goed mogelijk is dat mevrouw Clark haar kamer uit is gekomen, naar het busstation is gelopen, de bus naar Barkley Cove heeft genomen, Chase heeft vermoord en is teruggegaan naar haar kamer, en dat u haar helemaal niet hebt gezien omdat u volledig in beslag werd genomen door uw werk. Geen vragen meer.'

Toen iedereen was teruggekomen van het lunchreces en de rechter weer was gaan zitten, stapte Scupper de rechtszaal in. Tate draaide zich op zijn stoel om en zag zijn vader, nog in zijn overall en gele laarzen, door het gangpad lopen. Scupper had het proces niet bijgewoond vanwege zijn werk, zei hij, maar eigenlijk was het vooral omdat hij er niets van begreep dat zijn zoon zo gesteld was op Kya, en al zo lang. Tate leek nooit gevoelens te hebben gehad voor een ander meisje, en zelfs nu hij een volwassen, hoogopgeleide man was, hield hij nog van die vreemde, raadselachtige vrouw. Een vrouw die nu werd beschuldigd van moord.

Aan het eind van de ochtend, terwijl hij met de netten rond zijn laarzen op zijn boot stond, had Scupper een diepe zucht geslaakt. Hij was rood aangelopen van schaamte toen hij besefte dat hij, net als al die onwetende dorpelingen, een vooroordeel tegen Kya had gekoesterd omdat ze uit het moeras kwam. Hij herinnerde zich hoe trots Tate hem Kya's eerste boek over schelpen had laten zien en dat hij zelf ook versteld had gestaan van haar wetenschappelijke en artistieke bekwaamheid. Zonder het aan Tate te vertellen had hij een exemplaar van al haar boeken gekocht. Huichelaar die hij was.

Hij was zo trots op zijn zoon, die altijd had geweten wat hij wilde en hoe hij dat kon bereiken. Had Kya niet exact hetzelfde gedaan? Alleen was het voor haar veel zwaarder geweest.

Hoe kon hij er níét zijn voor Tate? Niets was zo belangrijk als zijn zoon steunen. Hij liet het net aan zijn voeten vallen, liet de boot bij de steiger achter en liep regelrecht naar het gerechtsgebouw.

Toen hij bij de eerste rij van de publieke tribune stond, stonden Jodie, Jumpin' en Mabel op om hem erlangs te laten, zodat hij naast Tate kon gaan zitten. Vader en zoon knikten elkaar toe en er welden tranen op in Tates ogen.

Tom wachtte tot Scupper zat en het weer stil was in de zaal en zei toen: 'Edelachtbare, de verdediging roept Robert Foster op.' Robert Foster, die een tweedjasje, een stropdas en een kakibroek droeg, was slank, normaal van postuur en had een keurig baardje en vriendelijke ogen. Tom vroeg hem naar zijn naam en beroep.

'Ik ben Robert Foster, en ik werk als redacteur bij Harrison Morris, een uitgeverij in Boston, Massachusetts.' Kya drukte een hand tegen haar voorhoofd en keek naar de vloer. Haar redacteur was de enige die ze kende die haar niet als het moerasmeisje zag, die haar met respect behandelde en zelfs ontzag leek te hebben voor haar kennis en talent. Nu zag hij haar in de rechtszaal in het beklaagdenbankje zitten, beschuldigd van moord.

'Bent u de redacteur van de boeken van mevrouw Clark?'

'Ja. Ze is een bijzonder getalenteerd natuurkenner, kunstenaar en schrijver. Een van onze favoriete auteurs.'

'Kunt u bevestigen dat u op 28 oktober 1969 naar Greenville in North Carolina bent gereisd en mevrouw Clark daar op zowel de negenentwintigste als de dertigste oktober hebt ontmoet?'

'Dat klopt. Ik had een congres in de buurt en ik wist dat ik tijd over zou hebben, maar niet genoeg om naar mevrouw Clark toe te reizen, dus heb ik haar uitgenodigd naar Greenville te komen voor een persoonlijke kennismaking.'

'Kunt u ons zeggen hoe laat u haar vorig jaar op de avond van 29 oktober hebt teruggebracht naar haar motel?'

'Na onze besprekingen hebben we in mijn hotel gedineerd en om vijf voor tien 's avonds heb ik Kya teruggebracht naar haar motel.'

Kya herinnerde zich hoe ze op de drempel van de eetzaal had gestaan en naar de met brandende kaarsen gedekte tafels onder het zachte licht van kroonluchters had gekeken. Hoge wijnglazen op witte tafelkleden. Stijlvol geklede gasten converseerden op gedempte toon, terwijl zij een eenvoudige rok en blouse droeg. Robert en zij hadden forel in amandelkorst, wilde rijst, spinazie à la crème en gistbroodjes gegeten. Robert hield het gesprek met een moeiteloze charme op gang en beperkte zich tot onderwerpen uit de natuur die ze kende, zodat ze zich op haar gemak had gevoeld.

Nu ze eraan terugdacht, begreep ze niet hoe ze zich erdoorheen had geslagen, maar dat restaurant, hoe schitterend ook, was in feite lang niet zo indrukwekkend geweest als haar fijnste picknick. Toen ze vijftien was, was Tate op een ochtend vroeg met de boot naar haar hut gekomen en nadat hij een deken om haar schouders had gelagen, waren ze door een doolhof aan waterwegen landinwaarts gevaren, naar een bos dat ze nog nooit had gezien. Ze hadden nog anderhalve kilometer gelopen, naar de rand van een ondergelopen weide waar nieuw gras door de modder opschoot, en daar had hij de plaid uitgespreid onder de varens, die als parasols dienden.

'Nu moeten we wachten,' had hij gezegd. Hij had hete thee ingeschonken uit een thermosfles en haar 'hete ballen' aangeboden, balletjes die bestonden uit beschuitbollendeeg, pittige worst en pikante cheddarkaas die hij voor de gelegenheid in de oven had gebakken. Zelfs nu, in de kille omgeving van de rechtszaal, herinnerde ze zich de warmte van zijn schouder tegen de hare onder de deken.

Ze hadden niet lang hoeven wachten. Al na een paar seconden was er een enorm tumult genaderd vanuit het noorden. 'Daar komen ze,' had Tate gezegd.

Een dunne, zwarte wolk was aan de horizon verschenen en hun kant op gekomen. Uit de oprijzende wolk was een gekrijs gekomen dat steeds luider en intenser werd, en uiteindelijk was er geen plekje blauw meer aan de hemel te zien geweest. Honderdduizenden sneeuwganzen, klapwiekend, snaterend en zwevend, bedekten de aarde. Wervelende massa's wielden en zwenkten om te landen. Misschien wel een halfmiljoen witte vleugels spreidden zich tegelijk, oranjeroze zwemvliezen bungelden naar beneden en een sneeuwstorm aan vogels streek neer. De hele wereld, veraf en dichtbij, verdween in het wit. De ganzen landden eerst een voor een, toen met tientallen en toen met honderden tegelijk op maar een paar meter van de plek waar Kya en Tate onder de varens zaten. De lucht werd weer zichtbaar en de ondergelopen wei leek bedekt met donzige sneeuw.

Daar kon geen chique eetzaal tegenop en de worstballetjes hadden meer smaak gehad dan forel in amandelkorst.

'Hebt u mevrouw Clark naar haar kamer zien gaan?'

'Natuurlijk. Ik heb haar deur opengemaakt en gezorgd dat ze veilig binnen was voordat ik vertrok.'

'Hebt u mevrouw Clark de dag erna nog gezien?'

'We zouden die dag samen ontbijten, dus ben ik haar om halfacht komen halen. We hebben pannenkoeken gegeten bij de Stack 'Em High. Om negen uur heb ik haar teruggebracht naar haar motel en daarna heb ik haar niet meer gezien, tot vandaag.' Hij wierp een blik in Kya's richting, maar ze keek strak naar het tafelblad.

'Dank u, meneer Foster. Ik heb geen vragen meer.'

De beurt was aan Eric, die opstond en vroeg: 'Meneer Foster, ik vraag me af waarom u in het Piedmont Hotel verbleef, het beste hotel in de omtrek, terwijl uw uitgeverij mevrouw Clark, zo'n getalenteerd auteur, zelfs een van de favorieten, zoals u zei, in een uiterst sober motel had ondergebracht, het Three Mountains?'

'Tja, we hebben mevrouw Clark natuurlijk een kamer in het Piedmont aangeboden, haar zelfs aangeraden die te nemen, maar ze stond er zelf op in het motel te verblijven.'

'O? Kende ze de naam van het motel? Had ze specifiek gevraagd om een kamer in het Three Mountains?'

'Ja, ze liet schriftelijk weten dat ze liever daar wilde logeren.'

'Schreef ze ook waarom?'

'Nee, ik zou het niet weten.'

'Nou, ik heb wel een idee. Hier heb ik een toeristenkaart van Greenville.' Eric zwaaide met de kaart terwijl hij naar de getuigenbank liep. 'U kunt hier zien, meneer Foster, dat het Piedmont, het viersterrenhotel dat u mevrouw Clark hebt aangeboden, in het centrum staat. Het Three Mountains Motel daarentegen staat aan

Highway 258, dicht bij het busstation. Als u de kaart aandachtig bekijkt, zoals ik heb gedaan, zult u zelfs zien dat het Three Mountains het motel is dat het dichtst bij het busstation ligt…'

'Bezwaar, edelachtbare,' riep Tom. 'Meneer Foster is geen deskundige op het gebied van de plattegrond van Greenville.'

'Nee, maar we hebben de plattegrond hier. Ik begrijp waar je naartoe wilt, Eric, en ik sta het toe. Ga door.'

'Meneer Foster, als iemand van plan was 's nachts even snel naar het busstation te gaan, dan is het logisch dat hij liever naar het Three Mountains zou gaan dan naar het Piedmont. Zeker als hij of zij wilde lopen. Het enige wat ik van u vraag, is een bevestiging dat mevrouw Clark specifiek om een reservering in het Three Mountains heeft gevraagd en niet in het Piedmont.'

'Ze vroeg om een kamer in het Three Mountains, zoals ik al zei.'

'Ik heb geen vragen meer.'

'Tegenvragen van de verdediging?' vroeg rechter Sims.

'Ja, edelachtbare,' zei Tom. 'Meneer Foster, hoelang werkt u al met mevrouw Clark samen?'

'Drie jaar.'

'En zou u beweren dat u mevrouw Clark in die drie jaar goed hebt leren kennen via uw correspondentie, ook al had u haar tot de ontmoeting in Greenville nog nooit gezien? Zo ja, hoe zou u haar dan beschrijven?'

'Ja, ik heb haar goed leren kennen. Naar mijn mening is ze een verlegen, zachtaardig mens. Ze is het liefst alleen in de ongerepte natuur; het heeft even geduurd voordat ik haar had overgehaald naar Greenville te komen. Ze zou mensenmassa's in elk geval willen omzeilen.'

'Een massa zoals je zou tegenkomen in een groot hotel als het Piedmont?'

'Ja.'

'Is het niet zelfs zo, meneer Foster, dat het totaal niet verbazingwekkend is dat mevrouw Clark, die het liefst op zichzelf is, een klein, afgelegen motel verkiest boven een groot, druk hotel midden in de stad? Dat die keus bij haar karakter past?'

'Ja, dat lijkt mij het geval.'

'Is het ook niet aannemelijk dat mevrouw Clark, die niet vertrouwd is met het openbaar vervoer en wist dat ze met een koffer van het busstation naar haar hotel en weer terug moest lopen, een hotel of motel zou kiezen dat zo dicht mogelijk bij het busstation ligt?'

'Ja.'

'Dank u. Dat waren alle vragen.'

Robert Foster ging na zijn verklaring bij Tate, Scupper, Jodie, Jumpin' en Mabel zitten, achter Kya.

Die middag liet Tom de sheriff terugkomen om te getuigen.

Kya wist van Toms lijst met getuigen dat er niet veel meer zouden komen, en bij die gedachte werd ze misselijk. Hierna kwamen de slotpleidooien, dan het vonnis. Zolang een stroom getuigen haar steunde, kon ze op vrijspraak hopen, of in elk geval op uitstel van haar veroordeling. Zolang het proces zich voortsleepte, zou er geen vonnis worden geveld. Ze probeerde haar geest af te leiden naar velden vol sneeuwganzen, zoals ze al sinds het begin van het proces deed, maar ze zag alleen beelden van de gevangenis, tralies en klamme betonnen muren voor zich. Zo nu en dan een elektrische stoel. Veel riemen.

Opeens kreeg ze geen lucht meer, kon ze niet meer blijven zitten, was haar hoofd te zwaar om rechtop te houden. Ze zakte iets in elkaar en liet haar hoofd in haar handen zakken. Tom keek van de sheriff naar haar en haastte zich naar haar toe.

'Edelachtbare, ik verzoek om een kort reces. Mevrouw Clark heeft even pauze nodig.'

'Toegewezen. Ik las een onderbreking van een kwartier in.'

Tom hielp Kya overeind en nam haar via de zijdeur mee naar de kleine vergaderkamer, waar ze op een stoel zakte. Hij ging naast haar zitten en vroeg: 'Kya, wat is er? Gaat het?'

Ze sloeg haar handen voor haar gezicht. 'Hoe kun je dat vragen? Is het niet logisch? Hoe kan iemand dit doorstaan? Ik voel me te ziek, te moe om daar te zitten. Moet het echt? Kan het proces niet gevoerd worden zonder mij?' Het enige waar ze toe in staat was, het enige wat ze wilde, was teruggaan naar haar cel en zich op het bed opkrullen met Zondagsrechter.

'Nee, helaas niet. Als het om zo'n zwaar misdrijf gaat, moet de beklaagde aanwezig zijn.'

'En als ik dat niet kan? Als ik het weiger? Het enige wat ze kunnen doen, is me in de gevangenis gooien.'

'Kya, zo is de wet. Je moet aanwezig zijn en trouwens, het is beter voor jou dat je erbij bent. Het is makkelijker voor een jury om een afwezige gedaagde te veroordelen. Maar Kya, het duurt nu niet lang meer.'

'Daar ga ik me niet beter van voelen, begrijp je dat niet? Wat hierna komt, is nog erger dan dit.'

'Dat weten we niet. Vergeet niet dat we nog in beroep kunnen gaan als het niet zo uitpakt als we willen.'

Kya zei niets. Bij de gedachte aan hoger beroep ging ze zich nog ellendiger voelen; dezelfde lijdensweg door andere rechtszalen, nog verder van het moeras. In grote steden, waarschijnlijk. Een lucht zonder meeuwen. Tom liep de kamer uit en kwam terug met een glas ijsthee met veel suiker en een zakje zoute pinda's. Ze nipte van de thee, maar weigerde de pinda's. Een paar minuten later klopte de bode op de deur en bracht hen terug naar de rechtszaal. Kya's gedachten bleven afdwalen en ze ving niet meer dan flarden op van de getuigenverklaring.

'Sheriff Jackson,' zei Tom, 'de aanklager beweert dat mevrouw Clark 's avonds laat haar motel uit is geglipt en van het Three Mountains Motel naar het busstation is gelopen, een wandeling van minstens twintig minuten. Dat ze vervolgens de nachtbus van tien voor twaalf van Greenville naar Barkley Cove heeft genomen. Die bus had vertraging, dus ze kan pas om tien over halftwee in Barkley zijn aangekomen. Vanaf de bushalte in Barkley Cove zou ze naar de kade zijn gelopen, een wandeling van drie, vier minuten; per boot naar de baai bij de watertoren zijn gegaan, minstens twintig minuten varen; naar de toren zijn gelopen, nog eens acht minuten; die in het pikdonker hebben beklommen, laten we zeggen in vier à vijf minuten; het rooster open hebben gezet, een paar seconden; op Chase hebben gewacht, niemand weet hoelang, en dan alles nog eens in omgekeerde volgorde.

Dit alles zou mevrouw Clark minimaal een uur en zeven minuten hebben gekost, nog los van het wachten op Chase, maar de bus terug naar Greenville, die ze moest halen, vertrok vijftig minuten na haar aankomst alweer. Het is dus simpelweg een feit dat ze geen tijd had om dit vermeende misdrijf te plegen. Heb ik gelijk, sheriff?'

'Het zou krap zijn, dat klopt, maar ze kan van haar boot naar de toren en terug hebben gerend, ze zou hier en daar een minuut kunnen hebben gewonnen.'

'Een minuut hier en daar is niet genoeg. Ze zou twintig minuten extra nodig hebben gehad, minstens. Hoe had ze twintig minuten kunnen besparen?'

'Nou, misschien is ze helemaal niet met de boot gegaan; misschien is ze van de bushalte in Main Street over het zandpad naar de toren gelopen of gerend. Dat zou veel sneller gaan dan over zee.'

Eric keek vanaf zijn stoel aan de aanklagerstafel kwaad naar de sheriff. Hij had de jury ervan overtuigd dat Kya genoeg tijd had gehad om het misdrijf te plegen en de bus terug te halen. De jury had het voor zoete koek geslikt. Bovendien hadden ze een uitstekende getuige, de garnalenvisser die had verklaard dat hij mevrouw Clark per boot naar de toren had zien gaan.

'Hebt u aanwijzingen dat mevrouw Clark over land naar de toren is gegaan, sheriff?'

'Nee, maar het is een goede theorie.'

'Theorie!' Tom wendde zich tot de jury. 'De tijd voor theorieën was voordat u mevrouw Clark arresteerde, voordat u haar voor twee maanden in hechtenis nam. Het is geen theorie, maar een feit dat u niet kunt bewijzen dat ze over land is gegaan en dat ze geen tijd had om over zee te gaan. Geen vragen meer.'

Het was Erics beurt. 'Sheriff, is het water bij Barkley Cove niet onderhevig aan sterke stromingen, getijdenstromen en muien die de snelheid van een boot kunnen beïnvloeden?'

'Ja, dat klopt. Dat weet iedereen die hier woont.'

'Iemand die gebruik wist te maken van zulke stromingen, zou vanaf de haven heel snel naar de toren kunnen varen. Op die manier zou het goed mogelijk moeten zijn twintig minuten te besparen op de heen- en terugweg. Is dat correct?' Eric vond het ergerlijk dat hij weer een theorie moest aandragen, maar het enige wat hij nodig had, was een aannemelijk scenario waarmee hij de juryleden kon inpalmen.

'Ja, dat is correct.'

'Dank u.' Zodra Eric zich omdraaide, ging Tom weer staan.

'Sheriff, hebt u aanwijzingen dat er in de nacht van 29 op 30 oktober een stroming, getijdenstroom of sterke wind was die iemand die per boot op weg was van Barkley Cove naar de brandtoren tijd kan hebben bespaard, of hebt u iets wat erop duidt dat mevrouw Clark over land naar de toren is gegaan? Alleen ja of nee, alstublieft.'

'Nee, maar ik denk dat er vast wel...'

'Sheriff, het maakt niet uit wat u denkt. Kunt u bewijzen dat er in de nacht van 29 op 30 oktober 1969 een sterke stroming stond?'

'Nee.'

53

Ontbrekende schakel

1970

De volgende ochtend had Tom nog maar één getuige. Zijn laatste troef. Hij riep Tim O'Neal op, een garnalenvisser die al achtendertig jaar met zijn eigen boot de wateren rond Barkley Cove bevoer. Tim, die tegen de vijfenzestig liep en lang, maar gezet was, had dik, bruin haar met maar een zweempje grijs en een volle baard die bijna wit was. Hij stond bekend als stil en ernstig, eerlijk en hoffelijk, iemand die altijd deuren openhield voor dames. De ideale laatste getuige.

'Tim, klopt het dat je in de nacht van 29 op 30 oktober vorig jaar tussen ongeveer kwart voor twee en twee uur in de haven van Barkley Cove terugkeerde?'

'Ja.'

'Twee van je bemanningsleden, Hal Miller, die hier heeft getuigd, en Allen Hunt, die een beëdigde verklaring heeft afgelegd, beweren allebei dat ze mevrouw Clark rond dat tijdstip in noordelijke richting langs de haven hebben zien varen. Ben je op de hoogte van hun verklaringen?'

'Ja.'

'Heb jij op die tijd en plaats dezelfde boot gezien als de heren Miller en Hunt?'

'Ja.'

'En ben je het met hun verklaringen eens dat het mevrouw Clark was die in haar boot in noordelijke richting voer?'

'Nee, daar ben ik het niet mee eens.'

'Waarom niet?'

'Het was donker. Er was nog geen maan. En die boot was te ver weg om iemand met zekerheid te kunnen herkennen. Ik ken iedereen hier die zo'n soort boot heeft, en het is vaak genoeg voorgekomen dat ik mevrouw Clark in de hare zag en meteen wist dat zij het was, maar die nacht was het te donker om die boot of de inzittende te kunnen herkennen.'

'Dank je, Tim. Ik heb geen vragen meer.'

Eric liep naar het getuigenbankje. 'Tim, ook al kon je niet zien wat het voor boot was of wie er precies in zat, ben je het ermee eens dat er rond kwart voor twee in de nacht dat Chase Andrews bij de brandtoren om het leven is gekomen een boot van ongeveer dezelfde grootte en vorm als die van mevrouw Clark in de richting van de brandtoren van Barkley Cove voer?'

'Ja, ik kan wel zeggen dat die boot ongeveer dezelfde grootte en vorm had.'

'Dank je.'

Tom ging staan en zei vanachter zijn tafel: 'Tim, voor de duidelijkheid, je hebt verklaard dat je mevrouw Clark vaak in haar boot hebt herkend, maar dat je die nacht niets hebt gezien waaruit bleek dat die boot van mevrouw Clark was of dat zij erin zat, klopt dat?'

'Dat klopt.'

'En kun je ons vertellen of er veel boten van dezelfde grootte en vorm als die van mevrouw Clark in deze omgeving varen?'

'O, zeker, ze heeft een van de meest gangbare soorten boot hier. Er varen veel van zulke boten rond.'

'Dus je zou die nacht ook iemand anders in net zo'n soort boot kunnen hebben gezien?'

'Zeker weten.'

'Dank je. Edelachtbare, geen vragen meer.'

'We nemen twintig minuten pauze,' zei rechter Sims. 'Ik verdaag de zitting.'

Voor zijn slotpleidooi droeg Eric een stropdas met brede goudgele en bordeauxrode strepen. De publieke tribune zweeg verwachtingsvol toen hij naar het juryvak liep, bij de balustrade bleef staan en alle juryleden welbewust even aankeek.

'Dames en heren van de jury, u maakt deel uit van een gemeenschap, van een trots, uniek dorp. Vorig jaar bent u een van uw eigen zonen kwijtgeraakt. Een jongeman, een stralende ster van uw buurt, die zich verheugde op een lang leven met zijn mooie...'

Hij vertelde nog eens hoe Kya Chase vermoord zou hebben, maar ze luisterde niet. Ze zat met haar ellebogen op tafel en haar hoofd in haar handen en ving alleen wat losse flarden op.

'... Twee bij u bekende mannen uit deze gemeenschap hebben mevrouw Clark en meneer Andrews in het bos gezien... hoorden haar: "Ik vermoord je!" zeggen... vezels van een rode wollen muts op zijn spijkerjack... Wie zou die ketting anders willen pakken... U weet dat die stromingen en winden de snelheid drastisch kunnen verhogen...

Door haar manier van leven weten we dat ze goed in staat is 's nachts een boot te besturen en in het donker de toren te beklimmen. Alle puzzelstukjes passen precies in elkaar. Alles wat ze die nacht heeft gedaan is duidelijk. U kunt en moet concluderen dat de gedaagde schuldig is aan doodslag met voorbedachten rade. Dank u voor het doen van uw plicht.'

Rechter Sims knikte naar Tom, die naar het juryvak liep.

'Dames en heren van de jury, ik ben opgegroeid in Barkley Cove en toen ik jonger was, hoorde ik de sterke verhalen over het moerasmeisje. Ja, laten we er geen doekjes om winden. We noemden haar het moerasmeisje. Veel mensen noemen haar nog steeds zo. Er werd gefluisterd dat ze van de wolven afstamde of dat ze de ontbrekende schakel tussen aap en mens was. Dat haar ogen licht gaven in het donker. Terwijl ze in werkelijkheid alleen maar een in de steek gelaten kind was, een klein meisje dat alleen in het moeras moest overleven, hongerig en koud, zonder dat wij haar hulp boden. Afgezien van Jumpin', een van haar weinige vrienden, gaf niemand haar eten of kleding; niet één van onze kerkgenootschappen of verenigingen hielp haar. Wij stopten haar alleen maar in een hokje en wezen haar af omdat we dachten dat ze anders was. Maar, dames en heren, lieten wij mevrouw Clark links liggen omdat ze anders was, of werd ze anders doordat wij haar links lieten liggen? Als we haar hadden opgenomen als een van de onzen, zou ze dat nu ook zijn geweest, vermoed ik. Als we haar eten, kleding en liefde hadden gegeven, als we haar in onze huizen en kerken hadden uitgenodigd, zouden we niet zo bevooroordeeld zijn. En ik geloof dat ze hier dan vandaag niet in het strafbankje zou zitten.

Op uw schouders rust de taak te oordelen over deze schuchtere, verstoten jonge vrouw, maar u moet dat oordeel baseren op de feiten die zijn aangevoerd in deze zaak, in deze rechtszaal, niet op geruchten of gevoelens van de afgelopen vierentwintig jaar.

Wat zijn de harde feiten?' Kya ving weer alleen fragmenten op, net als toen de aanklager zijn pleidooi hield. '... Openbaar Ministerie niet eens bewezen dat dit incident wel moord wás en niet gewoon een tragisch ongeval. Geen moordwapen, geen door mensenhanden toegebracht letsel, geen getuigen, geen vingerafdrukken...

Een van de belangrijkste, bewezen feiten is dat mevrouw Clark een overtuigend alibi heeft. We weten dat ze in de nacht van Chase' dood in Greenville was... geen bewijs dat ze verkleed als man de bus naar Barkley heeft genomen... De aanklager heeft zelfs niet eens kunnen aantonen dát ze die nacht in Barkley Cove is geweest, dat ze naar de toren is gegaan. Nogmaals: er is geen enkel bewijs dat mevrouw Clark op de brandtoren van Barkley Cove is geweest of dat ze Chase Andrews heeft gedood.

... en de schipper, meneer O'Neal, die al achtendertig jaar zijn eigen garnalenboot heeft, heeft verklaard dat het te donker was om die boot te kunnen identificeren.

... vezels op zijn spijkerjack die er al vier jaar op hadden kunnen zitten... onweerlegbare feiten...

Niet één van de getuigen à charge was zeker van wat hij of zij had gezien, niet één, terwijl alle getuigen à décharge honderd procent zeker zijn...'

Tom bleef even tegenover de juryleden staan. 'Ik ken de meesten van u heel goed en ik weet dat u uw eerdere vooroordelen ten opzichte van mevrouw Clark opzij kunt zetten. Ook al is ze maar één dag in haar leven naar school gegaan, omdat de andere kinderen haar plaagden, ze heeft zichzelf onderwezen en is een bekende natuurkenner en gevierd auteur geworden. Wij noemden haar het moerasmeisje; nu wordt ze door wetenschappelijke instellingen erkend als de moerasexpert.

Ik geloof dat u alle geruchten en sterke verhalen terzijde kunt leggen. Ik geloof dat u tot een oordeel zult komen op basis van de feiten die u in deze rechtszaal hebt gehoord, niet op basis van de onjuiste sterke verhalen die u jarenlang hebt gehoord.

Het is tijd dat we het moerasmeisje eindelijk rechtvaardig behandelen.'

54

Vice versa

1970

Tom gebaarde naar de ratjetoe aan stoelen in de kleine vergaderkamer en Tate, Jodie, Scupper en Robert Foster gingen om de rechthoekige tafel met koffiekringen zitten. De muren hadden twee kleuren bladderende verf: lindegroen bovenaan en donkergroen onderaan. Er hing een bedompte geur die zowel van de muren als uit het moeras leek te komen.

'Wacht hier maar,' zei Tom, die de deur achter zich sloot. 'Verderop in de gang, tegenover de assistent van de rechter, staat een koffieautomaat, maar dat bocht kan een muilezel met drie ogen niet eens drinken. De cafetaria heeft redelijke koffie. Eens zien, het is net elf uur geweest. We maken later wel plannen voor de lunch.'

Tate liep naar het raam, waar een rooster van witte tralies voor zat, alsof mensen eerder in afwachting van een uitspraak hadden geprobeerd te ontsnappen. 'Waar hebben ze Kya naartoe gebracht?' vroeg hij aan Tom. 'Naar haar cel? Moet ze daar in haar eentje wachten?'

'Ja, ze zit in haar cel. Ik ga nu naar haar toe.'

'Hoelang gaat het juryberaad duren, denk je?' vroeg Robert.

'Dat is met geen mogelijkheid te zeggen. Als je denkt dat ze zó klaar zijn, doen ze er dagen over en vice versa. De meesten hebben waarschijnlijk al een besluit genomen… en niet in Kya's voordeel. Als er een paar juryleden zijn die twijfelen en hun best doen om de anderen ervan te overtuigen dat haar schuld niet onomstotelijk vaststaat, hebben we een kans.'

De anderen knikten zwijgend. Het woord 'onomstotelijk' drukte zwaar op hen, alsof de schuld wel bewezen was, alleen niet afdoende.

'Oké,' vervolgde Tom, 'ik ga naar Kya en dan ga ik aan het werk. Ik moet het verzoek voor het hoger beroep voorbereiden en zelfs een motie tot nietigverklaring van de uitspraak wegens bevooroordeeldheid van de jury. Denk erom dat als ze schuldig wordt bevonden, het nog niet is afgelopen. Nog lang niet. Ik loop heen en weer en ik laat het jullie zeker weten als er nieuws is.'

'Dank je,' zei Tate en hij voegde eraan toe: 'Geef alsjeblieft aan Kya door dat we hier zijn en dat we bij haar kunnen komen zitten als ze wil.' Al had ze de laatste paar dagen alleen Tom willen zien en de afgelopen twee maanden vrijwel niemand.

'Goed, ik geef het door.' Tom liep weg.

Jumpin' en Mabel moesten buiten tussen de dwergpalmen en de galigaan op het plein op het vonnis wachten, samen met de paar andere zwarten. Net toen ze kleurige quilts op de grond hadden uitgespreid en beschuitbollen met worst uit papieren zakken pakten, begon het te plenzen, zodat ze alles snel bij elkaar moesten rapen en beschutting moesten zoeken onder de luifel van de Sing Oil. Meneer Lane schreeuwde dat ze buiten moesten wachten, iets wat ze al honderd jaar wisten, en de klanten niet in de weg moesten lopen. Een paar witte klanten stonden in de cafetaria en bij de Dog-Gone in de rij voor koffie en weer anderen vormden groepjes op straat onder vrolijk gekleurde paraplu's. Kinderen spatten in de plotseling ontstane plassen en aten popcorn en pinda's alsof ze een optocht verwachtten.

Na een miljoen minuten alleen dacht Kya dat ze wel had geleerd wat alleen-zijn was. Een levenlang naar de oude keukentafel kijken, naar lege slaapkamers en eindeloze zee- en grasvlakten. Niemand om de vreugde om een gevonden veer of voltooide aquarel mee te delen. Gedichten voordragen aan de meeuwen.

Maar nadat Jacob haar cel met luid traliegerinkel had afgesloten, door de gang was gelopen en de zware deur met een definitieve dreun achter zich dicht had geslagen, daalde er een kille stilte neer. Wachten op de uitslag van haar eigen moordzaak bracht een eenzaamheid van een andere orde met zich mee. De vraag of ze zou leven of sterven kwam niet in haar op, maar zonk weg in de grotere angst voor jaren alleen-zijn zonder haar moeras. Geen meeuwen, geen zee, in een oord zonder sterren.

De irritante celgenoten verderop in de gang waren vrijgelaten. Ze miste hun aanhoudende geklets bijna, want het was menselijk gezelschap geweest, hoe onderontwikkeld ook. Nu was ze de enige bewoner van deze lange betonnen tunnel van sloten en tralies.

Ze was zich bewust van de omvang van de vooroordelen tegen haar en wist dat een snel vonnis betekende dat er weinig overleg was geweest, wat een schuldigverklaring inhield. Ze moest aan kaakklem denken: het verwrongen, gekwelde leven van een gedoemde.

Kya overwoog het krat onder het raam te zetten en te kijken of ze roofvogels boven het moeras zag, maar ze bleef zitten. In de stilte.

Twee uur later, om één uur 's middags, maakte Tom de deur open van de kamer waarin Tate, Jodie, Scupper en Robert Foster zaten te wachten. 'Nou, er is een beetje nieuws.'

'Wat?' Tate keek met een ruk op. 'Toch nog geen uitspraak?'

'Nee, nee, geen uitspraak, maar ik denk dat het goed nieuws is. De jury heeft gevraagd naar het rechtbankverslag van de verklaringen van de buschauffeurs. Dat betekent dat ze in elk geval over de dingen nadenken en niet zomaar een beslissing nemen. De buschauffeurs zijn cruciaal, natuurlijk, en ze hebben allebei gezegd dat ze er zeker van waren dat Kya niet in hun bus zat en dat ze betwijfelden of ze vermomd had kunnen zijn. Als juryleden een verklaring zwart-op-wit zien, wordt die daardoor soms gezaghebbender. We zullen zien, maar het is een sprankje hoop.'

'We zijn al blij met een sprankje,' zei Jodie.

'Hoor eens, het is al ruimschoots lunchtijd. Waarom gaan jullie niet naar de cafetaria? Ik beloof dat ik jullie kom halen als er iets gebeurt.'

'Liever niet,' zei Tate. 'Daar is iedereen er vast van overtuigd dat ze het heeft gedaan.'

'Ik snap het. Ik zal mijn assistente hamburgers laten halen, goed?'

'Graag, dank je,' zei Scupper, en hij pakte wat geld uit zijn portemonnee.

Om kwart over twee kwam Tom terug om te vertellen dat de jury om de verklaring van de lijkschouwer had gevraagd. 'Ik weet niet of dat wel zo gunstig is.'

'Shit!' vloekte Tate. 'Dit is toch niet te harden?'

'Probeer rustig te blijven; dit kan dagen gaan duren. Ik hou jullie op de hoogte.'

Om vier uur kwam Tom de kamer weer in, nu met een ernstig, afgetobd gezicht. 'Goed, heren, de jury is tot een beslissing gekomen. De rechter vraagt iedereen terug te komen naar de zaal.'

Tate stond op. 'Wat betekent dat? Dat het zo snel gaat.'

'Kom, Tate.' Jodie legde een hand op zijn arm. 'Laten we gaan.'

In de gang voegden ze zich in de stroom dorpelingen die zich schouder aan schouder naar binnen werkte. De klamme lucht die ze mee naar binnen namen had de geur van sigarettenrook, haar dat nat was van de regen en vochtige kleding.

De rechtszaal liep binnen tien minuten vol. Veel mensen konden geen stoel meer krijgen en klitten samen in de hal of op het bordes. Om halfvijf leidde de bode Kya naar haar plaats. Voor het eerst ondersteunde hij haar bij haar elleboog, en ze zag er ook uit alsof ze in elkaar zou zakken als hij dat niet deed. Ze bleef strak naar de vloer kijken. Tate zag elke zenuwtrekking op haar gezicht. Hij ademde diep in tegen de opkomende misselijkheid.

Mevrouw Jones, de griffier, kwam binnen en ging zitten. Toen, als een uitvaartkoor, plechtig en somber, namen de juryleden een voor een plaats in hun vak. Mevrouw Culpepper wierp een blik op Kya. De anderen keken voor zich. Tom probeerde hun gezichten te lezen. De publieke tribune was muisstil.

'De rechtbank. Wilt u allen gaan staan, alstublieft.'

De deur van rechter Sims ging open en hij liep naar zijn stoel. 'Gaat u zitten. Meneer de voorzitter, klopt het dat de jury tot een uitspraak is gekomen?'

Meneer Tomlinson, een stille man en de eigenaar van de Buster Brown-schoenwinkel, stond op. 'Ja, edelachtbare.'

Rechter Sims keek naar Kya. 'Mag ik de gedaagde verzoeken op te staan voor het voorlezen van de uitspraak.' Tom tikte tegen Kya's arm en hielp haar te gaan staan. Tate legde zijn hand op de balustrade, zo dicht bij Kya als hij maar kon komen. Jumpin' pakte Mabels hand en bleef die vasthouden.

Iedereen wachtte met bonzend hart en ingehouden adem; een nieuwe ervaring voor alle aanwezigen. Ogen flitsten heen en weer; handen zweetten. Hal Miller, het bemanningslid van de garnalenboot, pijnigde zijn hersenen. Had hij wel echt de boot van mevrouw Clark gezien die nacht? Stel dat hij zich had vergist? De meeste mensen keken niet naar Kya's achterhoofd, maar naar de vloer en de muren. Het leek alsof niet alleen Kya, maar het hele dorp gevonnist ging worden, en maar weinig mensen voelden het leedvermaak dat ze hadden verwacht.

De juryvoorzitter, meneer Tomlinson, gaf een vel papier aan de bode, die het doorgaf aan de rechter, die het openvouwde en met een neutraal gezicht las. De bode nam het weer van hem aan en gaf het aan mevrouw Jones, de griffier.

'Gaat iemand het nog voorlezen?' zei Tate woest.

Mevrouw Jones ging staan, draaide zich om naar Kya, vouwde het papier open en las: 'Wij, de jury, achten Catherine Danielle Clark niet-schuldig aan de tenlastelegging van doodslag met voorbedachten rade op Chase Andrews.' Kya zakte op haar stoel, gevolgd door Tom.

Tate knipperde met zijn ogen. Jodie hapte naar adem. Mabel snikte. Het publiek zat er als versteend bij. Dit kon niet waar zijn 'Zei ze nou niet-schuldig?' Gefluister zwol aan in toon en volume tot een verontwaardigde vragenstorm. 'Dit deugt niet,' riep meneer Lane.

De rechter tikte met zijn hamer. 'Orde! Mevrouw Clark, de jury heeft u niet-schuldig bevonden aan de tenlastelegging. U bent vrij om te gaan, en ik bied u namens de staat excuses aan voor het feit dat u twee maanden in voorarrest hebt gezeten. Juryleden, dank u voor uw tijd en de dienst die u deze gemeenschap hebt bewezen. De zaak is gesloten.'

Er vormde zich een groepje rond Chase' ouders. Patti Love huilde. Mevrouw Singletary trok net zo'n kwaad gezicht als iedereen, maar tot haar eigen verbazing was ze stiekem enorm opgelucht. Pansy hoopte maar dat niemand zag dat ze haar kiezen niet meer op elkaar klemde. Een enkele traan rolde over de wang van mevrouw Culpepper en toen glimlachte ze bijna onmerkbaar omdat die kleine spijbelaar uit het moeras wéér was ontkomen.

Achter in de zaal stond een groep mannen in werkkleding. 'Die juryleden hebben heel wat uit te leggen.'

'Kan Eric de rechtbank niet wraken? Alles overdoen?'

'Nee. Je kunt niet twee keer terechtstaan voor moord, weet je nog? Ze is vrij. Ze is ermee weggekomen.'

'De sheriff heeft het voor Eric verpest. Hij kon zich niet aan zijn verhaal houden, hij kletste maar wat. Theorie zus, theorie zo.'

'Hij liep te paraderen alsof hij in *Gunsmoke* zat.'

Het ontstemde groepje viel al snel uit elkaar toen een paar mannen naar buiten liepen, pratend over werk dat ingehaald moest worden en dat het een stuk koeler was nu het had geregend.

Jodie en Tate waren door het houten hekje naar de tafel van de verdediging gestormd. Scupper, Jumpin', Mabel en Robert volgden. Ze raakten Kya niet aan, maar vormden een kring rondom haar terwijl zij bewegingloos bleef zitten.

'Kya, je mag naar huis,' zei Jodie. 'Zal ik je brengen?'

'Ja, graag.'

Kya ging staan en bedankte Robert voor zijn komst helemaal uit Boston. Hij glimlachte. 'Vergeet die onzin nou maar en ga door met je verbluffende werk.' Ze legde haar hand op die van Jumpin', en Mabel drukte haar aan haar weelderige boezem. Toen wendde ze zich tot Tate. 'Dank je wel voor alles wat je me hebt gebracht.' Ze keek naar Tom en vond geen woorden meer. Hij nam haar simpelweg in zijn armen. Toen keek ze naar Scupper. Ze was nooit aan hem voorgesteld, maar ze zag aan zijn ogen wie hij was. Ze gaf hem een dankbaar knikje en tot haar verrassing legde hij een hand op haar schouder en gaf er een kneepje in.

Toen liep ze samen met Jodie achter de bode aan naar de achteruitgang van de rechtszaal en toen ze langs de vensterbank kwam, stak ze haar hand uit en raakte de staart van Zondagsrechter aan. Hij negeerde haar, en ze had bewondering voor de perfectie waarmee hij veinsde geen behoefte te hebben aan een afscheid.

Toen de deur openging, voelde ze de adem van de zee op haar gezicht.

55

Grasbloemen

1970

Terwijl Jodie zijn pick-up van het asfalt het zanderige laantje op liet hotsen, praatte hij zachtjes tegen Kya. Hij zei dat het allemaal goed zou komen met haar, dat het alleen wat tijd zou kosten. Ze keek naar lisdodden en zilverreigers, dennenbomen en vijvers die achter het raam voorbijkwamen. Ze strekte haar nek uit om twee peddelende bevers na te kijken. Als een trekkende stern die vijftienduizend kilometer heeft gevlogen naar haar geboortekust, voelde ze het bonzen in haar hoofd van heimwee en verlangen; ze hoorde Jodies gebabbel amper. Ze had liever dat hij stil was en naar de ongerepte natuur in zijn binnenste luisterde. Misschien gingen zijn ogen dan open.

Haar adem stokte toen Jodie de laatste bocht van de kronkelweg nam en de oude hut zichtbaar werd, wachtend onder de eiken. Het Spaanse mos deinde zacht in de bries boven het roestige dak en de reiger balanceerde op een poot in de schaduw van de lagune. Zodra Jodie stopte, sprong Kya uit de cabine en rende de hut in om het bed, de tafel en het houtfornuis aan te raken. Jodie, die wel wist wat ze zou willen doen, had een zak met kruimels op het aanrecht gelegd, en ze rende met hernieuwde energie naar het strand. De tranen stroomden over haar wangen toen de meeuwen van overal langs de kust naar haar toe vlogen. Big Red streek neer en trippelde om haar heen, met knikkende kop.

Ze knielde bevend op het zand, omringd door de dwarreling van vogels. 'Ik heb nooit iets van iemand gevraagd. Misschien laten de mensen me nu met rust.'

Jodie bracht haar weinige bagage naar binnen en zette thee in de oude pot. Toen ging hij aan de tafel zitten wachten. Ten slotte hoorde hij de deur van de veranda opengaan, en toen Kya de keuken in kwam, zei ze: 'O, je bent er nog.' Natuurlijk was hij er nog. Zijn pick-up stond duidelijk zichtbaar buiten.

'Wil je alsjeblieft even gaan zitten?' zei hij. 'Ik wil met je praten.'

Ze ging niet zitten. 'Ik red me wel, Jodie. Echt.'

'Bedoel je daarmee dat je wilt dat ik wegga? Kya, je hebt twee maanden alleen in die cel gezeten met het idee dat een heel dorp tegen je was. Je hebt nauwelijks bezoek toegelaten. Dat begrijp ik allemaal wel, heus, maar ik vind dat ik niet zomaar weg kan rijden en jou hier alleen achter kan laten. Ik wil een paar dagen bij je blijven, is dat goed?'

'Ik ben geen twee maanden alleen geweest, maar bijna mijn hele leven! En ik dácht niet dat het hele dorp tegen me was, ik wíst het.'

'Kya, zorg dat je niet nog verder verwijderd raakt van andere mensen door deze verschrikkelijke gebeurtenis. Het is een hartverscheurende beproeving geweest, maar dit lijkt een kans om opnieuw te beginnen. Misschien is de uitspraak hun manier om te zeggen dat ze je zullen accepteren.'

'De meeste mensen hoeven niet vrijgesproken te worden van moord om geaccepteerd te worden.'

'Dat weet ik, en je hebt alle reden om mensen te haten. Ik neem het je niet kwalijk, maar...'

'Dat is precies wat niemand begrijpt,' zei ze met stemverheffing. 'Ik heb de mensen nooit gehaat; zíj haatten míj. Zíj lachten míj uit. Zíj lieten míj in de steek. Zíj vielen míj lastig. Zíj vielen míj aan. Het is inderdaad zo dat ik wel heb geleerd het zonder andere mensen te redden. Zonder jou. Zonder ma. Of wie dan ook!'

Hij wilde haar in zijn armen nemen, maar ze rukte zich los.

'Jodie, ik ben gewoon moe. Uitgeput, zelfs. Toe, ik moet dit allemaal in mijn eentje verwerken, dit proces, de gevangenis, het idee dat ik geëxecuteerd zou worden, want ik heb altijd alles in mijn eentje moeten doen. Ik weet niet beter. Ik weet niet hoe ik me moet laten troosten. Ik ben zelfs te moe om dit gesprek te voeren. Ik...' Haar stem stierf weg.

Ze liep zonder zijn antwoord af te wachten de hut uit en het eikenbos in. Hij wist dat het zinloos was om achter haar aan te gaan. Hij zou wachten. De vorige dag had hij inkopen gedaan, voor het geval dat ze vrijgesproken zou worden, en nu begon hij groenten te snijden voor haar lievelingskostje: zelfgemaakte kippenpastei. Toen de zon onder begon te gaan, kon hij het niet meer verdragen dat hij haar weghield uit haar huis, dus liet hij de borrelende pan op het fornuis staan en liep naar buiten. Ze was in een boog naar het strand gelopen, en toen ze zijn pick-up langzaam weg hoorde rijden, rende ze naar huis.

De geur van gebakken pasteideeg vulde de hut tot aan het plafond, maar Kya had nog steeds geen trek. Ze ging met haar verf aan de keukentafel zitten en dacht na over haar volgende boek, dat over grassoorten in het moeras zou gaan. De mensen letten zelden op gras; ze maaiden, vertrapten of vergiftigden het alleen maar. Ze haalde haar penseel woest over het doek, dat meer zwart werd dan groen. Donkere beelden doemden op, misschien van stervende velden onder donderwolken. Het was moeilijk te zien.

Ze boog haar hoofd en snikte. 'Waarom ben ik boos? Waarom nu? Waarom heb ik zo gemeen gedaan tegen Jodie?' Ze liet zich slap op de vloer glijden, als een lappenpop. Ze maakte zich klein, nog steeds huilend, en wilde het liefst tegen het enige wezen aan kruipen dat haar ooit had geaccepteerd zoals ze was, maar de kat was in de gevangenis achtergebleven.

Vlak voor het donker liep Kya terug naar het strand, waar de meeuwen hun veren opstreken en zich klaarmaakten voor de nacht. Ze waadde de branding in, en scherven van schelpen en schilfers krab die terug in zee buitelden streken langs haar tenen. Ze bukte zich en raapte twee pelikanenveren op. Ze waren precies hetzelfde als de veer die Tate bij de P in het woordenboek had gestoken dat hij haar jaren geleden als kerstcadeau had gegeven.

Ze fluisterde een gedicht van Amanda Hamilton:

Je kwam terug,
Oogverblindend
Als de glinstering van zon op de zee.
Net als ik me vrij voel
Projecteert de maan je gezicht op de vensterbank.
Telkens als ik je vergeet
Kwellen je ogen mijn hart en valt het stil.
Vaarwel dus
Tot de volgende keer dat je komt,
Tot ik je eindelijk niet meer zie.

De volgende ochtend zat Kya voor dag en dauw rechtop in haar bed op de veranda en snoof de kostelijke geuren van het moeras op in haar hart. Terwijl een zwak licht zich een weg de keuken in baande, maakte ze grutten, roerei en beschuitbollen voor zichzelf, allemaal zo licht en donzig als die van ma. Ze at alles tot de laatste hap op. Toen haastte ze zich bij zonsopkomst naar haar boot en stak de lagune over, met haar vingers door het heldere, diepe water strijkend.

In de vaargeul begroette ze de schildpadjes en zilverreigers en hief haar armen hoog boven haar hoofd. Weer thuis. 'Ik kan de hele dag verzamelen, alles wat ik maar wil,' zei ze. Dieper in haar geest school de gedachte dat ze Tate zou kunnen tegenkomen. Misschien was hij in de buurt aan het werk. Ze zou hem in de hut kunnen uitnodigen om samen de kippenpastei op te eten die Jodie had gebakken.

Anderhalve kilometer verderop waadde Tate door ondiep water om monsters te nemen in reageerbuisjes. Bij elke stap en elke onderdompeling waaierden er zachte rimpelingen door het water. Hij had zich voorgenomen bij Kya's hut in de buurt te blijven. Misschien zou ze met haar boot het moeras in gaan en kwamen ze elkaar tegen. Anders zou hij die avond naar haar hut gaan. Hij wist nog niet precies wat hij tegen haar ging zeggen, maar hij zou haar met een kus tot rede kunnen brengen.

Het boze brullen van een motor in de verte, veel hoger en luider dan het geluid van een motorboot, overstemde de zachte geluiden van het moeras. Hij hoorde het geluid naderen en plotseling racete er een van die nieuwe moerasboten voorbij. Het ding gleed zelfingenomen boven het water, boven het gras zelfs, met een waaier van boegwater achter zich. En met het geluid van tien sirenes.

De boot trok zijn eigen spoor door het moeras, struiken en gras vermorzelend, en scheurde toen over de trechtermond. Reigers en zilverreigers vlogen krijsend op. Aan het roer stonden drie mannen, en toen ze Tate in de gaten kregen, stevenden ze zijn kant op. Toen ze dichterbij kwamen, herkende hij sheriff Jackson en zijn hulpsheriff. De derde man kende hij niet.

De patserige boot minderde achterover hellend vaart en naderde hem. De sheriff riep iets naar Tate, maar zelfs als hij zijn handen achter zijn oren hield en naar voren leunde, kon hij niets boven de herrie uit horen. Ze manoeuvreerden nog dichter naar hem toe, tot de boot naast hem lag en het water tot aan zijn dijen klotste. De sheriff ging over de rand hangen en riep iets.

Kya, die niet ver weg was, had de vreemde boot ook gehoord en toen ze in de richting van het geluid voer, zag ze Tate. Ze stuurde haar boot achteruit de bosjes in en zag dat Tate naar de sheriff luisterde en toen heel stil bleef staan, met zijn hoofd gebogen en zijn schouders gekromd, alsof hij zich overgaf. De sheriff riep weer iets en uiteindelijk stak Tate zijn arm uit en liet zich door de hulpsheriff in de moerasboot hijsen. De derde man sprong in het water en klom in Tates motorjachtje. Met zijn kin tegen zijn borst gedrukt en zijn ogen neergeslagen stond Tate tussen de twee mannen in uniform.

De moerasboot keerde en scheurde terug naar Barkley Cove, gevolgd door de derde man in Tates boot.

Kya keek beide boten na tot ze achter een kraag zeegras verdwenen. Waarom hadden ze Tate meegenomen? Had het iets met de dood van Chase te maken? Hadden ze hem gearresteerd?

De pijn in haar ziel was ondraaglijk. Na een heel leven gaf ze eindelijk toe dat het de kans was om Tate te zien, de hoop een bocht in een kreek om te varen en hem tussen het riet te zien, die haar vanaf haar zevende elke dag van haar leven het moeras in had getrokken. Ze kende zijn favoriete lagunes en paden door verraderlijke modderstromen; ze had hem altijd vanaf een veilige afstand gevolgd. Stiekem had ze zijn liefde gestolen, zonder die ooit terug te geven. Als je vanaf de andere kant van een trechtermond van iemand houdt, kun je niet gekwetst worden. Al die jaren dat ze hem had afgewezen, had ze overleefd omdat hij ergens in het moeras op haar wachtte, maar nu zou hij er misschien niet meer zijn.

Ze staarde in de verte, waar het rumoer van de vreemde boot wegstierf. Jumpin' wist alles; hij zou wel weten waarom de sheriff Tate had meegenomen en wat ze eraan kon doen.

Ze startte haar motor en haastte zich door het moeras.

56

De nachtreiger

1970

De begraafplaats van Barkley Cove spreidde zich uit onder het bladerdak van donkere eiken. Spaans mos hing in lange gordijnen die de oude grafstenen insloten: de resten van een familie hier, iemand alleen daar, zonder enig systeem. Vingers van knoestige wortels hadden barsten in grafstenen gemaakt en ze verwrongen tot in elkaar gedoken, naamloze vormen. Markeringen van de dood waren tot stompjes verweerd door de elementen van het leven. Het lied van zee en lucht in de verte was te vrolijk voor deze plechtige grond.

De vorige dag was de begraafplaats volgestroomd met dorpelingen, als een mierenleger, en ook alle vissers en winkeliers waren gekomen om Scupper de laatste eer te bewijzen. Mensen klitten ongemakkelijk zwijgend bij elkaar terwijl Tate tussen de vertrouwde dorpelingen en onbekende verwanten door liep. Vanaf het moment dat de sheriff Tate in het moeras had gevonden en hem had verteld dat zijn vader was gestorven, had Tate zich verstomd door anderen laten leiden; door een hand in zijn rug, een porretje in zijn zij. Hij herinnerde zich niets van die dag en vandaag liep hij terug om echt afscheid te nemen van zijn vader.

Tijdens de maanden waarin hij eerst om Kya had getreurd en toen had geprobeerd haar in de gevangenis op te zoeken, had hij vrijwel geen tijd doorgebracht met Scupper. Spijt en schuldgevoel hadden de ruimte nodig. Als hij niet zo geobsedeerd was geweest door zijn eigen hart, had hij misschien opgemerkt dat dat van zijn vader het begaf. Voor Kya's aanhouding had het erop geleken dat ze bij hem terug zou komen: ze had hem een exemplaar van haar eerste boek gegeven, was op zijn boot gekomen om door de microscoop te kijken en had gelachen toen ze de muts naar elkaar overgooiden, maar toen het proces begon, had ze zich verder teruggetrokken dan ooit. Dat kan opsluiting met een mens doen, dacht hij.

Zelfs nu, terwijl hij met een bruin plastic koffertje naar het verse graf liep, betrapte hij zichzelf erop dat hij meer aan Kya dacht dan aan zijn vader, en hij vloekte erom. Hij kwam bij het verse litteken in de grond onder de eiken, de weidse zee erachter. Het graf lag naast dat van zijn moeder; zijn zusje lag aan de andere kant. Ze werden alle drie omsloten door een muurtje van onbewerkte stenen en mortel met schelpen erin gedrukt. Er was nog genoeg ruimte over voor hem. Het voelde helemaal niet alsof zijn vader hier lag. 'Ik had je moeten laten cremeren, net als Sam McGee,' zei Tate bijna glimlachend. Toen keek hij over de zee uit en hoopte maar dat Scupper een boot had, waar hij ook maar was. Een rode.

Hij zette het plastic koffertje, een platenspeler op batterijen, op de grond naast het graf en legde er een 78-toerenplaat op. De arm wiebelde, de naald zakte en Miliza Korjus' zilverige stem verhief zich boven de bomen. Hij ging tussen het graf van zijn moeder en het met bloemen bedekte heuveltje zitten. De omgewoelde aarde rook gek genoeg meer naar een begin dan naar een einde.

Hij boog zijn hoofd en vroeg zijn vader hardop of hij hem wilde vergeven dat hij zo vaak weg was geweest, en hij wist dat Scupper het hem vergaf. Tate herinnerde zich zijn vaders definitie van een man: iemand die huilt zonder schaamte, poëzie leest met zijn hart, opera in zijn ziel voelt en doet wat nodig is om een vrouw te beschermen. Scupper zou hebben begrepen dat hij het spoor van de liefde door de modder volgde. Tate bleef een tijdje stil zitten, met een hand op zijn moeder en een hand op zijn vader.

Ten slotte raakte hij het graf een laatste keer aan, liep terug naar zijn pick-up en reed naar zijn boot aan de kade. Hij zou weer aan het werk gaan, zich onderdompelen in krioelende levensvormen. Een paar vissers liepen over de kade naar hem toe, en hij stond er ongemakkelijk bij en nam de condoleances al net zo ongemakkelijk in ontvangst.

Met zijn hoofd gebogen, vastbesloten te vertrekken voordat nog iemand hem kon aanspreken, stapte hij op het achterdek van zijn motorjacht, maar toen hij achter het roer wilde gaan zitten, zag hij een lichtbruine veer op de stoel liggen. Hij zag meteen dat het de zachte borstveer van een vrouwelijke nachtreiger was, een langbenig, terughoudend schepsel dat diep in het moeras woont, alleen. Hier was het te dicht bij zee.

Hij keek om zich heen. Nee, hier zou ze niet zijn, niet zo dicht bij het dorp. Hij draaide de contactsleutel om, tufte in zuidelijke richting over de zee en koerste het moeras in.

Hij ging te snel door de waterwegen, en hij streek langs laaghangende takken die de boot schampten. Zijn kielzog klotste tegen de oever toen hij haar lagune in laveerde en zijn boot naast de hare vastlegde. Er kwam rook uit de schoorsteen van de hut, golvend en vrij.

'Kya,' riep hij. 'Kya!'

Ze deed de deur van de veranda open en stapte naar buiten, onder de eiken. Ze droeg een lange witte rok en een lichtblauwe trui, de kleuren van vleugels, en haar haar viel los om haar schouders.

Hij wachtte tot ze naar hem toe was gelopen, pakte haar bij de schouders en drukte haar aan zijn borst. Toen duwde hij haar van zich af.

'Ik hou van je, Kya, dat weet je. Je weet het al heel lang.'

'Je hebt me in de steek gelaten, net als alle anderen,' zei ze.

'Ik zal je nooit meer verlaten.'

'Ik weet het,' zei ze.

'Kya, hou je van me? Je hebt het nooit hardop tegen me gezegd.'

'Ik heb altijd van je gehouden. Zelfs als kind, in een tijd die ik me niet eens meer herinner, hield ik al van je.' Ze boog haar hoofd.

'Kijk me aan,' zei hij zacht. Ze aarzelde. 'Kya, ik moet weten dat het afgelopen is met het weglopen en verstoppertje spelen. Dat je van me kunt houden zonder angst.'

Ze hief haar gezicht naar hem op en keek hem in de ogen, en toen nam ze hem mee door het bos naar de open plek tussen de eiken, de plek van de veren.

57
De vuurvlieg

De eerste nacht sliepen ze op het strand en de volgende dag trok hij bij haar in. Hij pakte in en uit binnen een enkel tij, zoals zandwezens dat doen.

Toen ze in de namiddag langs de vloedlijn liepen, pakte hij haar hand en keek haar aan. 'Kya, wil je met me trouwen?'

'We zijn al getrouwd. Zoals de ganzen,' zei ze.

'Oké, daar kan ik mee leven.'

Ze stonden elke ochtend vroeg op en terwijl Tate koffiezette, bakte Kya maiskoeken in ma's oude, zwartgeblakerde en gebutste gietijzeren koekenpan of roerde ze in grutten en eieren. Ondertussen kroop de zon boven de lagune uit en stond de reiger op een poot in de mist. Ze voeren door trechtermonden, waadden door waterwegen en glipten door smalle stromen om veren en amoeben te verzamelen. 's Avonds dobberden ze in haar oude boot tot het donker werd, en dan zwommen ze naakt in het maanlicht of beminden elkaar op een bed van koele varens.

Archbald Lab bood Kya een baan aan, maar ze bleef liever boeken schrijven. Tate en zij lieten de klusjesman weer komen, nu om een laboratorium en atelier voor haar te bouwen van onbewerkt hout, met handgekapte balken en een zinken dak. Tate gaf haar een microscoop en installeerde werktafels, planken en kasten voor haar monsters. Bladen met instrumenten en voorraden. Daarna knapten ze de hut op, die een nieuwe slaapkamer en badkamer en een grotere woonkamer kreeg. Kya stond erop de keuken in de oude staat te houden en de buitenkant ongeschilderd, zodat de hut, die nu meer op een echt huis leek, verweerd en authentiek bleef.

Ze belde Jodie vanuit een telefooncel in Sea Oaks en nodigde hem met zijn vrouw Libby uit om op bezoek te komen. Ze verkenden het moeras met zijn vieren en visten wat. Toen Jodie een grote brasem ophaalde, riep Kya uit: 'Moet je kijken wat een joekel. Die is zo groot als Alabama!' Ze bakten de vis en aten er maisbeignets 'zo groot als ganzeneieren' bij.

Kya weigerde ooit nog een voet in Barkley Cove te zetten, en Tate en zij brachten hun tijd grotendeels samen in het moeras door. De dorpelingen zagen haar alleen als een verre schim door de mist glijden en in de loop van de jaren werd haar raadselachtige verhaal een legende die keer op keer werd verteld bij de pannenkoeken en pikante worstjes in de cafetaria. De speculaties en roddels over hoe Chase Andrews was gestorven hielden nooit op.

Op den duur was vrijwel iedereen het erover eens dat de sheriff haar nooit had mogen arresteren. Er was tenslotte geen hard bewijs tegen haar gevonden, niets tastbaars wat op een misdrijf duidde. Het was ronduit wreed geweest om een schuchter schepsel van de natuur zo te behandelen. Sheriff Jackson werd nooit meer herkozen, maar zo af en toe sloeg een nieuwe sheriff het dossier open en trok andere verdachten na, maar het leverde weinig op. Zo werd de zaak zelf op den duur ook een legende. En hoewel Kya nooit helemaal over het trauma van de minachting en achterdocht heen kwam, daalde er een zachte tevredenheid over haar neer die je bijna geluk zou kunnen noemen.

Op een middag lag Kya op de zachte bosgrond op Tate te wachten, die eropuit was gegaan om monsters te verzamelen. Ze ademde diep in in het besef dat Tate altijd terug zou komen, dat ze voor het eerst in haar leven niet in de steek zou worden gelaten. Ze hoorde het diepe brommen van zijn jachtje dat door de vaargeul naderde; ze voelde het gerommel door de grond trekken. Ze richtte zich op toen zijn boot door het struikgewas brak en wuifde naar hem. Hij wuifde terug, maar glimlachte niet. Ze ging staan.

Hij legde de boot vast aan de kleine steiger die hij had gebouwd en liep naar haar toe.

'Kya, ik heb slecht nieuws. Jumpin' is vannacht in zijn slaap overleden. Ik vind het heel erg voor je.'

Ze werd overweldigd door verdriet. Iedereen die haar tot dan toe had verlaten, had daar zelf voor gekozen. Dit was anders. Dit was geen afwijzing; dit was als de Coopers sperwer die de lucht weer had opgezocht. De tranen rolden over haar wangen en Tate nam haar in zijn armen.

Bijna iedereen uit Barkley Cove ging naar Jumpin's uitvaart, ook Tate. Kya ging niet, maar na de dienst ging ze met wat bramenjam die ze veel eerder had moeten brengen naar het huis van Jumpin' en Mabel.

Bij het hek bleef ze staan. Op het onberispelijk aangeveegde erf van aangestampte aarde stonden vrienden en familieleden. Er werd gepraat, gelachen om oude Jumpin'-verhalen en gehuild. Toen ze het hek openmaakte, keek iedereen naar haar, en toen gingen de mensen opzij om haar erdoor te laten. Mabel, die op de veranda stond, haastte zich naar Kya toe. Ze omhelsden elkaar en wiegden huilend heen en weer.

'God, hij hield van je als van een dochter,' zei Mabel.

'Ik weet het,' zei Kya, 'en hij was mijn pa.'

Later liep Kya naar haar strand en nam in haar eigen woorden afscheid van Jumpin', op haar eigen manier, alleen.

En toen ze over het strand liep en aan Jumpin' terugdacht, kwamen er ook herinneringen aan haar moeder boven. Alsof Kya weer dat kleine meisje van zes was, zag ze ma op haar oude krokodillenschoenen over het zandpad met de diepe voren lopen. Alleen bleef ma nu aan het eind van het pad staan. Ze keek om en stak haar hand hoog op ten afscheid. Ze glimlachte naar Kya, sloeg af en verdween in het bos. Nu was het eindelijk goed.

Zonder tranen of verwijten fluisterde Kya: 'Vaarwel, ma.' Ze dacht vluchtig aan de anderen: pa, haar broers en zussen, maar ze had niet genoeg herinneringen aan die vervlogen familie om afscheid te nemen.

Het verdriet om wat ze had gemist werd ook minder doordat Jodie en Libby een paar keer per jaar met hun kinderen, Murph en Mindy, bij Tate en Kya op bezoek kwamen. Dan verzamelden de familieleden zich weer rond het oude houtfornuis en werden ma's maisbeignets, roereieren en tomaten weer opgediend, maar nu met liefde en vrolijkheid.

Barkley Cove veranderde in de loop van de tijd. Een man uit Raleigh bouwde een chique jachthaven op de plek waar Jumpin's winkeltje meer dan honderd jaar had gestaan. Jachten konden aanmeren op een ligplaats met een knalblauwe luifel erboven. Dagjesmensen die drieënhalve dollar neertelden voor een espresso kwamen van overal langs de kust met de boot naar Barkley Cove.

In Main Street schoten terrasjes met fleurige parasols en galeries met zeegezichten als paddenstoelen uit de grond. Een vrouw uit New York opende een cadeauwinkel met alles wat de inwoners van Barkley Cove niet nodig hadden, maar alle toeristen per se wilden hebben. Bijna elke winkel had een speciale tafel met de boeken van *Catherine Danielle Clark – Plaatselijke auteur – Onderscheiden biologe.* Grutten werden nu polenta in paddenstoelensaus genoemd op menukaarten en kostten zes dollar. Op een dag liepen een paar vriendinnen uit Ohio de Dog-Gone Beer Hall binnen die er geen idee van hadden dat zij de eerste vrouwen waren die door die deur kwamen, en ze bestelden pikante garnalen in een papieren bootje en bier, dat nu uit de tap kwam. Tegenwoordig mogen alle volwassenen er naar binnen, ongeacht geslacht of huidskleur, maar het luik in de muur waardoor vrouwen vanaf de stoep konden bestellen zit er nog.

Tate bleef bij het lab werken en Kya publiceerde nog zeven

boeken, die allemaal onderscheidingen kregen. En hoewel ze veel lof kreeg, onder andere in de vorm van een eredoctoraat van de Universiteit van North Carolina in Chapel Hill, ging ze nooit in op de verzoeken van universiteiten en musea om een lezing te geven.

Tate en Kya hadden gehoopt een gezin te stichten, maar er kwam geen kind. De teleurstelling maakte hun band nog hechter, en ze waren zelden langer dan een paar uur van elkaar gescheiden.

Kya liep soms alleen naar het strand, en als de zonsondergang strepen aan de lucht trok, voelde ze de golven in haar hart breken. Dan bukte ze zich om het zand aan te raken en strekte haar armen uit naar de wolken om zich ermee verbonden te voelen. Niet de banden waar ma en Mabel het over hadden gehad; Kya had nooit haar hechte vriendinnengroepje gehad, of de banden die Jodie beschreef, want ze had nooit haar eigen familie gehad. Ze wist dat de jaren in isolement haar gedrag zo hadden veranderd dat ze anders was geworden dan anderen, maar het was niet haar schuld dat ze alleen was opgegroeid. Het meeste wat ze wist, had ze van de natuur geleerd. Die had haar gekoesterd, onderwezen en beschermd in een tijd dat niemand anders daartoe bereid was. Als haar afwijkende gedrag consequenties had, waren die ook afgeleiden van de fundamentele kern van het leven.

Tates toewijding overtuigde haar er uiteindelijk van dat liefde tussen twee mensen meer inhoudt dan de bizarre seksuele selectie van de moeraswezens, maar het leven had haar ook geleerd dat eeuwenoude overlevingsgenen nog in ongewenste vormen kunnen voorkomen in de kronkels en windingen van de menselijke genetische code.

Voor Kya was het genoeg om deel uit te maken van deze natuurlijke cyclus, die zo zeker was als die van het tij. Ze was met haar planeet en het leven erop verbonden op een manier die maar weinig mensen kennen. Stevig in de aarde geworteld. Uit die moeder geboren.

Toen Kya vierenzestig was, was haar lange zwarte haar zo wit als het zand. Op een avond kwam ze niet terug van een uitstapje, dus ging Tate met zijn boot naar haar op zoek. Toen het begon te schemeren, zag hij haar toen hij om een bocht kwam in haar boot drijven, in een lagune die werd omzoomd door platanen die naar de lucht reikten. Ze was achterovergezakt, met haar hoofd op de oude plunjezak. Hij riep zacht haar naam en toen ze niet bewoog, riep hij haar, en toen schreeuwde hij. Hij bracht zijn boot naast de hare en klauterde onhandig op haar achterschip. Hij stak zijn lange armen uit, pakte haar bij de schouders en schudde er voorzichtig aan. Haar hoofd knakte verder opzij. Haar ogen waren nietsziend.

'Kya, Kya, nee!' riep hij uit.

Hoe jong en mooi ze ook nog was, haar hart had het stilletjes begeven. Ze had lang genoeg geleefd om de terugkeer van de Amerikaanse zeearend mee te maken; dat was voor Kya voldoende. Hij nam haar in zijn armen en wiegde huilend met haar heen en weer. Hij wikkelde haar in een deken en sleepte haar in haar oude boot door de doolhof van stroompjes en riviertjes terug naar haar lagune, voor het laatst langs de reigers en herten.

En wanneer de voetstap van de dood nadert,
Zal ik het meisje verbergen in een cipres.

Hij kreeg bij wijze van uitzondering een vergunning om haar op haar eigen grond te begraven, onder een eik met uitzicht op zee, en het hele dorp kwam naar de begrafenis. Kya had haar ogen niet geloofd als ze de lange stoet traag lopende rouwenden had gezien. Jodie en zijn gezin kwamen natuurlijk ook, en alle familie die Tate nog had. Er waren een paar sensatiezoekers, maar de meeste mensen kwamen uit respect voor de manier waarop ze het jaren in haar eentje had gered in het moeras. Sommigen van hen herinnerden zich hoe ze als klein meisje, blootsvoets en gekleed in een sjofele, te grote jas, naar het dorp was komen varen om grutten te kopen in de supermarkt. Anderen bezochten haar graf omdat ze uit haar boeken hadden geleerd hoe het moeras land en zee verbindt en hoe die twee elkaar nodig hebben.

Tate begreep nu dat haar bijnaam niet wreed was. Maar weinig mensen worden een legende, dus liet hij op haar grafsteen zetten:

CATHERINE DANIELLE CLARK
'KYA'
HET MOERASMEISJE
1945 – 2009

Op de avond na Kya's uitvaart, toen iedereen eindelijk weg was, stapte Tate haar lab in. Haar zorgvuldig gelabelde monsters, een verzameling die in meer dan vijftig jaar was opgebouwd, was de meest complete collectie in zijn soort. Ze wilde dat alles aan Archbald Lab werd geschonken en dat zou hij ook doen, maar hij kon er nu nog met geen mogelijkheid afscheid van nemen.

Toen hij de hut in liep, want zo was hij hun huis blijven noemen, had hij het gevoel dat de muren haar adem uitwasemden, en de vloeren fluisterden haar voetstappen zo duidelijk dat hij haar naam riep. Toen leunde hij tegen de muur en huilde. Hij tilde de oude plunjezak op en drukte hem tegen zijn borst.

De instanties hadden Tate gevraagd naar haar geboorteakte en testament te zoeken. In de oude achterslaapkamer, die ooit van haar ouders was geweest, rommelde hij in de kast en vond een paar dozen op de bodem, verstopt onder dekens. Hij zette ze op de vloer en ging ernaast zitten.

Hij maakte heel voorzichtig het oude sigarenkistje open waarmee het verzamelen was begonnen. Het kistje rook nog naar zoete tabak en klein meisje. Tussen wat vogelveren, insectenvleugels en zaadjes zat het potje met de as van de brief van haar ma, en een flesje Revlon-nagellak, Barely Pink. Stukjes en beetjes van een leven. De kiezels in haar stroom.

Helemaal op de bodem lag de eigendomsakte van de grond. Kya had de rechten overgedragen aan een instantie voor natuurbehoud, zodat projectontwikkelaars geen kans meer maakten. Dit stukje moeras zou in elk geval altijd ongerept blijven. Hij vond echter geen testament of persoonlijke documenten, al verbaasde het hem niet; aan zulke dingen zou ze niet hebben gedacht. Tate was van plan tot zijn laatste snik in haar huis te blijven wonen; hij wist dat ze het zo zou hebben gewild en dat Jodie geen bezwaar zou maken.

Later, toen de zon achter de lagune verdween en hij in maispap voor de meeuwen stond te roeren, keek hij gedachteloos naar de keukenvloer. Nu viel hem voor het eerst op dat er geen linoleum onder de houtstapel en het oude fornuis was gelegd. Kya had de stapel brandhout altijd hoog gehouden, zelfs in de zomer, maar nu was er niet veel meer en zag hij de rand van een luik in de vloer. Hij legde het brandhout opzij, knielde en maakte het langzaam open. Er zat een kruipruimte onder met daarin onder andere een oude, stoffige kartonnen doos. Hij pakte hem eruit en maakte hem open. Er zaten tientallen grote enveloppen en een kleinere doos in. Op alle enveloppen stond het monogram *AH*, en hij haalde er vellen en vellen met gedichten uit van Amanda Hamilton, de plaatselijke dichteres die simpele verzen had gepubliceerd in regionale tijdschriften. Tate had Hamiltons poëzie vrij zwak gevonden, maar Kya had de gedichten altijd uitgeknipt en bewaard, en nu waren het enveloppen vol. Op sommige handgeschreven vellen stonden complete gedichten, maar de meeste waren onvoltooid, met doorgestreepte regels en verbeteringen in de kantlijn in het handschrift van de dichteres: Kya's handschrift.

Amanda Hamilton wás Kya. Kya was de dichteres.

Tate grijnsde ongelovig. Ze moest de gedichten door de jaren heen in de roestige brievenbus hebben gestopt, geadresseerd aan regionale tijdschriften. Veilig achter een pseudoniem. Misschien was het een uitgestoken hand geweest, een manier om niet alleen de meeuwen deelgenoot te maken van haar gevoelens. Een uitlaatklep voor haar woorden.

Hij bladerde door de gedichten, die bijna allemaal over de natuur of de liefde gingen. Eentje zat keurig opgevouwen in een eigen envelop. Hij pakte het eruit en las:

De vuurvlieg

Hem lokken was zo eenvoudig
Als het sturen van een valentijnskaart
Maar als een vuurvliegvrouwtje
Verborg die een geheime oproep tot de dood.

Een laatste aanraking,
Onvoltooid;
De laatste stap een val.
Daar valt hij naar beneden,
Zijn oog nog steeds op mij gericht
Tot het een andere wereld ziet.

Ik zag het veranderen.
Eerst een vraag,
Toen een antwoord,
En op het laatst een einde.

En de liefde zelf die overging
In wat ze was voordat ze begon.

A.H.

Nog steeds geknield op de vloer las hij het gedicht een tweede keer. Hij drukte het papier aan zijn bonzende hart. Hij keek door het raam om zich ervan te verzekeren dat er niemand naar de hut kwam, maar wie zou er komen, waarom? Voor de zekerheid. Toen maakte hij het kleine doosje open, al wist hij wat hij te zien zou krijgen.

Daar, zorgvuldig op watten uitgespreid, lag het koord met de schelp dat Chase tot aan zijn dood had gedragen.

Tate bleef lang aan de keukentafel zitten. Hij probeerde het te bevatten, stelde zich voor hoe ze in nachtbussen had gezeten, gebruik had gemaakt van een snelle stroming, berekend naar de stand van de maan. Hoe ze Chase zachtjes had geroepen in het donker. Hem achterover had geduwd. Hoe ze vervolgens aan de voet van de toren in de modder had gehurkt, zijn hoofd had opgetild, dat zwaar was van de dood, en de ketting had gepakt. Hoe ze haar voetsporen had gewist, spoorloos was verdwenen.

Tate brak aanmaakhoutjes in stukken, maakte vuur in het oude fornuis en verbrandde de gedichten, envelop na envelop. Misschien had hij ze niet allemaal hoeven te verbranden, misschien was dat ene genoeg geweest, maar hij kon niet helder denken. De oude, vergeelde vellen papier lieten een sissende steekvlam oplaaien en smeulden weg. Hij haalde de schelp van het leren koord, gooide het koord in het vuur en maakte het luik weer dicht.

Toen liep hij in de avondschemering naar het strand en ging op een scherpe laag witte, gebarsten schelpen en krabschilfers staan. Hij keek even naar Chase' schelp in zijn open hand en liet hem in het zand vallen. Hij ging op in alle andere, die er net zo uitzagen. Het werd vloed, en een golf spoelde over zijn voeten en nam honderden schelpen mee terug de zee in. Kya was van dit land en van dit water geweest; nu namen ze haar terug. Ze zouden haar geheimen diep wegstoppen.

Toen kwamen de meeuwen. Ze zagen hem en vlogen in spiralen boven zijn hoofd. Roepend. Roepend.

Bij het vallen van de nacht liep Tate terug naar de hut, maar bij de lagune bleef hij onder de dichte bladerkoepel staan en zag honderden vuurvliegjes wenken, diep in de donkere uithoeken van het moeras. Ginder, waar de rivierkreeften zingen.

Dankwoord

Mijn innigste dank aan mijn tweelingbroer, Bobby Dykes, voor een levenlang onvoorstelbaar veel steun en bemoediging. Dank ook aan mijn zus, Helen Cooper, die er altijd voor me was, en aan mijn broer, Lee Dykes, omdat hij in me geloofde. Ik ben mijn goede vrienden en familie heel dankbaar voor hun onwankelbare steun, bemoediging en humor: Amanda Walker Hall, Margaret Walker Weatherly, Barbara Clark Copeland, Joanne en Tim Cady, Mona Kim Brown, Bob Ivey en Jill Bowman, Mary Dykes, Doug Kim Brown, Ken Eastwell, Jesse Chastain, Steve O'Neil, Andy Vann, Napier Murphy, Linda Denton (ook voor de ruiterpaden en skihellingen), Sabine Dahlmann en Greg en Alicia Johnson.

Voor het lezen en becommentariëren van het manuscript dank ik: Joanne en Tim Cady (die verschillende versies hebben gelezen!), Jill Bowman, Bob Ivey, Carolyn Testa, Dick Burgheim, Helen Cooper, Peter Matson, Mary Dykes, Alexandra Fuller, Mark Owens, Dick Houston, Janet Gause, Jennifer Durbin, John O'Connor en Leslie Anne Keller.

Mijn agent, Russell Galen, dank ik voor zijn liefde en begrip voor Kya en vuurvliegjes en voor zijn enthousiaste voornemen dit verhaal verteld te krijgen.

Dank, G.P. Putnam's Sons, voor het uitgeven van mijn woorden. Mijn redacteur, Tara Singh Carlson, ben ik heel dankbaar voor al haar bemoediging, geweldige redactie en visie voor mijn roman. Dank aan Helen Richard, ook bij Putnam, die me heeft geholpen waar ze maar kon.

Een speciaal woord van dank aan Hannah Cady voor haar opgewekte hulp bij een paar van de meer aardse, prozaïsche zaken die bij het schrijven van een roman komen kijken, zoals de kampvuren.